The Kill Order

The Kill Order

킬 오더

제임스 대시너 지음 | **공보경** 옮김

문학수첩

그립고 또 그리운
캐시 이건에게 바칩니다.

프롤로그

테리사는 가장 친한 친구인 토머스를 바라보고 있었다. 토머스를 잊는다는 건 어떤 기분일까.

이미 다른 수십 명의 소년들에게 기억 삭제 장치를 주입하는 걸 보았지만 막상 토머스의 수술을 지켜보자니 실감이 나지 않았다. 황갈색 머리카락, 사람 속을 꿰뚫어보는 듯한 예리한 눈, 늘 사색에 잠겨 있는 표정. 이 아이가 어떻게 완전히 모르는 낯선 사람이 될 수 있을까? 어떻게 한 방에 있으면서 서로 냄새난다는 농담을 하거나 근처에 멍하게 앉아 있는 다른 누군가를 놀리지 않을 수 있을까? 토머스를 앞에 두고 어떻게 텔레파시로 소통할 생각을 하지 않을 수 있을까?

불가능할 것 같았다.

하지만 그날은 이제 겨우 하루 남았다.

테리사에게도 토머스에게도 너무나 짧은 시간이었다. 지금 토

킬 오더 **7**

머스는 눈을 감고 수술대 위에 누워 있다. 천천히 고른 숨을 쉬고 있는 그의 가슴이 가만히 오르내렸다. 공터에서 모두들 입는 반바지와 티셔츠 차림으로 누워 있는 토머스의 모습은 과거의 어느 날을 찍은 스냅 사진 같았다. 태양 플레어 현상과 플레어 병의 확산으로 세상이 결코 평범하지 않은 곳으로 변하기 전, 어느 평범한 학교에서 길고 지루한 하루를 보내다 평범하게 깜박 잠이 든 평범한 소년의 모습이었다. 죽음과 파멸로 인해 아이들을 훔치고 그 아이들의 기억마저 훔친 후 '미로'라고 하는 끔찍한 곳으로 보내야 하는 상황으로 몰리기 전, 인간의 뇌가 위험지역이라 불리며 관찰과 연구의 대상이 되기 전, 그 모든 일을 과학과 의학의 필요에 의해서라는 명분으로 실행하기 전의 모습이었다.

토머스의 수술을 준비하고 있던 의사와 간호사가 마스크를 내려 그의 얼굴에 씌웠다. 딸깍, 쉬이익, 삐이ㅡ. 금속 장치와 철사, 플라스틱 튜브가 토머스의 피부를 스르르 가로질러 귓구멍으로 파고들자 양옆 허리춤에 내리고 있던 그의 두 손이 반사적으로 움찔했다. 마취를 했지만 어느 정도는 통증을 느낄 것이다. 물론 나중에는 기억도 못 하겠지만. 기계가 토머스의 기억에서 이미지를 뽑아내는 작업을 시작했다. 토머스의 어머니와 아버지, 토머스의 삶을 지우고, 테리사마저 지워냈다.

테리사의 마음 일부는 이게 화를 내야 마땅한 일임을 알고 있었다. 소리치고 악을 쓰고 더 이상은 일분일초도 돕지 않겠다고 거절해야 했다. 하지만 마음의 더 큰 부분이 지닌 결심은 절벽의 바위처럼 견고했다. 내일이면 테리사도 기억 삭제 수술을 받게 되겠지만, 이 깊고 분명한 확신은 그 수술 이후에도 잊히지 않을 것이다. 테리사와 토머스는 다른 사람들에게 요구했던 일을 이제 본인들이 직접 하면서 이 확신이 옳음을 증명해 보이려 했다. 만약 일이 잘못돼 죽는다고 해도 어쩔 수 없었다. 이런 과정을 거쳐 '사악'은 언젠가 치료제를 찾아낼 것이고 수백만 명이 살아남을 것이며 지구에서의 삶이 다시 예전처럼 정상으로 돌아갈 테니까. 테리사는 이를 뼛속 깊이 새기고 있었다. 때가 되면 사람이 나이를 먹고 가을이면 나무가 잎사귀를 떨구듯, 언젠가는 이루어질 일이었다.

토머스는 숨을 훅 들이마시고 조그맣게 신음을 흘리다가 몸을 뒤척였다. 테리사는 토머스가 눈을 뜨고 고통에 발작을 일으킬까 봐 일순간 겁이 났다. 현재 그의 머릿속에서 무슨 일이 일어나고 있는지는 아무도 알 수 없었다. 곧 토머스는 잠잠해졌고 호흡이 다시 편안하고 부드러워졌다. 딸깍, 쉬익 하는 소리가 계속되었다. 테리사의 제일 친한 친구 토머스의 기억은 메아리처럼 옅어져 갔다.

그들은 이미 공식적인 작별 인사를 나눴다. 테리사의 머릿속에서는 '내일 보자'라고 했던 토머스의 말이 여전히 울리고 있었다. 토머스가 그 말을 했을 때 테리사의 마음에 그 말이 콱 박혀, 앞으로 토머스가 하려는 일이 한층 더 비현실적이고 슬프게 다가왔다. 그들은 내일 다시 만나겠지만, 테리사는 혼수상태일 테고 토머스는 그녀가 누구인지 전혀 알지 못할 것이다. 테리사를 보면서 어딘지 모르게 익숙한 것 같다는 어렴풋한 느낌은 받을 수도 있겠지만. 드디어 내일이다. 온갖 두려움과 훈련, 계획을 거쳐 드디어 머릿속을 정리하는 수술을 테리사도 받는 것이다. 알비와 뉴트, 민

호를 비롯한 모든 아이들은 이미 받은 수술이었다. 되돌릴 수 없었다.

마음은 고요했다. 테리사는 평온을 유지하고 있었고 덕분에 괴수와 광인 같은 것들의 공포에 함몰되지 않았다. 사악으로서는 선택의 여지가 없었다. 테리사와 토머스도 마찬가지였다. 소수의 희생으로 수많은 사람들을 구할 수 있다면, 어떻게 마다하겠는가? 도대체 누가 그럴 수 있을까? 테리사는 연민이나 슬픔, 소망을 마음에 품을 시간도 없었다. 지금도, 과거에도, 미래에도…… 마찬가지일 것이다.

되돌릴 수 없었다. 테리사와 토머스는 미로 건설을 도왔다. 그러면서 테리사는 마음속에 감정의 파도를 막아낼 굳건한 벽을 쌓아 올렸다.

토머스의 수술이 끝나기를 기다리는 동안 테리사의 머릿속에서 상념들이 부유하다 점차 흐릿해졌다. 마침내 수술이 끝나고 의사가 화면의 버튼 몇 개를 누르자 삐이, 쉬익, 딸깍 소리가 빨라졌다. 귓구멍으로 들어갔던 튜브와 철사가 밖으로 빠져나와 마스크로 되돌아가자 토머스가 몸을 움찔거렸다. 잠시 후 토머스는 다시 잠잠해졌고 마스크의 전원이 꺼지자 소음과 진동도 사라졌다. 간호사가 허리를 굽혀 토머스의 얼굴에서 마스크를 들어 올렸다. 마스크에 눌렸던 자리가 벌겋게 남아 있었다. 눈은 여전히 감은 채였다.

슬픔을 막아내고 있던 테리사의 마음속 벽이 무너지기 시작했다. 지금 이 자리에서 깨어난다면 토머스는 테리사를 기억하지 못할 것이다. 그들은 곧 공터에서 다시 만나겠지만 서로를 알아보지 못할 것이다. 거리낌이 두려움이 되었다. 애초에 테리사가 마음에 벽을 쌓아 올린 이유는 바로 그 두려움 때문이었다. 굳어져가는 회반죽에 벽돌을 얹는 석공처럼, 테리사는 갈라진 벽을 다시 메웠다. 단단하고 두껍게 다시 틈새를 메웠다.

되돌릴 수 없었다.

보안팀원 두 명이 토머스를 옮기는 일을 도우러 수술실로 들어왔다. 밀짚으로 속을 채운 허수아비를 들어 올리듯 그들은 토머스를 가볍게 들어 올렸다. 한 사람은 의식이 없는 소년의 두 팔을, 나머지 한 사람은 두 발을 잡고 바퀴 달린 들것에 옮겨다 놓았다. 그들은 테리사 쪽으로는 눈길도 주지 않고 그대로 수술실 문으로 향했다. 토머스를 어디로 데려가야 하는지 다들 알고 있었다. 일을 끝마친 의사와 간호사는 수술실을 치우기 시작했다. 그들이 보건 말건 테리사는 고개를 살짝 숙여 인사한 후 들것을 따라 복도로 나갔다.

사악(WICKED, 위키드) 본부의 복도를 거쳐 승강기를 향해 긴 구간을 이동하는 동안 테리사는 토머스를 쳐다보기가 힘들었다. 마음의 벽이 다시 흔들리고 있었다. 토머스의 얼굴이 너무나 창백했고 식은땀으로 뒤덮여 있었다. 마치 어느 지점에서 의식을 되찾은 그가 저 앞 지평선에 무시무시한 것들이 기다리고 있음을 인지하고 약기운을 필사적으로 밀어내려 하는 듯했다. 테리사는 가슴이 아파 도저히 볼 수가 없었다. 다음 차례는 자신이라는 사실도 공포로 다가왔다. 마음의 벽. 이 멍청한 벽 따위가 다 무슨 소용일까? 기억이 삭제되면 이마저도 사라지고 말 것을.

미로 구조물 아래의 지하층에 도착한 그들은 공터인들을 위한 보급품을 선반마다 채워놓은 창고를 지나갔다. 그곳은 어둡고 서늘했다. 테리사는 팔에 소름이 돋아 몸을 부르르 떨며 손으로 제 팔을 문질렀다. 들것의 바퀴가 콘크리트 바닥의 갈라진 틈새에 걸리자 토머스의 몸이 거칠게 흔들렸다. 평온하게 잠든 토머스의 얼굴에 금방이라도 두려움이 터져 나올 것만 같았다.

마침내 그들은 정육면체 모양의 거대한 금속 승강기 앞에 도착했다.

일명 '상자'라 일컬어지는 승강기였다.

여기는 공터에서 두 층 아래의 지하이지만, 그들은 조작을 통해 공터에서 생활하는 아이들로 하여금 공터까지 올라오는 여정을 엄청나게 길고 고된 것으로 인식하게 만들어놓았다. 감정과 뇌 활동 패턴이 혼란에서 방향감각의 상실로, 이어서 완전한 공포로 이어지도록 자극하기 위한 방법이었다. 이 승강기는 토머스의 뇌, 즉 위험지역의 배열 상태를 알아내기 위한 과정의 완벽한 시작점이었다. 테리사도 내일이면 손에 쪽지 한 장을 쥔 채 이 여행을 하기로 되어 있었다. 다만 테리사는 혼수상태인 채로 올라갈 것이므로 30분 동안 어둠 속에서 어딘가로 이동하는 과정은 겪지 않아도 되었다. 토머스는 어둠 속에서 홀로 눈을 뜨게 될 테지만.

보안팀원 두 명이 토머스를 눕힌 들것을 상자 옆으로 밀고 갔다. 한 명이 대형 발판 사다리를 상자 옆으로 끌고 오면서, 금속이 시멘트에 긁혀 끼이익 소리가 났다. 몇 분 동안 사다리를 놓고 씨름한 끝에 그들은 토머스를 데리고 사다리를 올라갔다. 테리사는 도와줄 수도 있었지만 고집스럽게 버티고 서서 지켜보기만 했다. 마음속 감정의 벽에 생긴 균열을 다잡기에도 바빴다.

신음과 욕설을 몇 번 내뱉은 끝에 보안팀원들은 토머스를 상자의 위쪽 면 가장자리로 밀어 올렸다. 토머스의 감은 눈이 마지막으로 테리사 쪽을 향했다. 토머스가 듣지 못할 것임을 알면서도 테리사는 마음으로 그에게 말했다.

'우린 옳은 일을 하는 거야, 토머스. 건너가서 보자.'

보안팀원들이 허리를 굽혀 토머스의 팔을 잡고 상자 안으로 떨어뜨렸다. 차가운 강철 바닥에 그의 몸이 부딪히는 소리가 들렸다. 테리사의 절친한 친구는 그렇게 떠나갔다.

테리사는 돌아서서 걸었다. 등 뒤에서 금속끼리 닿아 매끄럽게 미끄러지는 소리가 또렷이 들리더니, 상자의 문이 닫히며 커다랗게 쿵 소리가 났다. 토머스의 운명은 그렇게 나아갔다.

13년 전

13년 전

1장

마크는 추위로 몸을 떨었다. 이런 느낌은 오랜만이었다.

눈을 뜨니, 그가 머무는 조그만 오두막의 통나무 벽 틈새로 새벽을 알리는 첫 햇살이 비집고 들어오고 있었다. 그는 담요를 덮은 적이 없었다. 물론 자랑스러운 담요이기는 했다. 두 달 전에 직접 잡아 죽인 거대한 엘크의 가죽을 벗겨 만든 것이니까. 하지만 그 담요를 침대 위에 둔 건 부드러운 감촉 때문이지 따뜻하게 덮기 위해서는 아니었다. 지금 그들이 살고 있는 세상은 태양의 뜨거운 열기로 피폐해져 있었다. 어쩌면 이 오한이 변화를 알리는 신호가 아닐까 싶기도 했다. 햇살과 함께 틈새로 흘러드는 아침 공기에 살짝 차가운 기운이 감도는 것도 같았다. 마크는 털이 보송보송한 담요를 턱까지 끌어올리고 바로 누워 한참이나 늘어지게 하품을 했다.

마크에게서 1미터쯤 떨어진 곳에서 알렉이 폭풍처럼 요란하게 코를 골며 자고 있었다. 알렉은 목소리가 걸걸하고 엄격한 전직 군인으로 좀처럼 웃지 않았다. 그런 그가 어쩌다 싱긋 웃을 때는 배에 가스가 차서 꾸르륵대는 소리를 낼 때였다. 그래도 상냥하고 따뜻한 사람이었다. 마크는 라나와 트리나를 비롯한 나머지 일행과 함께 1년 넘게 생존을 위해 투쟁해왔다. 이제는 저 늙은 곰 같은 알렉이 두렵지 않았다. 그걸 증명이라도 하듯 마크는 바닥에서 신발 한 짝을 집어 들어 알렉에게 냅다 던졌다. 신발은 알렉의 어깨에 맞았다.

알렉은 "크억" 하더니 벌떡 일어나 앉았다. 오랜 세월을 군인으로 복무한 사람이라 즉각 잠을 떨쳐냈다. "빌어먹을—" 하고 소리치는 알렉에게 마크는 나머지 신발 한 짝도 던져 가슴을 맞췄다.

"이 쥐방울만 한 녀석이."

알렉은 아무렇지 않게 중얼거렸다. 신발에 또 맞았는데도 주춤하거나 움직이지도 않고 가늘게 뜬 눈으로 마크를 쳐다볼 뿐이었다. 그 눈에는 웃음기가 담겨 있었다.

"이 따위로 사람을 깨우면서 네 목숨을 거는 이유가 뭔지 궁금하구나."

"글쎄요오—."

마크는 고민하는 척 턱을 긁적거렸다. 그러다 손가락으로 딱 소리를 내며 말을 이었다.

"아, 알았다. 아저씨한테서 나오는 그 지독한 코골이 소리를 멈추게 하려고요. 아, 진짜, 옆으로 누워서 자든지 좀 해요. 그렇게 코를 골고 자면 건강 해쳐요. 자다가 숨 막혀 죽을 수도 있다고요."

알렉은 간이침대에서 일어나 옷을 입으며 알아들을 수 없는 말을 구시렁댔다. "내가 뭐 좋아서 그러냐" "안 골면 좋지" "나도 죽겠다고" 같은 말들인 것 같았는데 마크는 정확하게 알아듣지는 못했다. 어떤 기분인지는 알 수 있었지만.

"진정해요, 병장님."

마크는 알렉의 신경을 제대로 긁기 일보직전이었다. 오래전에 퇴역한 알렉은 마크가 그를 병장이라고 부르는 걸 질색했다. 태양 플레어 현상이 발생했던 당시, 알렉은 국방부에 소속된 계약직 직원이었다.

마크가 계속해서 말했다.

"매일 그렇게 코를 골 때마다 우리가 구해주지 않았으면 이 사랑스러운 집까지 오지도 못했을걸요. 우리 그만 포옹 한번 하고 화해하는 게 어때요?"

알렉은 머리 위로 셔츠를 벗어 올리고 마크를 쳐다보았다. 늙수그레한 남자의 숱 많은 잿빛 눈썹이 마치 교미하려는 털북숭이 벌레 한 쌍처럼 가운데로 몰렸다.

"난 네가 참 좋은데, 땅속에 묻어버리려니까 아섭구나."

그러고는 애정이 담뿍 담긴 손길로 마크의 옆통수를 탁 쳤다.

군인. 퇴역한 지 오래된 군인이긴 했지만 마크는 알렉을 계속 군인이라고 여기고 싶었다. 그렇게 생각하면 기분이 한결 낫고 안전한 느낌이 들어서였다. 그는 알렉이 또 하루를 헤쳐 나가기 위해 오두막을 성큼성큼 걸어 나가는 모습을 보며 미소를 지었다. 진심이 담긴 미소였다. 요즘은 거의 이런 분위기였다. 그들은 근 1년간 죽음과 공포에 쫓겨 다니다 노스캐롤라이나 주 서부 애팔래치아 산맥의 이 고지대에 자리를 잡았다. 그런 만큼 마크는 과거의 고통스러운 기억은 저만치 치워버리고 오늘도 기어이 즐거운 하루를 보내리라 결심했다.

그러려면 앞으로 10분 안에 트리나를 데리고 돌아와야 했다. 마크는 서둘러 옷을 입고 트리나를 찾으러 나섰다.

마크는 개울 상류 쪽의 호젓한 곳에서 트리나를 찾아냈다. 트리나는 여행 중에 찾아낸 오래된 도서관에서 가져온 책들을 그곳에 앉아 읽곤 했다. 이 소녀는 특이하게도 책 읽는 걸 무척 좋아했다. 독서는 꿈도 꾸지 못하고 오직 살아남기 위해 발버둥 쳐온 수개월의 시간을 보상이라도 받듯. 컴퓨터와 서버 등이 전부 어마어마한 열기에 타버린 터라 디지털 형태로 된 책들은 전부 사라진 듯했다. 트리나가 읽고 있는 책도 구식 종이책이었다.

늘 그렇듯, 트리나에게로 향하는 그의 발걸음은 조심스러웠다. 즐거운 하루를 보내기로 한 결심이 자꾸만 흔들렸다. 지금 그들이 거주하고 있는 나무 위의 집들, 오두막들, 지하 굴들의 초라한 풍경을 보고 있으면 어쩔 수 없이 우울한 기분이 들었다. 이 정착촌의 집들은 통나무와 노끈, 흙벽돌로 지어 올린 것이었고 하나같이 왼쪽 혹은 오른쪽으로 조금씩 기울어져 있었다. 복잡하게 얽힌 골목들 사이를 걸어갈 때마다 마크는 대도시에서 행복하게 살았던 나날들을 떠올리지 않을 수 없었다. 미래를 꿈꿀 수 있던 풍족한 나날들, 필요한 물품은 손을 뻗기만 하면 얻을 수 있었던 세상. 그때는 그게 얼마나 좋은 세상인지도 몰랐다.

죽음을 목전에 둔 듯 앙상하게 여위고 지저분한 마을 사람들 사이를 지나갔다. 인정하고 싶지 않지만 자신의 모습도 그들과 별반 다르지 않을 것임을 알기에 새삼 동정심이 일지는 않았다. 그들은 폐허가 된 주거지를 뒤지고, 숲에서 사냥을 하고, 가끔 애슈빌 시에서 공급받는 물량도 있어서 먹을 것이 부족하진 않았다. 하지만 배급제였기 때문에 기껏해야 하루에 한 끼씩 겨우 먹고 사는 형편이었고, 아무리 개울에서 자주 씻는다고 해도 숲에서 거주하다 보니 여기저기 검댕이 묻기도 했다.

푸르스름한 하늘에 불탄 오렌지색이 뒤섞여 있었다. 예고도 없이 닥쳐온 무시무시한 태양 플레어 현상 이후로 하늘은 줄곧 그런 색이었다. 그 현상이 있은 지 1년 남짓 되었는데 흐릿한 커튼처럼 하늘에 드리워진 불그레한 색깔은 사라지지 않았다. 하늘을 볼 때마다 끔찍했던 플레어 현상이 떠올랐다. 하지만 시간이 흘렀으니 어쩌면 예전으로 돌아갈 수 있지 않을까. 이제 마크는 오늘 아침 잠에서 깨면서 느낀 한기가 장난처럼 느껴졌다. 산봉우리에 드문드문 서 있는 나무들 사이로 비춰드는 잔혹한 햇살로 인해 기온이 높아져 이미 몸에 땀이 나고 있었다.

그래도 조짐이 영 나쁘지는 않았다. 토끼 굴 같은 정착촌을 나와서 숲으로 들어가자 긍정적인 조짐들이 보였다. 어린 나무들이 자라 올라오고, 고목들은 활력을 되찾고 있었으며, 시커멓게 그슬린 솔잎 사이로 다람쥐들이 뛰어다니고, 푸르른 새싹과 꽃봉오리들이 사방에 움트고 있었다. 저 멀리 오렌지나무의 꽃처럼 생긴 무언가가 보이는 것도 같았다. 트리나를 위해 한 송이 따다 주고 싶은 마음이 일었지만, 숲의 재생을 방해하는 짓을 했다간 트리나에게 혼이 나고 말 것이다. 오늘은 어쩐지 좋은 날이 될 것 같았다. 그들은 인류 역사상 최악의 자연재해에서 살아남았다. 이제 나아질 일만 남았다.

산비탈을 올라오느라 숨이 가빠 헉헉대면서 그는 트리나가 즐겨 숨는 곳으로 향했다. 아침에 트리나 외에 다른 사람이 이곳에 와 있을 확률은 거의 없었다. 마크는 나무 뒤에서 걸음을 멈추고 트리나를 바라보았다. 그의 발소리를 들었을 텐데도 트리나는 짐짓 못 들은 척 앉아 있었다.

트리나는 정말 예뻤다. 그녀는 어느 거인이 장식 삼아 놓아둔 듯한 커다란 화강암 바위에 기대앉아, 손으로 페이지를 넘기면서 초록색 눈으로 단어들을 쫓고 있었다. 검은 티셔츠에 낡은 청바지를 입고, 만든 지 100년은 되어 보이는 낡은 운동화를 신은 트리나. 바람결에 짧은 금발 머리카락을 휘날리는 트리나의 모습은 평화와 위안 그 자체였다. 태양의 열기가 모든 것을 그슬려버리기 전의 세상에 속한 사람 같았다.

마크는 아주 단순한 이유로 트리나를 자기 것이라 생각하고 있었다. 트리나가 아는 사람들이 거의 다 죽었으니 트리나에게 남은 선택은 자기밖에 없고, 자기를 선택하지 않으면 영원히 혼자일 수밖에 없을 거라는 이유였다. 마크는 트리나 곁에 있을 수 있는 지금을 기쁘게 받아들였고 스스로를 운이 좋다고 여겼다. 트리나 없이는 무엇을 어떻게 해야 할지도 모를 것이다.

"내가 책을 읽고 있는 동안 뒤에서 몰래 쳐다보는 남자만 없으면 이 책이 훨씬 더 재미있을 텐데."

트리나의 목소리에서 살짝 웃음이 묻어났다. 트리나는 계속 페이지를 넘기며 책을 읽었다.

"나야."

마크가 나무 뒤에서 걸어 나왔다. 그는 트리나 앞에만 서면 멍청이가 되는 기분이었다.

트리나가 웃으며 그를 올려다보았다.

"네가 올 때가 됐다 했지! 하도 심심해서 혼잣말이라도 시작하려고 했어. 날이 밝기도 전부터 여기서 책을 읽고 있었단 말이야."

마크가 다가가 트리나 옆에 털썩 앉았다. 그들은 서로를 꽉 껴안았다. 그러자 상대의 온기가 전해지고 미래에 대한 기대감에 부풀었다. 오늘 아침 잠에서 깨면서 마크가 느꼈던 바로 그 기분이었다.

마크는 뒤로 물러나 트리나를 바라보았다. 자신의 얼굴에 박혀버린 듯한 얼빠진 웃음은 아무래도 좋았다.

"있잖아."

트리나가 물었다.

"뭔데?"

"오늘은 정말이지 완벽한 하루가 될 것 같다."

트리나가 미소를 지었다. 마크의 말이 아무 의미도 없다는 듯 개울물은 무심히 흘러갔다.

2장

트리나는 읽던 페이지의 모서리를 접고 책을 옆에 내려놓았다.

"열여섯 살 생일 이후로 완벽한 하루 같은 건 없었어. 생일이 지나고 사흘째 되던 날에 태양보다 더 뜨겁게 달궈진 터널 안에서, 살겠다고 너랑 같이 미친 듯이 달렸었잖아."

"좋은 시절이었지. 참 좋은 시절이었어."

마크는 한결 편안해진 것을 느끼며 다리를 꼬고 바위에 같이 기댔다.

트리나가 그에게 눈을 살짝 흘겼다.

"내 생일이 좋았다는 거야, 아니면 태양 플레어 현상이 좋았다는 거야?"

"둘 다 아니야. 넌 네 생일 파티에 왔던 멍청이 존 스티덤을 좋아했잖아. 기억나?"

트리나의 얼굴에 죄책감이 스쳤다.

"응, 기억나. 3천 년 전 일처럼 아득하지만."

"세상의 절반이 사라지고 나서야 넌 내가 있다는 걸 알아챘지."

마크는 이 말을 하며 미소를 지었지만 공허하기만 했다. 아무리 농담처럼 얘길 해봐도 진실은 씁쓸했다. 머리 위에 먹구름이 피어오르는 느낌이었다. 마크는 화제를 바꿨다.

"우리 다른 얘기 하자."

"찬성이야."

트리나는 눈을 감고 바위에 머리를 기대며 말을 이었다.

"그 일에 대해서는 단 1초도 생각하고 싶지 않아."

트리나가 눈을 감고 있다는 걸 알면서도 마크는 고개를 끄덕였다. 문득 아무 말도 하고 싶지 않았다. 완벽한 하루를 보내겠다는 계획은 개울물과 함께 쓸려 내려가 버렸다. 과거의 기억들. 그 기억들은 그를 단 한 시간도 편하게 놓아주지 않았다. 공포와 함께 끊임없이 밀어닥쳤다.

"괜찮아?"

트리나가 그의 손을 잡으려 했지만 마크는 손을 뒤로 감췄다. 손이 온통 땀투성이였던 것이다.

"으응, 괜찮아. 과거를 전혀 떠올리지 않아도 되는 날이 왔으면 좋겠다. 잊어버릴 수만 있으면 여기서도 꽤 만족하면서 살 수 있을 텐데. 형편이 점점 나아지고 있으니까. 다 잊을 수만 있으면…… 되는 건데 말이야!"

마크는 마지막 말을 거의 외치다시피 내뱉었다. 무엇을 향한 분노인지는 알 수 없었다. 그저 머리에 담긴 과거의 파편들이 증오스러웠다. 그 이미지들. 그 소리들. 그 냄새들.

"그래. 우린 잊을 수 있을 거야, 마크."

트리나가 다시 손을 내밀었고 이번에는 마크도 그 손을 잡았다.

"이만 내려가자. 알렉이랑 라나가 우리더러 하라고 시킨 일이 마흔 가지나 돼."

마크는 늘 이런 식이었다. 과거의 기억이 밀어닥치면 항상 사무적으로 용건을 말해버리곤 했다. 맡은 일을 기계적으로 하면서 머리를 안 써버리는 것이다. 그래야 겨우 과거를 마음 한옆으로 밀어놓을 수 있었다.

"그걸 다 오늘 해야 한단 말이지, 오늘! 안 그러면 세상이 끝장나니까!"

트리나는 이렇게 말하며 생긋 웃었다. 그러자 분위기가 조금이나마 밝아졌다.

"그 지루한 책은 나중에 읽어."

마크는 일어서면서 트리나의 손을 잡아끌어 일으켜주었다. 그리고 그들이 집이라 부르는 가건물을 향해 산길을 내려가기 시작했다.

냄새가 제일 먼저 마크에게 와 닿았다. '중앙 오두막' 쪽으로 오면 늘 그랬다. 썩어가는 덤불, 구운 고기, 수정란풀 냄새. 그리고 태양 플레어 이후의 세상에 늘 배어 있는 탄내가 섞여 있었다. 그 냄새는 불쾌할 정도로 진하지는 않지만 늘 코끝에 머물렀다.

마크와 트리나는 뺨이라도 맞은 듯 비딱하게 기울어진 정착촌의 집들 사이로 걸어갔다. 이쪽 집들은 대부분 이 정착촌이 형성된 초기의 몇 달 동안 날림으로 세워졌다. 건축가와 건축도급업자

출신들이 합류해 건축을 책임지기 전에 만들어진 것으로, 나무줄기와 진흙, 짧고 뻣뻣한 솔잎으로 만든 초라한 오두막이 대부분이었다. 창문 대신 벽에 구멍을 뚫어놓았고 문간 모양도 비딱했다. 땅에 구멍을 파고 바닥에 비닐 덮개를 깐 후, 빗물을 막기 위해 통나무들을 엮어 지붕 대신 얹은 집들도 있었다. 마크가 어린 시절을 보냈던 대도시의 고층건물과 콘크리트 구조물 들과는 너무도 다른 풍경이었다.

마크와 트리나가 중앙 오두막의 비딱하게 기울어진 문간으로 들어서자 알렉은 투덜대는 소리로 인사를 대신했다. 두 사람이 인사를 하기도 전에 라나는 활기찬 걸음으로 곧장 그들에게 다가왔다. 이 통통한 여성은 검은 머리를 항상 뒤로 모아 쪽을 졌다. 군 간호사 출신인 라나는 알렉보다는 젊었지만 마크의 부모님보다는 나이가 많았다. 마크는 뉴욕 시 지하 터널에서 라나와 알렉을 만났다. 당시 라나와 알렉은 국방부에서 일하고 있었고, 알렉이 라나의 상관이었다. 그들은 그날 무슨 회의를 하러 가는 길이었다고 했다. 그리고 그날 세상은 완전히 바뀌어버렸다.

라나는 마크의 바로 코앞에서 걸음을 멈추고 물었다.

"둘이 어디 있다 오는 거니? 새벽에 출발해야 한다니까. 남쪽 골짜기로 가서 야영지를 추가로 지을 만한 곳을 찾아보기로 했잖아. 지금처럼 초만원 상태로 몇 주 더 살다간 짜증나서 폭발해버릴 것 같아."

마크가 말했다.

"좋은 아침이에요. 오늘도 쾌활하시네요."

그러자 라나는 마크의 예상대로 미소를 지었다.

"가끔 내가 인사도 생략하고 곧장 본론으로 들어가곤 해. 알렉처럼 투덜거리기 전에 우선 다른 할 말부터 많이 하긴 하지만 말이야."

"병장님처럼요? 예, 맞는 말씀이세요."

때마침 알렉이 무어라 투덜거렸다.

트리나가 말했다.

"늦어서 죄송해요. 그럴듯한 변명을 내놓고 싶지만 정직이 최선이니까. 마크가 저더러 먼저 개울가에 가 있으라고 했어요. 그리고 우린 거기서……. 안 들어도 아시잖아요."

요즘 마크는 어지간해서는 놀라거나 얼굴을 붉히지 않았는데, 트리나는 그 두 가지를 동시에 끌어냈다. 마크는 당황해서 말을 더듬었고 라나는 어이없어하며 눈을 위로 굴렸다.

라나가 손을 휘저으며 말했다.

"아, 됐고. 아직 아침 안 먹었으면 가서들 먹어. 짐 싸서 출발해야지. 일주일 안에는 돌아와야 돼."

일주일간의 황무지 외출. 새로운 것들을 보고 이곳보다 신선한 공기도 마시고. 생각만 해도 마크는 우울했던 기분이 한결 가벼워지는 것 같았다. 이따가 이동할 때도 지금 같은 기분을 쭉 유지하면서 즐겁게 걷자고 마크는 다짐했다.

트리나가 물었다.

"다넬이랑 토드 보셨어요? 미스티는요?"

"그 광대 삼남매들?"

알렉은 껄껄 웃음을 터뜨렸다. 참 희한한 데서 웃는 사람이었다.

"적어도 그 녀석들은 우리 계획을 기억하고 있더구나. 벌써 식사 마치고 집 싸러 갔어. 곧 돌아올 거야."

마크와 트리나가 팬케이크와 사슴 소시지를 먹고 있는데 익숙한 목소리가 들려왔다. 그들이 뉴욕 시 지하 터널에서 만나 이곳까지 함께 온 세 친구들의 목소리였다.

"머리에서 얼른 그거 벗고, 이리 내놔!"

징징대는 목소리가 들리더니, 갈색 머리에 팬티를 모자처럼 쓴 10대 소년이 문 안으로 들어왔다. 다넬이었다. 평생 진지함이라곤 몰랐을 것 같은 가벼운 녀석이었다. 태양이 그를 산 채로 태워 죽일 듯 뜨겁게 끓어올랐던 1년 전에도 다넬은 농담을 잊지 않았다.

다넬은 중앙 오두막으로 들어오며 말했다.

"마음에 드는데 왜! 머리카락이 바람에 날리지 않게 잡아주고 비바람이 불어도 보호해준단 말이야. 일석이조라고!"

바로 뒤따라 키 크고 마른 체격에 붉은 머리카락을 길게 기른, 마크보다 약간 나이 들어 보이는 소녀가 들어왔다. 그들은 그 소녀를 미스티라고 불렀다. 그게 진짜 이름인지는 알 수 없었다. 미스티는 역겨움과 웃음이 섞인 표정으로 다넬을 쳐다보고 있었다. 이어서 뛰어 들어온 토드가 미스티 옆을 지나, 다넬의 머리에서 팬티를 벗기려고 팔을 뻗었다. 토드는 본명이 아니라 '두꺼비'라는 뜻의 별명인데, 그 별명처럼 그는 키가 작고 몸집이 옆으로 딱 바라졌다.

"내놔!"

토드는 악을 쓰며 펄쩍펄쩍 뛰었다. 열아홉 살치고 이렇게 키가 작은 소년은 마크도 처음 보았다. 떡갈나무처럼 굵은 몸통에는 근육, 힘줄, 핏줄이 두드러졌다. 언제든 본인이 마음만 먹으면 여럿을 늘씬하게 팰 수 있는 체격이라 아이들은 더더욱 토드에게 짓궂은 장난을 예사로 쳤다. 토드는 남들의 관심을 받는 걸 좋아했고 다넬은 바보 같은 장난을 치며 놀려대는 걸 즐겼다.

미스티가 다넬에게 말했다.

"그 더러운 걸 왜 머리에 쓰고 있으려는 거야? 그게 어디에 닿았던 건지는 알지? 토드의 사타구니를 덮고 있던 속옷이라고."

"좋은 지적이야."

다넬은 구역질하는 시늉을 했고, 그 틈에 토드는 그의 머리에서 재빨리 팬티를 낚아챘다. 다넬은 어깨를 으쓱하며 말을 이었다.

"내가 판단을 잘못했네. 웃겨서 써보긴 했지만."

토드는 팬티를 배낭에 쑤셔 넣으며 말했다.

"최후의 승자는 나야. 2주일 넘게 갈아입지 않은 팬티거든."

그러고는 웃음을 터뜨렸다. 고깃덩어리를 놓고 싸우는 개를 떠올리게 하는 웃음소리였다. 토드가 이렇게 웃으면 방 안에 있는 나머지 사람들은 따라 웃지 않을 수 없고 냉랭했던 분위기는 자연스럽게 녹아버리는 것이다. 마크는 함께 웃고 있으면서도 이 웃음이 팬티 건 때문인지, 토드의 입에서 나온 웃음소리 때문인지 알 수가 없었다. 어느 쪽이든 이렇게 유쾌한 순간은 흔치 않았다. 웃으니 기분도 좋아졌다. 트리나의 얼굴도 한결 밝아진 것 같았다.

알렉과 라나도 큭큭 웃고 있었다. 마크는 오늘이야말로 완벽한 하루가 되겠구나 싶었다.

그런데 낯선 소음에 웃음이 끊기고 말았다. 마크가 1년 넘게 들어본 적 없고, 다시는 들을 일 없으리라 생각했던 소음이었다.

그것은 하늘에서 들려오는 엔진 소리였다.

3장

우르르 끼이익 소리가 중앙 오두막을 온통 뒤흔들었다. 되는대로 통나무를 쌓고 회반죽을 발라 지은 오두막의 틈새 사이로 먼지가 풀썩풀썩 흘러들고 털털털 소리가 머리 위를 가득 채웠다. 그 소리가 점차 줄어들고 오두막이 흔들림을 멈추자 마크는 귀를 막았던 손을 비로소 뗐다. 다들 어찌된 일인지 분간을 못 하고 우왕좌왕하고 있는 사이에 알렉은 이미 벌떡 일어나 문 쪽으로 달려가고 있었다. 라나는 재빨리 그 뒤를 따라갔고 그제야 나머지도 따라나섰다.

오두막 밖으로 나올 때까지 아무도 입을 열지 않았다. 눈부신 아침 햇살이 지상에 내리꽂히고 있었다. 마크는 작열하는 햇살을 피하려고 손을 눈두덩에 올리고 눈을 가늘게 뜨며 소리의 근원을 찾아 하늘을 올려다보았다.

"버그야. 비행선. 도대체 저게 왜……."

토드가 굳이 말하지 않아도 알 수 있었던 사실이었다.

마크가 저런 거대한 비행선을 본 건 태양 플레어 사태 이후로 처음이었다. 막상 눈앞에 보이자 가슴이 철렁했다. 재앙에 살아남은 버그가 무슨 이유로 산 위를 날아서 이곳까지 왔는지 짐작조차 할 수 없었다. 반짝이는 소재로 만들어진 둥글고 커다란 비행선은 반동추진엔진을 통해 파란 불꽃을 요란하게 내뿜으며 정착촌 한가운데로 내려오고 있었다.

버그의 이동 경로를 따라 마을의 비좁은 골목을 지나서 빠른 걸음으로 걸어가던 트리나가 물었다.

"저게 여기서 뭘 하는 거지? 비행선들은 애슈빌 같은 대규모 정착촌에나 보급품을 전달해주잖아."

미스티가 나름의 대답을 내놓았다.

"어쩌면…… 우릴 구해주러 온 거 아닐까? 다른 곳으로 데려가려고?"

다넬이 콧방귀를 뀌었다.

"아닐걸. 그럴 거였으면 진즉에 데려갔겠지."

마크는 일행의 맨 뒤에서 따라가면서 아무 말도 하지 않았다. 그는 거대한 버그의 갑작스러운 출현에 놀라서 어안이 벙벙했다. 그동안 사람들이 불가사의한 '그들'에 관해 언급하곤 했었다. '그들'이 누구인지는 아무도 알지 못했지만. 중앙 정부가 조직되는 중이라는 소문이 돌고 있기는 했으나 믿을 만한 정보는 아니었다. 공식적인 발표가 났던 것도 아니었다. 애슈빌 주변의 야영지들은 '그들'에게 보급품이나 식량을 전달받으면 이곳처럼 외진 곳에 위치한 정착촌에 그것들을 나눠주곤 했다.

버그는 푸른 불을 뿜는 추진기를 지상으로 향한 채 마을 광장에서 15미터쯤 위에 떠 있었다. 정착촌을 만들 당시 사람들이 공터로 남겨둔 정사각형 모양의 거친 땅을 그들은 마을 광장이라 부르고 있었다. 마크 일행은 광장까지 서둘러 뛰었다. 그곳에는 이미 사람들이 모여 있었다. 얼빠진 얼굴들이 신화에 나오는 괴물을 보듯 비행기계를 올려다보고 있었다. 굉음과 번쩍이는 푸른빛 때문에 정말 신화 속 괴물처럼 보이기는 했다. 첨단 기술의 흔적조차 보지 못한 채 1년 넘게 살아온 터라 더 그랬다.

사람들은 대부분 광장 중앙에 모여 있었고, 기대와 흥분에 찬 표정들이었다. 다들 미스티와 같은 생각을 하고 있는 모양이었다. 버그가 그들을 구해주러 여기에 왔다거나, 적어도 좋은 소식을 전하러 왔을 거라는 생각. 하지만 그동안 여러 가지 일들을 겪으면서 쓸데없이 기대를 많이 하면 안 된다는 걸 체득한 마크는 경계심을 늦추지 않았다.

트리나가 마크의 옷소매를 당기고 그에게 몸을 기울이며 말했다.

"착륙할 만한 공간도 없는데, 도대체 뭘 하고 있는 거지?"

"나도 모르겠어. 외부에 아무 표시가 없어서 어디 소속 버그인지, 어디서 온 건지 알 수가 없어."

가까이에 있던 알렉이 파랗게 포효하는 추진기의 요란한 소음 너머로 그들의 대화를 들은 모양이었다. 군인 출신답게 귀도 엄청 밝았다. 알렉이 악을 쓰다시피 말했다.

"애슈빌에 물품을 떨어뜨려 주던 버그들은 겉에 '플레어 후 연합정부'의 약자인 '플후연'이라고 커다랗게 적혀 있어! 저 버그에는 아무것도 적혀 있지 않으니 이상하구나."

마크는 지금 그 정보가 무슨 소용이 있을지 모르겠어서 알렉에게 어깨를 으쓱해 보였다. 마크는 어리둥절한 상태로 비행선을 계속 올려다보았다. 저 비행선 안에 누가 타고 있는지, 무슨 목적으로 왔는지 궁금했다. 트리나가 그의 손을 잡자 마크도 마주 잡았다. 둘 다 손에 땀이 배어 있었다.

"저 안에는 신이 타고 있을지도 몰라! 태양 플레어를 일으켜서 미안하다고 왔을걸!"

토드가 카랑카랑하게 소리쳤다. 목청을 높일 때마다 늘 그랬다.

마크는 시야 한옆으로 다넬이 입을 벌린 채 뻐끔거리는 모습을 보았다. 다넬은 재치 있고 재미나게 토드의 말을 받아치려는 참이었다. 그런데 그 순간 공중에서 유압 장치의 그르릉, 끼이익 대는 소리에 이어 요란하게 빠각하는 소리가 들렸다. 마크는 버그 바닥에서 사각형의 거대한 해치문이 회전하며 열리고 경사로처럼 아래로 내려오는 모습을 멍하니 올려다보았다. 버그 안은 어두웠다. 점점 벌어지는 해치문의 틈새 사이로 엷은 안개가 구불구불 흘러나왔다.

사람들 사이에 탄성과 고함이 퍼져나갔다. 너도 나도 손을 들어 손가락으로 비행선을 가리켰다. 버그에서 잠시 시선을 떼고 주변을 둘러본 마크는 경외감에 휩싸였다. 그들은 내일이 마지막 날이 될 수도 있다는 중압감을 안고 필사적으로 하루하루를 살아가는 사람들이었다. 그런 사람들이 모두 모여 비행선만 올려다보고 있었다. 이쯤 되면 토드의 농담이 진담처럼 여겨질 정도였다. 신적인 존재가 그들을 구원해줄지도 모른다는 간절함이 사람들의 눈에 담겨 있는 것을 보고 마크는 속이 약간 울렁거렸다.

그런데 놀란 숨소리들이 광장에 퍼져나갔다. 마크는 얼른 다시 하늘을 올려다보았다. 버그의 어두운 내부에서 다섯 사람이 모습을 드러냈다. 그들의 옷차림에 마크는 등골이 오싹했다. 고무 재질로 된 커다란 녹색 원피스 슈트가 머리끝부터 발끝까지 감싸고 있었다. 얼굴 부위는 투명한 가리개로 되어 있어 착용자가 바깥을 내다볼 수 있었는데, 하늘에서 빛나는 강렬한 태양과 비행선과의 거리 때문에 마크는 그들의 얼굴을 제대로 볼 수가 없었다. 그들은 커다란 검은색 장화를 신은 발로 조심스레 걸어 나와 해치문 가장자리에 도열했다. 균형을 유지하고 서 있기 위해서인지 몸에 힘을 준 상태였다.

그들은 마치 총처럼 생긴 검은색 튜브를 하나씩 손에 들고 있었다.

마크는 그렇게 생긴 총은 본 적이 없었다. 가늘고 기다란 튜브 끝에는 공업용 펌프의 배관을 떼다가 붙인 것 같은 장치가 달려 있었다. 낯선 자들은 자리를 잡고 서서 튜브처럼 생긴 것을 들어 올려 지상의 사람들에게 겨눴다.

알렉이 사람들을 밀치며 어서 피하라고 있는 힘껏 고함을 질렀다. 주변이 온통 혼란에 휩싸였다. 겁에 질린 사람들이 비명을 내지르는 와중에도 마크는 멍하게 서서, 괴상한 차림을 하고 위협적인 무기를 든 낯선 자들을 계속 올려다보았다. 마크를 제외한 사람들은 버그를 타고 온 자들이 그들을 구해주러 온 게 아님을 깨달은 것이다. 평소 행동이 재빨랐던 마크가 어째서 넋을 잃고 서 있기만 했을까? 태양 플레어로 지구가 온통 황폐해진 후 지옥 같은 1년을 살아남은 마크였는데.

버그에서 첫 발이 발사됐는데도 마크는 그 자리에 얼어붙은 채 그 광경을 쳐다보기만 했다. 시커멓고 조그마하며 빠른 무언가가 희미한 움직임으로 튜브에서 튀어나왔다. 마크의 시선이 그것의 궤적을 좇았다. 이어서 기분 나쁜 퍽 소리가 나는 곳으로 마크는 고개를 돌렸다. 다넬의 어깨에 10센티미터 남짓한 길이의 작은 화살이 꽂혀 있었다. 가느다란 금속 화살대가 박힌 상처에서 피가 줄줄 흘러내렸다. 다넬은 쓰러지면서 괴상한 신음을 토해냈다.

그제야 마크는 정신이 퍼뜩 들었다.

4장

공기를 가르는 비명 속에서 겁에 질린 사람들이 사방으로 도망
쳤다. 마크는 다넬의 겨드랑이에 두 팔을 끼워 부축했다. 좌우에
서 화살들이 목표물을 찾아 쌩쌩 내리꽂히고 있었다. 마크의 머리
는 순식간에 상념을 밀어내고 오직 서두르라고 재촉했다.

마크는 다넬을 두 팔로 안은 채 질질 끌고 뒷걸음질 쳤다. 도망
치다 넘어진 트리나를 라나가 붙잡아 일으켜 세워주었다. 두 사람
은 곧 달려와 다넬의 발을 하나씩 붙잡고 힘을 보탰다. 그들은 동
시에 끄응 하고 힘을 주면서 다넬을 들어 올려 광장에서 최대한
멀리 도망치기 시작했다. 그들 셋 중에 화살에 맞은 사람이 아무
도 없는 건 기적에 가까웠다.

피융, 피융, 피융. 턱! 턱! 턱! 비명 소리, 바닥에 쓰러지는 소리.

화살들은 사방으로 끊임없이 쏟아졌다. 마크와 트리나, 라나는
최대한 서둘러 다넬을 데리고 힘겹게 도망쳤다. 나무들 뒤로 몸을

피하는데 화살들이 나뭇가지와 줄기에 날아와 퍽퍽 꽂혔다. 그들은 다시 열린 공간으로 나오고 말았다. 서둘러 좁은 공터를 지나 아무렇게나 지어 올린 통나무집들 사이의 골목으로 몸을 숨겼다. 사방에서 사람들이 미친 듯이 문을 두드리고 열린 창문으로 몸을 날려 집 안으로 뛰어 들어갔다.

추진기가 콰르르 포효하더니 뜨끈한 바람이 마크의 얼굴에 불어 닥쳤다. 포효가 더욱 커지고 바람도 거세졌다. 마크는 소리가 나는 곳을 향해 시선을 돌렸다. 버그가 도망치는 군중들을 쫓아 이동하고 있었다. 사람들 사이에서 토드와 미스티가 보였다. 그 둘은 사람들에게 어서 피하라며 재촉하고 있었는데 버그의 강한 바람 소리에 묻혀 그들이 무어라 외치는지는 들리지 않았다.

마크는 어찌해야 할지 알 수가 없었다. 피난처를 찾는 게 급선무였지만 너무나 많은 사람들이 같은 목적으로 움직이고 있어서, 다넬을 안고 혼란스러운 와중에 계속 돌아다니다간 넘어져 짓밟힐 위험이 있었다. 버그가 다시 움직임을 멈추었다. 괴상한 옷을 입은 낯선 자들이 무기를 들어 올리고 쏘기 시작했다.

피융, 피융, 피융. 퍽, 퍽, 퍽.

화살 하나가 마크의 셔츠를 스치고 땅에 박혔다. 누군가 그걸 밟아 땅에 더 깊게 박아 넣었다. 또 다른 화살이 옆으로 지나가던 남자의 목에 박혔다. 목에서 피가 뿜어져 나왔고 그 남자는 비명을 지르며 앞으로 고꾸라졌다. 곧바로 세 사람이 쓰러진 남자의 몸을 밟고 달려갔다. 마크가 주변에서 일어나고 있는 일에 충격을 받아 저도 모르게 우뚝 서자, 라나가 계속 이동하라며 악을 썼다.

화살을 쏘는 자들의 명중률이 높아졌는지 좌우에서 화살에 맞아 쓰러지는 사람들이 속출했다. 고통과 공포에 찬 비명이 사방을 가득 메웠다. 마크는 완전히 속수무책이었다. 쏟아지는 화살들을 피할 방도가 없었다. 다넬을 안은 채로 절뚝거리며 비행선보다 빨리 이동하려 안간힘을 썼지만 처음부터 불가능한 일이었다.

알렉은 어디 있지? 전투 본능을 갖춘 그 거친 남자는 도대체 어디 있는 거야? 어디로 달아난 거냐고?

마크는 다넬을 붙잡아 안고 계속해서 이동했다. 트리나와 라나는 그의 속도에 맞추느라 종종걸음을 쳤다. 어느새 토드와 미스티가 그들 옆에서 함께 달리고 있었다. 그들은 이동을 방해하지 않으면서 도움을 주려고 애를 썼다. 화살이 비처럼 쏟아져 내리는 가운데 비명이 터져 나오고 사람들은 여기저기서 쓰러졌다. 마크는 모퉁이를 돌아 골목 안으로 휘청거리며 들어섰다. 그 길로 가면 오른쪽에 건물을 둘 수 있으니 화살을 얼마간이라도 피하며 중앙 오두막으로 돌아갈 수 있었다. 사람들이 이쪽으로는 많이 오고 있지 않아서 지상으로 떨어지는 화살의 수도 그만큼 적었다.

그들은 의식을 잃은 다넬을 데리고 최대한 빨리 발걸음을 옮겼다. 그러나 이쪽 구역의 집들은 층층이 바짝 붙여 지어진 터라 중간을 관통해 주변의 숲으로 달아날 수가 없었다.

"중앙 오두막에 거의 다 왔어! 버그가 우리 머리 위에 닿기 전에 서둘러!"

트리나가 소리쳤다.

뒷걸음질로 이동하던 마크가 몸을 돌려 전방을 향해 뛰기 시작했다. 다넬의 셔츠를 꽉 움켜쥐고 고개만 앞으로 돌린 채 뒷걸음질을 치다 보니 다리 근육이 몹시 땅겼고, 급기야 열이 나고 경련이 일기 시작했기 때문이다. 앞을 가로막고 있는 게 아무것도 없어서 마크는 속도를 높였다. 라나와 트리나는 다넬의 다리를 하나씩 잡고 속도를 맞춰 뛰었다. 토드와 미스티도 그들 사이로 비집고 들어와 다넬의 팔을 하나씩 잡아 올려 무게를 덜어주었다. 그들은 좁은 골목골목을 지나 튀어나온 나무뿌리들을 넘고 바짝 마른 흙바닥을 건너 지그재그로 미끄러지듯 도망쳤다. 버그의 웅웅대는 소음이 오른쪽에서 들려오고 있었으나 그 사이의 오두막들과 줄지어 선 나무들로 인해 소리가 줄었다.

마침내 마크는 모퉁이를 돌아갔다. 작은 공터 너머에 중앙 오두막이 보였다. 마크가 중앙 오두막을 향해 죽기 살기로 발을 옮기는데 도망치던 사람들이 맞은편에서 몰려들었다. 사람들은 삽시간에 사방으로 흩어져 눈에 보이는 문들을 향해 돌진했다. 버그가 곧장 머리 위로 날아오더니 고도를 한껏 낮췄다. 그 정도로 지상에 낮게 내려온 걸 본 적이 없어서 마크는 그 자리에 얼어붙었다. 버그의 해치문에는 세 명뿐이었다. 버그가 이동을 멈추고 공중에서 정지비행을 시작하자마자 그자들은 화살을 쏘아대기 시작했다.

은색으로 빛나는 작은 화살들이 공중을 날아, 공터로 몰려드는 사람들을 향해 쏟아졌다. 모든 화살들이 명중하여 남자들, 여자들, 아이들의 목과 팔에 꽂혔다. 사람들은 비명을 지르며 바닥에 고꾸라졌고 숨을 곳을 찾아 이리 뛰고 저리 뛰던 사람들은 쓰러진 사람들을 밟고 달려갔다.

마크가 이끄는 작은 집단은 가까이에 있는 건물 측벽에 바짝 붙은 채 다넬을 바닥에 내려놓았다. 고통과 피로가 팔다리를 강타해, 마크는 의식을 잃은 친구 옆에 나란히 쓰러져 눕고 싶었다.

트리나는 두 손으로 무릎을 짚고 숨을 몰아쉬며 말했다.

"다넬을 아까 거기 두고 도망쳐야 했어. 다넬을 데리고 다니니까 속도를 낼 수가 없어. 화살이 계속 쏟아져서 이대로는 다넬도 위험해."

토드가 갈라진 목소리로 말했다.

"이러다 다 죽겠어."

마크는 토드를 노려보았지만 틀린 말은 아니었다. 이미 가망이 없는 사람을 살리겠다고 그들은 스스로를 죽음의 위험 속에 내던지고 있는 것인지도 몰랐다.

건물 모퉁이로 가서 그 너머 공터를 살펴본 라나가 중얼거렸다.

"뭐가 어떻게 되고 있는 거지?"

그러고는 어깨 너머로 나머지 일행을 돌아보며 말했다.

"놈들이 오른쪽 왼쪽으로 번갈아가면서 사람들을 쏘고 있어. 왜 총알이 아니라 화살을 쓰는 거야?"

마크가 대꾸했다.

"뭔가 말이 안 돼요."

그러자 트리나는 두려움보다는 좌절감으로 몸을 떨며 말했다.

"우리가 뭐든 해야 하는 거 아니에요? 왜 저들이 이런 짓을 하게 내버려두고 있냐고요?"

마크는 라나 쪽으로 가서 함께 공터를 내다보았다. 사람들이 여기저기 널브러져 있었다. 그들의 몸에 꽂힌 화살들이 하늘을 향해 뻗어 있어 마치 작은 숲을 보는 듯했다. 버그는 여전히 그들 머리 위에 머물며 추진기로 맹렬한 푸른 불을 뿜어내고 있었다.

마크는 누구든 대답해주길 바라며 속삭였다.

"마을을 지키는 경비원들은 다 어디 있어요? 오늘 휴가라도 낸 거예요?"

아무도 대답이 없었다. 그때 중앙 오두막 문 쪽에서 움직임이 보여 마크는 그리로 시선을 옮겼다. 누구인지 확인한 마크는 안도의 한숨을 내쉬었다. 알렉이 어서 자기 쪽으로 오라며 미친 듯이 손을 흔들고 있었다. 알렉은 커다란 소총처럼 생긴 무기 두 자루를 들고 있었는데, 굵게 똬리 튼 밧줄 더미 끝에 갈고리가 붙어 있는 발사기였다.

퇴역한 지 오래됐어도 역시 군인 출신이라 알렉은 곧바로 계획을 세웠고 도와줄 사람을 필요로 했다. 이 괴물들에 맞서 반격할 생각인 것이다. 마크의 생각도 같았다.

마크는 벽에서 등을 떼고 주변을 둘러보았다. 골목 맞은편에 나무판자가 떨어져 있었다. 무엇을 하려는 건지 일행에게 설명하지도 않고 달려간 마크는 그 나무판자를 집어 들고 공터로 향했다. 그는 나무판자를 방패 삼아 중앙 오두막 쪽, 알렉이 있는 곳을 향해 뛰었다.

굳이 하늘을 올려다볼 필요도 없었다. 쉴 새 없이 내리꽂히는 화살 소리가 귓가에 똑똑히 들렸으니까. 그중 하나가 나무판자에 퍽 꽂혔다. 마크는 계속 달렸다.

5장

마크는 달리는 속도를 불규칙적으로 만들기 위해 보폭을 좁혔
다 넓혔다 하면서 좌우로 방향을 바꿔 알렉에게 향했다. 발치에
화살들이 묵직하게 꽂혔다. 임시 방패에 두 번째 화살이 꽂히는
느낌이 났다. 알렉은 소총처럼 생긴 갈고리 발사기 두 자루를 손
에 쥔 채 곧장 공터 한가운데로 달려왔다. 마크와 알렉은 버그 바
로 밑에서 서로 몸을 부딪칠 뻔했다. 알렉과 만난 순간 마크는 곧
장 허리를 굽히고 방패를 들어 올려 알렉과 자신을 보호했다.

알렉의 눈이 매섭게 빛나고 있었다. 머리가 반백이 되었음도 불
구하고 강렬한 눈빛 때문에 이 순간만큼은 20년은 젊어 보였다.

알렉이 소리쳤다.

"저것이 여길 뜨기 전에 서둘러야 돼!"

머리 위에서는 추진기가 푸른 불꽃을 뿜어내고, 화살들이 그들
주변의 사람들에게 쉴 새 없이 내리꽂혔다. 끔찍한 비명이 곳곳에

서 터져 나왔다.

마크가 목청을 높여 물었다.

"제가 뭘 해야 돼요?"

알렉의 지시를 기다리는 동안 아드레날린과 공포가 뒤섞인 익숙한 느낌이 마크를 휘감았다.

"이거로 나를 엄호해라."

알렉은 갈고리 소총 두 자루를 겨드랑이에 끼우고 바지 뒤춤에서 권총 한 자루를 꺼내 내밀었다. 마크가 본 적 없는 칙칙한 검은색을 띤 권총이었다. 머뭇거릴 새 없이 마크는 그 권총을 받아 들었다. 묵직한 걸로 보아 장전이 돼 있는 듯했다. 마크가 권총의 공이치기를 당겨 발사 준비를 하고 있는데 화살 하나가 방패에 하나, 이어서 또 하나 꽂혔다. 버그에 탄 낯선 자들이 바로 아래 공터에서 무언가 작당을 하는 두 사람을 주목했는지 곧 더 많은 화살들이 우박처럼 쏟아졌다.

알렉이 낮은 목소리로 지시했다.

"발사해. 그 안에 총알은 열두 발밖에 없으니 조준 잘하고. 빗나가게 쏘면 안 돼. 이제 쏴!"

그러고는 바로 돌아서서 3미터쯤 떨어진 곳으로 달려갔다. 마크는 버그의 해치문에 선 사람들을 향해 권총을 겨냥하고 두 번 연속해서 쏘았다. 그 정도면 그들의 시선을 알렉에게서 자신한테로 끌어올 수 있을 것 같았다. 녹색 옷을 입은 세 사람은 뒤로 물러나 무릎을 굽히고 몸을 낮췄다. 그 세 사람과 마크 사이를 금속으로 된 해치문 경사로가 막고 있었다. 그런데 세 명 중 한 명이 몸을 돌려 비행선 안쪽으로 올라갔다.

마크는 방패를 옆에 던져놓고 두 손으로 권총을 잡은 후 자세를 잡고 정신을 집중했다. 해치문 가장자리 너머에서 머리 하나가 빼꼼 내다보았고 마크는 권총 조준기 안에 목표물을 담자마자 총을 쏘았다. 반동으로 손이 흔들렸지만 목표물 주변으로 붉은 피가 안개처럼 흩뿌려지는 것을 볼 수 있었다. 총에 맞은 자가 경사를 굴러 내려와 그 아래 있던 세 명에게 떨어졌다. 무슨 일이 일어나고 있는지 목격한 사람들이 사방에서 또다시 비명을 질러댔다.

손 하나가 해치문 너머로 올라왔다. 그 손은 튜브가 달린 무기를 지상으로 향하고 무작위로 쏘아댔다. 마크도 총을 쏘았다. 총알이 금속으로 된 그 무기를 맞춰 날카롭게 쨍 소리를 냈고 곧이어 무기가 지상으로 떨어졌다. 어떤 여자가 그걸 주워 살펴보기 시작했다. 반격에 쓸 수 있는지 사용법을 알아내려는 것 같았다. 그렇게만 된다면 정말 도움이 될 것이다.

마크는 위험을 무릅쓰고 알렉 쪽을 돌아보았다. 알렉은 고래를 잡으려고 작살을 들어 올린 선원처럼, 닻 모양 갈고리가 달린 발사기를 어깨에 받쳐 들었다. 휙 소리가 나는가 싶더니 갈고리가 버그를 향해 날아올랐다. 갈고리에 연결된 밧줄이 아지랑이처럼 따라 올라갔다. 갈고리는 해치문이 계속 열려 있을 수 있도록 해주는 유압 장치들 중 하나에 쩔꺼덕 걸렸고 옆으로 비틀리며 단단히 고정됐다. 알렉이 밧줄을 팽팽하게 당기고는 마크에게 소리쳤다.

"권총 이리 내!"

마크는 해치문 너머로 누가 화살을 쏘아부으려 내려다보고 있지 않은지 확인한 후 알렉에게 뛰어가 권총을 넘겼다. 알렉은 권총을 손에 쥐자마자 딱 소리와 함께 공중으로 솟구쳐 올라갔다. 갈고리 발사기에 연결된 밧줄을 따라 버그로 올라간 것이다. 알렉은 갈고리 발사기를 한 손으로 잡고 다른 한 손으로는 권총을 쥐었다. 해치문 너머로 올라가자마자 총성이 연달아 세 번 들려왔다. 마크는 알렉이 해치문 경사로를 밟고 올라가는 모습을 보았다. 이윽고 알렉의 발이 시야에서 사라졌다. 몇 초 후 녹색 옷을 입은 자 한 명이 해치문 너머로 떠밀려 지상의 흙바닥에 곤두박질쳤다.

위에서 알렉이 마크에게 소리쳤다.

"하나 더 있는 갈고리 발사기를 써! 놈들이 여기로 더 몰려오거나 이놈들이 여길 뜨기 전에 서둘러!"

알렉은 대답을 기다리지 않고 곧바로 버그의 몸체를 향해 돌아섰다.

마크의 심장이 요동쳤다. 어찌나 거세고 빠르게 뛰는지 심장이 갈빗대에 부딪치는 듯했다. 주변을 돌아본 마크는 알렉이 바닥에 놓아둔 또 하나의 갈고리 발사기를 발견했다. 그것을 집어 들고 살폈지만 사용법을 모르는 터라 몹시 당황스러웠다.

알렉이 다시 소리쳤다.

"여기를 향해 조준해! 갈고리가 어디 걸리지 않아도 내가 잡아서 걸면 되니까 쏴! 어서!"

마크는 발사기를 소총처럼 잡고 해치문 가운데를 향해 겨눈 다음 방아쇠를 당겼다. 반동이 셌지만 그는 발사기를 잘 잡고 버텼다. 어깨에 통증이 느껴졌다. 버그를 향해 치솟은 갈고리와 밧줄이 열린 해치문 가장자리를 넘어갔다. 철컹 소리와 함께 다시 아래로 미끄러져 내려오는 갈고리를 알렉이 붙잡았다. 알렉은 갈고리를 또 다른 유압 장치로 가져가 그 주변에 감아 단단히 걸었다.

"됐어! 초록색 견인 버튼을 눌—."

버그의 엔진이 한층 더 높은 음을 내며 위로 치솟는 바람에 알렉의 말이 끊어졌다. 갈고리 발사기 끄트머리를 잡고 있던 마크도 덩달아 하늘로 솟구쳐 올라갔다. 밑에서 트리나가 그에게 소리를 질렀다. 땅이 점점 멀어지고 사람들도 조그맣게 줄어들었다. 두려움에 휩싸인 마크는 손가락 관절이 하얗게 질리도록 갈고리 발사기를 단단히 움켜잡았다. 아래를 내려다보자 현기증이 나고 배 속이 요동을 쳐서 억지로 해치문 쪽으로 시선을 돌렸다.

경사로 아래로 미끄러져 하마터면 지상으로 떨어질 뻔했던 알렉이 재빨리 발을 굴러 위로 올라갔다. 그는 마크의 목숨 줄인 밧줄을 붙잡고 안전한 곳까지 올라간 후, 바닥에 엎드려 눈을 부릅뜨고 마크를 내려다보면서 소리쳤다.

"초록색 버튼을 찾아, 마크! 그걸 눌러!"

추진기의 힘으로 인해 더욱 강해진 바람이 마크의 몸을 휘감았다. 계속해서 고도를 높이는 버그에서 지상까지의 거리는 60미터가 넘었다. 버그는 나무들이 자라는 곳을 향해 날아가고 있었다. 몇 초만 있으면 녹색 옷을 입은 자들이 마크를 발기발기 찢어놓거나 밧줄을 끊어 지상으로 떨어뜨리고 말 것이었다. 마크는 한 손으로는 발사기를 단단히 잡고, 다른 손으로는 초록색 버튼을 찾아 미친 듯이 발사기를 더듬었다.

갈고리와 밧줄을 버그로 쏘아 올린 방아쇠에서 몇 센티미터 아래에 그 버튼이 있었다. 마크는 잠시라도 발사기를 손에서 놓고 싶지 않았지만 어쩔 수 없었다. 오른손에 온 힘을 모아 발사기를 꽉 잡고 왼손을 초록색 버튼에 가져다 댔다. 마크는 공중에서 바람을 맞으며 온몸이 이리저리 흔들렸고 버그가 움직일 때마다 덜컥거렸다. 소나무와 떡갈나무의 윗부분이 눈앞으로 달려들었다. 마크는 도저히 집중이 되지 않아 버튼을 누를 수가 없었다.

갑자기 머리 위에서 철커덕, 땅땅, 끼이익 대는 금속성 소음이 들려 마크는 위를 올려다보았다. 버그의 해치문이 닫히고 있었다.

6장

"서둘러!"

위에서 알렉이 소리쳤다.

마크가 초록색 버튼을 찾으려고 다시 왼손을 밑으로 내리고 있는데 버그가 숲에 다다랐다. 마크는 양손으로 갈고리 발사기를 있는 힘껏 붙잡았다. 몸을 바짝 웅크리고 눈을 질끈 감았다. 버그가 숲으로 돌진하면서 키 큰 소나무들의 꼭대기에 자라난 나뭇가지들이 마크의 몸에 부딪치며 지나갔다. 솔잎이 피부를 찌르고 뾰족한 가지들이 옷자락을 잡아채거나 얼굴을 할퀴었다. 해골의 손처럼 그를 붙잡아 지상으로 추락시키려 하고 있었다. 온몸이 골고루 박박 긁혔다.

버그가 가속도를 내고 밧줄은 나뭇가지에 걸려 마구 팅기는 상황에서도 마크는 발사기를 놓지 않았다. 버그가 크게 한 바퀴 돌자 밧줄 끝에 매달린 마크도 크게 호를 그렸다. 그는 다리에 힘을 풀면서 이리저리 걷어차 중심을 잡았다. 해치문이 절반쯤 닫혔을 때, 그 너머로 알렉이 허리를 내밀고는 마크가 잡고 있는 밧줄을 끌어 올리려 안간힘을 썼다. 알렉은 고함을 지르느라 얼굴이 보랏빛이 될 정도였지만 버그의 소음이 워낙 커서 뭐라고 말하는지는 마크에게 들리지 않았다.

마크는 속이 뒤틀리고 정신이 없었지만 그 와중에도 기회는 한 번밖에 없음을 자각했다. 발사기에서 다시 왼손을 떼고 아래로 더 들어 내려가 방아쇠를 찾은 후, 초록색 버튼에 닿기 위해 밑으로 손을 더 내렸다. 시야에 더 많은 나무들이 들어왔다. 마크를 기어코 나무에 걸리게 해 떨어뜨리려고 버그가 고도를 낮추고 있는 것이었다.

마침내 초록색 버튼에 왼손이 닿아 꾹 눌렀는데 그만 손가락이 미끄러지고 말았다. 나뭇가지가 다시 손을 뻗어왔다. 마크는 발사기에 몸을 붙여 지렛대처럼 쓰면서 다시 한 번 버튼을 힘껏 눌렀다. 짙은 녹음 속으로 빨려드는가 싶더니, 딸깍 소리와 함께 몸이 위로 솟구쳐 올라갔다. 쏜살같이 날아오른 마크가 해치문으로 향하는 동안 나뭇가지들이 그의 얼굴을 마구 때렸다. 밧줄이 도로 감기느라 위잉 소리가 났고 마크는 알렉을 향해 끌려 올라갔다. 위에서 알렉이 손을 내밀었다. 금속으로 된 해치문은 틈이 1미터도 채 되지 않는 상태였다.

발사기를 손에서 놓은 마크는 서서히 올라가는 해치문의 각진 모서리에 발을 걸쳤다. 그는 훌쩍 뛰면서 한손으로는 알렉의 손을, 다른 손으로는 금속 문을 잡으려고 팔을 뻗었다. 금속 문을 잡지는 못했지만 다행히 알렉이 그를 단단히 붙잡고 점점 좁아지는 해치문 틈새 안으로 잡아당겼다. 마크는 몸을 비틀고 발을 버둥거리며 간발의 차로 몸을 안으로 밀어 넣었고, 해치문이 닫히기 직전에 문에 걸려 벗겨질 뻔한 신발도 잡아챘다. 이윽고 해치문이 천둥처럼 요란한 소리를 내며 닫히자 어두컴컴한 버그의 내부 벽에 그 메아리가 울려 퍼졌다.

버그 내부는 시원했다. 메아리가 잦아들고 난 후 마크의 귀에 들리는 소리라고는 본인이 들이쉬고 내쉬는 거친 숨소리뿐이었다. 어찌나 어두운지 아무것도 보이지 않았다. 작열하는 태양 아래 있다가 갑자기 실내로 들어오니 눈이 어둠에 적응을 못 해서일 수도 있었다. 가까이에서 알렉이 가쁜 숨을 몰아쉬는 소리가 들려왔다. 마크는 몸 마디마디가 쑤셨고 여러 군데 살갗이 벗겨져 피가 흐르는 걸 느낄 수 있었다. 해치문을 닫은 버그는 이동을 멈추고 한자리에서 정지 비행을 하며 웅웅거렸다.

"우리가 이 일을 해냈다는 게 믿어지지 않아요."

마크의 목소리도 메아리쳤다.

"그런데 일개 부대가 우릴 기다렸다가 비행선 밖으로 던져버릴 줄 알았는데 왜 아무도 없죠? 화살로 우릴 쏘지도 않고?"

알렉이 무거운 한숨을 내쉬었다.

"글쎄다. 최소한의 정예 요원만 타고 왔을 수도 있지. 적어도 한 명은 저 안에서 우릴 기다리고 있을 것 같지만."

"그 사람이 지금 제 머리에 화살 총을 겨누고 있을지도 모르겠네요."

알렉은 침을 뱉고 말했다.

"쳇! 우리 마을에 와서 자기네 할 일을 마치고 죄다 죽은 것 같

아. 우리가 놈들을 해치웠잖아. 조종사만 빼고 전멸일 거야."

"어쩌면 이 방 바깥에 열 명이 총을 들고 대기하고 있을지도 모르죠."

"뭐, 그럴 수도 있고 아닐 수도 있겠지. 자, 가보자."

알렉이 천천히 앞으로 나아갔다. 마크는 소리만으로 그의 움직임을 짐작했는데, 기어서 가고 있는 듯했다.

"하지만……."

막상 입을 열고 보니 할 말이 없었다. 달리 할 일도 없었다. 누군가 쿠키와 우유를 들고 와서 맞이해줄 때까지 여기 앉아 눈 감고 돌차기 놀이를 할 것도 아니고. 마크도 엎드렸다. 그는 나뭇가지에 맞은 상처들 때문에 잠시 움찔했다가 곧 알렉의 뒤를 따랐다.

몇 미터 앞에 희미한 빛이 보여 그리로 가까이 가자 주변이 약간 눈에 들어오기 시작했다. 그들이 있는 곳은 저장실 같았다. 사방의 벽에 선반들이 있고 끈이나 철책으로 된 문 너머에 물건들이 쌓여 있었는데 선반의 절반은 비어 있었다.

희미한 빛은 낮고 폭이 넓은 금속 문 위에 설치된 패널의 조명에서 흘러나오는 것이었다. 금속 문 가장자리에는 볼트들이 줄지어 박혀 있었다.

"놈들이 우릴 여기 가둬놓은 건가?"

알렉이 중얼거리며 일어섰다. 그는 문으로 가서 손잡이를 흔들어보았다. 역시나 꿈쩍도 하지 않았다.

무릎에 닿는 바닥이 딱딱한 덕분에 일어설 수 있어 그나마 다행이라고 마크는 생각했다. 몸을 일으키려는데 온몸의 근육이 아우성을 쳤다. 이렇게 힘을 많이 써본 게 오랜만이었고, 무엇보다 밧줄에 매달린 채 숲을 지날 때 나뭇가지에 흠씬 두들겨 맞은 게 제일 큰 원인이었다.

마크가 물었다.

"어떻게 된 거죠? 우리가 사는 곳은 별 볼 일 없는 마을인데 대체 왜 그런 짓을 한 걸까요? 화살로 우릴 쏘기까지 하고. 이유가 뭐였을까요?"

"나도 궁금해. 망할 화살에 맞은 사람들이 파리처럼 픽픽 쓰러지더만."

알렉이 문을 더 세게 당기고 손잡이를 이리저리 움직였지만 소용없었다. 알렉은 좌절한 표정으로 돌아서서 할머니처럼 뒷짐을 졌다.

마크가 조용히 그의 말을 되풀이했다.

"파리처럼 쓰러졌다라. 다넬도 그중 한 명이에요. 괜찮을까요?"

알렉은 '그 답은 네가 잘 알잖아'라는 눈빛으로 그를 쳐다보았다. 마크도 알기에 마음이 무거워졌다. 버그가 마을에 들이닥치고 상황이 미친 듯이 빠르게 흐른 탓에 이제야 실감이 났다. 다넬은 아마 죽었을 것이다.

"우린 여기 왜 올라온 거예요?"

마크의 물음에 알렉은 그를 손가락으로 가리켰다.

"누가 집에 와서 네 식구들을 공격하면 당연히 이렇게 해야 하는 거다. 반격. 이 흡혈귀 같은 놈들이 우리 마을을 짓밟아놓고 도망치게 둘 순 없어."

마크는 다넬에 대해, 부상을 입고 혼란에 빠진 마을 사람들에 대해 생각했다. 알렉의 말이 옳았다.

"좋아요. 저도 같이 해요. 이제 뭘 어떻게 해야 돼요?"

"우선 이 망할 문짝을 열어야지. 문을 열 만한 도구가 있는지 같이 찾아보자."

마크는 흐릿하기 짝이 없는 조명에 의지해 방을 둘러보았다.

"그런데 버그가 왜 멈춰 있는 거죠?"

"내가 대답할 수 없는 질문만 해대는구나. 눈 크게 뜨고 수색이나 해."

"알았어요, 알았어."

처음에는 쓸모없어 보이는 물건들만 눈에 띄었다. 예비 부품들, 공구, 비누나 두루마리 휴지 같은 물품들이 가득 찬 상자들. 그러다 벽에 끈으로 묶여 있는 연장이 눈에 들어왔는데 알렉의 마음에 들 것 같았다. 큰 망치였다.

"여기로 좀 와봐요!"

마크는 알렉을 향해 외치고는 큰 망치를 끈에서 풀어 두 손으로 들었다.

"멀쩡하고 묵직해요. 그 우람한 군인 근육으로 문을 내려찍기에 딱 좋겠어요."

"팔 힘이 예전 같지가 않아."

늙은 곰 알렉이 싱긋 웃으며 큰 망치의 나무 손잡이를 손에 들었다. 그의 눈 속에 희미한 빛이 반사되고 있었다. 그는 볼트로 봉해진 문으로 성큼성큼 걸어가 망치로 손잡이를 후려치기 시작했다. 당장은 별 효과가 없어 보였지만 1, 2분 정도 계속 두드리면 부술 수도 있을 듯했다. 다만 문이 열렸을 때 그 너머에 녹색 옷을 입은 폭력배들이 그들을 기다리고 있지 않길 바랐다.

땅! 땅! 땅! 알렉의 망치질을 따라 문손잡이에 움푹움푹 팬 자국들이 커져갔다.

알렉은 커다란 망치를 휘두르면 될 테지만 마크에게는 무기가 없었다. 마크는 문이 열렸을 때 쓸 만한 무기를 찾기 위해 주변을 다시 살펴보았다. 이 방에서 제일 어둡고 구석진 곳에 무언가가 있었다. 잔뜩 쌓여 있는 단단한 상자들이었다. 길이가 60센티미터, 높이와 깊이가 30센티미터쯤 됐는데 무언가 중요한 물건들을 안전하게 보관하기 위해 만들어진 상자인 듯했다. 일부 뚜껑이 열린 상자의 내부는 비어 있었고, 나머지는 뚜껑이 닫혀 있었다.

마크는 그리로 뛰어가 눈을 크게 뜨고 보았지만 너무 어두워서 잘 분간이 되지 않았다. 그는 뚜껑이 닫힌 상자 하나를 집어 들고 조명이 비추는 쪽으로 가져와 금속 쇠살대로 이루어진 바닥에 내려놓았다. 상자의 무게는 예상보다 가벼웠다. 그는 허리를 굽혀 상자를 잘 살펴보았다.

생물학적 위험 물질이라도 들어 있는 것처럼 상자 윗부분에 경고 표식이 그려져 있었다. 그 표식 밑에 적힌 내용은 이러했다.

VC321xb47 바이러스
전염성이 매우 높음
화살 24개. 각별히 조심해서 다룰 것

마크는 상자를 괜히 만졌다 싶었다.

7장

마크는 일어나 주춤주춤 물러섰다. 자신이 저 상자를 만졌다는 걸 믿을 수가 없었다. 조명 쪽으로 가져오지 않았다면 뚜껑을 열 뻔했다. 비행 중에 상자 안에 든 화살들이 부서졌을 수도 있는데, 그렇다면 뚜껑과 통의 작은 틈새로 바이러스가 이미 새어 나오지 않았을까? 선반에 열려 있는 상자들이 여럿 있는 것도 마음에 걸렸다. 비록 빈 상자이기는 했지만.

마크는 양손을 바지에 문지르며 뒤로 더 물러섰다.

땅! 땅! 땅!

알렉은 숨을 몰아쉬며 망치질을 멈췄다.

"한두 번만 더 치면 문이 열릴 것 같다. 준비하고 있어야 돼. 무기가 될 만한 건 찾았어?"

마크는 속이 울렁거렸다. 상자에서 눈에 보이지 않는 벌레들이 튀어나와 그의 피부에 달라붙어 혈관으로 파고들고 있는 것만 같았다.

"아뇨. 치명적인 바이러스로 가득 찬 화살들이 담긴 상자뿐이에요. 놈들에게 그 화살을 쏘면 되지 않겠어요?"

농담처럼 한 말인데 입 밖에 낸 순간 무척 끔찍하게 들렸다.

"뭐? 바이러스?"

알렉은 미심쩍어하는 투였다. 그는 가까이 다가와 바닥에 놓인 상자를 내려다보았다.

"그래서…… 그들이 우리한테 쏜 게 바이러스라고? 뭐 하는 놈들이지?"

마크는 겁에 질렸다.

"문 너머에서 그들이 기다리고 있으면 어떡하죠? 우리 목에 화살을 박으려고 기다리고 있는 거면요? 여기서 뭘 어떻게 대비해야 돼요?"

목소리에 담긴 불안감이 커져가고 있어 마크는 창피했다.

"진정해. 우린 이보다 더한 상황도 견뎌냈어. 놈들이 달려들면 손에 쥐고 놈들의 머리통을 강타할 만한…… 그런 무기로 쓸 물건을 찾아. 놈들이 우리 친구들한테 화살을 잔뜩 쏴놓고 도망치게 둘 거야? 우린 이미 여기 올라탔어. 되돌릴 수 없어."

알렉의 목소리에 담긴 투지에 마크는 기분이 약간이나마 좋아지면서 자신에 대해서도 좀 더 확신이 생겼다.

"알았어요. 찾아볼게요."

"서둘러!"

마크는 큰 망치를 벽에서 떼어낼 때 그 근처에서 봤던 렌치가 생각났다. 그는 곧장 달려가 렌치를 손에 쥐었다. 진짜 무기를 찾을 수 있길 바랐지만, 길이 30센티미터의 금속 렌치면 무기 역할을 충분히 할 수 있을 듯했다.

알렉은 두 손으로 망치를 들고 움푹움푹 팬 자국이 선명한 문손잡이를 내려칠 준비를 하고 있었다.

"문이 열리자마자 놈들이 화살을 쏴댈 거라는 네 예상이 일리가 있어. 그러니 멍청한 고릴라 커플처럼 무턱대고 돌격하지는 말자. 저리 가서 내 지시를 기다려."

마크는 지시받은 대로, 문을 가운데 두고 건너편 벽에 등을 붙이고 서서 렌치를 단단히 쥐었다.

"준비됐어요."

속에서 두려움이 요동쳤다.

"좋아, 그럼 간다."

알렉이 큰 망치를 높이 들어 올렸다가 손잡이를 향해 내리찍었다. 두 번 더 치자 쩔그럭 소리와 함께 손잡이가 떨어졌고, 한 번 더 치자 문이 바깥쪽으로 벌컥 열리며 벽에 부딪쳤다. 그리고 열린 문으로 즉시 화살 세 개가 날아 들어왔다. 쌔앵. 쌔앵. 쌔앵. 화살들은 맞은편 벽에 맞고 튀면서 바닥에 떨어졌다. 이어서 뛰어가는 발소리가 들렸다. 한 사람의 발소리였다.

마크가 그자를 쫓아갈 것 같았는지 알렉이 손을 들어 막았다. 그러고는 문틀 너머로 문밖의 동태를 살폈다.

"아무도 없어. 쥐새끼 같은 놈이 화살 총을 내던지고 간 걸 보니 화살을 다 썼나 보네. 버그에 사람이 몇 명 더 있나 보다. 어디, 가서 그놈을 잡아볼까?"

알렉은 문 밖으로 몸을 약간 내밀고 한 번 더 좌우를 살핀 후 어둑한 조명이 비치는 통로로 발을 내디뎠다. 마크는 혐오스러운 화살 총을 발로 차버리고 심호흡을 하며 그를 따라갔다. 방을 가로질러 미끄러진 화살 총이 벽에 탁 부딪친 순간 마크는 어깨에 화살을 맞고 쓰러져 있던 다넬을 떠올렸다. 그리고 지금 이 손에 렌치보다 더 강력한 무기를 쥐고 있으면 얼마나 좋을까 생각했다.

알렉은 당장 내려칠 수 있는 각도로 망치를 양손에 잡고 좁은 통로를 살금살금 걸어갔다. 통로가 완만한 곡선을 그리고 있는 것으로 보아 비행선의 바깥 가장자리를 따라 이어지는 듯했다. 해치문 안쪽 방에서 보았던 것 같은 조명 패널들이 3미터 간격으로 벽에 붙어 있었다. 그 외에 다른 조명은 없었다. 그들은 문 몇 개를 지나갔는데, 알렉이 손잡이를 잡고 흔들어봤지만 열리는 문은 없었다.

마크는 언제 있을지 모를 기습에 대비하면서 침착하게 걸음을 옮겼다. 한때 조종사였던 알렉에게 버그의 내부가 어떤 식으로 배치되어 있는지를 물어보려는데 전방에서 문 닫히는 소리와 발소리가 들렸다.

"가자!"

알렉이 소리쳤다.

마크는 심장이 덜컥했지만 알렉을 따라 곡선형의 통로를 달려갔다. 저 앞에서 뛰어가는 자의 그림자밖에 보이지 않았다. 녹색 옷을 입은 자였는데 헬멧은 쓰지 않은 것 같았다. 그자가 무어라 소리쳤으나 통로 벽에 메아리쳐 흩어져버렸다. 남자인 것만은 분명했다. 조금 전 그들에게 화살을 쏜 자였을 것이다.

엔진 속도가 올라가고 버그가 별안간 빠르게 앞으로 나아갔다.

마크는 균형을 잃고 벽에 부딪쳤다가, 이미 바닥에 널브러져 있던 알렉의 몸뚱이에 발이 걸려 쓰러졌다. 두 사람은 재빨리 일어나 무기를 손에 쥐었다.

"조종실이 바로 저기야! 서둘러!"

알렉은 이렇게 외치고는 대답을 듣지도 않고 통로를 달려갔고 마크도 곧장 그 뒤를 따랐다. 의자와 탁자가 있는 열린 공간이 나왔다. 그들이 쫓던 남자는 조종실로 이어지는 듯 보이는 동그란 해치문 너머로 들어가 그 문을 당겨 닫기 시작했다. 때마침 알렉이 던진 큰 망치가 문 옆의 벽에 맞고 바닥에 떨어지면서 문이 닫히지 않게 막았다. 마크는 생각할 겨를도 없이 곧바로 알렉을 지나쳐 조종실로 뛰어 들어갔다.

안을 둘러보니 조종석 두 개가 있고, 창문 아래 계기반에 온갖 장치들, 다이얼들, 화면들이 깜박거리고 있었다. 조종석 하나는 비어 있었고, 그 옆의 조종석에 앉은 여성 조종사가 미친 듯이 버튼을 누르자 버그가 앞으로 돌진했다. 발밑으로 나무들이 점점 더 빠르게 스쳐 지나갔다. 마크가 조종실 안을 다 둘러보기도 전에 오른쪽에서 누군가가 달려들었다. 마크와 습격자는 함께 바닥에 나뒹굴었다. 습격자가 몸을 찍어 누르자 마크는 폐에서 공기가 다 빠져나가는 듯했다. 그런데 다음 순간 습격자는 알렉이 휘두른 망치에 어깨를 맞고 나가떨어졌다. 습격자가 고통스러운 신음을 흘리며 쓰러져 있는 동안 마크는 얼른 일어나 숨을 몰아쉬었다. 알렉이 습격자의 녹색 셔츠를 움켜잡고 얼굴을 바짝 끌어당겼다.

"여기서 무슨 짓을 하고 있는 거냐?"

알렉이 침을 튀기며 고함쳤다.

여자는 등 뒤에서 벌어진 싸움에 아랑곳하지 않고 계기반을 계속해서 조작했다. 마크는 무엇을 어떻게 해야 할지 몰랐지만 일단 여자 쪽으로 걸어갔다. 그리고 중심을 잡고 서서 최대한 권위 있는 목소리로 명령했다.

"비행선을 당장 세워. 우리를 마을로 다시 데려가라."

여자는 못 들은 척했다.

알렉이 녹색 옷을 입은 남자에게 고함쳤다.

"말해!"

남자는 처량하게 신음을 흘리며 대답했다.

"우린 아무것도 아닙니다! 명령을 받고 궂은일을 처리하러 온 것뿐입니다."

"명령을 받아? 누가 너희를 보냈어?"

"말 못 합니다."

마크는 알렉과 녹색 옷이 하는 말에 귀를 기울이면서도 여자에게서 시선을 떼지 않았다. 조종사에게 명령을 무시당해 화가 치밀기도 했다.

"당장 세우라니까! 어서 세워!"

마크는 고함을 치면서 렌치를 들어 올렸지만 꼴이 우습게 느껴졌다.

그런데 여자가 감정이 한 톨도 들어 있지 않은 듯한 목소리로 대답했다.

"우리는 명령을 따른다."

받아칠 말을 생각하고 있는데 알렉이 남자를 바닥에 때려눕히는 소리가 들려 마크의 시선은 그리로 향했다.

알렉이 다시 물었다.

"누가 너희를 보냈어? 너희가 우리 마을 사람들에게 쏜 화살에 뭐가 들어 있지? 무슨 바이러스냐?"

남자는 훌쩍이며 대답했다.

"모릅니다. 제발, 제발 때리지 마세요."

마크는 녹색 옷을 입은 남자의 얼굴이 별안간 귀신에라도 씐 것처럼 창백해지는 것을 보았다. 남자는 로봇처럼 말했다.

"원하는 대로 해. 추락시켜."

알렉이 물었다.

"뭐? 이건 또 뭐야?"

여자가 마크 쪽으로 고개를 돌렸다. 그 얼굴을 마주 본 마크는 당황했다. 여자는 녹색 옷을 입은 남자와 마찬가지로 멍하고 무표정한 눈빛으로 말했다.

"우리는 명령을 따른다."

여자는 손을 뻗어 조종간을 잡고 끝까지 앞으로 밀었다. 버그가 휘청하면서 지상을 향해 곤두박질쳤고, 조종실 창문이 순식간에 푸르른 녹음으로 물들었다.

마크는 발이 붕 뜨면서 계기반에 몸을 부딪쳤다. 커다란 무언가가 부서지는 소리, 엔진의 굉음이 마크의 귀를 가득 채웠다. 쾅! 부딪치는 소리에 뒤따라 폭발음이 들렸다. 버그는 움직임을 멈췄고 딱딱한 무언가가 조종실을 가로질러 날아와 마크의 머리를 쳤다.

통증이 느껴지는가 싶더니 피가 시야를 가렸다. 마크는 눈을 감았다. 의식이 차츰 희미해져 가는데, 끝없이 뻗어나간 어두운 터널 저편에서 알렉이 그를 부르는 소리가 계속해서 들려왔다.

'터널. 이 얼마나 적절한가.'

마크는 기절하기 전 이런 생각을 했다. 결국 이 모든 건 터널에서 시작됐으니…….

8장

    마크는 달려가는 지하전차의 좌석에 머리를 기대고 앉아 있다. 눈을 감고 미소를 짓는다. 학교 때문에 지치기는 했지만 이제 그것도 끝났다. 2주일간 방학이다. 이제 아무것도 하지 않고 느긋하게 쉴 수 있다. 버추얼박스를 가지고 놀고, 먹고 싶은 거나 실컷 먹어야지. 트리나랑 놀고, 트리나에게 말을 걸고, 트리나의 말에 귀를 기울여야지. 부모님에게 작별을 고하고 트리나를 납치해서 같이 달아나버릴까. 정말 그래버릴까.

    눈을 뜬다.

    맞은편 좌석에 앉은 트리나는 그에게 눈길도 주지 않고 있다. 마크가 자기를 놓고 백일몽에 빠져 있는 줄 트리나는 알지 못한다. 마크가 자기한테 미쳐 있다는 건 더더욱 모른다. 그들은 불가항력적인 이유로 오랫동안 친구로 지냈다. 옆집에 또래 아이가 살고 있으면 그 아이와는 우주의 법칙에 따라 친구가 되게 마련이다. 남자든 여자든 외계인이든 상관없다. 하지만 그 어린 소녀가 끝내주는 몸매와 눈부시게 아름다운 눈을 가진 아름다운 여인으로 자라날 줄을 마크가 어떻게 알았겠는가. 문제는 학교의 모든 남학생들이 트리나를 좋아한다는 것이다. 트리나는 사랑받는 걸 즐기고 있다. 확실하다.

"어이."

마크가 말을 건다. 지하전차는 뉴욕 시의 지하 터널을 쏜살같이 지나가고 있다. 소음은 속삭임 정도밖에 되지 않고 미세한 진동은 마음을 달래준다. 마크는 다시 눈을 감고 싶어진다.

"멀뚱히 앉아서 무슨 생각 하고 있어?"

마크가 묻자 트리나가 그를 마주 본다. 트리나의 얼굴에 밝은 미소가 번져나간다.

"아무 생각도 안 해. 앞으로 2주일 동안 계속 그러려고. 아무 생각도 안 하기. 무슨 생각이든 들면, 생각하는 걸 멈출 때까지 아무 생각도 안 하려고 노력해볼 거야."

"우아. 그거 엄청 어려울 것 같네."

"별로. 그냥 재미로 하는 거지. 뛰어난 영재들만 할 줄 아는 것이긴 하지만."

이럴 때면 마크는 트리나에게 좋아한다고 고백하고 싶고, 그녀와 데이트하고 싶고, 그녀의 손을 잡고 싶은 터무니없는 충동이 든다. 그러나 속내와는 달리 마크의 입에서는 언제나처럼 바보 같은 말만 튀어나온다.

"아, 최고로 지혜로운 분이여, 아무 생각도 하지 않는 방법을 제게 가르쳐주십시오."

트리나가 인상을 살짝 찡그린다.

"얼간이 같아."

역시. 마크는 트리나에게 꼼짝 못한다. 트리나의 말 한마디에 마크는 주먹으로 얼굴을 맞은 듯 충격을 받고 만다.

"그렇지만 난 얼간이가 좋아."

트리나의 이 말에 마크의 마음은 사르르 녹는다.

기분이 좋아진 마크가 묻는다.

"저기…… 너는 뭘 할 계획이야? 가족들이랑 여행을 갈 거야, 아니면 집에 있을 거야?"

"우린 할머니 댁에 며칠 가 있는 것 말고는 방학 때 거의 집에 있을 거야. 대니랑 가끔 데이트하기로 했고. 다른 정해진 계획은 없어. 넌?"

마크는 기분이 다시 가라앉는다. 트리나랑 있으면 하루에도 몇 번씩 기분이 오르락내리락한다.

"뭐, 그냥. 별로 없어. 우린…… 아무것도 없어. 집에서 뒹굴뒹굴하면서 과자나 먹고 트림이나 해야지. 여동생이 선물을 잔뜩 받고 응석받이가 되는 걸 지켜볼 것 같아."

마크의 여동생 매디슨이 응석받이인 건 사실이지만 그렇게 된 원인의 절반쯤은 마크가 그 응석을 받아줘서다.

"그럼 우리 둘이 만나서 놀면 되겠다."

트리나의 이 말에 마크는 한 발 더 나갈 용기를 얻는다.

"그럼 좋겠다. 매일 만나서 놀까?"

트리나에게 이렇게 대담한 말은 처음 해본다.

"그러지 뭐. 그럼 우리……."

트리나는 과장되게 주변을 살피는 척하다가 그를 응시하며 덧붙인다.

"너희 집 지하실에서 몰래 키스할까?"

잠시지만 마크는 트리나의 말이 진심이라고 생각해 심장이 덜컹한다. 피부에 소름이 병정들처럼 도열한다. 가슴속이 뜨겁게 달아오른다.

그런데 트리나가 미친 사람처럼 깔깔 웃기 시작한다. 악의적으로 비웃은 것은 아니고, 귀엽게 장난을 치는 것이다. 역시 트리나는 그를 평생 친구로만 여기고 있는 듯하다. 지하실에서 진짜로 키스할 생각은 아니었던 거다. 마크는 당분간 그런 생각은 접기로 마음먹는다.

"엄청 기분 좋은가 봐? 나도 속으로는 웃고 있다고 해두자."

마크가 구시렁대자 트리나는 웃음을 멈추고 손으로 얼굴을 부채질하며 말한다.

"진심으로 한 얘긴데."

이 말이 트리나의 입 밖으로 나오자마자 전차 안의 전등이 모조리 꺼진다.

동력을 잃은 전차는 속도가 느려지기 시작한다. 마크는 몸이 앞으로 쏠리면서 트리나의 무릎으로 넘어지고 만다. 다른 때 같으면 기분 좋았을 일이지만 지금은 두렵다. 오래전에는 이렇게 정전이 되곤 했었다는 얘기를 들은 적이 있지만 실제로 지하에서 정전을 경험하는 건 난생처음이다. 그들은 완전하고 절대적인 어둠 속에 앉아 있다. 승객들이 비명을 지른다. 예고도 없이 닥친 어둠에 익숙하지 않은 탓이다. 공포다. 그러다 몇몇 승객들이 손목에 찬 휴대전화에서 자그마한 불빛들이 흘러나오기 시작한다.

트리나가 마크의 손을 꼭 잡으며 묻는다.

"무슨 일이지?"

겁에 질린 목소리가 아니라서 마크는 마음이 놓이고 점차 정신이 든다. 유례가 없는 일이기는 하지만 지하전차가 고장 난 게 분명하다.

"고장인가 봐."

마크는 휴대용 팜폰(palmphone)을 꺼내 들여다본다. 그는 비싼 손목전화를 살 형편이 되지 않아, 들고 다니는 팜폰을 쓰고 있다. 이상하게도 통화가 불가능인 것으로 화면에 표시되어 있다. 그는 팜폰을 도로 주머니에 넣는다.

전차의 천장을 따라 길쭉길쭉하게 붙어 있는 비상등이 켜지고 부드러운 노란색 빛이 흘러나온다. 캄캄한 곳에서 앉아 있다가 조명이 켜지니 흐릿한 불빛이나마 반갑게 느껴진다. 사람들이 자리에서 일어나 전차를 위아래로 살피고 서로에게 귓속말을 하기 시작한다. 이런 상황에서는 어쩐지 귓속말이 어울리는 듯싶다.

트리나도 그에게 소곤거린다.

"우린 급한 일은 없잖아."

처음에 느꼈던 두려움이 사라지자 마크는 조금 전 트리나가 한 말이 무슨 뜻인지 묻고 싶어진다. '진심으로 한 얘긴데'라는 말. 하지만 이미 그걸 물어볼 타이밍은 지나도 한참 지나버렸다.

전차가 흔들거린다. 약간이긴 한데 묵직한 진동이라 크게 느껴진다. 불안한 흔들림이 계속되자 승객들은 다시 비명을 지르며 우왕좌왕한다. 마크와 트리나는 두려움이 살짝 섞인 호기심 가득한 시선을 주고받는다.

두 남자가 출입문으로 걸어가 강제로 열기 시작한다. 마침내 문이 열리자 그 남자들은 전차에서 내려, 터널을 따라 길게 뻗은 좁은 인도로 올라선다. 화재를 피해 달아나는 쥐 떼들처럼 나머지 승객들도 그 남자들을 따라 서로를 밀치고 욕을 해가며 전차에서 내린다. 2, 3분 만에 승객들은 모두 전차에서 내리고 마크와 트리나만 흐릿한 비상등 아래 앉아 있다.

트리나가 무슨 이유에서인지 목소리를 낮추고 속삭인다.

"여기서 내리는 게 맞는지 모르겠어. 곧 전차가 다시 작동할 수도 있는데."

"그래."

하지만 전차가 계속해서 흔들거리자 마크는 걱정이 된다.

"잘 모르겠어. 뭔가 진짜 잘못된 것 같기도 해."

"그럼 내려야 할까?"

트리나의 물음에 마크는 잠시 생각 끝에 대답한다.

"그래. 여기 계속 앉아 있다가는 미치겠어."

"네 말이 맞아."

마크가 일어서자 트리나도 따라서 일어선다. 그들은 열린 문으로 나가 터널의 인도로 올라선다. 폭이 좁고 난간이 없어서 전차가 다시 움직이기 시작하면 위험할 수도 있다. 터널 안에도 비상등이 켜져 있었지만 깊고 깊은 지하의 거대한 어둠을 물리치기에는 역부족이다.

"사람들은 저쪽으로 갔어."

트리나가 왼쪽을 가리키며 말한다. 트리나의 목소리에 왼쪽이 아닌 오른쪽으로 가야 한다는 뜻이 담겨 있다. 마크도 같은 생각이다.

"그럼…… 오른쪽으로 가자."

마크가 고개를 끄덕이며 말한다.

"그래. 그 사람들 가까이 가고 싶지가 않아. 이유는 모르겠어."

"폭도로 돌변할 수도 있으니까 그런가 보지."

"가자."

트리나는 그의 팔을 잡고 좁은 인도를 걸어간다. 튀어나온 가로대에 발이 걸려 전차 선로로 넘어질까 봐 그들은 한 손으로 벽을 짚고 걷는다. 벽도 진동하고 있지만 전차만큼 강하게 흔들리지는 않는다. 정전을 일으킨 원인이 무엇인지는 몰라도 멈춘 것 같다. 어쩌면 단순한 지진이고 이제 모든 게 괜찮아진 것인지도 모른다.

마크와 트리나는 서로에게 한마디도 하지 않고 10분 동안 말없이 걷기만 한다. 그런데 전방에서 비명 소리가 들려온다. 아니, 단순한 비명이 아니다. 비명을 넘어선 괴이한 절규다. 대량학살 같은 어마어마한 공포에 직면한 사람들이 낼 법한 괴성이다. 트리나는 걸음을 멈추고 마크를 돌아본다. 의심도 희망도 사라진다.

뭔가 끔찍한 일이 일어난 것이다.

마크는 본능적으로 반대 방향으로 뛰어야겠다고 생각하지만, 트리나가 입을 열어 용기 있는 의견을 내자 도망칠 생각을 한 자신을 부끄러워한다.

"비명 소리가 나는 곳으로 가서 무슨 일이 일어났는지 알아보자. 우리가 도울 일이 있는지도 보고."

이런 말에 어떻게 싫다고 할 수 있을까? 그들은 신중하게, 그

러나 최대한 서둘러 달려간다. 그리고 지하전차역의 널찍한 플랫
폼에 다다랐을 때 저절로 걸음을 멈추고 만다. 눈앞에 펼쳐진 광
경이 너무 끔찍해서 마크는 곧장 현실로 받아들이지 못한다. 다
만, 그의 인생이 이 광경을 보기 전과 그 후로 나뉘리라는 것만은
안다.

플랫폼 바닥에 불에 탄 알몸의 시신들이 널브러져 있다. 고통에
찬 비명과 울음이 마크의 고막을 찢고 벽에 메아리친다. 산 사람
들은 두 팔을 힘없이 늘어뜨린 채 비틀거린다. 옷은 불타고, 얼굴
은 왁스처럼 반쯤 녹아버렸다. 사방에 피가 흐른다. 다음 순간 어
마어마한 열파가 밀려와 플랫폼을 오븐처럼 달군다.

트리나는 돌아서서 마크의 손을 잡는다. 트리나의 공포에 질린
얼굴은 그날 마크의 머릿속에 영원히 새겨진다. 트리나는 그의 손
을 잡아당기며 그들이 왔던 곳으로 다시 뛰어간다.

뛰어가는 내내 마크는 부모님과 어린 여동생을 생각한다.

어딘가에서 불에 타고 있을 가족들의 모습이 떠오른다. 비명을
지르는 매디슨의 모습이 눈앞에 선하다.

마크는 억장이 무너진다.

9장

"마크!"

과거의 환영은 사라졌지만 터널에서의 기억은 진흙이 스며들 듯 마크의 마음을 어둡게 했다.

"마크, 정신 차려!"

알렉의 목소리였다. 확실했다. 마크가 그에게 소리치고 있었다. 왜지? 무슨 일이 일어났나?

"정신 차리라고! 젠장!"

정신이 든 마크는 나뭇가지 사이로 비춰드는 강렬한 햇살 때문에 눈을 껌벅거렸다. 그때 알렉의 얼굴이 눈앞으로 홱 다가와 햇빛을 가리자 마크는 비로소 앞이 또렷이 보였다.

알렉은 과장된 한숨을 쉬며 말했다.

"정신 차릴 때가 됐는데 깨어나지 않아서 걱정했다, 이 녀석아."

그제야 마크는 머리에 통증을 느꼈다. 이 두통 때문에 다른 때보다 정신이 드는 데 시간이 걸렸던 것이다. 두개골 안쪽을 휘젓는 그 통증이 그의 뇌보다 더 크게 느껴졌다. 마크는 신음을 하며 두 손을 이마에 갖다 댔다. 피가 매끄럽게 말라붙어 있었다.

마크는 "어우" 하고는 다시 끙끙댔다.

"버그가 추락했을 때 네가 머리를 호되게 찧기는 했지. 살아 있는 게 다행이야. 나 같은 수호천사가 있어서 목숨을 구한 줄이나 알아."

마크는 죽을 만큼 괴로웠지만 정신을 바짝 차려야 하는 상황이었다. 이를 악물고 일어나 앉아 눈을 감았다 떴다 하며 두통과 몸의 통증이 가라앉기를 기다렸다. 그러고는 주변을 둘러보았다.

그들은 나무들로 둘러싸인 공터에 앉아 있었다. 솔잎과 낙엽 사이로 울퉁불퉁하게 비틀린 뿌리들이 뻗어나간 곳이었다. 버그는 30미터쯤 떨어진 곳의 커다란 떡갈나무 두 그루 사이에 박혀 있었는데, 그 모양새가 마치 그 자리에 피어난 거대한 금속 꽃 같았다. 휘어지고 비틀린 몸체가 시커멓게 그을렸고 연기도 피어났지만 불타고 있는 것 같지는 않았다.

여전히 갈피를 못 잡은 채로 마크가 물었다.

"어떻게 된 거예요?"

"기억 안 나냐?"

"음, 뭔가에 머리를 맞은 후로는 기억이 없어요."

알렉이 기막히다는 듯 두 손을 위로 들었다 내려놓으며 말했다.

"별로 대단한 일은 없었어. 비행선이 추락하고 너를 비행선에서 끌어내 이곳으로 데려다 놨어. 여기 앉아서 널 지켜보고 있는데 네가 악몽이라도 꾸는지 이리저리 구르더라. 예전 일을 꿈으로 꿨어?"

마크는 고개만 끄덕였다. 그 꿈을 다시 되새김질하고 싶지 않았다.

"최대한 버그 안을 뒤져보기는 했어."

알렉이 화제를 바꿨다. 그가 더 캐묻지 않아 마크는 고마웠다. 알렉이 계속해서 말했다.

"그런데 엔진에서 연기가 엄청 뿜어져 나오는 거야. 네가 눈 뒤집혀 기절하지 않고 걸을 수 있게 되면 같이 버그 안에 들어가서 좀 더 찾아보자. 이놈들이 뭐 하는 놈들인지, 왜 우리에게 그런 짓을 했는지, 정확히 무슨 짓을 했는지 알아내야겠어. 알아낼 수 있을지 모르겠지만."

문득 불길한 생각이 들어 마크는 불안했다.

"알았어요. 우리가 본 그 바이러스는 어쩌고요? 상자며 화살들이 훼손됐으면 바이러스가 이미 쫙 퍼졌을 텐데요?"

알렉은 한 손으로 마크의 가슴을 쓰다듬어주었다.

"나도 알아. 걱정하지 마. 밖으로 나오느라고 해치문 바로 안쪽 방을 지나왔는데 상자들은 깨진 곳 없이 잘 닫혀 있었어."

"그런데…… 바이러스는 어떤 식으로 작용하는 걸까요? 그러니까…… 우리가 혹시라도 감염됐을 가능성은요? 감염이 됐는지 알 수는 있을까요? 어떤 종류의 바이러스인 것 같아요?"

마크는 불확실성이 몸서리치게 싫었다.

알렉은 피식 웃었다.

"좋은 질문을 많이도 한다만 내가 대답할 수 있는 건 없네. 마을로 돌아가면 전문가한테 물어봐야지. 라나가 혹시라도 들어봤을 수도 있으니까. 보아하니 넌 콧물도 안 흘리고 있으니 감염 걱정은 하지 않아도 될 것 같구나. 마을에서는 즉시 사람들을 쓰러뜨렸는데 넌 지금 멀쩡하게 서 있잖냐."

마크는 상자에 적혀 있던 '전염성이 매우 높음'이란 글귀를 떠올리며 마음을 가라앉히려 애썼다. 마크는 신중하게 말했다.

"그 점을 명심할게요. 우리가 정착촌에서 얼마나 멀리 날아온 거죠?"

"글쎄다. 꽤 오래 걸어야 될 것 같긴 하지만 많이 멀지는 않겠지."

마크는 바닥에 다시 드러누워 눈을 감고 팔로 눈을 덮었다.

"잠깐만 누웠다가 일어날게요. 같이 비행선을 수색하러 가요. 뭘 찾을지 누가 알겠어요."

"그래."

30분 후, 마크는 잔해 사이를 헤치고 버그로 다시 들어갔다. 버그가 옆으로 추락한 까닭에 그가 지금 딛고 있는 곳은 쇠살대로 된 바닥이 아니라 벽이었다.

옆으로 누운 버그 안을 돌아다니자니 혼란스러워서 마크는 속이 메스껍고 머리가 지끈거렸다. 그렇지만 이 버그가 누구 것인지 말해줄 단서를 찾고야 말겠다는 의지는 알렉 못지않았다. 습격을 받은 이상 그들이 지금껏 살아온 산속의 정착촌은 더 이상 안전한 곳이 아니었다.

버그 안에서 찾아낸 제일 큰 소득은 컴퓨터 시스템이었다. 알렉이 전원을 켜보려고 했지만 잘 되지 않았다. 시스템이 완전히 죽어버린 것이다. 잔해 속에서 휴대전화나 워크패드 정도는 찾을 가능성이 있었고 운이 좋으면 부서지지 않은 걸 손에 넣을 수도 있을 듯했다. 마크는 그런 기술 장비를 본 지가 한참 되었다. 태양 플레어 현상으로 대부분의 문명기기가 불에 타버렸다. 일부 무사한 기기가 남아 있긴 했지만 곧 배터리가 방전되고 말았다. 여기는 버그 안이니 잘하면 배터리를 확보할 수도 있었다.

버그. 마크는 지금 버그 안에 있었다. 불과 1년 만에 그가 사는 세상이 얼마나 크게 달라졌는지 불현듯 실감이 났다. 한때는 하늘을 나는 버그를 보는 게 나무를 보는 것만큼이나 신나는 일이었다. 어제까지만 해도 다시는 버그를 볼 일이 없으리라 생각했었다. 그런데 그는 지금 자신이 추락시키는 데 일조한 버그 안을 뒤지며 비밀을 찾고 있었다. 지금까지 눈에 띄는 건 폐품, 옷가지, 부서진 부품과 쓰레기뿐이었지만 그래도 흥분됐다.

버그 내부를 이리저리 뒤지던 마크는 쓸 만한 물건을 찾아냈다. 제대로 기능을 하는 워크패드였다. 작은 방들 중 한 곳에 들어갔을 때 침대 바닥과 매트리스 사이에서 발견했는데, 전원이 켜진 상태라 화면이 밝아서 마크의 눈에 띈 것이었다. 마크는 워크패드를 꺼내자마자 얼른 전원을 껐다. 배터리가 얼마 남지 않았을지도 모르는데 계속 켜놓았다가 방전돼버리면 다시 충전할 방법이 없기 때문이었다.

마크는 다른 선실을 수색하고 있는 알렉을 찾아갔다. 알렉은 허리를 굽힌 채 욕을 하면서 누군가의 짐 가방을 열려고 하고 있었다.

마크는 워크패드를 알렉의 눈앞에 내밀며 자랑스럽게 말했다.

"제가 뭘 찾았는지 보세요. 뭐 찾으셨어요?"

워크패드를 보더니 알렉은 눈빛이 밝아지며 허리를 폈다.

"쓸 만한 것도 없고, 더는 못 찾겠다. 그 안에 뭐가 들어 있는지 나 보자."

"배터리가 나갈까 봐 걱정돼서 못 켜겠어요."

"그러니 더더욱 지금 봐야지. 안 그러냐?"

"밖으로 나가서 봐요. 부서진 잔해에 신물이 나네요."

마크와 알렉은 나무 그늘에 웅크리고 앉아 워크패드를 함께 들여다보았다. 태양은 느릿느릿 하늘을 가로지르고 있었다. 비정상적으로 강렬한 태양광선 때문에 태양이 하늘에 걸려 있는 동안에는 시간이 느리게 흐르는 것 같은 기분이었다. 워크패드 화면에 떠 있는 여러 가지 기능들을 시도해보면서 마크는 손등으로 얼굴의 땀을 닦았다.

워크패드에는 태양 플레어 현상 이전의 게임, 책, 구식 뉴스 프로그램이 담겨 있을 뿐이지만, 일기도 있었다. 이 워크패드의 주인이 최근까지 일기를 썼다면 꽤 흥미로운 정보들을 잔뜩 얻을 수도 있을 것 같았다. 하지만 이 기기에는 업무와 관련된 내용이 별로 없었다.

워크패드를 살펴보던 그들은 곧 지도 관련 항목을 찾아냈다. 구식 GPS 위성들이 태양 플레어 현상의 혹독한 열기에 전부 망가져버렸으니 이 워크패드의 지도 프로그램 역시 그 위성들을 통해 작동할 리는 없었다. 아마도 구식 레이더나 단파 장비로 통제되는 버그 내 추적 장치에 연결되어 있을 터였다. 그들은 추락한 이 버그의 이동 기록을 찾아냈다.

"여기 좀 봐라."

알렉은 지도의 한 지점을 가리켰다. 버그는 이곳저곳을 돌아다니다가 종국에는 늘 한 지점으로 귀환하고 있었다.

"여기가 놈들의 본부나 기지일 거다. 좌표도 그렇고, 이쪽 산등성이를 내가 집처럼 잘 아니 하는 말이지만, 여기서 80 내지 100킬로미터 이상 떨어진 곳에 있을 거야."

"옛 군사기지일 수도 있겠네요."

알렉은 잠시 생각을 하고는 대답했다.

"벙커겠지. 산 속에는 벙커가 있다면 말이 되니까. 그리로 가보자. 최대한 서둘러야 돼."

"당장요?"

마크는 추락할 때 머리를 부딪친 충격으로 아직 머릿속이 뒤죽박죽이었지만, 정착촌으로 돌아가 보지도 않고 당장 놈들의 기지로 이동하자는 뜻은 아닐 거라고 짐작했다.

"아니, 지금 당장은 아니고. 우선 마을로 돌아가서 어떻게 됐는지 알아봐야지. 다넬이랑 다른 사람들이 무사한지 확인도 해야 하고."

그가 다넬을 언급하자 마크는 심장이 철렁했다.

"저 버그에 뭐가 실려 있었는지 보셨잖아요. 화살이 들어 있는 상자들이었어요. 저들이 기껏 감기 바이러스나 퍼뜨리자고 우리 마을까지 날아왔을 것 같지는 않아요."

"그래. 인정하고 싶지 않지만 아마 그럴 거다. 마을로 돌아가도 좋은 소식이 기다리고 있을 것 같진 않아. 그래도 가봐야지 어쩌겠냐. 출발하자."

알렉이 일어서자 마크도 워크패드를 바지 뒷주머니에 넣고 따라 일어섰다. 놈들의 벙커를 수색하러 가기 전에 우선 마을로 돌아가서 상태가 어떤지 확인해야 했다.

걸음을 옮기는데 정신이 몽롱하고 토할 것 같았다. 그래도 걸을수록 맥박이 빨라지고 기분도 나아졌다. 숲의 나무와 태양, 덤불, 뿌리, 다람쥐, 벌레, 뱀. 공기는 따뜻하면서도 신선했고 수액과 불탄 토스트 같은 냄새가 마크의 폐를 가득 채웠다.

버그는 생각보다 훨씬 먼 곳까지 그들을 데려왔다. 결국 그들은 숲에서 이틀 밤을 야영해가며 휴식하고 원기를 회복해 다시 걸음을 재촉했다. 알렉은 작은 동물을 사냥해 칼로 손질해서 요깃거리를 제공해주었다. 버그의 공격을 받고 마을을 떠난 지 사흘째 되는 늦은 오후에야 그들은 정착촌 인근에 도착했다.

마을을 1.5킬로미터가량 앞두고 걸어가고 있는데, 어마어마한 열기를 품은 파도처럼 죽음의 악취가 그들에게 밀어닥쳤다.

10장

일몰을 몇 시간 남겨두고 그들은 외딴 정착촌 밑의 언덕 기슭에 도착했다.

마크는 셔츠 아래쪽을 찢어 말아 쥐고 코와 입을 틀어막았다. 마을 바로 앞의 언덕을 올라가면서 그는 천 뭉치를 더 꾹 눌렀다. 악취가 지독했다. 눅눅하고 썩은 곰팡내 비슷한 그 냄새는 어찌나 강렬한지 혀끝에 그 맛이 느껴질 정도였다. 막 부패하기 시작한 무언가를 먹기라도 한 것처럼 악취가 배 속까지 전해졌다. 치미는 구역질을 억지로 참고 숨을 헐떡이며 마크는 걸음을 재촉했다. 버그의 공격을 받은 마을에 얼마나 끔찍한 일이 벌어졌는지 짐작이 되고도 남았다.

다넬.

기대는 하지 않았다. 그는 친구가 죽었을지도 모른다는 사실을 무거운 마음으로 받아들였다. 트리나는 어떻게 됐을까? 라나는?

미스티와 토드는? 살아 있을까? 아니면 치명적인 바이러스에 감염돼 앓고 있을까? 마크가 주춤하고 멈춰 서자 알렉이 손을 뻗어 마크의 가슴을 토닥였다.

알렉도 옷을 찢어 만든 임시 마스크로 코와 입을 틀어막고 있어서 목소리가 조그맣게 들렸다.

"내 말 잘 들어. 정리를 하고 올라가자. 감정을 앞세워서 좋을 게 없어. 마을에서 무엇을 보든, 최대한 많은 사람들을 구하는 걸 제1원칙으로 하는 거야."

마크가 고개를 끄덕이면서 다시 언덕을 오르려 하자 알렉이 저지했다.

"마크, 우리가 합심해서 움직이는 게 중요해."

마크는 알렉의 단호한 눈빛을 보자 화내는 학교 선생님이 떠올랐다. 알렉이 계속 말했다.

"마을에 들어가 사람들과 포옹하면서 울고 짜고 해봤자 좋을 게 없어. 이미 가망 없는 사람들에게 우리가 정신 못 차리고 하는 행동이 결국엔 더 많은 피해를 줄 수 있으니까. 무슨 뜻인지 알겠어? 장기적으로 생각해야 돼. 이기적으로 들릴지 모르지만 우리 몸을 보호하는 게 우선이야. 이해되지? 우리 자신을 지켜야 한다고. 사람들을 구하겠다고 설치다가 우리 목숨이 끊어지면 결국 아무도 도울 수 없게 되는 거야."

마크는 알렉의 눈 속에서 바위처럼 단단한 의지를 읽었다. 알렉의 말이 옳았다. 워크패드와 지도, 그리고 버그에 타고 있던 사람들에 대해 파악한 바에 따르면, 뭔가 거대한 음모가 진행 중인 게 분명했다.

알렉이 손가락으로 딱 소리를 내서 그를 불렀다.

"마크, 말해봐."

"아저씨 말은, 사람들이 아파 보이면, 그러니까 화살 때문에 사람들이 병든 것 같아 보이면 가까이 가지 말라는 거죠?"

마크의 공격적인 말투에 알렉은 한 걸음 뒤로 물러섰다. 알렉의 초췌한 얼굴에는 이해할 수 없는 미묘한 표정이 담겨 있었다.

"형제애가 깊어서라기보단 죽고 싶어 환장한 놈이 하는 말 같구나. 우리까지 감염되는 위험을 감수할 순 없어, 마크. 우린 마을이 어떻게 됐는지, 어떤 문제를 감당해야 하는지 아직 몰라. 내 말은 그저…… 감염이 의심되는 사람이 있을 경우에 대비해야 한다는……."

"짐승들한테 뜯어 먹히든 말든 버리고 떠나자는 거잖아요."

마크는 알렉에게 상처를 주고 싶어 차갑게 내뱉었다.

알렉은 고개를 저었다.

"마을에서 뭘 보게 될지 모르지만, 가서 대면하자. 친구들도 찾고. 어리석게 굴지 말라는 게 내 요지야. 누구에게든 가까이 가지 말고 아무도 만지지 말고. 전으로 네 머리를 잘 감싸고 다니라고. 알겠어?"

마크는 알아들었다. 화살을 맞은 사람들과 거리를 두라는 건 일리 있는 지시였다. '전염성이 매우 높음'이라는 문구가 다시금 마크의 뇌리를 스쳤다. 알렉의 말이 옳았다.

"알았어요. 어리석게 굴지 않겠다고 약속할게요. 지시를 잘 따를 겁니다."

알렉의 얼굴에 연민이 스쳤다. 마크가 자주 본 적 없는 표정이었다. 알렉의 눈빛은 더없이 상냥했다.

"우린 죽을 고생을 하면서 살아남았어. 내가 왜 모르겠냐. 그래도 그 고생을 한 덕분에 우리가 강해졌잖아? 이번 고비도 잘 넘기고 살아남을 수 있어."

알렉은 마을로 올라가는 길을 흘끗 쳐다보며 덧붙였다.

"우리 친구들이 무사하길 빌자."

"그래야죠."

마크는 코와 입을 막은 천을 단단히 눌렀다.

알렉이 프로답게 고개를 까딱 끄덕이고는 먼저 언덕을 올라가기 시작했다. 마크도 감정을 내세우지 말자고 다짐하며 정신을 가다듬고 그의 뒤를 따랐다.

언덕바지에 올라서자마자 끔찍한 냄새의 근원이 시야에 들어왔다.

수십 구의 시신이었다.

마을 변두리에는 단순한 형태의 대형 목조 건물이 있었다. 제대로 된 집들이 만들어지기 전, 폭풍우가 칠 때 물품을 임시로 보관하는 용도로 쓰던 곳이었다. 삼면이 벽이고 앞부분은 뻥 뚫린 구조였는데 초가지붕에 진흙을 발라 내부에 습기가 스며들지 않게 해놓았다. 건물 자체는 튼튼하지만 산비탈에 기댄 것처럼 기울어진 모양새라 다들 그 건물을 '기댄 집'이라고 불렀다.

그런데 누군가 기댄 집에 시신들을 안치해두기로 결정한 모양이었다.

마크는 끔찍한 광경에 충격을 받았다. 그가 작년에 본 시신들의 수만 해도, 과거 같으면 100명의 장의사가 평생 볼 법한 시신의 수를 합친 것보다 더 많았다. 그러니 새삼 충격 받을 일도 아니었지만 그래도 역시 시신들을 마주하고 보니 정신적인 타격이 컸다.

스무 구 이상의 시신들이 나란히 누워 바닥을 가득 채우고 있었다. 대부분 코와 입, 눈, 귀에서 흘러나온 피로 얼굴이 붉게 물들어 있었다. 피부색과 악취로 짐작건대 목숨이 끊어진 지 하루나 이틀 정도 된 듯했다. 빠르게 훑어보았으나 다넬은 그 안에 없었다. 그래도 마크는 감히 희망을 품을 수가 없었다. 천으로 코와 입을 더 세게 틀어막고 대학살의 현장에서 애써 눈길을 돌렸다. 당분간은 아무것도 먹지 못할 것 같았다.

알렉은 크게 동요하지 않는 모습이었다. 역겨움보다는 좌절감이 더 큰 표정으로 시신들을 바라보고 있었다. 어쩌면 안으로 들어가 시신들을 살펴보고 어찌된 상황인지 알아내고 싶을 수도 있겠지만 그는 그게 얼마나 어리석은 짓인지 아는 사람이었다.

"마을로 가요. 친구들을 찾아야죠."

"그러자."

유령 마을에 들어온 것 같았다. 먼지, 바짝 마른 목재, 뜨거운 공기.

큰길에도 좁은 골목길에도 사람은 한 명도 없었다. 하지만 창문 틈과 벽 틈, 아무렇게나 지어 올린 구조물 사이의 틈새로 밖을 내다보는 눈길을 마크는 느낄 수 있었다. 마크는 이 정착촌에 사는 사람들을 전부 알지는 못했다. 그래도 저들 중 누군가는 지금쯤 마크를 알아봤을 법도 했다.

"어이!"

알렉이 크게 소리치자 마크는 화들짝 놀랐다.

"나 알렉입니다. 누구든 나와서 우리가 여길 떠난 후 무슨 일이 있었는지 얘기 좀 해주십쇼!"

저 앞쪽 어딘가에서 누군가가 조그만 목소리로 대답했다.

"버그가 왔다 가고 아침부터 쭉 다들 집 안에만 있어요. 사상자들을 도와주러 갔던 사람들은…… 대부분 병이 들어서 죽었어요. 화살에 맞은 사람들보다는 조금 더 오래 버티긴 했지만요."

알렉은 목소리가 닿는 범위 내에 있는 사람들이 모두 들을 수 있도록 목청 높여 말했다.

"그들이 쏜 건 화살이었습니다! 그 화살에는 바이러스가 담겨 있었어요! 우리는 그 버그로 올라갔고, 여기서 이틀쯤 걸어가면 나오는 곳에 추락시켰습니다! 놈들이 우리한테 쏜 화살들이 담긴 상자도 찾았습니다! 화살에 맞은 사람들이…… 어떤 바이러스에 감염이 된 것 같습니다!"

집집마다 안에서 웅성대고 소곤대는 소리가 들려올 뿐, 알렉에게 무어라 대답하는 사람은 아무도 없었다.

알렉이 마크를 돌아보았다.

"그래도 다들 똑똑하게 집에 숨어 있으니 다행이야. 마을에 바이러스가 떨어지긴 했지만 다들 집에서 나오질 않으니 삽시간에 번지지는 않았겠지. 또 누가 알겠어? 다들 집 밖으로 안 나오고 추가로 감염된 사람도 없어서, 기댄 집에 있는 불쌍한 시체들 속에서 바이러스가 다 죽었을지도 모르지."

마크는 믿지 않는 표정으로 대꾸했다.

"그 생각이 맞으면 좋겠네요."

발소리가 들리자 알렉은 무슨 말을 하려다가 멈췄다. 알렉과 마크는 소리가 나는 방향으로 고개를 돌렸다. 마을 중심 쪽에서 트리나가 어느 건물 모퉁이를 돌아 그들을 향해 달려오고 있었다. 땀에 전 지저분한 모습이었고 표정은 무척 다급해 보였다. 마크를 보자마자 트리나의 눈빛이 확 밝아졌다. 마크도 마찬가지였다. 트리나가 건강해 보여서 마크는 적잖게 안심했다. 트리나가 멈출 생각을 하지 않고 계속 달려오자 알렉이 더 이상 오지 못하게 막았다.

알렉은 트리나와 마크 사이를 가로막고 나서며 두 손을 뻗었다. 트리나가 발을 끌며 멈춰 섰다.

"자, 얘들아. 포옹하기 전에 조심부터 하자. 조심해서 나쁠 건 없으니까."

마크는 트리나가 반박할 줄 알았는데, 그녀는 숨을 깊게 들이마시며 고개를 끄덕였다.

"알았어요. 저는 그저 두 사람을 여기서 다시 보니까 너무 기뻐서⋯⋯. 그건 그렇고 빨리 와요. 보여줄 게 있어요. 어서요!"

트리나는 그들에게 서두르라는 뜻으로 손을 흔들고는 돌아서서 왔던 길로 다시 뛰어갔다.

마크와 알렉은 지체 없이 그 뒤를 따라서 마을을 관통하는 큰길을 달려갔다. 집집마다 닫힌 문틈 사이로 탄식에 수군대는 소리, 손가락질하는 몸짓이 새어 나왔다. 그렇게 몇 분을 달려 트리나는 어느 작은 오두막 앞에 멈춰 섰는데, 현관문에 판자 세 개를 가로로 못 박아놓은 집이었다.

그것도 밖에서.

누군가 집 안에 갇혀 있었다.

그리고 갇힌 자는 비명을 질러대고 있었다.

11장

인간의 비명 같지가 않았다.

트리나는 판자로 막아놓은 현관문 앞에 다가섰다가 비명 소리에 뒤로 두 걸음 물러섰다. 마크와 알렉을 돌아보는 트리나의 눈에서 눈물이 흘러내렸다. 트리나는 그 자리에 서서 깊은 숨을 들이마셨다. 세상이 끝장나는 대재앙을 겪어왔지만, 마크는 그토록 슬퍼 보이는 표정은 처음 보았다.

집 안에 갇힌 이의 비명 소리 너머로 트리나가 목소리를 높여 말했다.

"끔찍하다는 거 알아."

마크는 비명의 주인이 남자라는 것은 파악할 수 있었지만 아는 사람인지는 가늠이 되지 않았다. 너무나 무시무시한 비명이었다. 트리나가 계속해서 말했다.

"그런데 쟤가 우리한테 이렇게 해달라고 했어. 문을 막지 않으면 자기 손목을 그어버리겠다고. 문을 막은 후로 증상이 점점 심해지고 있어. 왜 다른 사람들처럼 그냥 죽지 않는 건지 이유는 모르겠어. 라나 씨가 처음부터 조심시키기는 했어. 전염성 있는 균이 퍼져나간 걸지도 모른다고 걱정하면서. 점점 더 많은 사람들이 아프기 시작하니까 라나 씨가 쟤를 격리시켰어. 삽시간에 일어난 일이야."

마크는 어안이 벙벙했다. 입을 열고 질문을 하려다가 말았다. 이미 답을 알고 있었다.

알렉이 대신 말했다.

"저 집 안에 있는 게 다넬이구나."

트리나는 고개를 끄덕였다. 그녀의 눈에서 또 한 차례 눈물이 흘렀다. 마크는 트리나를 꼭 껴안아주고 싶었다. 낮과 밤이 다 지나도록 껴안아주고 싶었다. 하지만 지금 그가 할 수 있는 것은 그저 위로의 말뿐이었다.

"괜찮아, 트리나. 괜찮아. 두 사람 모두 옳은 일을 했어. 라나 씨 말처럼 다넬은 놈들이 그를 무언가로 감염시켰다는 걸 알고 있었던 거야. 무슨 바이러스인지는 몰라도 확산을 멈출 때까지는 우리 모두 조심해야지."

집 안에서 또다시 비명이 터져 나무 틈새로 흘러나왔다. 다넬은 목구멍이 찢어지도록 악을 썼고, 마크는 귀를 틀어막고 싶었다.

"내 머리!"

이 말에 마크는 오두막 쪽으로 고개를 돌렸다. 다넬이 비명 대신 말을 한 것이다. 마크는 저도 모르게 판자로 막아놓은 현관문으로 달려갔다. 현관문 가운데를 가로지른 판자들 사이에 5센티미터가량 틈이 있었다.

알렉이 말렸다.

"마크! 이리 돌아와!"

"괜찮아요! 아무것도 몸에 닿지 않게 할게요."

"네가 독한 병에 걸리면 난 정말 행복하지 않을 거다. 전혀."

마크는 그를 안심시키려고 아무렇지 않은 표정으로 돌아보았다.

"친구를 좀 보려는 것뿐이에요."

그리고 코와 입을 막은 천을 손으로 꾹 누르고, 일부러 과장되게 알렉을 향해 눈썹을 치켜세웠다.

알렉은 투덜거리며 고개를 돌렸다. 트리나는 마크 쪽을 계속 쳐다보고 있었는데, 마크를 말릴지 아니면 곁에 가서 같이 다넬을 볼지 갈등하는 듯했다.

트리나가 움직이기 전에 마크가 그녀에게 말했다.

"거기 있어."

천에 막혀 목소리가 작게 나오기는 했지만 트리나는 마크의 말을 분명하게 알아들었다. 트리나는 고개를 살짝 끄덕이고는 시선을 바닥으로 떨궜다.

마크는 창문을 막은 두 판자 사이의 틈에 얼굴을 가까이 가져갔다. 집 안에서 비명 소리가 그치고 다넬이 조그맣게 우는 소리가 들렸다. 몇 초마다 한 번씩 두 단어를 되풀이해서 웅얼거리고 있었다.

"내 머리, 내 머리, 내 머리."

마크는 한 걸음 더, 또 한 걸음 더 다가갔다. 판자의 틈새와 그의 얼굴은 이제 몇 센티미터밖에 떨어져 있지 않았다. 마크는 코와 입을 중심으로 천을 빙 둘러 목 뒤로 바짝 묶은 후, 앞으로 다가가 틈새 안을 들여다보았다.

저물어가는 일몰의 햇살이 집 안의 지저분한 바닥에 드문드문 깔려 있었지만 대체로 어두웠다. 빛줄기 하나가 다넬의 발과 다리에 떨어져 있었다. 다넬이 바짝 웅크려 있어 얼굴은 보이지 않았다. 두 팔 사이에 머리를 묻은 듯했다.

다넬은 계속 훌쩍이고 웅얼거렸다. 눈보라에 꼼짝없이 사로잡힌 사람처럼 온몸을 와들와들 떨고 있었다.

마크가 말을 걸었다.

"다넬? 나야…… 마크. 지금 엄청 힘들다는 거 알아. 그래서…… 내가…… 많이 미안해. 너한테 이런 짓을 한 악당들을 우리가 잡았어. 그들이 타고 온 버그를 추락시켰어."

다넬은 대꾸하지 않았다. 그림자 속에 반쯤 숨은 채 몸을 떨고 신음을 흘렸다. 그는 두 마디만 계속 되풀이했다.

"내 머리, 내 머리, 내 머리."

마크는 어두운 심연으로 곤두박질치는 기분이었다. 속이 텅 빈 듯 공허했다. 무수히 많은 공포와 죽음을 겪어왔지만, 친구가 혼자 고통받는 모습을 보니…… 죽을 만큼 힘들었다. 아무 소용도 쓸모도 없는 고통이라 더 그랬다. 세상이 지옥처럼 변했는데 도대체 누가 왜 사람들에게 이런 짓을 한 걸까? 아직 덜 힘들 것 같아서?

분노가 치밀어 올랐다. 마크는 오두막 벽을 주먹으로 쳤다. 손가락 관절에 피가 맺혔다. 언젠가는 반드시 이 대가를 치르게 하리라.

"다넬?"

마크가 다시 친구를 불렀다. 무슨 말이든 해야 답답한 속이 그나마 나아질 것 같았다.

"어쩌면…… 어쩌면 넌 다른 사람들보다 강한 건지도 몰라. 그래서 죽지 않은 거야. 그러니까 조금만 더 버텨. 기다리고 있으면……."

공허한 말일 뿐이었다. 허했다. 거짓말을 하는 것 같은 기분이었다.

"어쨌든 병장님이랑 나, 트리나, 라나 씨가…… 이 일을 바로잡을 거야. 그러니까 너는……."

다넬의 몸뚱이가 별안간 뻣뻣해졌다. 그는 두 다리를 쭉 뻗고 두 팔을 펼쳤다. 그리고 아까보다 더 지독한 신음을 목이 찢어져라 터뜨렸다. 사람의 소리라기보다는 분노한 짐승의 포효였다. 마크는 깜짝 놀라 뒤로 물러섰지만 곧 다시 다가가 판자 틈새에 최대한 눈을 가까이 가져갔다. 물론 판자에 살이 닿지는 않게 했다. 다넬은 바닥 한가운데에 길게 뻗은 채 몸부림치고 있었다. 집 안으로 흘러든 빛에 그의 얼굴이 보였다.

이마부터 뺨, 턱, 목까지 피투성이였다. 머리카락도 피범벅이 되어 있었다. 눈과 귀 그리고 입에서 피가 흘러내렸다. 마침내 제 팔을 통제할 수 있게 된 다넬은 두 손으로 머리를 부여잡고 이리저리 비틀었다. 마치 목에서 머리통을 뽑아버리려는 듯이. 비명이 계속되었고 이따금씩 두 마디 말을 내질렀다. 지금 아는 단어가 그것밖에 없는 것 같았다.

"내 머리! 내 머리! 내 머리!"

"다넬."

마크가 나지막하게 이름을 불렀다. 지금으로서는 친구에게 말을 걸 수 있는 방법이 없었다. 극심한 죄책감으로 속까지 메슥거렸지만 집 안으로 들어가 친구를 도울 수는 없다는 걸 마크는 잘 알고 있었다. 그것은 더없이 멍청한 짓일 것이다.

"내 머리이이이이이이이!"

다넬이 맹렬하게 한참을 울부짖었다. 마크는 다시 주춤 뒤로 물러섰다. 계속 지켜볼 자신이 없었다.

집 안에서 움직이는 소리, 발을 끄는 소리가 들렸다. 이어서 무언가로 문을 세게 치는 소리가 났다. 다시, 또다시.

쿵! 쿵! 쿵!

마크는 눈을 감았다. 이 끔찍한 소리가 무엇인지 그는 알고 있었다. 어느새 옆으로 다가온 트리나가 마크를 꼭 안아주었다. 트리나는 흐느껴 울며 몸을 떨었다. 알렉은 그들을 말리려다 그만두었다. 말리기엔 이미 늦었다.

몇 번 더 쿵쿵 소리가 나고, 길고 날카로운 비명과 함께 축축한 덩어리가 터지는 소리가 들렸다. 그리고 다넬은 숨을 내쉬며 바닥에 쓰러졌다.

그 고요한 순간에 마크가 느낀 것은 부끄럽게도, 드디어 끔찍한 고통이 끝나서 다행이라는 안도감이었다. 저 안에 있는 이가 트리나가 아니라 다행이라는 안도감이기도 했다.

12장

마크는 알렉을 신사로 여겨본 적이 없었다. 신사 비슷하게도 생각해본 적 없었다. 그런데 알렉이 따스한 표정과 신사적인 태도로 성큼 다가와 마크를 트리나한테서 떼어놓았다.

"우리가 참 많은 일들을 함께 겪었지."

알렉은 다넬이 있는 오두막을 향해 눈을 깜박이며 말을 이었다.

"하지만 저 소리를 들어보니까, 지금 이 일이 우리가 겪은 최악의 일인 것 같구나."

알렉은 잠시 입을 다물었다가 계속해서 말했다.

"이제 와서 포기할 수는 없어. 세상이 이 모양이 된 첫날부터 우린 살아남기 위해 노력해왔잖니."

마크가 고개를 끄덕이며 트리나를 바라보았다.

트리나는 눈물을 훔치고는 냉담한 눈으로 알렉을 쳐다보며 말했다.

"이제 살아남는 거라면 신물이 나요. 적어도 다넬은 이 세상과 볼일을 끝낸 거잖아요."

지금까지 마크는 이토록 분노에 찬 트리나의 목소리를 들어본 적이 없었다.

마크가 트리나를 다독였다.

"그렇게 말하지 마. 진심이 아닌 거 알아."

마크를 돌아보는 트리나의 눈빛이 한결 부드러워졌다. 트리나가 말했다.

"언제나 끝이 날까? 우린 타르를 녹여 벗겨낼 만큼 뜨거운 태양 아래서 수개월을 살아남았고, 피난처를 찾아 집을 지었고, 먹을 걸 찾아냈어. 며칠 전까지만 해도 우린 웃고 있었다고! 그런데 버그를 탄 놈들이 날아와서 화살로 사람들을 죽였잖아. 이게 뭐야. 무슨 장난이야? 누가 저 위에서 우릴 비웃으면서 게임하듯 갖고 노는 거냐고?"

트리나는 목소리가 갈라지고 다시 울음을 터뜨렸다. 딱딱하게 마른 땅바닥에 무릎을 포개고 주저앉아 두 손에 얼굴을 묻었다. 소리 없이 흐느끼는 트리나의 어깨가 바들바들 떨렸다.

마크는 알렉을 쳐다보았다. 알렉은 마치 '네 친구잖아. 뭐라고 말을 해봐'라고 하듯 그에게 눈을 찌푸렸다.

"트리나?"

마크는 조용히 이름을 부르며 다가가 트리나의 뒤에 무릎을 꿇고 앉아, 손을 뻗어 그녀의 어깨를 감쌌다.

"네 마음 알아. 상황이 더 나빠질 수 없을 거라고 생각했었는데 그게 아니었네. 나도 속상해."

마크는 실제보다 덜 끔찍하게 표현해봤자 소용없다는 걸 잘 알고 있었다. 그들은 그런 의미 없는 말장난을 하지 않기로 오래전에 약속했다. 마크가 계속해서 말했다.

"이 일도 함께 헤쳐나가자. 다넬을 비롯한 여러 사람들을 죽게 만든 바이러스에 감염되지 않게 모든 수단을 강구해야겠지. 그러려면……."

마크는 트리나의 등을 쓰다듬으며 도와달라는 뜻으로 알렉을 쳐다보았다.

알렉이 말했다.

"그러려면 각별히 조심해야 돼. 감염 문제에 관해서만은 신중하고 똑똑하고 냉정하게 행동할 필요가 있어."

마크는 이렇게 트리나를 포옹하고 있는 것이 감염의 위험을 높일 수 있는 어리석은 짓임을 알고 있었다. 하지만 상관없었다. 트리나가 죽으면 혼자 계속 살아갈 자신도 없었다.

트리나는 얼굴을 묻고 있던 손을 내리고 알렉을 보며 말했다.

"마크, 당장 일어나서 나한테서 떨어져."

"트리나……."

"어서. 당장. 알렉 씨 옆으로 가서 서. 내가 두 사람을 다 볼 수 있게."

마크는 시키는 대로 했다. 3미터쯤 걸어가 알렉 옆에 서서 트리나를 돌아보았다. 속절없이 눈물을 흘리며 다 포기하려던 트리나는 사라지고, 마크에게 익숙한 단호하고 강한 트리나가 그 자리에 있었다. 트리나는 일어서서 팔짱을 꼈다.

"두 사람이 버그에 올라탄 후 저는 무척 조심스럽게 행동했어요. 놈들이 입고 있던 슈트도, 화살도, 화살에 맞은 사람들이 순식간에 발병해서 죽은 것도 다 이상했으니까……. 라나 씨가 주의를 주기 전에도 우린 뭔가 심상찮은 일이 일어나고 있다는 걸 눈치챘어요. 그동안 제가 교류하고 있었던 감염자는 다넬뿐인데, 다넬은 알아서 저랑 거리를 뒀어요. 저 집에 스스로를 가두고 저더러 판자로 문을 막으라고 했죠."

트리나는 잠시 숨을 들이쉬고는 그들을 차례로 돌아보며 말을 이었다.

"저는 아프지 않아요. 감염된 사람들이 아주 빠르게 증상을 나타낸 걸 보면 감염되지 않은 것 같아요."

"그건 알겠다만 문제는……."

트리나는 알렉의 말을 자르며 날카로운 눈빛으로 하던 얘기를 계속했다.

"제 얘기 아직 끝나지 않았어요. 우리가 조심해야 할 필요가 있다는 건 알아요. 어쩌면 저도 감염이 됐는데 증상만 나타나지 않은 걸 수도 있으니까. 이미 마크랑 서로 몸이 닿긴 했지만 앞으로는 그러지 않도록 조심할게요. 확실히 안심할 수 있을 때까지는 접촉을 금해야겠죠. 우리 셋 모두 마스크를 새로 만들어 쓰고 손과 얼굴을 엄청나게 씻어야 될 거예요."

마크는 트리나가 다시 주도적으로 나서자 마음이 놓였다.

"찬성이야."

알렉도 같은 생각이었다.

"암, 그래야지. 그런데 다른 사람들은 어디 있어? 라나, 미스티, 토드는?"

트리나가 몇몇 곳을 가리키며 대답했다.

"다들 서로 거리를 두면서 곳곳에 몸을 숨기고 있어요. 병증을 나타내는 사람이 아무도 없을 때까지는 그래야 안전하니까. 앞으로 이틀은 더 그래야겠죠."

마크는 여기서 하루 이틀을 더 죽치고 있는 건 최악이라고 생각했다.

"그렇게 있다간 미쳐버리겠다. 우리가 찾은 워크패드에 버그의 본부가 표시된 지도가 있어. 필요한 물품 챙겨서 여길 떠나자. 놈들 본부로 가보면 정보를 얻을 수 있을 거야."

알렉이 마크의 의견에 맞장구쳤다.

"나도 같은 생각이다. 여기서 최대한 멀리 떠나야 돼."

마크가 물었다.

"잠깐만요. 다넬은 어떻게 해요? 묻어줘야 되는 거 아니에요?"

어떤 대답을 들을지 이미 알고 있었지만 물어보기라도 해야 될 것 같았다.

트리나와 알렉은 같은 생각인 듯했다. 다넬의 시신에 가까이 가는 위험을 감수할 수는 없었다.

알렉이 트리나에게 말했다.

"라나와 아이들이 있는 곳으로 가자. 함께 여길 떠나야지."

그들은 마을 구석구석을 돌아다니며 친구들을 찾았다. 마크는 사람들이 그들의 여정에 합류하겠다고 나설까 봐 걱정했는데, 이미 깊은 두려움에 휩싸인 사람들은 집을 떠나는 모험을 하려고 하지 않았다. 마을은 기괴할 정도로 고요했지만 마크는 골목마다 그들을 따라다니는 사람들의 시선을 느낄 수 있었다. 생각해보니 놀라운 일도 아니었다. 이미 지옥처럼 변한 세상에서 충분히 벌을 받았는데 왜 또 굳이 스스로를 위험에 빠뜨리는 짓을 하겠는가?

마을 외곽의 어느 통나무집 2층에서 미스티와 토드를 찾았다. 시신들이 즐비하게 누워 있는 기댄 집에서 대각선 방향에 위치한 집이었다. 라나가 어디에 있는지는 트리나도 알지 못했다. 그들은 한 시간쯤 돌아다니다가 개울가 덤불 뒤에 잠들어 있는 라나를 발견했다. 잠든 자신을 내려다보는 알렉과 마크를 보고 라나는 당황했는데, 가만히 보니 몹시 지친 기색이 역력했다. 알렉과 마크가 버그에 올라타고 숲으로 사라진 후 라나는 심상치 않은 증상을 나타내는 사람들을 격리하고, 시신을 기댄 집에 모아놓고, 집집마다 먹을 것을 보내주는 등 마을 사람들을 지휘해 정돈을 시작했다. 시신을 수습할 때 장갑과 마스크를 반드시 착용하게 했다고 라나는 말했다. 정확히 무슨 일이 일어났던 것인지 아무도 알지 못했지만 라나는 생존자들이 전염성이 있는 무언가에 접촉하지 않도록 처음부터 신경 썼다고 했다. 개울가를 떠나 마을로 돌아갈 준비를 하면서 라나가 말했다.

"난 아프지 않아. 무슨 병인지는 모르겠지만, 감염된 사람들은 즉시 증상을 나타냈고 이미 모두 사망했어. 만약 내가 감염됐으면 지금쯤은 증상이 나타났어야 해."

"얼마나 빨라요? 증상이 얼마나 빨리 나타나는 거예요?"

마크가 물었다.

"다넬을 제외하고 감염된 사람들은 모두 열두 시간 안에 사망했어. 화살에 맞고 쓰러졌다가 정신이 든 사람들도 두세 시간 만에 모두 숨을 거뒀고. 아직 살아 있고 증상이 없다면 감염되지 않은 걸로 봐도 될 것 같아."

마크는 일행을 돌아보았다. 안절부절못하고 서 있는 토드. 바닥만 쳐다보고 있는 미스티. 소리 없는 대화를 나누듯 서로를 바라보고 있는 알렉과 라나. 그리고 마크를 쳐다보는 트리나. 트리나의 눈이 그에게 말하고 있었다. 전에 모진 역경을 이겨내고 살아남았듯이 이번에도 그들은 살아남을 거라고.

한 시간 후 그들은 중앙 오두막으로 돌아와 배낭에 최대한의 음식과 물품을 집어넣고 있었다. 그러는 동안에도 그들은 서로 일정한 거리를 두었다. 감염 위험을 피하고자 모두들 자연스럽게 조심하고 있었다. 서둘러 짐을 싸는 동안에도 마크는 손을 세 번 이상 씻었다.

짐을 모두 싸고 그들은 묵직한 배낭을 각자의 등에 짊어졌다. 미스티가 끄응 하고 신음 소리를 냈다. 마크는 짐이 진짜 무겁긴 하다고 미스티에게 말하려고 고개를 돌렸는데, 미스티의 얼굴을 본 순간 가슴이 무너져 내렸다.

낯빛이 창백해진 미스티가 두 손으로 탁자를 짚고 간신히 서 있었다. 마크는 정신이 아득해졌다. 방금 전까지만 해도 멀쩡했던 미스티가 다리에 힘이 풀리는지 한쪽 무릎을 굽혔다. 그러고는 조심스럽게 자기 뺨을 손으로 만졌다. 그 안에 있는 무언가가 걱정된다는 듯한 표정이었다. 그리고 나지막하게 말했다.

"머리가…… 아파."

13장

"모두 여기서 나가! 어서! 빨리!"

라나가 소리쳤다.

마크는 아무 말도 할 수 없었다. 라나의 명령을 거역하고 싶은 마음이 굴뚝같았다. 친구를 도와야 했다.

"밖으로 나가. 나가서 얘기하자!"

라나가 문을 가리키며 재촉하자 미스티가 힘없이 말했다.

"나가. 라나 씨가 시키는 대로 해."

마크와 트리나는 눈빛을 주고받았다. 트리나는 잠시 망설이다가 문으로 걸어 나갔다. 알렉과 라나도 뒤따라 나갔다.

밖으로 나가려던 마크가 뒤를 돌아보니 토드가 움직일 생각을 않고 있었다.

"어서…… 나가자. 나가서 이 문제를 의논해봐야지. 미스티, 토드한테 나가라고 말 좀 해줘."

"마크 말이 맞아, 토드."

미스티는 이렇게 말하며 배낭을 바닥에 벗어놓고 그 옆에 주저 앉았다. 멀쩡하던 사람이 순식간에 일어설 힘도 없을 정도가 되어 바닥에 주저앉다니, 마크는 믿어지지가 않았다.

"나가 있어. 나도 내 몸이 왜 이런지 생각 좀 해보게. 뭘 잘못 먹은 것 같기도 해."

미스티는 이렇게 말했지만 본인도 그 말을 믿는 것 같지 않았다.

토드는 마크를 노려보며 말했다.

"사람들을 어떻게 계속 버려."

그러자 미스티가 토드에게 소리쳤다.

"그렇다고 여기 있다가 네가 죽어버리면 네가 사람들을 버리든 말든 누가 신경이나 쓰겠니! 네가 나라면 어떻겠어? 나한테 당장 여기서 나가라고 하겠지. 그러니까 너도 어서 나가!"

힘이 쭉 빠지는지 미스티는 바닥에 눕다시피 했다.

마크가 말했다.

"나가자. 미스티를 버리려는 게 아니야. 나가서 대책을 논의하 자는 거지."

그제야 토드는 오두막을 나섰는데, 나가면서 계속 "엉망이야. 완전히 엉망진창이야"라는 말을 중얼거렸다.

마크는 미스티를 돌아보았다. 미스티는 바닥만 쳐다보면서 길 고 깊게 숨을 들이쉬었다.

"미안해."

마크는 이 말밖에는 할 수가 없었다. 그리고 그도 문을 나섰다.

그들은 한 시간 동안 미스티를 두고 보기로 했다. 기다려보면 어떻게 되는지 알 수 있을 것이다. 나아지는지 악화되는지.

아니면 그대로인지.

미칠 것 같은 한 시간이었다. 마크는 가만히 앉아 있을 수가 없어서 종일 오두막 주변을 서성였다. 온갖 걱정들이 밀려왔다. 바이러스가 이미 그의 몸 안에 침투했을지도 모른다는 생각은……정말 견디기 어려웠다. 트리나의 몸에 들어갔을 수도 있었다. 알고 싶었다. 당장. 그 걱정이 너무 크다 보니 미스티가 이미 감염되어 곧 죽을 것이라는 생각을 잊을 정도였다.

"우리가 예측한 바를 수정해야겠어."

한 시간이 다 되어갈 때쯤 라나가 입을 열었다. 미스티는 나아지지도 악화되지도 않았다. 고르게 호흡하면서 중앙 오두막 바닥에 가만히 누워 있었다. 움직이지도 않고 입도 열지 않았다.

"그게 무슨 뜻이에요?"

마크가 물었다. 라나가 침묵을 깨준 것이 차라리 고마웠다.

"다넬과 미스티의 사례로 보면 이 바이러스는 반드시 감염 즉시 증상을 발현시키는 것 같지는 않아."

알렉이 의견을 내놓았다.

"시간을 잘 활용해야 돼. 지도에 나와 있는 그곳까지 도보로 이동하려면 최대한 빨리 움직여야겠지."

그는 목소리를 낮추고 덧붙였다.

"안타깝지만 우린 어차피 마을을 벗어나야 하는 상황이고, 기왕이면 이 바이러스에 대해 정보를 얻을 수 있는 곳으로 가는 게 제일 나아. 사람들을 죽게 만든 게, 화살에 묻어 있던 게 뭐였는지 몰라도, 그 화살들의 출처로 가보면 알아낼 수 있겠지. 혹시 거기에 이 병을 치료할 수 있는 약이 있을지도 모르잖아?"

그 말은 차갑고 가혹하게 들렸다. 하지만 마크 역시 알렉과 같은 생각이었다. 무엇보다 이 마을에서 어서 벗어나고 싶었다.

"미스티를 두고는 못 떠나요."

트리나는 이렇게 말했지만 강하게 주장을 펴는 건 아니었다.

알렉이 말했다.

"선택의 여지가 없어."

벽에 기대어 앉아 있던 라나가 일어나서 바지에 묻은 흙을 털어내며 조그맣게 말했다.

"이 일에 대해 우리가 죄책감을 가질 필요는 없어. 미스티에게 물어보자. 미스티가 결정할 문제야. 우린 미스티가 하라는 대로 하면 돼."

마크는 눈썹을 치뜨고 일행을 돌아보았다. 다들 같은 표정으로 서로를 쳐다보고 있었다.

라나는 합의가 이뤄졌다고 판단하고 열려 있는 중앙 오두막의 현관문으로 다가갔다. 문 안으로 들어가지는 않고 문틀을 손으로 똑똑 두드린 후 목소리를 높여 말했다.

"미스티, 좀 어떠니?"

마크는 오두막 안을 볼 수 있는 곳에 웅크리고 앉았다. 바닥에 드러누워 있던 미스티가 천천히 그들 쪽으로 고개를 돌렸다.

미스티가 힘없는 목소리로 대답했다.

"다들 떠나세요. 내 머리가 심하게 이상해요. 벌레들이 잔뜩 들어앉아서 뇌를 갉아먹는 것 같아."

미스티는 몇 마디를 내뱉은 것만으로도 진이 빠지는지 몇 차례 깊은 숨을 들이쉬었다.

라나가 다시 물었다.

"하지만 널 여기 두고 우리가 어떻게 떠나?"

"더 이상 길게 말하게 하지 마시고, 제발 떠나세요."

미스티는 또다시 숨을 깊게 몰아쉬었다. 마크는 미스티의 눈에서 고통을 읽을 수 있었다.

라나가 나머지 일행을 돌아보며 말했다.

"미스티가 떠나라는데."

마크는 그들 모두 그간의 시련을 통해 정신적으로 강해졌다는 걸 알고 있었다. 태양 플레어 현상이 닥친 세상에서 살아남으려면 그래야 했다. 하지만 아직 살아 있는 친구를 버려두고 떠나본 적은 없었다. 미스티가 떠나라고 했든 안 했든, 이 일로 인한 죄책감은 마크의 영혼을 갉아먹고 말 것이었다.

트리나를 바라보며 마크는 마음을 굳게 먹었지만 차마 앞장서지는 못하고 알렉에게 악역을 맡겼다.

알렉은 허리를 펴고 일어나 어깨에 배낭을 짊어지며 말했다.

"지금 미스티의 뜻을 가장 잘 존중하는 방법은 서둘러 여길 떠나 도움이 될 만한 정보를 얻어 오는 거다."

마크가 고개를 끄덕이고는 등에 맨 배낭의 끈을 단단히 조였다. 머뭇거리던 트리나는 문간으로 다가가 미스티를 마주 보았다.

"미스티……."

트리나는 입을 열었지만 다음 말이 나오지 않았다.

"가!"

미스티가 소리를 지르자 트리나는 뒤로 휘청했다.

"내 머릿속에 있는 것들이 튀어나와서 널 물어뜯기 전에 가란 말이야! 어서 가!"

미스티는 팔꿈치를 바닥에 대고 몸을 일으킨 채 살기 가득한 고함을 뱉어냈다. 마크는 저러다 미스티가 제 몸을 다치게 할지도 모른다는 생각을 했다. 다넬이 겪었던 공포를 곧 자신도 직면하게 될 것임을 지금쯤 깨달았을 테니까.

트리나가 슬픈 목소리로 말했다.

"알았어. 갈게."

미스티와 제일 가까운 친구인 토드는 한마디도 하지 않고 눈물이 그렁그렁한 채로 가만히 서 있었다. 마크와 나머지 일행이 떠날 준비를 하는데도 이 땅딸막한 소년은 움직일 생각을 하지 않았다. 결국 알렉이 토드에게 왜 그러고 서 있냐고 물었다.

토드가 말했다.

"난 안 가요."

마크는 토드가 그렇게 나올 줄 이미 예상하고 있었기에 놀라지도 않았다. 토드의 마음은 돌릴 수 없었다. 그들은 토드와 미스티 두 사람에게 작별을 고해야 하는 것이다.

알렉이 토드를 달랬고 라나도 옆에서 거들었다. 하지만 트리나는 한옆에 물러서 있었다. 그녀도 토드에 대해 마크와 같은 결론을 내린 듯했다. 마크의 예상대로 토드의 결심은 흔들리지 않았다.

"미스티는 나랑 제일 친한 친구예요. 미스티를 두고는 못 가요."

라나가 다시 설득했다.

"하지만 미스티는 우리가 떠나길 바라고 있어. 네가 여기 남아서 자기와 함께 죽는 걸 원치 않아. 미스티는 네가 살길 바란다고."

"나는 미스티를 두고는 못 가요."

토드는 같은 말을 되풀이하며 차가운 눈으로 라나를 바라보았다. 미스티는 아무 말도 없었다. 바깥에서 나누는 얘기를 못 듣고 있거나 기력이 너무 없어 말을 하지 못하는 것일 수도 있었다.

"알았다. 나중에 생각이 바뀌면 우리 뒤를 따라오도록 해."

라나는 곤혹스러워하는 마음을 감추지 못하며 말했다.

마크는 떠나고 싶었다. 이 상황을 견딜 수가 없었다. 떠나기 전에 미스티를 마지막으로 바라보았다. 공처럼 몸을 바짝 웅크린 미스티는 괴상한 목소리로 무어라 중얼거리고 있었다. 목소리가 너무 작아 무슨 말을 하는지는 알 수 없었다. 중앙 오두막을 뒤로하고 걸어가면서 마크는 미스티가 노래를 하고 있다는 걸 알았다.

'정신이 무너져버린 거야. 분명해.'

14장

5킬로미터쯤 이동했을 무렵, 날이 어두워져서 더는 갈 수가 없었다. 정신없는 하루를 보낸 탓에 기운이 소진된 마크는 이쯤에서 이동을 멈추게 돼서 다행이다 싶었다. 알렉도 그날은 이 정도밖에 이동하지 못한다는 걸 알았을 테지만, 한시라도 빨리 마을을 떠날 수밖에 없는 상황이었다. 마을을 완전히 벗어나 짙은 녹음과 신선한 공기에 둘러싸여 있으니 지난 두어 시간 동안 몸 안에 산뜩 쌓인 긴장감이 다소 빠져나가고 요동치던 감정도 어지간히 가라앉는 듯했다.

다들 말없이 간소하게 야영지를 만들고 애슈빌 공장에서 가져온 포장 식품으로 저녁을 먹었다. 라나가 모두에게 서로 일정한 간격을 두고 자야 한다고 해서, 마크는 트리나에게서 몇 걸음 떨어진 곳에 모로 누웠다. 그리고 두 사람은 서로를 바라보았다. 적어도 서로 포옹이라도 할 수 있다면 좋을 텐데, 하는 생각을 하면서. 마크는 트리나 곁으로 가까이 가고 싶은 마음을 100번은 더 가라앉혔다. 트리나가 허락하지 않을 것이다. 그들은 말없이 서로의 눈만 마주 보았다.

마크는 트리나도 자신과 같은 생각을 하고 있을 것이라 확신했다. 어떻게 이 세상은 또다시 무너져버린 걸까. 공포 그 자체였던 재앙에서 함께 살아남은 세 친구를 어떻게 이제 와서 잃고 만 걸까. 폐허가 된 뉴욕 시에서 애팔래치아 산맥까지의 여정을 함께했던 친구들이었는데. 트리나 역시 그 바이러스에 대해 생각하고 있었다. 행복과는 거리가 먼 생각들뿐이었다.

알렉은 버그에서 가져온 워크패드를 들여다보느라 여념이 없었다. 워크패드에 담긴 지도는 종이에 연필로 대충 베껴놓았지만, 그 외에 또 쓸 만한 정보가 있는지 더 찾아보려는 것이었다. 알렉은 나침반을 들여다보며 종이에 메모를 했고 그 옆에서 라나가 조언을 해주며 일을 거들었다.

마크는 눈꺼풀이 점점 무거워졌다. 트리나가 그에게 미소를 지었다. 그도 미소를 보냈다. 처량한 신세가 되었지만 그래도 그들은 웃고 있었다. 마크는 잠이 들었다. 또다시 과거의 기억이 밀려들었다. 결코 그를 놓아주지 않는 기억이었다.

누군가 그들 뒤를 따라오고 있다.

지상의 도시에서 무언가 사단이 나고 두 시간쯤 지났다. 무슨 일이 일어났는지 마크는 알 수가 없다. 테러리스트가 폭탄을 터뜨렸든지 가스 누출로 인한 폭발 사고가 일어났든지 둘 중 하나일 것이라 추측만 할 뿐. 무언가 불에 탄 것만은 확실하다.

열기가 견딜 수 없을 정도로 엄청나다. 비명 소리도 어마어마하다. 마크와 트리나는 지하전차 터널을 따라 도망치면서, 버려진 갈림길을 찾아 점점 더 깊이 들어간다. 하지만 어디에나 사람들이 있고 대부분 공포에 질린 상태다. 도둑질, 폭력 등 온갖 극악한 일들이 벌어지고 있다. 상습적인 범죄자들만 재앙에서 살아남은 것 같다.

혼란스러운 와중에 트리나는 누군가 버린 인스턴트식품 상자를 포착한다. 마크가 그것을 받아 든다. 두 사람은 본능적인 생존 모드로 돌입해 살아남기에 주력한다. 다른 사람들도 마찬가지여서 지나가는 마크와 트리나를 유심히 보며 뭐 빼앗을 게 없나 살피곤 한다. 그들이 빼앗아 가지려고 하는 것은 음식뿐만이 아니다.

찌는 듯이 덥고 지저분한 지하 통로들을 이리저리 방향을 틀어가며 계속 지나가는데, 뒤따라오는 자를 따돌릴 수가 없다. 몸집이 크고 발이 날랜 남자인 듯하다. 그 남자는 그림자처럼 두 사람을 계속해서 따라오고 있다. 마크가 뒤를 돌아볼 때마다 남자는 구석진 곳이나 틈새로 몸을 숨기는 것 같다.

마크와 트리나는 물이 발목까지 차오른 기다란 통로를 첨벙첨벙 달려간다. 빛이라곤 마크의 휴대전화에서 나오는 불빛뿐이라 마크는 배터리가 바닥날까 봐 조마조마하다. 어디로 가야 하는지 전혀 알지 못한 채 이런 캄캄한 어둠 속에서 단둘이 있을 생각을 하니 겁이 난다. 트리나가 갑자기 걸음을 멈추고 마크의 팔을 잡아끈다. 오른쪽에 마크가 미처 보지 못한 열린 문이 하나 있다. 그 안은 작은 방이다. 이쪽 구역을 사용하던 옛 지하철 시대에 만들어진 오래된 저장실인 듯하다.

"휴대전화 꺼!"

트리나가 마크를 방 안으로 잡아당기고 그 뒤에 서며 다급히 속삭인다.

마크는 얼른 휴대전화 화면을 끈다. 그가 두려워했던 칠흑 같은 어둠이다. 허둥지둥 비명을 내지르고 앞이 안 보이는 채로 이리저리 헤매게 되지 않을까, 하는 걱정에 사로잡힌다. 그러나 무모한 생각은 곧 사라진다. 호흡을 가라앉힌 마크는 자신의 등에 닿는 트리나의 손길에 감사한다.

트리나가 뒤에서 그의 귀에 속삭인다.

"우리가 여기로 숨어드는 걸 볼 정도로 그 남자가 가까이에 있지는 않았어. 그가 물을 밟고 이쪽으로 오려면 소리를 내지 않을 수가 없을 테니까 기다려보자."

마크는 고개를 끄덕였다가 트리나가 그걸 볼 수 없으리란 걸 깨닫고는 조용히 대답한다.

"알았어. 만약에 그자가 이곳까지 따라오면 그땐 도망치는 거 그만할 거야. 우리 둘이 힘을 합쳐서 때려눕히자."

"좋아. 싸워보자."

트리나가 그의 팔을 꼭 잡고 기댄다. 지금 이 상황에서 설레는 느낌을 받는 게 터무니없는 짓인 줄 알면서도 마크는 머리끝부터 발끝까지 상기되고, 얼얼하면서 짜릿한 기분에 사로잡힌다. 그는 그녀를 좋아하는 마음이 얼마나 큰지를 이 소녀가 알아주길 바란다. 어떤 끔찍한 재앙이 일어났는지 몰라도 그 재앙 덕분에 트리나와 둘이 붙어 있을 수 있으니 고맙기도 하다. 그러나 마음속 깊은 곳에서는 이런 생각을 하는 데 대한 죄책감이 느껴진다.

멀리서 철벅철벅 소리가 두 번 들린다. 이어서 몇 번 더. 이 방 바깥의 좁은 터널 바닥에 깔린 물을 밟고 오는 소리일 것이다. 이어서 일정한 보폭으로 점점 더 크게 철벅대는 소리가 들린다. 추격자가 그들과의 거리를 좁히고 있는 듯하다. 마크는 트리나와 함께 벽에 몸을 바짝 붙인다. 벽돌 속으로 몸을 숨기고 싶은 심정이다.

갑자기 오른쪽에서 불빛이 켜져 깜짝 놀란 마크는 소리를 지를 뻔한다. 다가오던 추격자의 발소리가 멈춘다. 눈이 어둠에 익숙해져 있던 터라 마크는 눈을 가늘게 뜨고 불빛의 근원 쪽으로 고개를 돌린다. 불빛은 방 안을 이리저리 비추다가 마크의 눈을 정통으로 비춘다. 마크는 눈이 부셔서 바닥으로 시선을 떨어뜨린다. 누군가 손전등으로 그를 비춘 게 분명하다.

"누구세요?"

트리나가 속삭이듯 묻는다. 신경이 곤두선 마크의 귀에는 마치 확성기에 대고 말하는 것처럼 크게 들린다.

손전등 불빛이 다시 일렁거린다. 손전등을 손에 쥔 누군가가 저장실 벽에 뚫린 구멍 밖으로 기어 나와 우뚝 선다. 자세히 보이지는 않지만 남자인 것 같다. 넝마 차림에 머리카락은 잔뜩 헝클어져 있고 지저분해 보인다. 그 뒤에서 남자 둘이 차례로 나타난다. 행색은 비슷하다. 너저분하고 자포자기한 위험한 남자들. 총 셋이다.

제일 처음 그들 앞에 나타난 남자가 말한다.

"질문은 우리가 해야지. 우리가 너희보다 먼저 여기 살았는데. 우린 방문자들을 좋아하지 않아. 그런데 왜 사람들이 고양이처럼 여기서 돌아다니고 있는 거지? 무슨 일 있나? 너희 둘의 행색을 봐서는 우리처럼 살고 싶어서 여기로 기어들어 온 것 같진 않은데."

마크는 두렵다. 지금까지 이와 비슷한 일도 겪어본 적이 없다. 대답은 해야 될 것 같아서 머릿속으로 궁리하고 있는데 트리나가 나선다.

"이봐요, 머릴 좀 굴려봐요. 저 위 도시에서 끔찍한 일이 일어나지 않았으면 우리가 여기 내려와서 이러고 있을 리가 없잖아요."

마크는 그제야 목소리를 낸다.

"엄청 더워진 거 못 느꼈어요? 폭탄이 터졌거나 가스가 누출된 것 같아요."

그 남자는 어깨를 으쓱한다.

"우리가 무슨 상관이지? 내 관심사는 오로지 다음 끼니인데. 오늘은…… 우리 품에 아주 좋은 게 들어왔구먼. 나랑 우리 애들을 위한 깜짝 선물이야."

그러고는 트리나를 위아래로 훑어본다.

트리나를 쳐다보는 남자의 더러운 눈길에 마크는 방금 전까지 없던 용기가 치솟는다.

"건드릴 생각 마. 우리한테 음식이 있으니까 그거나 가져가고 우린 내버려둬."

트리나가 반대한다.

"음식을 내주면 안 돼!"

마크는 트리나를 돌아보며 속삭인다.

"놈들한테 목이 잘리는 것보단 나아."

딸깍딸깍 소리가 난다. 남자들 쪽을 다시 돌아보니 손전등 불빛에 은빛 칼날이 반짝인다.

남자들 중 한 명이 말한다.

"우리에 대해 너희가 알아둬야 할 게 있어. 이 구역에서 우린 협상 따윈 안 해. 음식도 우리 거, 그거 말고 다른 것도 다 우리 거다."

남자들이 다가오기 시작한 순간 왼쪽에서 누군가 갑자기 나타난다. 바깥 통로에서 저장실 문 안쪽으로 순식간에 달려 들어온 것이다. 마크가 숨 한 번 쉬는 사이에 눈앞에서 짧고 격렬한 싸움이 벌어진다. 남자들이 뒤엉켜 구르고 팔을 퍼덕인다. 칼이 저만치 날아가고 주먹이 오가고 신음이 터져 나온다. 마치 슈퍼히어로가 들이닥쳐 엄청난 속도와 힘으로 침입자 셋을 해치우는 것 같다. 1분도 채 안 돼서 세 남자는 신음과 욕설을 내뱉으며 바닥에 웅크린다. 손전등은 저만치 굴러가 덩치 큰 슈퍼히어로의 장화를 비추고 있다.

마크와 트리나 뒤를 계속해서 따라왔던 바로 그 남자다.

그 남자가 깊고 거친 목소리로 말한다.

"고맙다는 인사는 나중에 해라. 내 이름은 알렉이다. 우리는 이 인생 종친 놈들을 상대하는 것보다 훨씬 더 큰 문제에 직면해 있는 것 같다."

15장

마크는 옆구리에 깊은 통증을 느끼며 잠에서 깨어났다. 몇 시간째 바위 위에서 잠을 자다 보니 옆구리가 심하게 결렸다. 그는 끙 앓는 소리를 내며 바로 누웠다. 그리고 나뭇가지 사이로 빛나는 하늘을 올려다보면서…… 꿈꾼 내용을 되짚었다. 영화관에서 영화를 보듯 눈앞에 생생하게 펼쳐진 그 꿈은 과거의 기억이었다.

그날뿐만 아니라 그 후에도 알렉은 그들의 목숨을 수없이 구해주었다. 마크도 그에 대한 보답을 했다. 그들의 목숨은 그들이 누워 잠들었던 이 산의 바위와 흙만큼이나 서로 긴밀하게 연결되어 있었다.

다른 사람들도 30분이 지나지 않아 일어났다. 알렉은 중앙 오두막에서 급하게 챙겨 온 계란 몇 개로 후딱 아침을 만들었다. 조만간 사냥을 해야 할 것이다. 마크는 본인이 사냥 전문가가 아니라 다행이다 싶었다. 물론 사냥에 나서면 제 몫을 하기는 하겠지만 말이다.

다들 비교적 조용히 앉아, 최대한 서로에게 몸이 닿거나 남이 만진 물건을 만지지 않도록 조심하면서 식사를 하는 동안 마크는 생각에 잠겼다. 이제 겨우 정상적으로 사는가 싶었는데 누군가 나타나 모든 것을 파괴해버리다니, 분노로 속이 뒤틀렸다.

식사를 마치자 알렉이 물었다.

"다들 이동할 준비 됐지?"

"예."

마크가 대답했고 트리나와 라나는 고개만 끄덕였다.

"워크패드는 하늘의 선물이더라. 이 지도와 나침반으로 그곳까지 헤매지 않고 갈 수 있을 것 같아. 거기서 뭘 발견하게 될지는 아무도 모르지만."

반쯤 타버린 나무들, 새로 자라난 덤불들 사이로 그들은 다시 터벅터벅 걸어가기 시작했다.

일행은 산비탈을 오르내리며 종일 걸었다. 애팔래치아 산맥 곳곳에 정착촌들이 있다던데 이렇게 길을 가다가 야영지나 마을을 보게 되지 않을까 하고 마크는 생각했다. 태양 플레어 현상으로 해수면이 상승하고 소도시와 대도시, 초목들이 전부 파괴된 후 그나마 사람이 살 수 있는 곳은 애팔래치아 산맥뿐이었다. 마크는 언젠가는 정상적인 삶으로 돌아갈 수 있기를, 그의 생애 동안만이라도 그리 되기를 바랐다.

그들은 조그만 개울가에서 오후 휴식을 취했다. 그런데 트리나가 마크에게 손가락을 딱 튕겼다. 마크가 쳐다보자 트리나는 숲

쪽으로 살짝 고갯짓을 했다. 그러고는 일어나서 일행에게 용변을 보고 오겠다고 했다. 트리나가 숲으로 들어가고 나서 마크는 2분 정도 기다렸다가 자기도 용변을 보고 오겠노라고 말하며 숲으로 향했다.

그들은 일행들이 앉아 있는 곳에서 100미터쯤 떨어진 어느 커다란 떡갈나무 앞에서 만났다. 오랜만에 공기가 더 없이 신선하게 느껴졌다. 싱그러운 초목과 생명이 가득한 숲의 향기였다.

"무슨 일이야?"

지켜보는 사람은 없었지만 마크는 지시받은 대로 1.5미터쯤 떨어진 곳에 서서 물었다.

"이런 식으로 지내는 거 신물 나. 우릴 봐. 버그가 마을을 공격한 후로 포옹 한번 못 했어. 우리 둘 다 겉보기에 멀쩡한데 이렇게 멀찍이 떨어져 서 있으니까 바보 같아."

트리나의 말에 마크는 안도감을 느꼈다. 상황이 더 나빠질 수 없을 정도로 최악이었지만 그래도 트리나가 가까이 오고 싶다고 말하자 기뻤다.

마크는 미소를 지으며 말했다.

"그래…… 서로 떨어져 있는 건 때려치우자."

막상 입으로 내뱉고 보니 멍청이처럼 느껴졌다.

"비밀로 하면 라나 씨도 화낼 일 없을 거야."

트리나는 이렇게 말하며 그에게 다가와 양팔로 허리를 감고 키스했다.

"서로 거리를 두고 있어봤자 의미 없어. 우린 아무 증상도 보이지 않고 있으니까 감염되지 않은 게 분명해."

마크는 말을 하고 싶어도 할 수 없었다. 그는 이미 고개를 숙여 트리나에게 키스하고 있었다. 조금 전보다 훨씬 긴 키스였다.

그들은 손을 잡고 걸어오다가 야영지에 가까워지자 떨어져 걸었다. 두근거림이 좀처럼 가라앉지 않아서 마크는 얼마나 오래 들키지 않고 버틸지 알 수 없었다. 지금은 라나나 알렉의 노여움을 감당하고 싶지 않았다.

그들이 돌아오자 알렉이 말했다.

"모레쯤 목적지에 도착할 것 같다. 일몰 전에는 힘들겠지만 어쨌든 도착은 할 거다. 밤에 야영하고 쉬면서 다음 날 아침에 무엇을 어떻게 할지 생각해보자."

"좋은 생각입니다."

마크는 짐을 다시 싸면서 멍하게 대답했다. 지금 당장은 골치 아픈 일들이 떠오르지 않을 만큼 기분이 날아갈 듯 좋았다.

"입 그만 털고 잠이나 자자."

알렉의 이 말이 마크에겐 얼른 이해가 되지 않았지만 그는 어깨를 으쓱하고는 트리나를 쳐다보았다. 트리나는 엷은 미소를 짓고 있었다. 마크는 그날 밤에는 나머지 두 사람이 일찍 잠들어주길 바랐다.

마크와 트리나는 서로 손을 잡고 싶은 마음을 꾹 누르고, 알렉과 라나를 따라 다시 이동을 시작했다.

그날 밤, 어둡고 고요한 야영지에는 알렉이 코 고는 소리, 마크의 가슴에 기대어 잠든 트리나의 부드러운 숨소리만이 들려왔다.

마크와 트리나는 알렉과 라나가 깊은 잠에 빠질 때까지 기다렸다가 누워서 서로를 껴안았다.

마크는 나뭇가지 사이의 빈 공간을 통해 빛나는 별들을 올려다보았다. 그는 어렸을 때 엄마에게 별자리 보는 법을 배웠고 그 귀중한 정보를 여동생 매디슨에게 하나씩 전해주었다. 그는 별자리가 저마다 가진 이야기들을 무척 좋아해서 누군가에게 즐겨 들려주곤 했다. 뉴욕 같은 대도시에서는 별이 빛나는 하늘을 좀처럼 볼 수 없기에 더욱 그 이야기가 좋았다. 이따금 가족들과 시골로 놀러 갈 때마다 큰 선물을 받는 기분이었다. 마크의 가족들은 높은 하늘에서 총총 빛나는 별자리들에 얽힌 다양한 신화와 전설을 이야기하며 시간 가는 줄 몰랐다.

마크는 오리온자리를 찾아냈다. 전보다 허리띠 부분이 더욱 밝아진 듯했다. 오리온. 하늘에서 찾기도 쉽고, 사냥꾼 오리온이 손에 칼을 들고 개들을 이끌면서 사악한 황소를 무찌른다는 멋진 이야기가 얽혀 있어서 매디슨은 오리온을 무척 좋아했다. 마크는 매디슨에게 그 얘기를 들려줄 때마다 조금씩 덧붙여가며 윤색하곤 했었다. 그 생각이 나자 울컥하면서 눈가가 촉촉해졌다. 매디슨이 보고 싶었다. 너무나 보고 싶었다. 하지만 매디슨에 대한 기억은 너무나도 깊은 상처라 그의 마음속 깊은 부분은 그걸 잊고 싶어 했다.

숲 속 나뭇가지들이 타닥 하고 부러지는 소리가 들렸다.

마크는 여동생에 대한 생각을 순식간에 떨치고 벌떡 일어서면서 무심결에 트리나를 가슴팍에서 밀쳐냈다. 트리나는 무어라 중얼거리면서 모로 누워 계속해서 깊은 잠을 이어갔다. 또다시 숲에서 바스락 소리가 들렸다.

마크는 트리나의 어깨에 한 손을 얹은 채 무릎을 굽히고 주변을 둘러보았다. 달빛과 별빛이 비추긴 했지만 나무들이 빽빽이 우거진 어두컴컴한 숲 속에 무엇이 있는지는 보이지가 않았다. 하지만 전기와 인공조명이 대부분 과거의 유물이 된 후로 그의 청력은 무척 예리해졌다. 그는 차분하게 집중하고 주변의 소리에 귀를 기울였다. 사슴이나 다람쥐 같은 숲 속 동물들일 가능성도 있지만, 그가 폐허가 된 세상에서 1년이나 살아남은 건 어설픈 추측에 목숨을 맡기지 않았기 때문이었다.

잔가지가 따닥 부러지는 소리, 큰 가지들을 버스럭 밟는 소리가 더 들려왔다. 묵직한 체중을 가진, 두 발로 걷는 존재의 발소리였다.

마크가 알렉을 소리쳐 부르려는데 나무 뒤에서 그림자가 걸어 나왔다. 그리고 성냥을 긋는 소리가 났고, 성냥불이 밝아지며 성냥을 든 사람의 얼굴을 밝혔다.

토드였다.

"뭐야……."

마크의 가슴속에 안도감이 확 퍼져나갔다.

"토드! 어휴. 야, 너 때문에 놀라서 돌아가시는 줄 알았어."

토드는 무릎을 털썩 꿇으며 성냥불을 제 얼굴에 더 가까이 가져갔다. 수척한 몰골이었고 눈물로 질척한 두 눈은 넋이 나간 듯 멍했다.

"너…… 괜찮아?"

마크는 친구가 단지 피곤해서 그런 몰골일 것이라 믿고 싶었다.

"안 괜찮아."

토드는 금방이라도 울음을 터뜨릴 것처럼 얼굴을 바르르 떨었다.

"괜찮지가 않아, 마크. 뭔가 이상해. 내 머릿속에 살아 있는 뭔가가 잔뜩 들어 있어."

16장

트리나를 흔들어 깨운 마크는 일어서서 트리나를 잡아 일으켰다. 토드는 몸이 아픈 게 확실했고 이 야영지에서 불과 몇 걸음 떨어진 곳에 서 있었다. 토드의 병증에 대해 아는 게 없으니 더 두려웠다. 마크는 잠이 덜 깨 혼란스러워하는 트리나를 끌다시피 해서, 초저녁에 피워두어 검게 탄 모닥불 너머로 데려다 놓았다.

"알렉! 라나! 일어나요!"

여전히 군인 신분인 것처럼 두 사람은 마크의 외침에 3초도 안 돼서 일어났다. 하지만 그들을 찾아온 사람이 있다는 건 알아채지 못했다.

마크는 지체 없이 말했다.

"토드, 네가 와줘서 기뻐. 무사한 것도 기쁘고. 그런데…… 몸이 아픈 거야?"

"왜?"

무릎을 꿇은 채로 토드가 물었다. 토드의 얼굴은 그림자에 묻혀 있었다.

"도대체 왜 나를 버리고 떠난 거야? 우리가 함께 이겨낸 시간이 얼마인데."

마크는 가슴이 찢어질 것 같았다. 토드의 물음에 대답할 자신이 없었다.

"나…… 나는…… 우리는 너를 같이 데려오려고 했었어."

토드는 그의 말을 전혀 듣지 못하는 것 같았다.

"내 머릿속에 그것들이 있어. 그것들을 꺼내려면 도움이 필요해. 그것들이 내 뇌를 다 파먹고 심장까지 갉아먹기 전에."

그리고 토드는 울기 시작했는데 마크의 귀에는 사람의 울음이라기보다는 다친 개가 낑낑대는 소리에 더 가깝게 들렸다.

라나가 토드에게 물었다.

"어떤 증상들을 보이고 있지? 미스티는 어떻게 됐어?"

토드는 두 손으로 제 옆통수를 있는 힘껏 눌러댔다. 어둠 속에서 윤곽만 보이니 그런 행동이 더 소름끼치게 느껴졌다.

"내 머릿속에…… 그것들이…… 있어."

토드는 했던 말을 되풀이했다. 신중하게. 그의 목소리에 분노가 깃들어 있었다.

"이 버림받은 지구에 사는 사람들 중에, 그래도 1년 넘게 나랑 친구로 지낸 사람들은 내 머리에서 이것들을 빼낼 수 있게 도와줄 거라고 생각했어."

토드는 일어서서 악을 썼다.

"내 머리에서 이것들을 빼내줘!"

그러자 알렉이 위협하듯 말했다.

"진정해라, 토드."

마크는 이 상황이 모두가 후회할 방향으로 폭발하지 않기를 바라며 입을 열었다.

"토드, 내 말 들어봐. 우린 널 최대한 도와줄 거야. 그러니까 일단 앉고 소리 그만 질러. 우리한테 고함을 질러봤자 도움이 안 돼."

토드는 대답하지 않았다. 대신 몸에 힘을 주었고 두 주먹을 불끈 쥐는 모습이었다.

마크가 다시 한 번 달랬다.

"토드, 앉아. 그리고 우리가 마을을 떠나고 무슨 일이 있었는지 다 털어놔 봐."

토드가 선 채로 꼼짝하지 않자 마크가 다시 재촉했다.

"어서. 우리도 돕고 싶으니까 좀 진정하고 앉아."

몇 초 후에야 토드는 그의 말을 따랐다. 총에 맞은 듯 털썩 주저앉더니 옆으로 누웠다. 그리고 그대로 몸을 이리저리 움직이면서 몇 차례 신음을 뱉어냈다.

마크는 다시금 통제 가능한 상황이 된 것 같아 숨을 깊이 들이마셨다. 그가 트리나와 바짝 붙어 서 있었지만 알렉과 라나는 알아챈 것 같지 않았다. 마크는 몇 걸음 걸어가 불구덩이 옆에 앉았다.

"불쌍한 놈."

마크는 뒤에서 알렉이 중얼거리는 소리를 들었다. 다행히 토드가 들을 정도로 크게 말한 것은 아니었다. 가끔 알렉은 속생각을 고스란히 입으로 뱉을 때가 있었다.

다행히 라나가 간호사로서의 본능을 발휘해 대화의 주도권을 잡았다.

"좋아, 토드. 많이 고통스러운 것 같구나. 그 점은 나도 정말 마음이 아파. 그런데 우리가 널 도와주려면 먼저 알아야 될 게 있어. 얘기를 계속할 수 있겠니?"

토드는 몸을 이리저리 흔들며 조그맣게 끙끙거리다가 대답했다.

"최선을 다할게요. 내 머릿속에 있는 것들이 내가 얼마나 오래 말할 수 있게 내버려둘지는 모르겠지만요. 서두르는 게 좋을 거예요."

"그래. 좋아. 우리가 너를 마을에 두고 떠난 시점부터 얘기를 시작하자. 너는 뭘 했니?"

토드는 지친 목소리로 대답했다.

"저는 문 앞에 앉아서 미스티랑 얘기를 했어요. 그러지 않을 수가 없었어요. 미스티는 제가 제일 아끼는 친구예요. 지금까지 만난 최고의 친구고요. 전 아무래도 상관없어요. 친구를 어떻게 버려요?"

"그래. 이해해. 미스티 곁에 누가 있어줘서 다행이야."

"미스티는 저를 필요로 했어요. 미스티의 상태가 많이 나빠져서 저는 집 안으로 들어가 미스티를 꼭 안아줬어요. 품에 안고 이마에 키스를 했어요. 아기처럼 꼭 안아줬어요. 아기처럼. 미스티를 품에 안고, 제 품에서 서서히 죽어가는 미스티를 바라보면서, 태어나서 최고로 행복했어요."

그 말에 마크는 움찔했고 간담이 서늘해졌다. 이 얘기를 통해 중앙 오두막에서 무슨 일이 있었는지 라나가 제대로 알아낼 수 있기를 바랄 뿐이었다.

라나가 물었다.

"미스티는 어떻게 죽었니? 다넬처럼 많이 고통스러워했어?"

"네. 네, 라나. 많이 아파했어요. 비명을 지르고 또 질렀어요. 미스티의 머릿속에 있던 그것들이 밖으로 나와 제 머리로 기어들어 올 때까지요. 그 후에 우리는 미스티의 고통을 끝내줬어요."

마지막 말에 온 숲이 쥐 죽은 듯 고요해진 느낌이었다. 마크는 숨이 폐 속에서 얼어붙은 것 같았다. 뒤에서 알렉이 움직이며 나서려 하자 라나가 쉿, 하며 조용히 하게 했다. 그러고는 다시 토드에게 물었다.

"우리? 그게 무슨 뜻이지, 토드? 그것들이 네 머리로 기어들어왔다고 했는데, 그게 뭘 말하는 거니?"

토드는 두 손으로 머리를 감싸 쥐었다.

"어쩌면 그렇게 멍청해요? 몇 번이나 얘기해야 돼요? 우리라고요! 저랑 제 머릿속의 그것들요! 그것들의 정체는 나도 몰라요! 듣고 있어요? 나도…… 그것들이…… 무엇인지는…… 모른다고요! 이 멍청하고 한심한 엉터리야!"

그러고는 통곡하기 시작했다. 인간이 내는 소리라고 믿기 힘든 엄청 높고 큰 소리였다. 마크는 움찔하며 뒤로 두 걸음 물러섰다. 토드의 입에서 나오는 소리로 인해 숲이 흔들리고, 1, 2킬로미터 이내의 모든 생물들이 전부 안전한 곳을 찾아 도망칠 것 같았다. 실로 무시무시한 울부짖음이었다.

"토드!"

라나가 그를 부르며 말렸지만, 그 소리는 날카로운 울부짖음에 묻혀버렸다.

토드는 두 손으로 제 머리를 잡고 앞뒤로 흔들어가며 계속 악을 썼다. 마크는 친구들을 돌아보았지만 얼굴을 제대로 보지 못할 만큼 멍했다. 무엇을 어떻게 해야 할지 알 수가 없었다. 라나도 마찬가지인 듯했다.

알렉이 "그만"이라고 중얼거린 말이 마크의 귀에 간신히 들어왔다. 알렉이 앞으로 걸어 나가다 마크를 툭 치는 바람에 마크는 휘청하다가 다시 균형을 잡았다. 마크는 이 전직 군인이 어떻게 할 계획인지 궁금했다.

알렉은 토드에게 곧장 걸어가 그의 셔츠를 움켜잡고 일으켜 세운 뒤 어두운 숲으로 끌고 갔다. 토드의 비명은 그치지 않았다. 오히려 더 높아졌고 산발적으로 계속 터져 나왔다. 토드는 숨을 훅훅 들이켜며 알렉에게서 벗어나려고 몸부림을 쳤다. 곧 그 두 사람은 나무 사이의 그림자 속으로 사라졌으나 토드의 몸이 바닥에 질질 끌려가는 소리, 울부짖는 소리는 여전히 마크의 귀에 들렸다.

라나가 초조하게 물었다.

"저 사람이 뭘 어쩌려는 거지?"

마크가 소리쳤다.

"알렉! 알렉!"

아무 대답이 없었고 토드의 울음과 고함 소리만 계속됐다. 그러다 갑자기 그 소리가 뚝 그쳤다. 마치 알렉이 토드를 방음 장치가 된 방에 던져 넣고 문을 콱 닫아버린 것처럼.

"도대체……."

마크 뒤에서 트리나가 나지막하게 말했다.

곧 단호하게 그들 쪽으로 돌아오는 발소리가 들렸다. 일순간 마크는 겁이 났다. 토드가 완전히 미쳐서 알렉에게 잡혀 있던 멱살을 풀고 알렉을 해치운 뒤 나머지 일행을 끝장내러 돌아오는 게 아닐까 싶어서였다. 피에 굶주린 채로.

그런데 어두운 숲에서 모습을 드러낸 건 알렉이었다. 알렉의 얼굴은 그림자에 가려 표정을 볼 수 없었다. 알렉에게 깊게 드리워졌을 슬픔을 마크는 짐작만 할 뿐이었다.

그답지 않게 떨리는 목소리로 알렉이 말했다.

"그 녀석이 미친 짓을 하게 둘 수가 없었어. 그럴 순 없었어. 이게 바이러스와 관계가 있기 때문에 더더욱……. 개울에 가서 씻고 오마."

알렉은 어쩔 수 없다는 듯 두 손을 펼쳐 보이고는 한참 동안 일행을 바라보다가 근처의 개울로 향했다. 그는 울음을 삼키고 훌쩍이며 숲으로 다시 들어갔다.

17장

그 난리를 겪은 후에도 그들은 다시 잠을 청해야 했다. 날이 밝으려면 아직 몇 시간이 남아 있었다.

알렉이 토드에게…… 그 일을 하고 나서……, 정확히 무슨 일을 했는지는 모르지만, 아무도 입을 열지 않았다. 지난 30분 동안 일어난 일로 극심한 혼란에 휩싸인 마크는 금방이라도 폭발할 것 같았다. 속을 털어놓고 얘기를 하고 싶어 트리나 쪽을 바라보았지만 트리나는 그에게서 등을 돌린 채 바닥에 웅크리고 누워 담요를 덮고 소리 죽여 울고 있었다. 마크는 가슴이 찢어졌다. 수개월을 울지 않고 잘 버텨왔는데 이제 다시 시작이었다.

트리나는 마크에게 수수께끼 같았다. 트리나는 마크보다 강하고 거칠고 용감했다. 그래서 처음에 마크는 당황스럽고 부끄럽기도 했지만 트리나에 대한 사랑으로 그런 감정을 극복했다. 트리나는 감정을 솔직하게 표현하는 사람이었고 지금도 슬픔을 울음으로 토해내는 데 주저함이 없었다.

라나는 조용히 자기 할 일을 하고 야영지 가장자리의 나무 밑으로 가서 누웠다. 마크는 마음을 안정시키려 애를 썼지만 좀처럼 잠이 오지 않았다. 마침내 알렉이 야영지로 돌아왔다. 아무도 입을 열지 않았다. 숲에서 들려오는 소리들이 마크의 의식 속으로 서서히 흘러들었다. 벌레 소리, 나무 사이로 부는 부드러운 바람 소리. 온갖 상념이 마크의 머릿속에 휘몰아쳤다.

방금 무슨 일이 있었던 거지? 알렉이 토드에게 뭘 한 거야? 내가 짐작하고 있는 게 맞나? 고통스러웠을까? 어쩌다 이렇게 엉망이 되어버린 걸까?

어느덧 마크는 잠 속으로 흘러들었고 다행히 꿈은 꾸지 않았다.

다음 날 아침, 모두가 좀비처럼 비틀대며 일어나 타닥타닥 타오르는 모닥불 곁에 앉았다.

"화살에서 나온 이 바이러스 말이야. 뭔가 잘못된 것 같다는 생각이 들어."

라나의 말이 이상하게 들려 마크는 그녀를 쳐다보았다. 그는 어젯밤에 일어난 일들을 곱씹으며 타오르는 불길만 쳐다보고 있었는데 라나의 말을 듣고 퍼뜩 정신이 들었다.

알렉이 퉁명스럽게 말했다.

"바이러스야 대부분 뭔가 잘못된 거잖아."

라나가 그를 날카롭게 쳐다보았다.

"그게 아니라. 내 말뜻 알잖아요. 모르겠어?"

마크가 물었다.

"무슨 말이에요?"

트리나도 궁금해했다.

"바이러스가 사람마다 다르게 작용하는 것 같다는 뜻인가요?"

라나는 자랑스럽다는 듯 트리나를 손끝으로 가리키며 말했다.

"바로 그거야. 화살에 맞은 사람들은 몇 시간 안에 사망했어. 다넬을 비롯해서 화살에 맞은 이들을 도와주던 사람들은 이틀 안에 사망했고. 주된 증상은 두개골 내에 강한 압박을 느끼는 것인데, 마치 누가 자기 머리를 기구로 꽉 죄는 것처럼 행동했어. 그리고 미스티의 경우는 그보다 여러 날이 더 지난 후에야 증상을 나타냈고."

마크는 미스티를 마을에 두고 떠나온 순간이 생생하게 떠올라 조용히 내뱉었다.

"맞아요. 우리가 마지막으로 봤을 때 미스티는 바닥에 웅크리고 누워서 노래를 부르고 있었어요. 머리가 아프다고 했고요."

"미스티는 다소 다른 증상을 보였어. 다넬이 처음 감염됐을 때 넌 마을에 없어서 보지 못했겠지만, 다넬은 같이 화살에 맞은 다른 사람들과는 달리 몇 시간 만에 죽지 않았어. 다만 얼마 지나지 않아서 괴상하게 행동하기 시작했지. 미스티는 멀쩡해 보이다가 머리가 아프기 시작했고. 미스티와 토드 둘 다 다른 사망자들과는 달랐어."

라나는 자신의 관자놀이를 손으로 몇 번 톡톡 쳤다.

알렉이 나섰다.

"그리고 어젯밤에 우리는 토드를 봤지. 토드가 언제 감염됐는지야 아무도 몰라. 미스티와 똑같은 기간만큼 그 바이러스를 몸 안에 갖고 있었는지 아니면 미스티가 죽을 때 옆에 있다가 전염됐는지. 광우병에 걸린 것처럼 미쳐버렸다는 것만은 확실해."

"고인에 대해 말 좀 가려서 하시죠."

트리나가 알렉에게 쏘아붙였다.

마크는 알렉이 받아치거나 자기변호를 늘어놓으리라 예상했는데 알렉은 그녀의 질책에 맥없이 사과했다.

"미안하다, 트리나. 진심이야. 그런데 라나와 나는 우리가 처한 상황을 최대한 정확히 평가하려는 거야. 그래야 대처 방법을 강구할 수 있으니까. 어젯밤에 토드는 확실히 제정신이 아니었어."

트리나는 굽히지 않았다.

"그래서 죽이신 거군요."

알렉이 차분하게 설명했다.

"그건 그렇지가 않아. 미스티가 증상이 나타나고 얼마 후에 사망했기 때문에, 토드도 같은 식으로 사망할 거라고 본 거야. 토드는 우리 모두의 안전에 위협이 됐지만 친구이기도 했어. 그래서 나는 토드를 위해 내가 할 수 있는 일을 해줬어. 그래야 우리도 하루 이틀이라도 더 버틸 수 있으니까."

라나가 담담하게 말했다.

"당신이 토드한테서 감염되지 않았다면 그렇겠죠."

"조심했어. 즉시 몸을 깨끗이 씻었고."

매초마다 더 깊은 우울의 늪으로 빠져들던 마크도 한마디 했다.

"씻어봤자 소용없을지도 몰라요. 우리 모두 이미 감염됐지만, 각자의 면역 체계에 따라 사망까지 이르는 시간에 차이가 있는 것일 수도 있으니까."

알렉은 무릎을 바닥에 대고 몸을 일으키며 말했다.

"라나가 말한 논점에서 많이 벗어났구나. 다시 돌아가서 말하자면, 이 바이러스는 일관성이 없다는 점에서 뭔가 이상해. 내가 과학자가 아니라 잘 모르기는 하지만, 바이러스도 새로운 형태로 돌연변이를 일으킬 수 있는 건가? 한 사람한테서 다른 사람한테로 옮겨 갈 때 변할 수 있는 거야?"

라나는 고개를 끄덕이며 대답했다.

"돌연변이를 일으키고 적응하고 강화되는 것 같아요. 정확히는 모르지만 뭔가 있어요. 확산되면서 숙주를 죽이는 속도가 길어지고 있는데, 이건 일반적인 예측과는 다르게, 바이러스가 더욱 효과적으로 확산될 수 있게 만들어주죠. 당신이랑 마크는 마을에 없어서 모르겠지만 첫 희생자들이 얼마나 빨리 죽었는지 봤어야 돼요. 미스티와는 달랐어요. 화살에 맞아 감염되고 한두 시간 만에 처절하고 참혹하고 끔찍하게 죽어갔어요. 경련을 일으키고 피를 토했는데 그렇게 해서 더 많은 인간 배양기로 퍼져나간 거예요."

마크는 그 장면을 직접 보지 않은 게 다행이라고 생각했다. 그렇지만 다넬의 비참한 죽음을 생각하면, 빨리 사망한 사람들이 차라리 운이 좋았던 건가 싶기도 했다. 문 안쪽에 대고 머리를 사정없이 박아대던 소리가 아직도 귓가에 생생했다.

"바이러스는 희생자의 머리와 관련이 있어요."

트리나가 중얼거리자 모두가 그녀를 바라보았다. 트리나는 명백하고 중요한 사실을 소리 내어 말한 것이었다.

마크도 맞장구쳤다.

"머리와 관련이 있는 게 확실해요. 다들 엄청난 두통을 호소했고 정신이 나가버렸잖아요. 다넬은 환각 증상을 나타냈죠. 미쳐버린 거예요. 미스티도 그랬고, 토드도……."

트리나가 질문을 했다.

"그들이 사람들에게 여러 가지 바이러스가 담긴 화살을 쏜 게 아닐까 싶어. 같은 바이러스라고 어떻게 확신해?"

마크는 고개를 저었다.

"버그에 탔을 때 화살이 담긴 상자들을 봤는데 전부 동일한 식별 번호가 찍혀 있었어."

알렉이 일어서며 말했다.

"바이러스가 돌연변이를 일으키고 있고 우리가 이미 전부 감염됐다면, 우리가 미쳐 발광하기 전까지 한두 주쯤은 시간이 남아 있기를 바라야지. 자, 어서 출발하자."

"그래야죠."

트리나는 중얼거리며 일어섰다.

몇 분 후 그들은 다시 길을 나섰다.

오후에 접어든 지 한참 됐을 무렵, 그들은 또 다른 정착촌을 보게 되었다. 알렉은 워크패드의 지도를 보고 종이에 베껴놓았는데 그 종이 지도에 표시된 길에서 약간 떨어진 곳에 있는 마을이었다. 마크는 나무 사이로 보이는 큼직한 오두막집들을 발견해 일행에게 알렸다. 규모가 큰 마을 같으니 사람들을 잔뜩 만날 수 있을 거라 생각했다.

라나가 알렉에게 물었다.

"저 마을에 들러봐야 할까요?"

알렉은 그렇게 했을 때의 장단점을 따져보고는 대답했다.

"글쎄, 모르겠네. 이대로 길을 따라 쭉 갔으면 좋겠는데. 저 마을 사람들에 대해서는 아는 바도 없고."

마크는 가보고 싶은 마음에 주장을 펼쳤다.

"가보는 게 좋겠어요. 벙커든 본부든 버그의 출처에 대해 저 사람들이 아는 게 있을지도 모르고요."

알렉은 머릿속으로 온갖 가능성을 고려하느라 마크를 쳐다보기만 했다.

트리나가 말했다.

"확인해봐야죠. 저들에게 정보는 얻지 못하더라도, 우리 마을에 일어난 일에 대해 미리 경고라도 해줄 수 있잖아요."

알렉이 결정을 내렸다.

"좋아. 딱 한 시간만 쓰자."

길에서 제일 가까이에 있는 건물들, 즉 통나무 벽에 초가지붕을 올린 작은 오두막들이 서 있는 곳으로 걸어가고 있는데 바람의 방향이 바뀌며 고약한 악취가 그들의 코에 와 닿았다.

마크와 알렉이 버그를 타고 갔다가 돌아와 마을에 이르렀을 때 맡았던 것과 똑같은 악취였다. 시체 썩는 냄새.

알렉이 말했다.

"윽, 저 냄새! 왔던 길로 당장 돌아가자."

악취가 어디서 풍겨 오는지는 바로 알 수 있었다. 길에서 약간 떨어진 곳에 시체들이 몇 겹이나 쌓여 있었던 것이다. 그리고 사람이 나타났다. 어린 소녀 하나가 시체들이 있는 곳에서 마크와 알렉 쪽으로 걸어오고 있었다. 대여섯 살 정도 돼 보이는 소녀는 갈색 머리카락을 가졌고 입고 있는 옷은 지저분했다.

소녀를 발견한 마크가 입을 열었다.

"여러분."

다들 그를 돌아보자 마크는 그들 쪽으로 걸어오고 있는 소녀를 고갯짓으로 알렸다. 소녀는 그들이 있는 곳에서 5, 6미터쯤 떨어진 곳에서 걸음을 멈췄다. 지저분한 얼굴, 슬픈 표정의 소녀는 아무 말도 하지 않고 공허한 눈으로 그들을 쳐다보기만 했다. 시체 썩는 냄새가 공기 중에 감돌았다.

트리나가 소녀를 불렀다.

"애! 괜찮니, 꼬마야? 부모님은 어디 계셔? 마을 사람들은? 혹시……."

즐비하게 쌓여 있는 시체들이 그 답을 해주고 있기에 트리나는 더 이상 물을 수가 없었다.

소녀는 마크 일행의 등 뒤로 펼쳐진 숲을 손으로 가리키며 조용히 대답했다.

"마을 사람들은 숲으로 도망쳤어요. 전부 다요."

18장

소녀의 어떤 말 때문인지 몰라도 마크는 몸이 떨렸다. 소녀가 바라보고 있는 그의 어깨 너머를 돌아보지 않을 수 없었다. 그곳에는 나무와 덤불, 햇살에 얼룩덜룩하게 물든 땅을 제외하고는 아무것도 없었다.

마크는 다시 소녀를 돌아보았다. 트리나가 소녀에게 다가가자 알렉이 말렸다.

"가까이 가지 마라."

알렉의 걸걸한 목소리에 강하게 나무라는 기색은 없었다. 제 몸을 건사할 수 있는 성인을 홀로 버려둘 수는 있었다. 알렉이 토드에게 했듯, 성인이나 다름없는 10대 소년의 목숨을 끊어주는 일도 있을 수 있었다. 하지만 이런 어린아이를 혼자 버려두는 건 얘기가 완전히 달랐다.

알렉이 덧붙였다.

"우리 모두를 생각해서, 그 아이를 만지지는 마."

트리나가 가까이 가자 소녀는 주춤하며 몇 걸음 뒤로 물러섰다.

트리나가 걸음을 멈추고 한쪽 무릎을 꿇으며 소녀를 달랬다.

"괜찮아. 우린 널 해치지 않아. 약속할게. 우리도 너희 마을 같은 정착촌에서 왔어. 그곳에는 아이들도 많았어. 너도 여기 친구들이 있지?"

소녀는 고개를 끄덕이다가 무언가를 떠올리고는 슬픈 얼굴로 고개를 저었다.

"다들 떠났니?"

소녀는 또 고개를 끄덕였다.

마크를 돌아보는 트리나의 눈은 너무나 슬퍼 보였다. 트리나는 다시 소녀를 바라보며 물었다.

"이름이 뭐야? 나는 트리나라고 해. 네 이름을 말해줄래?"

한참 후에야 소녀는 겨우 입을 뗐다.

"디디."

"디디? 마음에 드네. 정말 예쁜 이름이야."

"우리 오빠 이름은 리키예요."

아이다운 천진한 그 말에 마크는 자기도 모르게 여동생 매디슨을 떠올렸다. 가슴이 아렸다. 이 소녀가 동생 매디슨이면 얼마나 좋을까. 이럴 때면 언제나 그렇듯, 마크는 마음이 우울의 심연으로 빠져들지 않도록, 태양 플레어 현상이 닥쳤을 때 매디슨에게 일어났을 일을 상상하지 않도록 스스로를 강하게 다잡아야 했다.

"리키는 어디 있어?"

트리나의 물음에 디디는 어깨를 으쓱했다.

"몰라요. 오빠는 다른 사람들이랑 같이 숲으로 들어갔어요."

"엄마 아빠도 같이 가셨니?"

디디는 고개를 저었다.

"아뇨. 엄마 아빠는 하늘에서 떨어진 화살에 맞았어요. 둘 다 요. 그리고 무섭게 죽었어요."

소녀의 눈에 눈물이 차올라 지저분한 뺨을 타고 흘러내렸다.

"그 얘기를 들으니까 언니 마음이 무척 아프네."

트리나의 목소리에는 진심이 가득 담겨 있었다. 마크는 그 어느 때보다 트리나가 더 좋아졌다. 트리나가 계속해서 말했다.

"우리 친구들 몇 명도…… 똑같이 화살에 맞아서 다쳤어. 네 말대로 무섭게 앓다가 죽었어. 많이많이 미안해."

디디는 몸을 앞뒤로 흔들면서 울었는데 그 모습도 마크에겐 매디슨을 떠올리게 했다.

"괜찮아요. 언니 잘못 아닌 거 알아요. 나쁜 사람들 잘못이에요. 웃기는 초록색 옷을 입은 사람들 잘못이에요."

디디의 가녀린 목소리에 마크는 가슴이 너무 아파서 얼마나 더 참고 들을 수 있을지 알 수 없었다.

마크는 그날을 떠올렸다. 버그에 타고 있던 사람들을 올려다봤던 그날의 기억. 이 마을에 온 것도 그 사람들의 동료였을 것이다. 얼마나 많은 버그가 여기저기 돌아다니면서, 정체를 알 수 없는 바이러스가 담긴 화살들을 사람들에게 쏘아댔을까. 도대체 왜? 왜 그런 짓을 한 거지?

트리나는 좀 더 정보를 얻어내려고 최대한 조심스럽게 물었다.

"다른 사람들은 왜 떠났니? 너는 왜 같이 가지 않았어?"

디디는 오른손을 들고 주먹을 쥐더니 지저분한 소매를 위로 걷어 올려 어깨 부근에 난 동그란 상처를 보여주었다. 검게 딱지가 앉기는 했지만 제대로 치료받지 못한 듯했다. 디디는 모두가 볼 수 있게 팔을 내밀고는 아무 말도 하지 않았다.

마크는 짧은 숨을 몰아쉬며 말했다.

"화살에 맞은 상처 같아!"

트리나는 마크를 쏘아보고는 디디에게 말했다.

"많이 아야 했겠다. 그런데…… 마을 사람들이 왜 떠났는지는 알아? 다들 어디로 갔어? 왜 너는 같이 가지 않았어?"

소녀는 팔을 다시 앞으로 내밀고 상처 부위를 가리켰다. 마크는 알렉, 라나와 눈빛을 주고받았다. 그 상처가 어떤 의미인지는 알고도 남았다. 왜 이 소녀는 화살에 맞고도 무사한 걸까?

트리나가 말했다.

"그들이 너한테 상처를 입혔구나. 넌 참 운이 좋은 아이 같아. 다른 질문에는 대답하고 싶지 않은 거니? 싫다고 해도 괜찮아."

디디는 답답해하며 어깨 쪽의 상처를 다시 한 번 가리켰다.

"이게 이유예요! 마을 사람들이 나만 여기 남겨놓고 떠난 이유가 바로 이거란 말이에요! 마을 사람들은 초록색 옷을 입은 사람들만큼 나빠요."

"정말 마음이 아프구나."

마크는 견딜 수가 없어 나섰다.

"어떻게 된 일인지 내가 정리해볼게. 마을 사람들은 이 애가 화살에 맞았으니 병든 거라고 여기고 여기 버려두고 떠난 거야."

입으로 내뱉고 보니 더 극악하게 느껴졌다. 도대체 누가 이런 짓을 할 수 있단 말인가, 이 어린아이에게?

트리나가 다시 디디에게 물었다.

"그렇게 된 거야? 네가 아플 거라고 생각해서 마을 사람들이 너를 혼자 두고 떠났어? 너도 다른 사람들처럼 아플 줄 알고?"

디디는 고개를 끄덕였고 또다시 눈물을 흘렸다.

트리나가 일어서서 알렉 쪽으로 고개를 돌렸다.

알렉은 한 손을 들며 말했다.

"무슨 말 할지 알아. 내가 밀림의 냉혹한 짐승이 씹다 뱉은 것 같은 사람이긴 해도 그렇게 무정하지는 않아. 그 아이를 데리고 가자."

트리나는 고개를 끄덕였고 그날 처음으로 진심 어린 기쁨의 미소를 지었다.

라나가 핵심을 짚었다.

"그 아이도 감염되었을 수 있어. 증상이 나타나기까지 시간이 좀 더 오래 걸리는 거겠지."

그러자 알렉은 배낭끈을 고쳐 매며 구시렁거렸다.

"우리 모두 이미 감염되었을지도 모르지."

트리나가 말했다.

"아이를 대할 때 다들 조심하기로 해요. 항상 손을 깨끗이 씻고 코와 입을 잘 가리도록 하자고요. 가급적 마스크를 쓰면서요. 저는 이 고운 아이를 계속 잘 지켜볼게요. 마지막……."

트리나가 그 말을 끝까지 맺지 않아 마크는 다행이라 생각했다.

"입이 하나 더 늘었군. 많이 먹을 것 같진 않지만."

좀처럼 웃지 않는 알렉은 이 말을 해놓고 농담이라는 뜻으로 미소를 지어 보였다.

"마을에 들어가 여기저기 뒤져서 필요한 물품이며 음식을 챙겨 오고 싶긴 한데, 사람들을 감염시킨 바이러스가 마을 곳곳에 다 묻어 있을 테니 포기해야겠다. 어서 여길 떠나자."

트리나는 디디에게 따라오라며 손짓했다. 뜻밖에도 디디는 순순히 그 말을 따랐다. 알렉은 그가 신중하게 지도에 표시했던 그 길로 되돌아갔다. 마크는 지금 그들이 걸어가는 방향이 디디가 조금 전에 손가락으로 가리켰던 바로 그 방향임을 떠올리지 않으려고 애썼다.

그 후 몇 시간 동안 그들은 아무하고도 마주치지 않았다. 산 사람도 죽은 시체도 없었다. 마크는 디디를 버리고 떠난 사람들에 대해서도 거의 잊고 걷기만 했다. 그들은 다소 빠른 걸음으로 바위 지역을 수차례 오르내렸는데, 이동하는 내내 디디는 불평 한마디 없이 조용했다. 트리나는 천으로 코와 입을 막은 채 디디 옆에서 나란히 걸었다.

디디는 그들이 내주는 저녁 식사를 허겁지겁 먹었다. 오랜만에 먹는 제대로 된 음식일 것이다. 그들은 한두 시간 정도 더 걷다가 밤을 보내기 위해 야영 준비를 했다. 계산에 따르면 앞으로 하루 안에 목적지에 도착할 것이라고 알렉은 모두에게 알려주었다.

마크는 디디와 함께 있는 트리나를 바라보았다. 트리나는 그 어린 소녀를 잘 돌봐주고 있었다. 잠잘 곳을 봐주고, 개울가에서 씻는 걸 도와주고, 숲이 우거진 골짜기에 어둠이 내리자 이야기도 들려주었다.

마크는 그들을 바라보며 언젠가 다시 편안하고 안전한 생활을 할 수 있는 날이 오기를 바랐다. 공포는 끝나고, 권태가 문제인 삶으로 돌아갈 수 있기를. 디디 같은 소녀가 아이답게 마음껏 웃으며 뛰놀 수 있기를.

트리나와 디디 옆에 누운 마크는 과거를 생각하다가 잠이 들었다. 꿈과 함께 암울한 기억이 밀려들어 그의 어리석은 희망을 밟아놓았다.

19장

10여 분 만에 마크는 집으로 무사히 안전하게 돌아갈 때까지 알렉 곁에 바짝 붙어 있어야겠다는 생각을 한다. 이 남자는 30초 도 채 안 돼서 장정 셋을 제압하고 때려눕혔을 뿐 아니라, 전직 군 인으로서 곧장 책임자로 나서며 그들에게 어떻게 움직여야 할지 지시를 내렸기 때문이다.

칼을 든 부랑자들과 맞붙었던 저장실에서 마크와 트리나를 데 리고 나온 알렉은 물이 찬 통로를 철벅철벅 걸어가며 말한다.

"소문과 잡담을 믿어야 할 때가 있어. 대개가 여자들에게 허세 를 떨려는 멍청이의 헛소리이긴 한데, 대다수의 사람들이 같은 소 문을 입에 올리고 있으면 그땐 귀를 쫑긋 세우고 잘 들어야 돼. 내 가 지금 무슨 말을 하려는 건지 아마 궁금할 거다."

마크는 트리나를 흘끗 쳐다본다. 앞장서서 가는 알렉이 손에 든 손전등에서 흐릿한 불빛이 흘러나와 트리나의 얼굴이 어렴풋이 보인다. 트리나는 표정으로 이렇게 말하고 있다. '이 남자 누구지?' 트리나는 인스턴트식품 상자를 여전히 들고 있다. 마음을 안정시키려는 용도로 아이가 갖고 다니는 담요처럼, 트리나는 그 상자에 누구도 손을 대지 못하게 한다. 아직까지는 그렇다.

마크가 대답한다.

"예, 궁금해요."

알렉은 걸음을 멈추고 날쌘 뱀처럼 그들에게 홱 돌아선다. 처음에 마크는 대답을 잘못했구나, 이 남자가 나를 때려죽이겠구나, 라고 생각한다. 그런데 남자는 손가락 하나를 세워 보이며 말한다.

"한 시간 안에 우리는 이 쥐구멍을 빠져나가야 돼. 알겠지? 한 시간이다."

그러고는 돌아서서 다시 성큼성큼 걸어간다.

마크는 보조를 맞추려고 잰걸음으로 따라붙으며 묻는다.

"잠깐만요. 뭡니까? 무슨 뜻이에요? 왜요? 원인은 잘 모르지만 그래도…… 지금 지상으로 올라가는 건 좋은 생각이 아닌 것 같은데요."

"태양 플레어."

그 외에 무슨 설명이 더 필요하냐는 듯 알렉은 간단히 대답한다. 이 두 마디를 들으면 그의 머릿속 생각을 단박에 알아채고도 남아야 한다는 듯이.

트리나가 묻는다.

"태양 플레어요? 저 위에서 일어난 일이 그거라는 거예요?"

"맞아, 사랑스러운 아가씨. 바로 그거야."

알렉이 전해주는 소식에 마크의 나쁜 예감은 크게 치솟는다. 일부 구역에서 일어난 사고가 아니라면, 태양 플레어 같은 전 지구적인 재앙이라면, 가족들이 무사하리라는 희망은 물 건너간 것이다.

마크가 떨리는 목소리로 묻는다.

"어떻게 알아요?"

알렉은 흔들림 없이 차분하게 대답한다.

"내가 무리에서 빠져나오기 전 수많은 곳에서 수많은 사람들이 같은 얘기를 하는 걸 들었으니까. 재앙이 닥치기 전에 뉴스에서 경고 방송을 해줬던 게 아닌가 싶다. 그러니 태양 플레어 현상이 맞는 거지. 극도로 높은 기온과 자외선. 이중으로 치는 거야. 세상은 그 현상에 대비하고 훈련도 했다고 생각했겠지만 그 생각이 틀렸던 게지. 내 변변찮은 소견으로는 그렇다."

그들 셋은 입을 닫는다. 알렉이 앞서 걸어가고 마크와 트리나가 그 뒤를 따른다. 모퉁이를 돌아 또 다른 터널로 계속해서 나아가면서 사람들이 모여 있는 곳은 최대한 멀리한다. 마크의 마음은 점점 더 암울하게 가라앉는다. 이런 일은 어떻게 대처해야 할지 알 수가 없다. 가족들이 죽었을 거라는 생각은 하고 싶지도 않다. 가족들이 무탈하다는 걸 확인할 때까지는 절대 쉬지 않으리라. 그런데 알렉이 어느 기다란 통로 한가운데에 갑자기 멈춰 선다. 지금까지 걸어온 통로들과 별로 달라 보이지 않는다.

"여기서 친구들을 몇 명 만날 거다. 지금은 각자 흩어져서 음식을 찾고 정보를 수집하고 있지. 수년 동안 같이 일해온 라나라는 사람도 그중 하나인데, 우리는 둘 다 국방부에 소속돼 있었어. 그 여자는 나처럼 전직 군인이다. 군간호사. 나머지는 이동 중에 만나게 된 사람들이고. 너희 둘까지 합류하면 최대인원이라 한 명도 더 못 받는다. 여기서 인원이 더 늘어나면 그곳까지 갈 수가 없어."

마크가 묻는다.

"어디로 가는데요?"

"지상으로."

마크가 전혀 예상치 못한 대답이다. 알렉이 계속해서 설명한다.

"우리는 끔찍하게 변해버렸을 도시로 되돌아간다. 최대한 건물 내부에서 머물면 무사할 거라고 본다. 물이 이곳으로 흘러들어 몽땅 익사하기 전에 지상으로 올라가야 돼."

잠이 깬 마크는 모로 돌아누웠다. 눈을 크게 뜨고 숨을 무겁게 몰아쉬었다. 아직 끔찍한 부분은 꿈에 나오지도 않았다. 그는 그 기억을 다시 꿈으로 꾸고 싶지 않았다. 그날의 재앙을 되새기고 싶지 않았다.

'제발. 제발. 싫어. 제발. 오늘 밤에는 안 돼. 못 견디겠어.'

누구에게 하는 말인지도 알 수 없었다. 자신의 뇌에게 빌고 있는 걸까? 어쩌면 그는 토드에게 감염되어 지금 미쳐가고 있는 건지도 몰랐다.

그는 다시 바로 누워 나뭇가지 사이로 별을 올려다보았다. 새벽이 밝아올 기미는 전혀 보이지 않았다. 어둡고, 어둡고, 어두울 뿐이었다. 아침이 밝기를, 몇 시간만이라도 이 꿈에서 벗어날 수 있기를 바랐다. 어쩌면 잠들지 않고 깨어 있을 수 있지 않을까 싶었다. 그는 일어나 앉아 주변을 둘러보았다. 어두워서 나무들의 윤곽과 주변에 누워 있는 친구들의 그림자 외에는 보이는 것도 없었다.

트리나를 깨울까도 생각했다. 트리나라면 그가 말벗을 필요로 한다는 걸 알아줄 것이고, 꿈에 대해서는 굳이 설명할 필요가 없을 것이다. 하지만 부드럽게 숨을 쉬며 평화롭게 잠든 트리나의 모습을 보니 차마 깨울 수가 없었다. 단잠을 깨우면 너무 미안해질 것이다. 그는 조용히 괴로움을 삭이기로 했다. 다음 날 장거리를 걸어야 할 뿐 아니라 트리나는 어린 디디까지 돌봐야 하니 잠을 충분히 자두어야 한다.

마크는 다시 누워 편안해질 때까지 이리저리 뒤척였다. 꿈을 꾸고 싶지 않았다. 맹렬하게 쏟아지던 물, 그 물에 빠져 죽어가는 사람들의 비명 소리. 그 물을 피해 달아날 때 느꼈던 어마어마한 공포. 그는 이렇게 눈을 뜨고 있으면서도, 처음 라나 일행을 만난 뉴욕 시 지하의 그 방을 눈앞에 생생히 떠올릴 수 있었다. 어마어마한 태양 플레어 재앙에서 살아남은 그들에게 이제 너희가 걱정해야 할 제일 크고 제일 급한 사안은 쓰나미라고 알려주던 알렉의 햇볕에 그을린 얼굴도 생생했다. 태양 플레어로 인해 세상은 완전히 폐허가 되었고 지옥 같은 열기가 지구를 감싸고 있다고 했다.

그 열기로 인해 극지방의 얼음이 빠르게 녹기 시작해 해수면이 무시무시한 속도로 상승하고 있다고, 앞으로 몇 시간 후면 맨해튼 섬은 수면 아래로 3, 4미터쯤 가라앉을 거라고 알렉은 설명했다. 지하 깊은 곳의 어느 방에 웅크리고 앉아 있던 그들에게, 곧 어마어마한 물이 흘러 내려와 모든 것을 집어삼킬 것이라고 말했다.

이 기억은 한번 떠오르면 적어도 한 시간 이상 마크의 마음을 고통스럽게 했다. 이대로 잠들면 그는 더 지독한 꿈을 꾸게 될 것이다. 지금처럼 두려움에 휩싸인 상태로 잠드는 게 그는 너무 겁났다.

자지 않으려고 애썼지만 곧 다시 잠이 밀려왔다. 차갑게 부서지는 파도처럼 잠이 그를 다시 뒤덮었다.

20장

링컨 빌딩은 뉴욕 시에서 제일 높고 웅장한 새 건물들 중 하나다. 지하전차와 직통으로 연결된 몇 안 되는 건물이기도 하다.

알렉은 바로 그곳으로 가야 한다고 말한다. 휴대전화에 지하전차 지도를 전부 저장해두고 있으니 길 찾는 건 문제가 아닌데, 다만 시간 내에 도착할 수 있을지 걱정이라고 한다. 마크는 흐릿한 조명 속에서도 알렉의 자신 없어 하는 표정을 읽을 수 있다. 전반적으로 강하고 단호해 보이는 알렉의 분위기와는 상반되는 표정이다. 알렉은 굶주린 사자 열두 마리와 한 우리에 갇혀도 히죽 웃으며 어떤 놈을 먼저 죽일까 벼를 것 같은 그런 남자다.

마크는 생각한다.

'링컨 빌딩. 일단 거기로 가면 가족을 찾을 수 있어.'

그들은 헤아릴 수도 없고 끝도 없어 보이는 도시의 지하 터널들을 계속해서 달려간다. 맨 앞에는 알렉, 그 뒤에는 알렉이 12년을 함께 일했다고 하는 여자 라나가 따르고 있다. 그 뒤에는 마크와 같은 나이인 다넬이라는 소년, 그다음은 그들보다 나이가 조금 많은 열여덟 살 정도 되어 보이는 미스티라는 소녀, 그리고 마크보다 나이가 많고 땅딸막한 근육질 소년이 달려간다. 미스티는 그 땅딸막한 소년을 토드(두꺼비)라는 별명으로 불렀는데 토드는 그 별명대로 두꺼비처럼 생겼다. 마크와 트리나가 그다음이고, 맨 뒤에는 백스터라는 소년이 뛰고 있다. 백스터는 일행 중 나이가 제일 어리고 열세 살쯤 되어 보이는데 굳이 자기가 맨 뒤에서 뛰겠다고, 그래야 기습에 대비해 모두를 지킬 수 있다고 말하는 걸 보면 의지가 강한 녀석인 것 같다.

마크는 삶이 끝장나더라도 백스터와 친구가 될 만큼의 시간은 남아 있기를 희망해본다.

"뭘 확실히 알고 행동하는 거였으면 좋겠어."

옆에서 트리나가 조용히 속삭인다. 트리나와 나란히 뛰어가면서 마크는 터무니없는 상상을 한다. 태양이 수평선 너머로 저무는 황혼 무렵에 트리나와 함께 해변을 달리고 있는 거면 좋겠다는 상상이다. 트리나가 그의 머릿속 생각을 읽지 못하니 다행이다.

"알겠지."

또 무슨 일이 터질까 봐 속으로 조마조마해하고 있다는 걸 트리나에게 알리고 싶지 않아 마크는 담담하게 대꾸한다. 또다시 일이 터지면 달리기가 힘들 것 같다. 열일곱 해를 살아오면서 자신이 이렇게 겁쟁이인지 마크는 처음 알았다.

"쓰나미라니."

트리나는 불길하기 짝이 없는 단어를 내뱉는 것 같은 말투다.

"우린 뉴욕 시에서 지하전차를 타고 가던 중이었는데 갑자기 쓰나미가 우리의 제일 큰 걱정거리가 된 거잖아. 쓰나미라니 말이 돼?"

"우린 지하에 있어, 트리나. 뉴욕 시는 바다 바로 옆에 있고. 물은 아래로 흐르잖아. 중력이나 뭐 그런 거에 따라서……."

그는 자신을 흘끗 노려보는 트리나의 시선을 느낀다. 그럴 만도 하다. 불안하고 떨리다 보니 자기도 모르게 잘난 체를 한 것이다. 이럴 땐 그저 솔직하게 말하는 게 최고다.

"미안. 초조해서 그랬어. 진짜 미안."

달리는 게 힘이 부치는지 마크는 호흡이 거칠어진다.

"괜찮아. 나도 꼭 대답을 듣고 싶어서 물어본 건 아니었어. 그냥…… 모르겠어. 이건 완전히 미친 소리 같잖아. 태양 플레어 현상과 쓰나미라니. 몇 시간 전까지만 해도 그런 단어들은 내가 알바 아니었어. 전혀."

"맞아, 엿 같지."

마크는 더 할 말이 없다. 그 문제에 대해 길게 떠들고 싶지도 않다. 이런 얘기를 계속 할수록 걱정되고 마음이 괴로울 뿐이다.

터널 끝에 다다른 알렉이 속도를 늦추다가 멈추고 뒤로 돌아 모두를 마주 본다. 다들 가쁜 숨을 고른다. 마크는 온몸이 땀으로 젖었다.

"이제부터 우리가 들어갈 곳은 비교적 최근에 지어진 지하전차 구역 중 하나다. 그곳에 사람들이 모여 있을 텐데, 분위기가 어떤지는 나도 모르겠다. 세상이 끝장났다고 생각되면 개같이 구는 사람들이 있기는 하니까."

일행의 호흡이 안정적으로 가라앉자 비로소 마크는 알렉의 등 뒤에서 희미하게 들려오는 소리를 들을 수 있다. 수많은 사람들이 웅성대고 부산하게 돌아다니는 소리, 멀리서 들려오는 비명 소리, 통곡하고 흐느끼는 소리 등 불안감을 느끼게 하는 소리들도 섞여 있다. 축축하고 비좁은 저장실에 따로 숨어 있는 게 더 낫다고 여겨질 판이다.

라나가 알렉의 뒤를 이어 설명한다.

"우린 저 구역을 통과해야 해. 빨리 걷되 목적지가 분명한 것처럼 보여서는 안 돼. 그리고 뭐든 들고서는 저길 통과할 수 없을 테니까 손에 든 물건이나 주머니에 담긴 물건은 다 버려. 가지고 가려고 했다가는 그걸 뺏으려는 사람들에게 공격당할 수 있어. 링컨 빌딩에 도착해서 필요한 물품을 조달할 수 있기를 바라야지."

그들 중 몇 명은 트리나가 아까 찾아서 줄곧 들고 있던 인스턴트식품 몇 봉지를 소지하고 있다. 다들 그것들을 바닥에 버리자 트리나의 어깨가 축 쳐진다.

알렉은 배터리가 간당간당한 휴대전화를 들여다보며 말한다.

"우린 이 문을 열고 선로로 뛰어내려야 한다. 중앙 홀을 피해서 가면 최대한 사람들과 부딪치지 않을 거다. 직선거리로 800미터를 이동해서 문을 지나 계단으로 올라가면 링컨 빌딩이다. 그 계단으로 19층까지 올라갈 수 있어. 그 방법밖에 없다."

마크는 주변을 빠르게 둘러본다. 다들 불안해서 안절부절못하고 있다. 토드는 발뒤꿈치를 들고 위아래로 폴짝거렸는데, 우스꽝스럽게도 '토드'라는 별명과 딱 어울린다.

알렉이 계속해서 말한다.

"가자. 다 같이 붙어서 이동하고, 서로를 죽기 살기로 보호해야한다."

이 말에 트리나가 나지막하게 한숨을 쉬자 마크는 알렉이 그 말을 하지 않았으면 좋겠다는 생각을 한다.

"자, 출발합시다!"

라나가 외친다. 좌절감을 떨치기 위해서인지 사람들에게 기합을 넣어주기 위해서인지는 마크도 알 수가 없다.

알렉이 문을 열고 걸어 나간다. 나머지도 그 뒤를 따르는데 강한 열기가 훅 밀려와 그들을 덮친다. 마크는 폐 안의 산소가 모조리 타 없어지는 기분이다. 숨을 쉬려고 안간힘을 쓴 끝에야 겨우 뜨끈한 공기에 적응이 된다.

마크는 트리나의 뒤를 따라 좀 더 넓은 터널로 나간다. 그들이 서 있는 좁은 공간에서 1미터 아래에 전차가 다니는 선로가 있다. 알렉과 라나는 이미 선로로 뛰어내려 일행이 내려올 수 있게 돕고 있다. 한 명씩 알렉과 라나의 손을 잡고 아래로 뛰어내린다. 쿵 뛰어내리면서 다리가 후들거리는 모습이 보인다. 마크는 위를 올려다본다. 그쪽에는 폐허가 된 세상으로 이어지는 계단이 있고, 햇빛이 계단으로 쏟아지고 있다. 그는 그쪽 층계참에 모여 서성이고 있는 사람들을 살펴본다. 모두의 시선이 새로 나타난 마크 일행에게 쏠린다.

가혹한 풍경에 마크는 심장이 멎을 것 같은 충격을 받는다.

그곳은 사람들로 가득 차 있는데 그중 절반은 살갗이 찢기고 베이고 화상을 입었다. 바닥에 누워 있는 사람들은 끔찍한 비명을 지른다. 다양한 나이대의 아이들 대다수가 상처를 입은 모습

154

이 마크의 가슴을 제일 아프게 한다. 난폭하게 싸우고 있는 두 남자가 눈에 띈다. 그들은 서로에게 주먹질을 하고 손톱으로 상대를 잡아 뜯고 할퀴고 있다. 아무도 싸움을 말리려 하지 않는다. 층계참 가장자리에 쓰러져 있는 한 여자는 얼굴이 있어야 할 자리에 녹아버린 피부와 핏덩어리만 남아 있다. 마크는 지옥을 들여다본 것 같다.

"걸어."

모두가 선로로 내려서자 알렉이 지시한다.

그들은 서로에게 바짝 붙은 채로 선로를 따라 이동한다. 마크의 왼쪽에는 트리나가 오른쪽에는 백스터가 자리하고 있다. 백스터가 겁을 집어 먹은 표정이라 마크는 그가 힘을 내게 도와주고 싶지만 무슨 말을 해야 될지 알 수가 없다. 어차피 공허한 말에 불과할 것이다. 마크 바로 앞에서 걷고 있는 알렉과 라나는 감히 우리에게 맞설 생각 말라는 분위기를 물씬 풍기고 있다.

중앙 홀 한가운데를 절반쯤 지나고 있는데 두 남자와 한 여자가 선로로 뛰어 내려와 그들 앞을 가로막는다. 지저분한 몰골이긴 하지만 다친 곳은 없어 보인다. 외양은 멀쩡한데, 이미 끔찍한 재앙을 목격하고 이성을 놓아버린 자의 눈빛이다.

여자가 묻는다.

"어디로들 가시나?"

여자의 일행인 남자도 묻는다.

"그래. 당신, 꽤 권력이 있어 보이는데, 우리만 빼고 어디 좋은 데로 가려나 보지?"

또 다른 남자가 알렉에게 바짝 다가와 말한다.

"알아챘는지 모르겠지만 태양이 우릴 태워 죽이려고 작정을 했거든. 사람들이 죽었어, 형씨. 엄청 죽었다고. 그런데 당신 같은 인간이 아무 일도 없는 듯 여기로 기어들어 오다니 나 참 기분 더러워서."

다른 사람들도 몇 명 선로로 뛰어 내려와 처음 그들 앞을 가로막은 세 사람 뒤에 선다. 앞으로 가지 못하게 길을 틀어막은 것이다.

그들 중 한 명이 소리친다.

"이것들이 음식을 가지고 있는지 확인해보자!"

다리에 힘을 주고 단단히 버티고 선 알렉이 바로 앞에 서 있는 남자에게 주먹을 날린다. 그 남자는 고개가 뒤로 꺾이고 코피를 쏟으며 쓰러진다. 순식간에 일어난 충격적인 상황에 아무도 섣불리 움직이지 못하다가 잠시 후 몇몇이 악을 쓰면서 마크 일행에게 달려든다.

한바탕 혼란이 벌어진다. 주먹이 날아다니고 발길질이 오가고 서로의 머리채를 잡아챈다. 얼굴을 주먹으로 강타당한 마크는 트리나가 어떤 남자에게 끌려가는 것을 본다. 분노가 폭발한 마크는 그를 친 남자를 향해 양팔을 마구 휘둘러 두 번 정도 맞추고 옆으로 밀쳐낸다. 트리나를 끌고 가던 남자가 그녀의 몸 위에 올라타더니 두 팔을 꽉 잡고 제압하려 하고 있다. 트리나는 그 남자를 밀어내려고 안간힘을 쓴다.

마크는 그리로 달려가 남자에게 몸을 날린다. 남자는 마크와 함께 바닥으로 구르며 트리나에게서 떨어진다. 남자는 마크에게 주먹질을 하고 마크도 반격하지만 마크의 주먹은 상대에게 거의 맞지 않는다. 남자와 마크는 두 팔을 이리저리 휘두르고 발길질을 해가며 엎치락뒤치락 뒤엉킨다. 마침내 남자의 손아귀에서 벗어난 마크는 뒤로 물러나 트리나가 무사한지 확인한다. 바닥에 쓰러져 있던 트리나는 일어나서 그 남자에게 달려가 얼굴을 발로 찬다. 하지만 발이 헛나가면서 바닥에 나동그라지고 만다. 남자는 다시 트리나에게 손을 뻗지만 마크가 어깨로 그 남자의 복부를 세차게 찍는다. 남자는 신음을 흘리며 몸을 바짝 웅크리고 마크는 일어나 트리나의 손을 잡는다. 험악한 군중들에게서 벗어난 두 사람은 나머지 일행이 어쩌고 있는지 돌아본다.

여전히 다들 싸우고 있다. 층계참에서 내려와 싸움에 합류하는 사람은 없다. 토드가 어떤 남자에게 주먹질을 한다. 알렉과 라나는 어떤 남자와 여자를 미스티와 백스터에게서 떼어놓고 있다. 치고 박고 싸우던 중에 상대편 쪽 두 사람이 싸움을 그만두고 물러선다. 싸움이 거의 끝난 것 같다.

바로 그 순간 그 일이 일어난다.

처음에는 나지막하다가 점점 크게 우르르 소리가 들려온다. 터널 전체가 약간씩 진동한다. 일시에 싸움이 멎고 사람들은 주춤주춤 일어나 주변을 둘러본다. 마크도 일어서서 그 소리의 근원을 찾으려고 두리번거린다. 그 와중에도 그는 트리나의 손을 놓지 않는다.

트리나가 큰 소리로 묻는다.

"무슨 일이지?"

마크는 고개를 젓고 계속해서 터널을 둘러본다. 발밑에서 바닥이 덜덜 흔들리고 우르르 하던 소리는 거대한 포효로 변한다. 마크의 시선이 중앙 홀에서 지상으로 올라가는 계단으로 향한 순간,

수없이 많은 사람들이 비명을 지르면서 허둥지둥 어딘가로 달아
나기 시작한다.

　괴물처럼 거대한 규모의 더러운 물 벽이 널찍한 계단 아래로 쏟
아져 내린다.

21장

마크는 잠에서 깼다. 비명이나 고함을 지르지도 않고, 벌떡 일어나거나 숨을 헐떡이는 극적인 행동도 없이 그저 눈을 떴다. 눈가가 눈물로 촉촉이 젖었고 얼굴도 마찬가지였다. 아침 햇살이 나무 사이로 밝게 비춰들고 있었다.

거대한 물 벽.

엄청난 물이 마치 살아 있는 짐승처럼 계단을 내려오던 그 광경은 절대 잊지 못할 것이다. 계단 아래 있다가 그 물에 휩쓸려가던 사람들의 모습도.

"괜찮아?"

트리나다. 젠장.

마크는 얼른 얼굴을 문질러 닦고 트리나 쪽으로 고개를 돌렸다. 잠을 자면서 눈물을 질금거렸다는 걸 알아채지 못하길 바랐다. 하지만 트리나의 표정을 본 순간 그런 바람은 접기로 했다. 트리나는 자식을 걱정하는 부모처럼 그를 보고 있었다.

마크는 어색해서 말까지 더듬었다.

"어, 음. 좋은 아침이야. 기분 어때?"

"마크, 나 바보 아니야. 무슨 일인지 말해."

마크는 말하고 싶지 않다는 눈빛으로 그녀를 쳐다보았다. 그리고 몇 걸음 떨어진 곳의 나무에 기대서서 나뭇가지의 껍질을 벗기고 있는 디디를 보았다. 지금 이 상황에서 디디의 표정이 좋을 리 없었지만 침울 그 자체였던 때보다는 괜찮아진 것 같았다. 앞으로 점차 나아지겠지.

"마크?"

그는 다시 트리나를 돌아보았다.

"그냥…… 안 좋은 꿈을 좀 꿨어."

"무슨 꿈?"

"알잖아."

트리나는 미간을 찌푸렸다.

"어떤 부분을 꿈으로 꿨는데? 털어놓으면 도움이 될지도 몰라."

"별로."

마크는 한숨을 쉬다가 문득 너무 차갑게 대답했다는 생각이 들었다. 트리나는 위로를 해주려던 것뿐인데.

"중앙 홀로 물이 쏟아져 들어오기 직전이었어. 우리가 깡패 짓 하던 사람들하고 싸우던 때. 끔찍한 부분이 시작되기 전에 꿈에서 깼어."

끔찍한 부분. 이렇게 말하니 그 전에 일어난 모든 일들은 할머니와 함께 공원에서 즐긴 소풍이라도 되는 것 같았다.

"그런 꿈은 그만 꿨으면 좋겠어. 살아서 여기까지 왔다는 게 중요하잖아. 이제 과거는 그만 흘려보내야 돼."

바닥을 내려다보며 말하던 트리나는 미안해하며 덧붙였다.

"하긴, 말이 쉽지. 네가 과거를 그만 떠나보냈으면 해서 한 말이야. 그게 다야."

"알아. 나도 같은 마음이야."

그는 손을 뻗어 트리나의 무릎을 토닥였다. 감염의 위험을 무시하는 어리석은 행동일 수도 있었다. 알렉과 라나는 개울에 몸을 씻으러 갔다가 돌아오고 있는 참이었다.

알렉은 디디를 흘끗 쳐다보고는 트리나에게 물었다.

"저 애는 좀 어때?"

"잘 지내고 있는 것 같아요. 아직 마음을 다 열지는 않았지만 저랑 같이 있는 걸 편안해하고 있어요. 마을에 혼자 남겨진 저 가엾은 아이가 얼마나 무서워했을지 상상이 안 돼요."

마크는 다시금 분노가 치밀어 말했다.

"그 사람들은 어떻게 그럴 수가 있지? 도대체…… 얼마나 못나 빠진 작자들이면……."

트리나가 고개를 끄덕였다.

"글쎄…… 잘 모르겠어. 그 사람들 나름대로 다급했을 수도 있으니까."

"아무리 그래도 그렇지 겨우 네 살짜리잖아!"

마크는 속삭이면서 동시에 열을 올리며 말했다. 디디가 듣지 않기를 바랐지만 목청이 자꾸만 높아지려 했다. 그만큼 분노가 컸다.

트리나가 부드럽게 수긍했다.

"그래, 알아."

라나가 그들 쪽으로 걸어와, 마크의 심정이 어떤지 이해한다는 눈빛으로 말했다.

"이제 다시 출발하자. 누가 왜 이런 짓을 했는지 알아내야지."

그날 하루가 힘겹게 흘러갔다.

처음에 마크는 디디의 마을 사람들을 마주치게 될까 봐 경계를 늦추지 않았다. 마을 사람들이 어디로 갔느냐고 물었을 때 디디가 가리켰던 방향이 계속 마음에 걸렸다. 디디의 말대로라면 마을 사람들은 이 근처 어딘가에 있을 테고, 그들이 무엇을 하고 있는지는 아무도 모르기 때문이었다. 그들을 두려워해야 할 실질적인 이유는 없었다. 그저 평범한 사람들이고, 공격과 병을 피해 달아난 것뿐이니까. 하지만 디디가 그들에 대해 말할 때 어딘지 모르게 불길한 느낌이 들었다. 어깨에 난 상처를 가리켰을 때도 마을 사람들을 향한 원망이 가득 찬 눈빛이었다. 그 모든 게 마크를 불안하게 했다.

그러나 몇 시간째 사람이라고는 발견하지 못하고 단조롭게 계속 걷기만 하자 마크는 점차 긴장이 풀렸다. 그들은 개울을 건너고 덤불을 헤치며 숲 속을 나아갔다. 이 여정이 정말 의미가 있을지 의문을 품기도 했다.

오후 중반쯤 그들은 이동을 멈추고 휴식을 취했다. 그래놀라 바를 먹고 근처에 흐르는 강에서 식수를 조달했다. 이 산에서는 어떻게 늘 물을 구할 수 있는 걸까. 마크는 식수원이 무척 많은가 보다고 생각했다.

알렉이 그래놀라 바를 씹으며 말했다.

"점점 가까워지고 있어. 좀 더 조심해야 돼. 목표지점 근처에 경비요원들이 있을 수도 있으니까. 멋진 벙커를 지어놓고 그걸 새 숙소로 쓰고 싶어 하는 사람들이 많거든. 아마 거기 가면 응급 사태에 대비해 저장해둔 음식들이 잔뜩 있을 거야."

라나가 구시렁거렸다.

"우리도 응급 사태를 겪었잖아. 거기 있는 사람들이 누구든 우리한테 그런 짓을 한 이유를 제대로 설명해야 할 거야."

알렉은 그래놀라 바를 한 입 더 베어 문 채 말했다.

"바로 그거야."

그러자 트리나가 알렉에게 물었다.

"군대에서는 식사 예절을 가르치지 않나 봐요? 먼저 할 말을 하고 나서 음식을 입에 넣는 게 더 편할 텐데요."

알렉은 입에 넣었던 그래놀라 바를 우적우적 씹으며 "그런가?"라고 말하다가 큭큭 웃었다. 입에서 부서진 그래놀라 조각이 튀어나왔다. 그러자 알렉은 더 크게 웃었고, 사레들려 기침을 하더니 진정되자 또다시 웃어댔다.

알렉은 좀처럼 그렇게 웃지 않는 사람이어서 마크는 처음에 어떻게 반응해야 할지 몰랐다. 그러다가 분위기에 빠져들면서, 애초에 무엇이 그렇게 웃겼는지도 잊고 같이 웃었다. 트리나도 미소를 지었고 꼬마 디디도 깔깔 웃었다. 웃음소리가 마크의 마음을 채우며 우울했던 기분을 날려주었다.

라나가 무표정하게 말했다.

"그렇게들 웃는 걸 보면 누가 방귀라도 뀐 줄 알겠어."

그 말은 더 큰 웃음으로 이어졌고, 웃음이 잦아들었다 싶으면 알렉이 방귀 뀌는 소리를 내서 재점화시켰다. 하도 웃다 보니 마크는 얼굴까지 얼얼해져서 그만 웃으려고 안간힘을 썼는데 결국 더 크게 웃고 말았다.

마침내 웃음이 가라앉은 뒤, 알렉은 크게 한숨을 쉬며 일어나 말했다.

"한 30킬로미터는 거뜬히 갈 수 있을 것 같네. 출발하자."

다시 길을 떠나면서 마크는 간밤에 꾸었던 꿈이 머나먼 기억으로 아스라이 멀어졌음을 느꼈다.

22장

알렉과 라나는 15분마다 걸음을 멈추고 주변에 귀를 쫑긋 세우는 등 훨씬 더 신중을 기하며 나아가기 시작했다. 가급적 나무 뒤에 몸을 숨겨가면서, 보초나 덫의 흔적이 없는지 철저히 살폈다.

완전한 일몰까지 두 시간쯤 남았을 무렵, 알렉이 걸음을 멈추자 모두들 그를 중심으로 가까이에 모였다. 서로 일정한 거리를 두라고 했던 두 어른의 지시를 어느 시점부터 아무도 염두에 두지 않고 있었다.

그들이 멈춰 선 곳은 작은 공터였다. 공터는 태양 플레어 현상 때 완전히 타버리지 않고 살아남은 굵은 떡갈나무와 높이 솟은 소나무 들로 둘러싸여 있었고 나무 밑에는 바짝 말라 잘 부스러지는 덤불들이 자라고 있었다. 나지막한 언덕 사이의 작은 골짜기에 자리한 공터였다. 마크는 여전히 기분 좋은 상태였고 알렉이 어떤 계획을 가지고 있는지 궁금했다.

"가급적 워크패드를 켜지 않으려고 했는데, 이제 워크패드의 지도와 내가 종이에 베껴 그린 지도가 잘 맞는지 확인해야겠어. 내 머리가 오래돼서 실수하지 않았기를 바라야지."

알렉의 말에 라나가 덧붙였다.

"그래. 우리가 캐나다나 멕시코에 와 있는 건 아니어야 할 텐데."

"재미있군."

알렉은 워크패드의 전원을 켜고 화면에 지도 프로그램을 띄운 뒤 버그의 항로가 기록된 지도를 찾아 열었다. 지도에 표시된 선들이 하나로 모이는 지점이 있었다. 알렉은 나침반도 꺼냈다. 모두가 숨죽이고 지켜보는 가운데 알렉은 1분 정도 워크패드를 들여다보면서 손가락으로 화면을 이리저리 밀었고 종이 지도와 비교해가며 때때로 눈을 감고 생각에 잠기기도 했다. 아마도 지금까지 걸어온 길을 머릿속으로 되짚어보는 것이리라. 그러다 알렉은 일어서서 한 바퀴 돈 후, 태양을 올려다보고 나침반을 읽었다.

"음, 음, 그래."

그러더니 다시 쪼그리고 앉아 1분 동안 지도를 찬찬히 살펴보면서 종이 지도에 몇 가지 수정을 가했다. 마크는 알렉이 길을 잘못 들었다고 할까 봐 조마조마했다.

"아, 참 잘했어. 전역한 지 오래됐는데도 이렇게 길을 잘 찾다니 역시 난 대단해. 아직 살아 있어."

마크는 알렉의 말에 안심했고 라나는 "아유, 좀" 하고 투덜거렸다.

알렉은 워크패드 화면을 들여다보며, 버그 이동 경로의 중심점 역할을 하는 본부를 기점으로 약간 왼쪽을 손가락으로 톡톡 두드렸다.

"바이러스가 내 뇌를 파먹어서 엉망으로 만든 게 아니라면, 지금 우리가 있는 위치는 바로 여기야. 밤마다 버그들이 모이는 곳에서 8킬로미터 떨어진 곳."

트리나가 물었다.

"확실해요?"

"내가 지도를 좀 읽을 줄 알아. 지형도 볼 줄 알고 나침반이랑 태양을 이용해서 방향을 읽을 줄도 알지. 이 산과 언덕과 골짜기가 너희들의 미숙한 눈에는 다 똑같아 보일지 모르겠지만 나는 구분이 돼. 똑같지가 않아. 그리고 이걸 봐라."

알렉은 지도의 어느 점을 가리키며 덧붙였다.

"여기가 애슈빌이고 동쪽으로 몇 킬로미터 거리에 있어. 꽤 가깝지. 앞으로 며칠간이 꽤 재미있을 거다."

마크는 지금의 좋은 기분이 오래가지 못할 것이라는 예감이 들었다.

목표지점을 향해 1.5킬로미터가량 이동하면서 그들은 지금껏 지나온 곳 중 나무들이 제일 빽빽하게 우거진 곳에 다다랐다. 그들이 맞서려는 그 본부에서 야간에 경비요원들을 내보냈을 가능성이 있으니 최대한 숲에 몸을 숨기고 이동해야 한다는 것이 알렉의 생각이었다. 그들은 잠시 휴식을 취하면서 대충 저녁을 먹고 좁은 공터에 바짝 모여 앉았다. 발각될 우려 때문에 불을 피울 수가 없었다. 버그의 본부에 상당히 가까운 곳이다 보니 눈에 띄지 않게 조심해야 했다.

그들이 둥글게 둘러 앉아 서로를 바라보는 동안 땅거미가 지고 숲에서 귀뚜라미들이 울기 시작했다. 마크가 다음 날의 계획에 대해 물었으나 알렉은 아직 준비가 되지 않았다고 했다. 아마 혼자 생각을 해보고 라나와 의논한 후에 모두에게 말해줄 생각인 것 같았다.

"우리가 계획을 세우는 데 도움이 되지 않을 것 같아서 그러시죠?"

"딱히 아니라고는 말 못 하겠네."

트리나의 물음에 알렉은 무뚝뚝하게 대답했다.

트리나는 과장되게 한숨을 쉬며 투덜댔다.

"정말 호감 가는 분이시라니까."

"그럼 됐고. 난 잠깐 머리 좀 써야겠다."

알렉은 나무에 기대앉아 눈을 감았다.

트리나는 위로해달라는 눈빛으로 마크를 쳐다보았다. 마크는 미소만 지었다. 마크는 늙은 곰 알렉의 방식에 익숙해진 지 오래였고, 알렉의 생각에도 동의하는 바였다. 다음 날 아침에 뭘 어떻게 해야 할지는 마크도 몰랐다. 전혀 알지도 못하는 장소며 사람들에 대한 정보를 어떻게 수집한단 말인가?

"오늘은 어때, 디디? 무슨 생각 해?"

마크는 소녀에게 말을 걸었다. 디디는 책상다리를 하고 앉아 땅바닥만 멍하니 쳐다보고 있었다.

디디는 어깨를 으쓱하고 엷은 미소만 지었다.

문득 마크는 디디도 다음 날 무엇을 해야 할지 몰라 걱정하고 있을지 모른다는 생각이 들었다.

"디디, 내일 일은 걱정할 필요 없어. 우리가 너한테 나쁜 일이 생기지 않게 막아줄 거야. 알았지?"

"약속해요?"

"약속해."

트리나는 허리를 굽혀 디디를 안아주었다. 얼마 전까지는 서로 접촉하는 것이 금기시됐었다. 알렉과 라나는 접촉은커녕 서로에게 가까이 가는 것조차 막았지만 이제는 그런 방침을 아주 포기했는지 트리나와 디디를 보고도 아무 말 하지 않았다.

트리나가 디디를 달랬다.

"어른들이 알아서 할 일이니까 넌 걱정하지 마. 우린 널 안전한 곳에 숨겨두고 그 사람들을 만나서 얘기만 할 거야. 다른 건 안해. 모든 일이 잘 풀릴 거야."

마크도 트리나가 디디에게 해주는 위로의 말에 조금 더 보태려고 했는데 멀리서 이상한 소리가 들려왔다. 누군가 노래하는 소리 같기도 했다.

"저 소리 들려?"

마크가 속삭이자 나머지 사람들도 귀를 쫑긋 세웠다. 특히 알렉은 눈을 기민하게 뜨고 허리를 꼿꼿이 세웠다.

"뭐야?"

트리나의 물음에 마크는 손가락을 입술에 가져다 대고는 소리가 들려오는 방향을 향해 고갯짓을 했다.

"들어봐."

희미하지만 노랫소리가 확실했다. 어떤 여자가 찬송가 같은 노래를 부르고 있었는데, 마크가 처음 생각한 것만큼 거리가 멀지 않은 듯했다. 병을 이기지 못하고 결국 앓기 시작할 때 미스티가 노래를 불렀던 기억이 떠올라서 마크는 오싹 소름이 돋았다.

"저게 무슨 소리지?"

알렉이 속삭였다.

다들 대꾸 없이 그 소리에 귀를 기울였다. 숲 한가운데가 아니라 다른 장소에서 저 높고 경쾌한 노랫소리를 들었다면 즐겁게 들을 수도 있었을 것이다. 그런데 누가 정말 저쪽에서 노래를 하고 있다면…… 그건 확실히 이상한 일이었다. 그런데 곧이어 남자 목소리가 노래에 합류했고 이어서 몇 명이 더 합류해 아예 합창단이 되었다.

"뭐지? 근처에 교회 같은 게 있나?"

트리나가 물었다.

표정이 굳어진 알렉은 몸을 앞으로 기울이며 말했다.

"이런 말 하고 싶지 않지만, 확인해봐야겠다. 내가 가보고 올 테니까 나머지는 여기서 조용히 기다려. 아무래도 함정인 것 같으니까."

"저도 같이 가요."

마크가 불쑥 나섰다. 여기 가만히 앉아 있을 수는 없을 것 같았다. 무엇보다 호기심이 강하게 동했다.

알렉은 쉽게 결단을 내리지 못하고 라나와 트리나를 차례로 돌아보았다.

그러자 트리나가 알렉에게 말했다.

"뭐예요? 여자들끼리 두면 안 될 것 같아서 그래요? 우린 괜찮으니까 둘이 갔다 와요. 괜찮지, 디디?"

어린 소녀는 표정이 좋지 않았다. 노랫소리에 기겁한 것 같았다. 그래도 트리나에게 고개를 끄덕이면서 미소를 지어 보이려고 애썼다.

결국 알렉이 말했다.

"좋아, 그럼 가자, 마크. 확인해봐야지."

그런데 디디가 할 말이 있는지 헛기침을 하고는 두 손을 앞으로 내밀었다.

트리나가 물었다.

"왜? 할 말이 있니?"

디디는 두려움 가득한 얼굴로 고개를 세차게 끄덕이고는 말을 쏟아냈다. 그들과 만난 이후로 했던 말들을 다 합친 것보다 많았다.

"나랑 같이 살았던 마을 사람들이에요. 그들이에요. 맞아요. 그 사람들은 이상하게 변해서…… 이상한 행동을 했어요. 나무랑 풀이랑 동물이 마법이라고. 그러고는 나한테 마귀가 들렸다면서…… 버리고 떠났어요."

디디는 훌쩍이면서 말을 이었다.

"내가 화살에 맞았는데도 병에 걸리지 않았다고요."

마크 일행은 서로를 쳐다보았다. 일이 점점 더 괴상하게 되어가고 있었다.

라나가 알렉에게 말했다.

"역시 확인해보는 게 좋겠네. 그들이 우리가 있는 곳에서 멀리 있는지, 우리가 가는 길 쪽으로 오고 있지는 않은지 알아봐요. 조심하고!"

알렉은 고개를 끄덕였다. 얼른 가서 확인해보고 싶어 하는 표정

이었다. 알렉이 마크의 어깨를 가볍게 툭 치고 출발하려는데 디디
가 한마디 더 했다.

"귀가 없는 못생긴 아저씨를 조심하세요."

그러고는 트리나의 어깨에 기대어 흐느껴 울기 시작했다. 마크
가 알렉을 돌아보았다. 알렉은 더 자세한 설명을 들으려고 소녀를
압박하지 말라는 뜻으로 고개를 저어 보였다. 그러고는 마크에게
따라오라고 손짓했다. 두 사람은 말없이 숲으로 향했다.

23장

　그들이 숲을 걸어가는 동안에도 노랫소리는 그치지 않았다. 그들은 최대한 조용히 걸어가려 했지만 마크가 이따금씩 크고 작은 나뭇가지들을 밟아 부러뜨려 소리를 냈고, 고요한 숲 속에서 그 소리는 마치 소형 폭탄이라도 터지는 것처럼 들렸다. 그럴 때마다 인간이 할 수 있는 제일 멍청한 짓 아니냐는 눈빛으로 알렉이 마크를 쏘아보았다.

　"죄송해요."

　마크는 달리 할 말이 없었다. 그는 조심해서 발을 옮기려고 최선을 다했지만 연신 소리 내는 것들을 밟아 간이 오그라들었다.

　그들은 오싹한 찬송 합창이 들리는 곳을 향해 서서히 나아갔다. 하늘에 햇빛은 거의 남아 있지 않았다. 높다랗게 솟은 나무들은 그림자가 되어 불길한 압박감을 자아냈다. 마크가 어느 곳에 서 있든, 혹은 걷고 있든 시커먼 나무 그림자들은 마크를 향해 몸통을 기울이고 있는 것만 같았다. 마크는 소리를 내지 않고 걷기가 점점 더 어려워졌고 그럴수록 알렉은 눈에 더 힘을 주고 그를 쏘아보았다. 어두워서 알렉의 표정을 볼 수 없는 게 차라리 다행이었다. 마크는 늙은 곰 알렉의 뒤를 따라 계속해서 걸어갔다.

수백 미터를 더 가자 전방에 빛이 보였다. 오렌지색으로 깜박거리는 그 불빛은 모닥불이었다. 그것도 아주 큰 모닥불. 노랫소리가 한층 더 커지고 강렬해졌다. 이 사람들은 자신들이 하고 있는 일에 완전히 빠져들어 있는 상태인 듯했다.

알렉은 굵은 고목 뒤로 살금살금 걸어가 웅크리고 앉았다. 마크도 최대한 조용히 움직여 알렉에게로 다가갔다. 그들은 무릎을 꿇고 나란히 앉았는데, 나무둥치가 워낙 굵어서 두 사람의 몸을 충분히 가려주었다.

"디디가 했던 말에 대해 어떻게 생각하세요?"

마크가 나지막하게 물었다.

딴에는 속삭인다고 했는데 목소리가 크게 나왔는지 알렉은 예의 그 '조용히 해라'라는 눈빛으로 그를 쳐다보았다. 모닥불 빛이 이쪽까지 희미하게 비춰들고 있어 마크는 알렉의 눈빛을 읽을 수 있었다. 알렉이 말했다.

"디디를 마을에 버리고 간 그 사람들인가? 보아하니 저 사람들 뇌가 개판이 된 것 같구나. 이제 진짜 소음을 내면 안 돼, 알겠지?"

마크가 당연한 거 아니냐는 뜻으로 눈을 위로 굴렸는데, 알렉은 이미 고개를 돌리고 나무줄기 너머를 살피고 있었다. 몇 초 후 알렉은 다시 마크를 마주 보았다.

"저쪽이 다 보이지는 않지만 적어도 망나니 네다섯이 죽은 자를 소환하려는 것처럼 모닥불 주변에서 춤추고 있는 건 보여."

"진짜로 죽은 자를 소환하려는 걸 수도 있어요. 노랫소리가 꼭 사이비 종교 집단 같잖아요."

알렉은 천천히 고개를 끄덕였다.

"전부터 계속 저렇게 살았을지도 모르지."

"디디는 마을 사람들이 자기를 마귀라고 불렀다고 했어요. 어쩌면 그 바이러스인지 뭔지가 마을 사람들을 맛이 가게 만들었을지도 모르죠. 저 사람들을 눈앞에서 본 것도 아닌데 벌써부터 소름이 끼치네요."

바이러스에 감염돼 한층 더 정신이 나간 사이비 광신도 집단이라니. 우습기도 했다.

"좀 더 가까이 가서 보자. 우리가 걱정해야 하는 놈들인지 아닌지 가까이 가서 확인해봐야겠어."

그들은 허리를 굽히고 나무 뒤에서 조금씩 천천히 움직여 다른 나무 뒤로 옮겨갔다. 알렉은 매번 다른 나무로 옮겨갈 때마다 시간차를 두고 안전에 만전을 기했다. 마크가 이번에는 꽤 오래 아무 소음도 유발하지 않았고, 그는 그런 자신이 자랑스러웠다.

그들은 모닥불이 있는 곳에서 100미터 이내로 접근했다. 이제 노랫소리가 또렷하게 들렸다. 모닥불을 빙글빙글 돌며 춤추는 자들의 그림자가 발밑의 나뭇가지 사이로 언뜻언뜻 보였다. 마크는 알렉이 숨어 있는 나무가 아닌 다른 나무 뒤에 웅크리고 앉아 긴 비탈 아래를 조심스럽게 내려다보았다.

모닥불이 포효하고 있었다. 폭이 3미터가 넘는 불길이 혀를 날름거리는데, 그 끝이 근처에 낮게 드리워진 나뭇가지에 닿을 듯

말 듯했다. 저 멍청이들이 숲을 홀랑 태울 수도 있겠다는 생각에 마크는 아찔했다. 태양 플레어 사태의 여파로 온 세상이 바짝 말라 있는데 어쩌자고 저런 짓을 한단 말인가.

대여섯 명이 모닥불 주변을 빙빙 돌면서 춤을 추고 있었다. 두 팔을 올렸다 내리고 땅을 향해 허리를 굽혔다가 옆으로 발을 끌며 느릿느릿 움직이는 동작을 되풀이했다. 마크는 그들이 괴상한 예복을 입었거나 발가벗었으리라 예상했는데 의외로 옷차림은 간소했다. 티셔츠나 탱크톱, 청바지, 반바지 등을 입고 테니스화를 신은 모습들이었다. 모닥불 한옆에는 열두 명 남짓한 사람들이 두 줄로 서서 아까부터 마크가 들었던 요상한 찬송가를 부르고 있었다. 하지만 한마디도 알아들을 수가 없었다.

알렉이 어깨를 톡톡 치는 바람에 마크는 화들짝 놀랐다.

그는 고개를 돌리고 최대한 목소리를 죽이려 애쓰며 말했다.

"놀라서 간 떨어질 뻔했잖아요."

"미안. 저 사람들, 아무래도 예감이 안 좋아. 버그 벙커에 사는 사람들은 벌써 저들을 주목하면서 초경계 태세에 돌입했을 수도 있어. 과연 저들이 그들에게 위협이 될지는 모르겠지만."

마크 생각엔 차라리 잘된 일 같았다.

"저 사람들이 시선을 끌어주면 우리가 벙커에 몰래 접근하기가 수월해지지 않을까요?"

알렉은 잠시 생각을 하고는 대답했다.

"그래, 그럴 수도 있겠지. 일단은……."

"거기 누구야?"

마크는 깜짝 놀라 그 자리에 얼어붙었다. 알렉도 마찬가지였다.

두 사람은 입을 벌린 채 서로를 쳐다보았다. 저 아래 모닥불에서 올라온 빛이 알렉의 눈에 반사되고 있었다.

"거기 누구냐니까? 해치지 않을 테니 내려와서 우리와 함께 자연과 영혼들을 찬미하도록 해라."

여자 목소리였는데 모닥불 주변에 모인 사람들 중 하나였다.

알렉이 속삭였다.

"됐거든. 그럴 생각 없어."

마크도 중얼거렸다.

"나도 됐네요."

아래서 버스럭버스럭 발소리가 나더니, 마크와 알렉이 어찌해 보기도 전에 두 사람이 그들을 내려다보며 섰다. 그 사람들이 모닥불 쪽을 등지고 서 있어서 마크는 그들의 얼굴을 잘 볼 수 없었지만 남자 한 명과 여자 한 명이라는 것은 알 수 있었다.

"우리와 함께 춤추고 노래하자."

아까 그 여자였다. 그런데 이 상황에 어울리지 않게 말투가 너무…… 차분했다. 태양 플레어 이후의 이 새로운 세상에서는 낯선 이들을 대할 때 전보다 훨씬 조심해야 하는데 말이다.

염탐하는 아이들처럼 쪼그리고 앉아 있을 필요가 없게 되자 알렉이 허리를 펴고 일어섰고 마크도 따라 일어났다. 알렉은 제 영역을 지키려는 곰처럼 당당하게 팔짱을 끼고 가슴을 폈다. 그리고 으르렁거리는 듯한 말투로 말했다.

"이봐요. 굳이 여기까지 와서 우릴 초대해주겠다니 고맙지만, 거절하겠습니다. 나쁘게 생각하지는 마시고요."

마크는 불안해서 얼굴을 찡그렸다. 예측 불가능인 데다 정신적으로 불안정한 상태일지도 모르는 이 두 사람에게 빈정대거나 무례하게 구는 건 위험할 것 같아서였다. 이들이 알렉의 말에 어떤 반응을 보이는지 표정을 보고 싶었지만 얼굴이 그림자에 가려 보이지 않았다.

남자는 알렉이 한 말을 못 들은 것처럼 아무 감정 없이 물었다.

"당신들은 왜 여기 있는 거지? 우릴 염탐하려고? 그게 아니라면 우리의 초대를 영광스럽게 받아들일 거라 생각했는데."

알렉은 짧은 숨을 훅 들이마셨다. 마크는 알렉이 긴장하고 있다는 걸 느낄 수 있었다.

알렉이 차분하게 대답했다.

"그냥 궁금해서 와봤습니다."

그런데 마크가 자기도 모르게 불쑥 물었다.

"왜 디디를 마을에 혼자 버려뒀죠? 어린아이잖아요. 도대체 왜 개처럼 내버렸냐고요?"

이 사람들이 디디의 마을 사람들인지 아닌지도 확실히 모르면서 그는 그런 질문을 한 것이다.

여자는 그의 질문에 대답하지 않고 자기 할 말만 했다.

"당신들 아무래도 느낌이 좋지 않군. 어쩔 수 없겠어. 이 사람들을 묶도록 하세요."

그 여자의 말이 무슨 뜻인지 이해하기도 전에 마크의 목에 밧줄 올가미가 걸리고 단단히 죄어졌다. 발이 땅에서 들려 올라갔다. 마크는 컥컥대면서 두 손으로 올가미를 잡고 풀어보려고 안간힘을 쓰다가 바닥으로 내쳐져 등을 세게 부딪쳤다. 숨이 콱 막혔다. 알렉도 같은 방식으로 제압당했다. 알렉은 숨 막혀 하면서도 욕을

퍼부었다. 마크는 발버둥을 치면서 몸을 돌려 밧줄을 잡은 자를
마주 보려고 했으나 힘센 두 손이 그의 겨드랑이를 단단히 잡고
땅에서 들어 올렸다.

그렇게 두 사람은 산비탈 아래로 질질 끌려 내려갔다.

모닥불 쪽으로.

24장

마크는 누군가에게 얼굴을 주먹으로 가격당하고 나서야 몸부림을 멈췄다. 얼얼한 통증이 뺨 전체에 번져나갔다. 당장 탈출할 생각은 접어야 될 듯했다. 그는 힘을 풀고 그들이 끌고 가는 대로 몸을 맡겼다. 알렉은 덩치 큰 두 남자에게 계속해서 달려들었는데 그러자 그들은 알렉의 목에 감은 밧줄을 더 세게 죄었다. 알렉이 컥컥대는 소리에 마크는 가슴이 찢어졌다.

"그만해요! 알렉, 그러지 말고 가만히 있어요! 그러다 죽어요!"

하지만 늙은 곰 알렉은 그의 말을 듣지 않고 저항을 계속했다.

결국 그들은 모닥불이 미친 듯이 포효하는 공터로 끌려 내려갔다. 한 여자가 앞으로 걸어오더니 장작 두 개를 모닥불에 던져 넣었다. 불길이 거세게 일어나면서 빨간 불꽃이 사방으로 튀었다. 마크는 모닥불 앞으로 끌려가 두 줄로 선 사람들 앞에 내던져졌다. 그 사람들은 찬송가를 멈추고 마크와 알렉을 주목했다.

마크는 기침과 함께 침을 뱉어냈다. 밧줄 올가미에 묶인 목이 따가웠다. 마크가 일어나 앉으려고 하자, 그를 여기까지 끌고 내려온 키 큰 남자가 장화를 신은 커다란 발로 마크의 가슴팍을 걷어차 바닥에 다시 나동그라지게 했다.

"가만히 있어."

화가 나거나 당황한 것 같지 않은 담담한 말투였다. 마크가 자기 말을 듣지 않을 거라는 생각은 아예 하지 않는 듯했다.

알렉에게는 남자 둘이 붙었는데 마크는 그들이 알렉을 산에서 끌고 내려온 게 놀라웠다. 그들은 알렉을 마크 옆에 고꾸라뜨렸다. 알렉은 신음을 흘리며 이를 갈았지만 더는 저항하지 못했다. 그의 목을 옭아맨 밧줄의 반대쪽 끝을 남자들이 잡고 있었던 것이다. 알렉은 길게 기침을 하더니 바닥에 핏덩이를 뱉어냈다.

마크가 누구에게랄 것 없이 물었다.

"도대체 왜 이러는 겁니까?"

마크는 뒤로 벌렁 누운 상태라 나뭇가지들을 올려다보고 있었다. 모닥불의 빛이 나뭇잎에 반사되었다.

"우린 당신들을 해치려고 온 게 아닙니다. 당신들 정체가 뭔지, 무슨 일을 벌이고 있는지 궁금했을 뿐이에요!"

"그래서 디디에 대해 물었나?"

몇 걸음 떨어진 곳에 여자가 서 있었다. 몸의 윤곽을 보고 마크는 이 여자가 아까 그들이 비탈 위쪽에 숨어 있을 때 누구냐고 물었던 바로 그 여자임을 알아보았다.

그런데 이상하게도 목소리에 감정이 전혀 담겨 있지 않았다.

마크가 물었다.

"디디를 버리고 간 게 당신들 맞죠? 왜 그랬습니까? 그리고 왜 지금 우리를 이렇게 잡아놓는 겁니까? 대답해봐요!"

별안간에 알렉이 벌떡 일어나 목을 감은 밧줄을 잡고 세차게 당겼다. 밧줄 끝을 잡고 있던 남자가 밧줄을 놓치자 알렉이 곧장 그 남자를 어깨로 들이받았다. 불시에 옆구리를 공격당한 남자는 알렉과 함께 바닥에 털썩 나가떨어졌다. 알렉이 두 번째 주먹질을 하자마자 다른 남자 두 명이 달려들어 알렉을 붙잡아 떼어냈다. 그리고 또 다른 남자까지 합세해 세 명이서 알렉을 붙잡아 자빠뜨리고 팔다리를 잡아 눌렀다. 알렉의 공격을 받고 쓰러졌던 남자는 재빨리 일어나 달려와서는 알렉의 옆구리를 연달아 세 번 걷어찼다.

마크가 소리쳤다.

"그만해요! 제발 그만해!"

마크는 목을 휘감은 올가미를 잡고 위로 벗으려다가 장화 신은 발에 걷어차여 바닥에 뒹굴었다.

마크를 걷어찬 남자가 높낮이 없는 단조로운 만투로 말했다.

"움직이지 마. 다시 한 번 말하지만 가만히 있어."

여럿이서 알렉에게 달려들어 주먹질과 발길질을 퍼부었다. 전직 군인 알렉은 이길 가능성이 희박한데도 불구하고 굴복하지 않고 저항을 계속했다.

마크가 그를 말렸다.

"알렉, 그만 저항해요. 이 사람들이 진짜로 아저씨를 죽일지도 몰라요. 아저씨가 죽어버리면 우리한테 무슨 도움이 되겠어요?"

고집 세고 단단한 머리에 그 말이 제대로 박혔는지 알렉은 싸움을 그만두고 천천히 몸을 웅크렸다. 그의 얼굴은 고통으로 일그러져 있었다.

마크는 분노로 몸이 덜덜 떨릴 지경이었다. 그는 여자에게로 시선을 돌렸다. 여자는 그 자리에 서서 괴상할 정도로 감정이 없는 얼굴로 모든 상황을 지켜보고 있었다.

"당신들 대체 뭡니까?"

마크가 물었다. 겨우 쥐어짜낸 말이었다. 그는 그 한마디에 최대한 분노를 가득 담아 내뱉었다.

여자는 그를 몇 초 동안 가만히 쳐다보다가 대답했다.

"너희는 반갑지 않은 침입자일 뿐이야. 디디에 대해 말을 해봐. 그 아이가 너희와 함께 있나? 아마 너희가 만든 야영지에 있겠지?"

"무슨 상관이죠? 당신들이 그 애를 버렸잖아요! 그 애가 당신네 야영지에 몰래 숨어들어서 병이라도 퍼뜨릴까 봐 겁이 나나 보죠? 그 애는 멀쩡해요. 아픈 곳은 전혀 없어요!"

"우리도 나름의 이유가 있어. 우리는 영혼들이 하는 말씀을 듣고 그 지시에 따르지. 하늘에서 마귀의 비가 내린 후로 우린 마을을 버리고 성스러운 장소를 찾아 떠나야만 했어. 마을 사람들 상당수는 우리와 함께하길 거부하고 달아나서는 마귀와 결탁해서 여전히 숲을 돌아다니고 있지. 너희는 그들이 보낸 첩자이겠구나."

이 여자가 어떻게 이런 얼토당토않은 소리를 아무렇지 않게 지껄일 수가 있는지 마크는 도저히 믿기지가 않았다.

"당신들은 그 가여운 소녀를 마을에 버렸어요. 병에 걸렸을지 모른다는 이유로. 그러니 마을 사람들 상당수가 당신네와 함께하지 않은 거겠죠."

여자는 진심으로 혼란스러워하며 말했다.

"잘 들어. 그 사람들은 우리보다 훨씬 위험해. 경고도 없이 공격해 오고, 양심의 가책 따위 없이 살인을 하지. 이 세상은 다양한 형태의 사악함으로 고통 받고 있어. 너희가 디디라는 이름을 언급했으니 우리는 위험을 감수할 수가 없게 됐어. 너희는 우리의 포로고 우리 방식에 따라 처분을 받을 거다. 너희를 풀어준다면 우리에게 해를 가하려는 자들이 경계 태세를 높이고 말 테니까."

여자를 바라보고 있던 마크는 머릿속이 혼란스러웠다. 예감이 좋지 않았다. 여자의 얘기가 길어질수록 그 예감은 점점 또렷해졌다.

"디디가 하늘에서 화살들이 쏟아졌다고 말했어요. 마을 근처에서 시신들을 직접 보기도 했고요. 우리 마을에도 똑같은 일이 일어났기 때문에 도대체 우리한테 무슨 이유로 그런 짓을 했는지 알아보고 싶은 것뿐입니다."

"그 아이는 우리에게 악을 가져왔어. 마귀다운 방법이었지. 우리가 왜 그 아이를 마을에 버렸겠나? 만약 너희가 그 아이를 구해다가 이 근처까지 데려왔다면 상상도 못 할 만큼 끔찍한 짓을 저지른 거야."

알렉이 간신히 입을 열었다.

"이게 무슨 말똥 같은 소리야? 우린 당신들이 상상하는 것보다 더 큰 문제를 떠안고 있어, 아줌마."

알렉이 상대의 속을 더 긁기 전에 마크가 서둘러 나섰다. 알렉은 그들 일행 중에서 제일 강한 사람일지는 몰라도 협상가로서는 젬병이었다.

"우릴 풀어주셔야 돼요. 우리는 안전하게 살 곳을 찾고 있을 뿐이에요. 제발요. 풀어주시면 여길 떠나겠습니다. 당신들에 대한 얘기는 어디 가서도 하지 않고, 당신들이 원하는 대로 디디도 이 근처로 데려오지 않을게요. 우리가 그 애와 지낼 거예요."

"어쩌면 이렇게 이해를 못 하는지 안타깝기 그지없구나. 진심이야."

마크는 여자에게 고함을 지르고 싶었지만 애써 침착하게 설명했다.

"우리 돌아가면서 입장을 얘기하기로 하죠. 그럼 공정하잖아요? 저는 알고 싶어요. 당신들이 우리에 대해서도 알아주길 바라고요. 그러니까 우릴 짐승처럼 취급하지 말고 대화를 해줬으면 좋겠어요."

여자가 대답을 하지 않자 마크는 대화를 계속 이어가기 위해 일단 덧붙였다.

"그러니까 내 말은…… 처음부터 얘기를 해보는 게 어떨까요? 우리가 어떻게 해서 이 산에 오게 됐는지부터요."

여자는 눈을 크고 멍하게 뜬 채로 말했다.

"마귀들이 찾아오게 되면 우리 비위를 살살 맞추리란 걸 난 알고 있었어. 너희는 교묘한 술수로 우리가 너희를 끌고 내려오게 만들었지. 지금도 비위를 살살 맞추면서 우릴 또 속여 넘기려 하는구나. 너희는 둘 다 마귀다."

여자가 마크와 알렉 옆에 서 있는 남자들 중 한 명에게 빳빳하게 고갯짓을 했다.

그러자 그 남자가 마크의 옆구리를 걷어찼다. 옆구리에서 통증이 폭발해 마크는 참지 못하고 비명을 내질렀다. 남자는 한 번 더 그를 발로 찼는데 이번에는 신장이 위치한 등 쪽이었다. 통증이 온몸에 퍼져나가 마크는 더욱 큰 비명을 질렀고 눈가에 눈물이 맺혔다.

"그만둬, 이 개새끼……."

알렉이 소리쳤으나 남자 한 명이 허리를 굽히고 그의 안면을 주먹으로 가격하는 바람에 말을 더 잇지 못했다.

마크가 악을 썼다.

"왜 이러는 거예요? 우린 마귀가 아니라고요! 당신들 제정신이 아니야!"

마크는 옆구리를 한 대 더 맞았고 참을 수 없는 고통이 뒤따랐다. 그는 몸을 잔뜩 움츠리고 두 팔로 제 몸을 감쌌다. 더 걷어차일 게 분명한 데다 지금 당장 도망칠 방법도 없었기 때문이다.

"멈추세요."

모닥불 건너편에서 어떤 남자의 깊고 우렁찬 목소리가 들려왔다. 마크와 알렉을 구타하던 남자들은 즉시 뒤로 물러나 무릎을 꿇고 고개를 숙였다. 여자도 무릎을 꿇고 시선을 땅으로 향했다.

마크는 아픔 때문에 몸을 움찔거리면서도 다리를 펴고 고개를 들었다. 누가 그렇게 간단하고 효과적인 명령을 내렸는지 궁금했다. 마크의 시선은 모닥불 사이로 보이는 남자에게로 향했다. 남자는 마크 쪽으로 걸어오다가 몇 미터를 남겨두고 걸음을 멈췄다. 마크의 시선은 남자의 장화 신은 발에서부터 청바지를 입은 다리, 딱 붙는 타탄 무늬 셔츠 그리고 얼굴로 옮겨갔다. 남자의 얼굴은 인간이라고 보기 힘들 정도로 끔찍한 상처로 뒤덮여 있었다. 마크는 고개를 돌리고 싶었지만 꾹 참았다. 오히려 남자의 흉측한 얼굴을, 상처투성이지만 예리한 두 눈을 정면으로 마주 보았다.

그 남자는 머리카락이 없었다. 귀도 없었다.

25장

"내 이름은 제디다이아라고 합니다."

남자의 누렇고 기형인 입술은 한쪽으로 흉하게 비틀려 올라가 있었다. 그는 묘하게 혀짤배기소리를 냈는데 목소리는 다른 이들처럼…… 음의 높낮이 없이 단조로웠다.

"하지만 추종자들은 나를 제드라고 부르니 여러분도 그렇게 부르세요. 보아하니 매를 좀 맞은 것 같은데 이제 여러분은 내 친구입니다. 알겠습니까?"

마크는 고개를 끄덕였으나 알렉은 알아들을 수 없는 말을 중얼거렸다. 마구 발길질을 해대던 자들이 그들에게 바닥에 바로 누워 있으라고 명령했지만 늙은 군인 알렉은 끝까지 저항하면서 일어나 앉았다. 방금 전까지 폭력을 행사하던 자들은 모두 기도라도 하는 것처럼 무릎을 꿇은 자세였다. 마크도 발길질을 당하지 않기를 바라며 일어나 앉았다. 그러자 오히려 제드는 만족한 표정이었다.

"좋아요. 이제야 우리가 화해한 것처럼 보이는군요."

제드는 가까이 걸어와 모닥불을 등지고 마크와 알렉 앞에 섰다. 깜박이는 불빛이 비치자 제드의 대머리는 축축하게 번들거렸고 다시 한 번 열기에 녹아내리는 듯 보였다. 아마 이 불쌍한 남자가 애초에 이렇게 대머리가 된 이유도 태양의 열기 때문이었으리라 마크는 짐작했다.

마크가 물었다.

"태양 플레어 현상으로 그렇게 된 건가요?"

제드는 잠깐 싱긋하는 웃음을 입가에 머금었는데 즐거워한다거나 유쾌해하는 웃음이 아니라 보는 이에게 불안감을 주는 웃음이었다.

"누가 마귀 전염병을 그런 식으로 언급할 때마다 참 우스워요. 처음에는 그랬지요. 나 역시 지구에 발생한 천체 현상쯤으로 알았으니까. 우연. 불운. 불행. 당시 내 머릿속에 떠오른 단어들도 이런 것들이었어요."

이번에는 알렉이 물었다.

"지금은 하늘에서 비처럼 내려온 못된 마귀들의 짓이라고 생각한다는 거요?"

그게 얼마나 터무니없는 생각인지를 확연히 드러내는 말투여서 마크는 알렉을 흘끗 쳐다보았다가 그의 참담한 몰골에 기겁하고 말았다. 방금 전까지 당한 잔혹한 구타로 알렉의 얼굴은 온통 피투성이에 퉁퉁 붓고 멍이 들어 있었다.

제드는 알렉의 냉소를 알아채지 못한 것처럼 아무 내색도 하지 않고 대답했다.

"지금까지 그런 일이 두 번 있었지요. 두 번 다 하늘에서 내려온 재앙이었답니다. 첫 번째 재앙은 태양에서, 두 번째 재앙은 하늘의 배들에서 비롯되었어요. 아마 그들은 우리 마음이 해이해지면 우리를 벌하기 위해, 그리고 우리가 어떤 사람이 되어야 하는지를 일깨워주기 위해 매년 우리를 방문하겠지요."

마크가 말했다.

"두 번, 태양과 하늘의 배들이라면…… 태양 플레어 현상과 버그에서 쏜 화살들을 의미하는 겁니까?"

제드는 고개를 좌우로 홱홱 돌리다 마크에게 시선을 고정했다.

마크는 의아해서 속으로 '도대체 뭐 하는 거야?'라고 생각했다.

제드는 방금 자신이 한 행동이 완벽하게 정상적이라는 듯 아무렇지 않게 대답했다.

"맞아요. 두 번. 여러분이 이 두 사건의 중요성을 깨닫지 못한 걸 보니 슬프기도 하고 재미있기도 하네요. 여러분의 마음이 아직 실체를 정확히 볼 수 있는 능력을 기르지 못한 탓이겠지요."

"마귀라니."

마크는 이렇게 중얼거리며 눈알을 위로 굴릴 뻔했으나 다행히 늦지 않게 그만두었다.

"마귀들. 맞습니다, 마귀들. 그것들이 내 얼굴을 태우고 지금 여러분이 보고 있는 것처럼 녹여버렸답니다. 덕분에 나는 내 소명을 결코 잊을 수가 없지요. 그리고 이어서 하늘의 배들이 증오가 가득 담긴 작은 화살들을 지상으로 쏘았습니다. 그게 두 달 전의 일이에요. 우리는 여전히 그날 세상을 떠난 이들을 애도하고 있어요. 지금 우리가 여기서 불을 피우고 노래하고 춤을 추는 것도 바로 그래서랍니다. 우리는 우리와 함께하지 않겠다며 따로 떨어져 나간 나머지 마을 사람들을 두려워하고 있어요. 그들은 마귀와 작당하는 자들이니까. 확실합니다."

알렉이 물었다.

"잠깐, 두 달이라고요? 그게 무슨 뜻이죠? 두 달이라니?"

제드는 혼란스러워하는 아이에게 설명하듯 천천히 대답했다.

"맞아요. 우리는 날짜를 하루하루 엄숙하게 헤아렸어요. 오늘이 두 달하고도 사흘째예요."

마크가 나섰다.

"자, 잠깐만요. 그렇게 오래됐을 리가 없어요. 우리 마을에 그 일이 일어난 건 며칠밖에 안 됐거든요."

"사람들이 내 말을 의심하는 게…… 나는 참 싫어."

제드의 말투가 말하는 도중에 급격히 바뀌었다. 그는 별안간 위협을 해댔다.

"어떻게 거기 앉아서 나를 거짓말쟁이로 몰 수가 있지? 내가 왜 그런 거짓말을 하겠나? 나는 너희와 화해하고, 이번 생을 다시 살 수 있도록 두 번째 기회를 주려고 했는데, 이게 그 보답이냐?"

한마디 한마디 할 때마다 음성이 높아져 결국 고함이 되었고, 그는 몸까지 부들부들 떨었다.

"너희 때문에…… 머리가 아프잖아!"

알렉이 금방이라도 폭발할 것 같아 마크는 얼른 손을 뻗어 알렉의 팔을 잡고 속삭였다.

"그러지 마요. 안 돼요."

그러고는 제드를 쳐다보며 말했다.

"아뇨, 제 얘기 좀 들어보세요. 그런 게 아닙니다. 우린 그저 알고 싶을 뿐이에요. 하늘의 배가 뿌린 화살들이 우리 마을에 비처럼 쏟아진 건 일주일이 채 안 됐어요. 그래서 여러분의 마을도 마찬가지일 거라고 추측했던 거라고요. 그리고 화살이 쏟아지던 날 사람들이 죽었다고 하셨는데…… 우리가 이 근처에서 본 시신들은 죽은 지 얼마 안 된 것 같았어요. 그러니 우리가 이해할 수 있게 도와주세요."

마크는 이 사람들한테서 중요한 정보를 얻을 수 있겠다는 느낌이 들었다. 이 대머리가 두 달이라는 기간에 대해 거짓말하고 있는 것 같지도 않았다. 여기에는 뭔가 있었다.

제드는 원래 귀가 있어야 할 자리에 두 손을 가져다 대고 머리를 잡은 후 천천히 좌우로 흔들며 말했다.

"사람들이 그날 여럿 죽기는 했지. 며칠 후에 다른 사람들도 죽었고. 시간이 흐를수록 고통은 더 심해졌고, 더 많은 사람들이 죽어나갔어. 우리 마을은 여러 분파로 나뉘고 말았지. 그게 다 마귀들의 소행인 것이다."

말을 마친 제드는 찬송가를 부르듯 신음을 했다.

마크가 말했다.

"그 말씀을 믿습니다. 우리는 그저 알고 싶은 겁니다. 그러니 마을에 무슨 일이 있었는지 차근차근 알려주세요."

마크는 좌절감이 목소리에 묻어나지 않도록 애를 썼지만 소용없었다. 이제 어떻게 해야 할지 가늠이 되지 않았다.

"너희 때문에 두통이 다시 시작됐어."

제드는 여전히 머리를 흔들며 차분한 목소리로 말했다. 그는 팔꿈치를 바깥으로 향한 채 두 손으로 머리를 있는 힘껏 붙잡고 있었다. 마치 자기 머리를 부수려는 사람 같았다. 제드가 계속해서 말했다.

"너무 아프구나. 난 도저히……. 난 반드시……. 너희는 마귀를 받드는 놈들이야. 그렇게밖에는 설명이 되지 않아."

마크는 이렇게 말로 버틸 수 있는 시간이 얼마 남지 않았음을 직감했다.

"우리는 마귀랑 아무 관계도 없어요. 우리가 여기 온 건 정보를 얻고 싶어서고, 그쪽 머리가 아픈 이유는…… 우리한테 알려줘야 할 정보를 갖고 있기 때문이란 말입니다."

알렉도 제드의 대답을 듣기 위해 고개를 앞으로 기울였다.

제드가 생각에 잠긴 목소리로 말했다.

"그들은 두 달 전에 우리에게 왔어. 그리고 죽음이 파도처럼 밀려왔지. 매번 죽음에 이르는 시간이 점점 길어지더군. 이틀. 닷새. 2주일. 한 달. 그러다가 우리가 한때 친구라고 불렀던 사람들, 한 마을에 살았던 그 사람들이 우릴 죽이려고 들었어. 마귀들이 원하는 게 뭔지 우리는 알 수가 없었어. 우리는 알 수가 없었어. 우리는…… 알 수가…… 없었어. 우리는 춤추고, 노래하고, 제물을 바치고……."

제드는 무릎을 꿇더니, 두 손으로 자기 머리를 부여잡은 채 바닥에 쓰러졌다. 그리고 고통에 찬 신음을 길게 토해냈다.

마크는 더 이상 참을 수가 없었다. 아무리 생각해도 이건 미친 짓이고, 이런 미친 짓에 이성적으로 대처할 수 있는 방법 따윈 없었다. 그는 흘끗 알렉 쪽을 돌아보았다. 모닥불 빛에 비친 알렉의 눈은 그가 또다시 탈출을 시도할 태세임을 보여주고 있었다. 올가미 끝을 잡고 있는 자들은 여전히 무릎을 꿇고 있었고, 고통으로 몸부림치는 대머리를 숭배하느라 얼굴을 바닥에 바짝 숙인 자세였다. 지금이 아니면 기회는 영영 오지 않을 것이다.

마크가 제드의 입에서 흘러나오는 끙끙대는 신음 소리를 들으며 앞으로 어떻게 행동할지를 생각하고 있는 참인데, 등 뒤의 숲에서 새로운 소음이 들려오기 시작했다. 사람들이 악쓰고 고성을 지르고 웃어대는 소리. 새의 지저귐과 짐승들의 울부짖음을 흉내 내는 소리. 숲의 마른 덤불을 바스락바스락 밟고 걸어오는 소리와 함께 그 괴상한 소리들도 점점 더 커져갔다. 그 소리를 내는 사람들이 이쪽으로 가까이 오고 있는 것이다. 경악스럽게도 그 소리들은 모닥불을 피운 이 공터를 중심으로 퍼져나갔다. 결국 깍깍 뻐꾹뻐꾹 으르렁 깔깔깔깔 소리가 공터를 완전히 에워쌌다. 수십 명이 한꺼번에 내는 소리 같았다.

알렉이 욕지기가 난다는 표정으로 말했다.

"저 소리는 또 뭐야?"

무릎을 꿇고 앉은 여자가 대답했다.

"우린 이미 당신들한테 저들에 대해 경고했어. 저들은 한때 우리 친구였고 가족이었지만 지금은 마귀에 들려 우릴 고문하고 죽이려고 해."

제드가 별안간 무릎을 꿇은 채로 몸을 일으키고는 있는 힘껏 비명을 질렀다. 두개골에서 무언가를 떨쳐내려는 듯 머리를 아래로, 왼쪽으로, 오른쪽으로 홱홱 돌렸다. 심상치 않은 느낌에 마크는 뒤로 슬금슬금 물러났는데, 그러다 보니 그의 목을 휘감은 올가미 밧줄이 팽팽하게 당겨졌다. 밧줄의 반대쪽 끝은 무릎 꿇고 엎드린 남자들 중 한 명이 여전히 손에 쥐고 있었다.

제드가 질러대는 귀청을 찢을 듯 날카롭고 무시무시한 비명은 그들을 에워싼 숲에서 나오는 괴상한 소음을 전부 묻어버릴 정도로 컸다.

"그들이 나를 죽이는구나! 마귀들이······ 결국······ 나를 죽이는구나!"

제드가 뱉어내는 단어들은 그의 목을 찢고 나오는 듯했다.

제드의 몸뚱이가 뻣뻣해졌다. 두 팔을 펼친 자세로 쓰러진 제드는 마지막 숨을 내쉬었다. 이윽고 그의 몸은 움직임이라곤 없이 잠잠해졌고 코와 입에서 피가 흘러나오기 시작했다.

26장

　마크는 부자연스럽게 뒤틀린 자세로 쓰러진 제드를 바라보며 그 자리에 얼어붙었다. 이 광기 가득한 야영지에서 벌어진 괴이한 일은 두 번 다시 겪을 일이 없을 것 같았다. 더는 괴상해질 것도 없으리라 여겼는데, 이제 미친 사람들이 주변 숲을 에워싸고 동물 소리를 내면서 발작적으로 웃어대고 있었다.

　마크는 천천히 고개를 들어 알렉을 쳐다보았다. 알렉은 입을 다문 채로 그 자리에서 제드를 쏘아보고 있었다.

　숲에서 움직임과 소음이 계속되었다. 야유, 휘파람, 환호, 폭소 그리고 버스럭대는 발소리.

　마크와 알렉을 두들겨 패다가 제드 앞에서 무릎을 꿇고 있던 남자들은 일어서서 손에 쥔 밧줄 끄트머리를 내려다보았다. 이 밧줄을 가지고 무엇을 어찌해야 할지 모르겠다는 표정들이었다. 그들은 포로들을 흘끗 쳐다보고 서로를 돌아보았다가 다시 밧줄을 내려다보았다. 그 남자들 뒤에서 두 줄로 도열해 노래를 부르던 사람들도 어리둥절해서는, 누군가 지시를 내려주길 바라는 것처럼 주변을 두리번거렸다. 제드가 이들의 구심점 역할을 해왔던 것 같은데, 구심점이 사라지자 추종자들은 혼란에 빠져 제 역할을 하지 못했다.

알렉이 이 상황을 이용하기 위해 먼저 행동에 나섰다. 목을 휘감은 밧줄 올가미를 손으로 더듬어 그 밑에 손가락을 넣고 당겨 느슨하게 풀었다. 그러다 멍한 상태에 있는 남자들이 정신을 차리고 다시 알렉을 두들겨 팰까 봐 마크는 두려웠다. 그런데 남자들은 쥐고 있던 밧줄을 바닥에 툭 떨어뜨렸다. 그 즉시 마크도 알렉을 따라 목에 감긴 올가미를 느슨하게 풀고 머리 위로 벗었다. 알렉은 자리에서 일어서며 걸걸한 목소리로 속삭였다.

"어서 여길 빠져나가자."

"이 사람들과 같은 마을 출신인 또 다른 패거리는 어쩌고요? 우리가 있는 이곳을 에워쌌잖아요."

알렉은 크게 한숨을 내쉬었다.

"일단 해봐야지. 저들이 막아도 어떻게든 뚫고 나가야 돼. 저들은 이 망나니들하고나 놀게 두고 어서 가자."

그들에게 처음 말을 걸었던 여자가 서둘러 다가와 근심 가득한 얼굴로 말했다.

"우린 지금까지 마귀들이 가까이 오지 못하게 막아왔는데 이제 다 틀렸어. 너희가 우리 노력을 수포로 돌아가게 만든 거야. 어떻게 우리의 적들을 여기로 데려올 수가 있지?"

여자는 움찔하더니 비틀거리며 뒤로 한 걸음 물러서서 관자놀이에 손을 가져다 댔다. 그러고는 "어떻게 그럴 수가 있어?"라며 중얼거렸다.

"미안하게 됐수다."

알렉은 이렇게 내뱉고는 여자의 옆을 지나 모닥불 쪽으로 다가갔다. 그는 활활 타오르는 모닥불 아래쪽에서 기다란 장작 하나를 뽑아 들었다. 절반은 불이 붙고 나머지 절반은 아직 타지 않은 장작이라, 들고 있으니 마치 횃불 같았다. 그가 마크에게 말했다.

"이걸 들고 있으면 우릴 공격하려다가도 생각을 고쳐먹을 거다. 가자, 꼬맹아."

마크는 여자를 돌아보았다. 두통을 겪고 있는 게 분명해 보였다. 이 여자의 시간도 얼마 남지 않은 것이다.

알렉이 소리쳐 재촉했다.

"어서 가자니까!"

그 순간, 수십 명이 주변의 숲에서 달려 나왔다. 주먹 쥔 손을 공중으로 뻗어 올리고 악을 쓰면서 달려온 수많은 여자와 남자, 아이들은 분노와 기쁨이 묘하게 뒤섞인 실성한 자 특유의 표정을 하고 있었다. 마크는 그런 표정을 처음 보았다. 그는 벌떡 일어나 알렉이 하던 대로 모닥불에서 장작 하나를 빼 들었다. 손으로 잡고 휘두르자 그 끝에서 불꽃이 튀었다. 마크는 장작을 꼭 쥐고 칼처럼 앞으로 내밀었다.

광포한 침입자들이 두 줄로 서서 노래하던 자들에게 짐승처럼 포효하며 파도처럼 밀려들었다. 남자 둘이 공중에 붕 뜨더니 곧장 모닥불로 날아갔다. 그들의 옷과 머리카락에 불이 붙는 모습을 보고 마크는 공포에 사로잡혔다. 그들은 목이 찢어져라 비명을 지르며 모닥불 밖으로 휘청휘청 뛰쳐나왔지만 이미 늦었다. 그들은 산 채로 불길에 활활 타면서 숲으로 달려갔다. 그대로라면 온 숲에 불을 붙이고 말 것이다. 노래하던 사람들을 돌아보니 다들 두들겨 맞거나 목이 졸리고 있었다. 마크는 몹시 혼란스러웠다.

근처에서 알렉이 그를 불렀다.

"마크! 알아차렸는지 모르겠다만 지금 우리는 공격받고 있어!"

마크 뒤에서 한 여자가 울부짖었다.

"제발 나도 데리고 가줘요!"

뒤돌아보니 아까 마크와 알렉을 구타하라고 지시했던 바로 그 여자였다. 마크는 그 여자를 향해 돌아서면서 하마터면 횃불로 그 여자를 지질 뻔했다. 여자는 조금 전에 비하면 아주 온순해진 모습이었다. 마크가 무어라 대답하기도 전에 그들은 곧 난장판에 휘말렸다. 주먹이 격하게 오가고, 마크는 이리저리 떠밀렸다. 괴상하게도 이 싸움은 제드 패거리와 그들을 습격한 미친 패거리의 싸움이 아니었다. 숲에서 공격해 들어온 자들 대부분은 지금 자기네끼리 주먹질을 하고 있었다. 그 와중에 내던져진 한 여자가 끔찍한 비명을 내질렀다.

누군가 마크의 셔츠 소매를 잡고 옆으로 확 잡아당겼다. 그자를 장작으로 내려치려는 순간 마크는 그를 잡아당긴 사람이 알렉임을 알아보았다.

"네 목숨을 위태롭게 만드는 데 재주가 있는 놈이구나!"

"어디서부터 시작할지, 뭘 해야 될지 몰라서 그래요!"

"어쩔 땐 그냥 행동 개시하면 되는 거야!"

알렉은 마크의 셔츠를 놓았고 두 사람은 같은 방향으로 달려가기 시작했다. 불길을 피해 비탈 위로 올라가려는 것이었다. 하지만 이미 그들 주변에는 사람들이 있었다.

마크가 불붙은 장작을 이리저리 휘두르며 달려가는데 뒤에서 누군가 그를 공격했다. 마크는 장작을 놓치고 흙바닥에 고꾸라졌다. 잠시 후 퍽 소리가 나고 그에게 달려들었던 자가 비명을 지르며 나가떨어졌다. 고개를 들어보니 알렉이 마크에게 들러붙었던 자를 걷어차고 발을 내리는 참이었다.

"일어서!"

알렉이 소리쳤다. 하지만 곧 어떤 남녀가 달려드는 바람에 알렉은 바닥에 쓰러졌다.

마크는 얼른 일어나 떨어뜨렸던 장작을 손에 쥐고 알렉이 두 남녀와 싸우고 있는 곳으로 달려갔다. 마크는 장작의 불붙은 부분으로 남자의 뒷덜미를 찔렀다. 남자는 비명을 지르면서 제 목을 부여잡고 알렉한테서 떨어졌다. 이어서 마크는 장작을 뒤로 한껏 뻗었다가 앞으로 휘두르며 여자의 옆통수를 가격했다. 알렉한테서 떨어져나간 여자의 머리에 불이 붙었고 머리카락 타는 소리가 마크의 귀를 가득 채웠다.

마크는 몸을 숙여 알렉의 손을 잡아 일으켰다.

점점 더 많은 사람들이 그들에게 몰려오고 있었다. 대여섯 명이 넘었다.

마크는 불붙은 장작을 마구 휘둘렀다. 장작을 통제해야 한다는 생각은 완전히 잊고 본능과 아드레날린에 몸을 맡겼다. 그는 한 남자를 장작으로 후려친 후, 장작을 뒤로 돌렸다가 앞으로 올려치며 여자의 코를 강타했다. 그리고 다시 달려드는 남자의 배를 찔러 옷에 불을 붙였다.

알렉은 마크 옆에 있었다. 알렉도 덤벼드는 자들에게 주먹질과 발길질을 하고, 팔꿈치로 밀치고, 쓰레기봉지 던지듯 번쩍 들어 던지기도 했다. 어느 시점부터는 장작을 던져놓고 양손으로 정신 없이 주먹을 휘둘렀다. 마치 예전의 군인 시절로 돌아간 듯했다.

갑자기 뒤에서 누군가의 팔이 마크의 목을 휘감아 당겼다. 마크 는 바닥에서 발이 뜨면서 숨을 쉴 수가 없었다. 마크는 장작을 두 손으로 잡고 필사적으로 뒤로 휘둘렀다. 하지만 빗나갔다. 폐에 담 긴 산소가 급속히 줄어들고 있었지만 마크는 온몸의 힘을 쥐어짜 내어 또다시 장작을 뒤로 내리쳤다. 마침내 장작은 목표물에 제대 로 맞았고 연골 부서지는 소리와 함께 남자의 비명이 들렸다. 남자 의 팔이 풀어지자 달콤한 공기가 마크의 가슴속으로 밀려들었다.

마크는 바닥에 쓰러진 채로 폐에 다시 공기를 채웠다. 알렉도 허리를 굽히고 숨을 헐떡이고 있었다. 그러나 그것도 잠깐이었다. 더 많은 사람들이 이쪽으로 몰려오고 있었다.

알렉은 마크를 부축해 일으켜 세웠다. 그들 두 사람은 나무들이 더 무성하게 자라고 있는 곳을 향해 기다시피 비탈을 올라갔다. 뒤에서 추격해 오는 자들이 악쓰는 소리가 들렸다. 놈들은 탈출을 용납하려 하지 않았다. 마크와 알렉은 경사가 다소 완만해진 평평 한 지점에 이르러 전력질주하기 시작했다. 그런데 100미터 전방 에 어마어마한 불길이 보였다.

숲의 상당 부분이 화염에 휩싸인 것이다.

마크와 알렉이 있는 이곳과 일행의 야영지가 있는 곳 사이였다. 트리나, 라나, 디디를 두고 온 바로 그 야영지.

27장

숲의 교목과 관목은 이미 반쯤 고사되어 땔감이나 다름없었다. 지난번에 쏟아진 폭우 이래로 수주일 동안 비가 한 방울도 내리지 않아 플레어 이후 새로 자라난 식물들도 바짝 말라 있는 상태였다. 흙바닥을 따라 부연 연기가 덩굴손 모양으로 퍼져나가고 나무 탄내가 곳곳에 떠다녔다.

"산불처럼 삽시간에 번지겠어!"

알렉이 소리쳤다. 마크는 농담으로 여겼는데 알렉의 표정이 진지했다.

"산불 맞잖아요!"

하지만 알렉은 별다른 대꾸 없이 멀리서 타오르는 불길을 향해 곧장 달려갔다. 발화된 지 몇 분 만에 엄청나게 규모가 커져 있었다. 화재의 규모가 더 커지기 전에 화염 건너편으로 가야 하기에 마크는 알렉을 따라 뛰기 시작했다. 트리나와 디디, 라나를 어서 만나야 했다. 그들은 덤불 사이를 헤치고, 두꺼운 찔레 덤불을 발로 걷어차고, 나무들과 낮게 드리워진 가지들을 피해가며 쉼 없이 달렸다. 추격해 오는 자들의 소리가 뒤에서 여전히 들려오기는 했지만 확연히 줄어 있었다. 실성한 추격자들도 산불을 향해 달려가는 것은 미친 짓이라 여기는 모양이었다. 그러나 야유와 휘파람 소리는 여전히 숲을 맴돌았다.

마크는 트리나에게 돌아가는 일에 온 정신을 집중하고 뛰었다.

그들은 불에 점점 가까이 다가가고 있었다. 불꽃이 탁탁 튀는 소리, 치이익 불붙는 소리, 화르르 타오르는 소리가 귓가를 가득 메웠다. 거세진 바람이 불길에 부채질을 했다. 저 높은 곳에서 불에 타 부러진 커다란 나뭇가지가 아래쪽 나무 사이로 떨어져 사방에 불꽃을 날렸다. 알렉은 타오르는 숲의 심장부를 향해 나아가고 있었다. 아예 불에 타 죽으려는 듯 속도를 줄이려고도 하지 않았다.

마크가 소리쳐 물었다.

"불을 피해서 달려야 되는 거 아니에요? 어디로 가는 거예요?"

알렉이 뒤도 돌아보지 않고 대답을 해서 마크는 귀를 바짝 기울여야 했다.

"최대한 불에 가깝게 붙어야 돼! 불길 가장자리로 가야 우리 위치를 정확히 파악할 수 있어! 그렇게 달려야 저 미친놈들도 우리한테 들러붙질 않아!"

"지금 우리가 어디 있는지는 정확히 아시는 거죠?"

마크는 최대한 속도를 올렸지만 알렉과의 거리는 줄어들지 않았다.

"알아."

알렉은 짧게 대답하고는 나침반을 꺼내 들여다보며 계속해서 달렸다.

연기가 상당히 짙어져서 숨 쉬기가 힘들었다. 불기운으로 인해 마크의 시야는 거의 가려졌고, 가까이서 치솟은 높은 불꽃은 어두운 밤을 환하게 밝혔다. 파도처럼 밀려와 마크의 얼굴을 휩쓴 열기는 뒤에서 몰아쳐 온 바람에 밀려갔다.

불길과의 거리가 몇 미터밖에 되지 않을 정도로 가까이 접근하니 열파가 문제가 아니었다. 기온이 급격히 치솟았다. 마크는 땀범벅이 되었고 너무 뜨거워서 살이 다 녹을 것 같았다. 알렉이 실성한 게 아닐까 하는 생각이 든 순간, 알렉은 돌연 오른쪽으로 방향을 꺾어 점점 커져가는 불길과 나란히 달렸다. 마크는 최대한 알렉 가까이에서 달리며 자신의 목숨을 이 전직 군인의 손에 맡겼다. 이렇게 알렉에게 전적으로 의지한 것이 지하전차 터널에서 그를 처음 만난 후로 몇 번째인지 몰랐다.

강렬한 열기가 마크의 몸을 휘감았다. 숨 막히는 열기를 품은 바람이 왼쪽에서, 그보다 시원한 바람이 오른쪽에서 불어왔다. 피부에 닿는 옷이 너무 뜨거워서 땀에 젖었음에도 불구하고 곧 활활 타버릴 것 같았다. 후끈 달아오른 열기가 습기를 모조리 빨아들여 머리카락도 바짝 건조해졌다. 파삭파삭하게 마른 피부의 잔털이 솔잎처럼 바닥으로 떨어져 내리는 상상이 될 정도였다. 그리고 두 눈. 눈알이 눈구멍에 박힌 채로 오븐 안에서 구워지고 있는 것 같아 마크는 눈을 가늘게 뜨고 손으로 비볐다. 억지로 눈물을 짜내 눈을 촉촉하게 만들려고 했으나 소용없었다.

마크는 부지런히 알렉의 뒤를 따라가면서, 갈증과 열사병으로 죽기 전에 한시라도 빨리 이 불덩어리를 벗어나 멀리 피할 수 있기만을 바랐다. 귀에 들려오는 건 불이 타오르는 소리뿐이었다. 버그 천 대가 한꺼번에 추진기를 작동시켰을 때 나올 법한 끊임없는 포효였다.

그때 눈에서 광기를 번뜩이는 어떤 여자가 바로 앞 숲에서 달려나왔다. 마크는 그 여자가 달려들지도 모른다는 생각에 싸움에 대비했다. 그런데 여자는 알렉의 바로 앞을 가로질러 달려갔다. 여자가 달리는 속도가 조금만 느렸어도 알렉은 그 여자와 부딪치고 말았을 것이다. 여자는 덤불을 밟으며 단호한 표정으로 조용히 달려갔다. 그러다 무언가에 발이 걸려 넘어졌으나 곧 다시 일어났다. 여자는 화염 벽 안으로 달려 들어가 모습을 감췄고 그 안에서 터져 나온 여자의 비명은 얼마 안 가 끝이 났다.

알렉과 마크는 계속 달렸다.

마침내 그들은 팽창하는 화염의 끝에 이르렀다. 그 끝은 마크가 예상했던 것보다 뚜렷했다. 알렉은 화염과의 거리는 그대로 유지한 채로 왼쪽으로 방향을 돌려 트리나와 나머지 일행이 있는 곳으로 돌아가고 있었다. 마크는 기분이 좋았고 온몸에 아드레날린이 확 퍼지는 것 같았다. 마크는 더 속도를 내어 알렉 바로 뒤에 따라붙다가 하마터면 발을 걸어 그를 넘어뜨릴 뻔했다. 이제 그들은 나란히 달려갔다.

마크는 매번 숨을 쉬는 게 고역이었다. 뜨거운 공기를 들이마신 탓에 목 안이 화끈거렸고 연기가 독처럼 몸속으로 번져나갔다.

"이 불에서…… 좀…… 떨어져야겠어요."

"나도 알아!"

알렉은 한바탕 기침을 뱉어내고는 손바닥에 올려놓은 나침반을 흘끗 내려다보았다.

"거의 다 왔다."

그들은 불덩어리를 또다시 돌아갔다. 그러다 알렉은 오른쪽으로 방향을 틀어 불에서 먼 곳으로 이동했다. 마크는 방향감각을 잃은 채로 알렉의 뒤만 따라갔다. 이대로 쭉 가도 될지 알 수 없었지만 알렉을 믿었다. 그들은 다시 기운을 내고 속도를 높여 숲 속을 달렸다. 숨을 쉴 때마다 마크의 폐로 조금씩 더 깨끗한 공기가 들어왔다. 화염의 포효도 어지간히 잦아들어 바닥을 밟는 자신의 발소리를 들을 수 있었다.

그런데 알렉이 갑자기 멈춰 섰다.

마크는 알렉 옆을 몇 걸음 지나서야 멈추고는 뒤돌아보며 괜찮은지 물었다.

나무에 기대선 채로 가슴을 들썩이며 짧은 숨을 빠르게 들이켜던 알렉은 고개를 끄덕였다. 그는 머리를 팔꿈치 안쪽에 묻고 크게 헐떡였다.

마크는 무릎에 두 손을 얹고 허리를 굽히며 잠깐의 휴식을 만끽했다. 바람이 잦아들었고 화염과는 안전한 거리를 두고 있었다.

"잠깐이지만 걱정했어요. 격렬한 화염을 가까이 두고 뛰는 게 똑똑한 짓은 아니잖아요."

마크를 돌아보는 알렉의 얼굴은 대부분 그림자에 가려 있었다.

"네 말이 맞을지도 몰라. 하지만 어두운 밤에 이런 데서 돌아다니다 보면 쉽게 길을 잃어. 나는 우리가 왔던 길을 그대로 되짚어 가려고 했던 것뿐이야."

알렉은 나침반을 들여다본 후 마크의 어깨 너머를 손으로 가리켰다.

"우리 야영지는 저쪽이다."

뒤를 돌아봤지만 마크의 눈에는 다른 곳과 차이가 없어 보였다.

"어떻게 알아요? 보이는 건 나무들뿐인데."

"그냥 알아."

화염이 쏟아내는 꾸준한 포효에 괴상한 소음이 뒤섞여 밤을 수놓고 있었다. 비명과 웃음. 어느 방향에서 들리는 소음인지는 가늠하기 어려웠다.

알렉이 한숨을 지으며 말했다.

"저 또라이들이 말썽을 부리려고 아직도 돌아다니고 있나 보네."

"또라이들이라는 표현이 딱이네요. 죄다 불에 타죽었으면 좋겠어요."

막상 입으로 뱉고 보니 참혹하기 이를 데 없는 말이었다. 그러나 마크는 어떤 대가를 치르더라도 살아남고 싶었고, 그런 그의 마음은 이 말이 진심임을 알고 있었다. 작년 한 해를 혹독하게 보내면서, 때로는 생존을 위해 무자비해져야 함을 깨달았기 때문이다. 그는 저 미친 사람들 때문에 전전긍긍하고 싶지 않았다. 남은 밤과 다음 날 낮 동안 내내 어깨 너머를 살피며 불안하게 보내고 싶지도 않았다.

"충분히 바랄 만한 소원이지……."

알렉은 숨을 깊고 길게 들이마시고 덧붙였다.

"좋아. 어서 빨리 세 아가씨들을 만나도록 하자."

그들은 아까보다 속도를 아주 약간 늦춰 달려갔다. 괴상한 소음이 다시 들려오기 시작했다. 가까운 거리는 아닌 것 같았지만 줄곧 신경이 곤두섰다.

몇 분 후 알렉은 방향을 몇 번 더 바꿨다. 그러다 걸음을 멈추고 주위를 살살이 살피다가 어느 비탈을 가리켰다.

"아, 바로 저 아래다."

그들은 그 비탈로 내려갔다. 경사가 점점 가팔라져서 미끄러지다시피 내려가야 했다. 그때 바람의 방향이 바뀌어 불이 난 쪽을 향해 불기 시작했다. 두 사람의 폐에는 신선한 공기가 들어찼고 잠깐이지만 걱정을 약간 덜었다. 마크는 화염이 뿜어내는 빛에 익숙해져서 새벽이 밝아온 줄도 몰랐다. 문득 나뭇가지 사이를 올려다보니 하늘이 검은색에서 보라색으로 변해 있었고 주변이 희미하게 보였다. 주변 풍경이 익숙해진다는 느낌이 들 때쯤 그들은 어느새 야영지에 돌아와 있었다. 그들이 놓아두었던 짐은 처음 그자리에 고스란히 남아 있었다.

하지만 트리나와 나머지 일행이 보이지 않았다.

마크의 가슴속에 공포의 씨앗이 피어났다. 그는 트리나를 외쳐 불렀다.

"트리나! 트리나!"

그와 알렉은 친구들의 이름을 부르며 주변을 빠르게 살폈다.

그러나 아무리 불러도 대답이 없었다.

28장

마크는 견딜 수가 없었다. 그동안 온갖 험악한 일을 겪었지만 트리나와 떨어진 적은 없었다. 트리나가 없어진 걸 안 지 10분 만에 마크는 깊은 무력감에 사로잡혔다.

"있을 수 없는 일이에요."

점점 큰 원을 그려가며 야영지 주변을 수색하던 마크가 입을 열었다. 그의 목소리에서 절박함이 묻어 나왔다.

"우리가 정찰 나간 동안 자기들끼리 어디로 갔을 리가 없어요. 그랬다면 적어도 쪽지라도 남겨뒀겠죠."

손으로 머리카락을 쓸어 올린 마크는 분노와 좌절감으로 고함을 질러댔다.

알렉은 마크보다는 침착하게 상황에 대처하며 말했다.

"진정하고 두 가지를 명심하도록 해. 첫째, 라나는 나 못지않게 강하고 나보다 훨씬 똑똑하다는 것. 둘째, 지금 네가 세부사항을 잊고 있다는 것."

"무슨 뜻이에요?"

"일반적인 상황에서였으면 그들은 우리가 돌아올 때까지 여기서 기다렸겠지. 하지만 상황은 일반적이지가 않았어. 이 근처에서 산불이 났고 미친 사람들이 온 숲을 뛰어다니면서 공포 영화에나 나올 법한 괴기스러운 소리를 질러댔지. 너라면 여기 죽치고 앉아서 빈둥거릴 수 있겠어?"

하지만 마크의 기분은 조금도 나아지지 않았다.

"그러니까…… 그들이 우릴 찾으러 갔을지도 모른다는 거예요? 그러다 우리와 길이 엇갈리기라도 하면 어쩌려고요?"

마크는 두 주먹을 꼭 쥐고 눈에 가져다 대며 덧붙였다.

"그들이 어디 있는지 짐작도 못 하겠어요!"

알렉이 다가와 두 손으로 그의 어깨를 잡았다.

"마크, 왜 이래? 진정해!"

마크는 알렉의 팔을 밀쳐내고 그의 눈을 들여다보았다. 어렴풋이 밝아오는 새벽빛을 받은 단호한 회색 눈동자에는 진심 어린 우려가 가득했다.

"죄송해요. 눈앞이 캄캄해져서 그만……. 이제 어떡하죠?"

"정신 바짝 차리고 가만히 생각부터 해보자. 그리고 친구들을 찾으러 나서야지."

마크가 나지막하게 말했다.

"그들은 어린 여자애를 데리고 있잖아요. 우릴 공격했던 그 미친 사람들이 여기 먼저 왔었던 거면 어떡하죠? 그들을 잡아갔으면요?"

"찾아서 데리고 와야지. 그러려면 네가 정신을 차려야 돼. 알겠어?"

마크는 눈을 감고 고개를 끄덕였다. 미친 듯이 뛰는 심장을 진정시키고 치솟는 두려움을 가라앉히기 위해 최선을 다했다. 알렉이 방법을 찾아낼 테니까. 늘 그래왔듯이.

마크는 마침내 눈을 뜨고 알렉을 바라보며 대답했다.

"알았어요. 저 괜찮아요. 죄송해요."

"좋아. 이제 좀 낫다."

알렉은 뒤로 한 걸음 물러나 바닥을 살폈다.

"날이 웬만큼 밝았으니까 그들이 어디로 갔는지 흔적을 찾아보자. 부러진 나뭇가지라든지 발자국, 밟힌 흔적이 남은 덤불을 찾아내면 돼. 시작하자."

가만히 있으면 온갖 끔찍한 시나리오가 떠올라 마크는 다른 일에 마음을 돌리고 집중해야 했다. 불타는 소리, 간간이 들려오는 비명과 웃음소리가 공기 중에 떠다니기는 했으나 멀리서 들려오는 듯했다. 적어도 지금은 그랬다.

마크는 주변을 세심하게 찬찬히 살펴본 후에 한 발을 내디뎠다. 폐품수집 로봇처럼 위아래와 좌우를 샅샅이 뒤졌다. 확실한 단서 하나만 찾으면 이동 흔적을 추적하기가 훨씬 쉬워진다. 경쟁심이 발동한 마크는 먼저 단서를 찾아내야겠다는 일념으로 열심히 주변을 둘러봤다. 단서를 찾고 제대로 길을 짚어가고 있다는 확신이 들어야만 두려움 가득한 생각을 머릿속에서 덜어낼 수 있을 것 같았다.

트리나를 잃을 수는 없었다. 이제 와서 그럴 수는 없었다.

알렉은 야영지에서 5, 6미터쯤 떨어진 곳에 엎드려 개처럼 냄새를 맡고 있었다. 우스꽝스러운 모양새였지만 마크는 가슴이 뭉클했다. 늙은 회색곰 같은 알렉은 고함이나 괴성을 지르거나 무언가…… 혹은 누군가를 두들겨 팰 때를 제외하고는 좀처럼 감정을 드러내는 일이 없었다. 그러나 감정을 드러내는 그 드문 순간만큼은 알렉이 얼마나 진심으로 마음을 쓰고 있는지 알 수 있었다. 사라진 세 친구 중 한 명이라도 구할 수 있다면 당장이라도 자기 목숨을 내놓을 그런 사람이었다. 마크도 과연 그럴 수 있을까?

주변을 돌아보던 그들은 부러진 잔가지, 흙바닥에 찍힌 신발 자국, 나무와 덤불의 가지가 휘어진 모양새 등 사람이 지나간 뚜렷한 흔적을 찾아내곤 했는데, 확인해보면 본인들이 만들어놓은 것들이었다. 30분쯤 지나자 마크는 그들이 지금 수색하고 있는 이 구역이, 어젯밤 괴이한 소음의 정체를 확인하기 위해 떠났던 방향과 야영지 사이의 구역임을 깨달았다. 마크는 수색을 중단하고 허리를 폈다.

"저기요, 알렉."

알렉은 덤불 한가운데에 얼굴을 박고 엎드린 채로 무어라 중얼거렸는데, 아마도 "왜?"라고 한 것 같았다.

"어제 우리가 일행을 두고 떠났던 길을 왜 계속 돌아보고 있는 거죠?"

알렉은 덤불에서 나와 그를 돌아보았다.

"그게 타당할 것 같으니까. 라나 일행은 야영지를 떠나 우릴 찾으러 왔거나 아니면 우릴 공격한 망나니들에게 잡혔을 거라고 생각했지. 아니면…… 화재의 원인을 찾으러 나섰거나."

마크는 아무래도 엉뚱한 곳을 수색하고 있다는 느낌이었다.

"어쩌면 화재를 피해서 달아났을 수도 있죠. 이 지구상에 사는 사람들이 전부 아저씨처럼 괴짜는 아니거든요. 활활 타오르는 화염이 자기네 쪽으로 오고 있는 걸 본 사람들이 대부분 어떻게 반응할 것 같아요? 허둥지둥 달아나겠죠. 물론 제 생각일 뿐이지만요."

"내 생각은 달라."

알렉은 무릎을 굽히고 등을 쭉 펴며 말을 이었다.

"라나는 겁쟁이가 아니거든. 자기가 살겠다고 우릴 버려두고 떠날 사람이 아니야."

마크는 알렉이 말을 끝마치기도 전에 고개를 저었다.

"찬찬히 생각해봐요. 아저씨가 라나 씨를 숭배하는 만큼 라나 씨도 아저씨를 숭배해마지않죠. 라나 씨는 아저씨가 무사할 거라고, 알아서 깔끔하고 멋지게 살아남을 거라고 판단했을 거예요. 그리고 본인이 처한 상황을 철저히 고려한 후 최선의 선택을 했겠죠. 제 생각이 맞지 않겠어요?"

알렉은 어깨를 으쓱하고는 날카로운 눈빛으로 그를 쳐다보았다.

"그러니까 결국 네 말은, 라나가 우릴 미친놈들 손에 죽게 내버려두고 도망쳤다?"

"우리가 미친놈들한테 붙잡혔는지 어떤지는 라나 씨도 몰랐을 거예요. 우리는 야영지를 떠나면서 확인하고 오겠다고만 했으니까요. 기억나세요? 그런데 조금 지나서 이상한 소음들이 더 들려오고 불길이 이쪽으로 번져오는 걸 봤겠죠. 아마 라나 씨는 우리한테 무슨 일이 생겼다는 걸 직감했을 테고, 그렇게 된 바에는 버그 본부 쪽으로 이동해서 나중에 우리와 만나는 게 낫겠다고 판단했을 거예요. 우리도 그쪽으로 올 거라고 생각했을 테니까요. 버그 본부로 가는 길을 아저씨가 우리한테 미리 대략적으로 설명해 주셨으니 라나 씨도 당연히 알고 있겠죠."

알렉은 고개를 끄덕이고는 알아들을 수 없는 말을 중얼거렸다.

"라나 씨가 민간인을 데리고 있다는 걸 잊으면 안 돼요."

마크는 '민간인'이라는 말을 하면서 허공에 손으로 따옴표를 만들어 보였다.

"그리고 잔뜩 겁을 먹은 어린 소녀도 데리고 있죠. 라나 씨가 우릴 찾겠다고 두 사람을 두고 혼자 떠나거나 두 사람을 데리고 미친놈들이 있는 쪽으로 갔을 리 없어요."

알렉은 일어서서 무릎에 묻은 흙을 털어냈다.

"그래, 좋아. 더 길게 설명하지 않아도 돼. 납득이 됐어. 그래서…… 어디로 가야 되겠냐?"

알렉의 얼굴에는 보일 듯 말 듯한 미소가 떠올라 있었다. 마크는 그 이유를 알고 있었다. 이 곰 같은 사내는 제자가 스스로 문제를 풀어가는 모습을 기쁜 마음으로 지켜보고 있었다.

마크는 지금까지 수색하던 곳이 아닌 다른 방향을 가리켰다. 전날 알렉이 목적지로 가는 길이라고 일러줬던 바로 그 방향이었다. 버그 본부가 있는 곳이며, 그들의 삶을 다시 한 번 망쳐놓은 자들이 있는 곳.

알렉은 과장되게 한숨을 쉬었다.

"방금 말했듯이 납득이 됐으니 네 의견에 따르마. 저쪽을 수색해보자."

그리고 마크의 곁을 지나면서 그에게 한쪽 눈을 찡긋해 보이고는 곧 예리한 시선으로 노려보았다.

마크는 웃음이 났다.

"아저씨는 진짜 웃기는 괴짜남이에요."

알렉은 걸음을 멈추고 그를 마주 보았다.

"우리 어머니가 나를 그렇게 부르곤 하셨어. 아침에 나를 깨우고 키스와 포옹을 해주시면서 말씀하곤 하셨지. '내 아들 알렉, 넌 정말 웃기는 괴짜남이야'라고. 들을 때마다 떠올라. 그 기억은 여기 담겨 있거든."

알렉은 심장이 있는 쪽 가슴을 손으로 툭툭 치고는, 일부러 과장되게 눈알을 위로 굴리며 덧붙였다.

"어서 수색이나 하자."

마크는 알렉의 뒤를 따라가며 말했다.

"거봐요. 무슨 증거가 더 필요해요? 아저씨는 웃기는 괴짜남이라니까. 공식적으로 인증된 셈이에요."

"한 가지는 맞아. 내가 남자라는 거. 내가 사내대장부이기는 하지, 꼬맹아."

알렉은 목 졸린 사람처럼 큭큭거렸는데 그게 바로 그의 웃음소리였다.

그들은 마크가 가리킨 방향으로 조심스럽게 걸어가, 일행이 지나간 흔적이 있는지 세심하게 살폈다. 마크는 이따금씩 수색을 멈추고 배경음처럼 끊임없이 들려오는 소음에 귀를 기울이곤 했다. 집중해서 듣지 않으면 알아채기 힘들 정도로 소리가 작았다. 타닥타닥, 치이익 타오르는 불길은 아직까지 이곳과 꽤 거리가 있었지만 점점 가까이 오고 있었고, 우우, 꺄오, 하하하 지껄여대는 정신

나간 사람들의 소음도 드문드문 들려왔다. 그 소음이 어느 방향에서 들려오는지는 판단하기 어려웠지만 안전하게 느낄 정도로 먼 거리인 것 같기는 했다. 해가 떠오르자 산불의 연기가 뒤섞인 공기가 부옇게 흐려졌다.

"뭔가를 찾기는 했다."

알렉이 말했다. 마크가 서둘러 걸어오자 그는 소리쳤다.

"조심해!"

"아, 죄송해요."

마크는 걸음을 늦추고 살금살금 걸어가 알렉 옆에 섰다.

알렉은 무릎을 꿇은 채로 허리를 들었다. 그는 손에 든 막대기를 지시봉처럼 쓰며 설명했다.

"밟고 지나간 흔적이 덤불 세 개에 연달아 나 있어. 한 사람 이상이 지나간 게 확실해 보여. 저기 밟힌 부분, 그리고 저기 부러진 가지, 여기와 저기에 찍힌 발자국을 잘 봐."

알렉은 근처에 찍힌 발자국을 막대기로 가리켰다.

마크는 허리를 굽혀 자세히 보았다. 디디의 발 크기에 딱 맞는 발자국이었다.

알렉은 무거워진 목소리로 말했다.

"문제가 있기는 해."

"뭔데요?"

알렉은 막대기로 어느 지점을 쿡 찔렀다. 밟고 지나간 흔적이 역력한 부분 바로 위쪽, 잎사귀들이 뭉쳐 있는 곳이었다. 햇빛에 반짝이는 초록색 잎사귀에 점점이 피가 흩뿌려져 있었다.

29장

이번에는 공포에 휩싸여 허둥지둥하지 않으리라 마크는 결심했다. 하지만 아무 말도 할 수 없었고 속은 바짝 얼어붙었다. 양손은 땀에 젖어 미끈거렸다. 아마 낯빛도 창백해졌을 것이다. 마크는 마음을 가라앉히려 안간힘을 썼고, 그동안 알렉은 일어서서 그들이 발견한 핏자국을 천천히 짚어가기 시작했다.

알렉은 길을 따라가며 핏자국을 몇 군데 더 발견하고는 당황했다. 피의 양이 많지는 않았지만 눈에 보일 정도는 됐다.

"이걸로 부상 정도를 알 수는 없어. 코피가 이 정도로 터진 걸 본 적이 있고, 폭발로 팔이 날아갔는데 피 한 방울 안 흘린 사람도 봤어. 폭발할 때의 열기가 절단 부위를 깨끗하게 소작한 경우였지."

"별로…… 위안이 되지 않네요."

마크가 중얼거리자 알렉이 그를 돌아보았다.

"미안하다. 이게 보기보다 심각한 일은 아닐 수도 있다는 뜻이었어. 다친 사람이 누군지는 모르지만 심하게 베인 것 같기는 해. 이보다 더 심하게 출혈을 하고도 살아남는 사람들도 많아. 어쨌든 이 핏자국이 수색에는 도움이 될 거다."

알렉은 앞뒤를 연신 살피며 다시 걸어갔다. 마크는 그의 뒤를 따라가면서 가급적 핏자국을 쳐다보지 않으려 했다. 차마 볼 수가 없었다. 불안감이 약간이나마 가라앉을 때까지는 그랬다. 이것이 부질없는 시간 낭비이거나 함정 따위는 아니길 바랄 뿐이었다.

"이게 트리나와 우리 일행이 남긴 자국이라는 확실한 근거가 또 있어요?"

마크의 물음에 알렉은 걸음을 멈추고 무언가에 밟힌 덤불 옆의 흙을 자세히 내려다보며 대답했다.

"패턴을 보면, 여기로 지나간 이들이 우리 일행이라는 걸 알 수 있어. 발자국만 봐도 그렇고. 그리고……"

알렉은 초조한 눈빛으로 뒤를 흘끗 돌아보았다.

"그리고 뭐요?"

"그게…… 디디의 발자국이 끊어졌어. 누가 그 불쌍한 아이를 저기서부터 안고 간 것 같아."

알렉은 엄지로 어깨 너머를 가리켰다.

마크는 가슴이 철렁했다.

"디디가 다쳤나 봐요. 넘어져서 무릎이 까진 걸 수도 있겠네요."

알렉은 망연자실한 표정이었다.

"그래. 그보다는……"

마크는 알렉이 선뜻 말을 꺼내지 못하고 이렇게 망설이는 모습은 처음 보았다.

"뭔데 그래요? 뜸 들이지 말고 말해요."

알렉은 마크의 목소리에 담긴 책망은 아랑곳하지 않고 조용히 대답했다.

"이곳을 지나갈 때 그들은 뛰고 있었어. 그것도 허둥지둥 급하게. 흔적들을 종합해보니 그래. 넓어진 보폭, 밟힌 덤불의 모양새, 부러진 관목과 나뭇가지로 봐서……."

알렉은 마크의 눈을 마주 보며 덧붙였다.

"쫓기고 있었던 것 같아."

마크는 목구멍이 꽉 막히는 기분이었다가, 잠시 후 떠오르는 바가 있어 물었다.

"아까 발자국이 세 쌍이라고 했잖아요. 누가 그들을 뒤쫓은 흔적이 보여요?"

알렉은 고개를 들고 하늘을 손으로 가리켰다.

"이 근방에 날아다니는 것들이 있잖아."

안 그래도 속이 타는데 근심거리가 하나 더 생겼다.

"버그가 여기로 내려와 산 아래로 우리 친구들을 쫓아갔으면 우리가 그 소리를 듣지 않았겠어요?"

"우리도 난장판 속에서 빠져나오느라 정신이 없었잖아. 어쩌면 아닐 수도 있어. 버그 말고 다른 것에 쫓겼을지도 모르지."

마크는 지친 표정으로 다시 한 번 하늘을 흘끗 올려다보았다.

"일단 계속 가보죠."

알렉과 함께 계속 길을 따라가면서 마크는 더 이상 핏자국을 보지 않길 바랐다. 더는 견딜 수 없을 테니까.

트리나와 라나, 디디가 이동한 흔적은 좁고 얕은 골짜기에서 숨겨진 깊은 협곡으로 이어졌다. 마크는 양옆의 절벽이 어느새 그토록 높아졌는지 알아채지도 못했다. 경사가 심하지 않은 완만한 비탈길이라서 이토록 짧은 시간에 깊은 골짜기로 들어가게 될 줄은 몰랐던 것이다. 숲에 둘러싸인 데다 친구들의 흔적을 찾아 땅만 주로 살피면서 걸었던 탓이었다. 두 사람은 빽빽한 잡목림 사이를 걷고 있었는데, 일순간에 회색 화강암으로 이루어진 거대한 협곡 벽이 좌우에 늘어선 넓은 풀밭으로 나오게 되었다. 협곡 벽은 경사가 몹시 가팔라서 초목도 여기저기 조금씩만 자라 있었다.

알렉은 종이 지도를 꺼내 들고 걸음을 멈췄다.

"바로 여기다."

알렉은 마크에게 뒤로 물러서라고 지시한 뒤 그를 데리고 커다란 떡갈나무 줄기 뒤에 몸을 숨겼다.

"진짜요?"

"버그가 매번 나와서 돌아다니다가 귀환한 지점이 바로 이 협곡인 것 같아."

마크는 나무 너머로 높고 불길하게 솟은 협곡 벽을 내다보았다.

"이런 곳으로 날아 들어오는 건 좀 위험해 보이지 않아요?"

"그럴 수도 있지만 숨어 있기에는 완벽한 곳이지. 근방에 착륙장도 있을 것이고, 놈들 본부로 들어가는 입구도 있을 거다. 옛 정부의 벙커일 거라는 생각에는 변함이 없어. 애슈빌에서 이렇게나 가까운 곳이니까. 바로 이 협곡 너머가 애슈빌이야."

마크는 뭔가 마음에 걸렸다.

"그럼…… 우리 친구들이 여기까지 계속 쫓겼을 가능성은요?

여기로 잡혀 왔을까 봐 걱정돼요."

"그렇지는 않을 거야. 라나는 우릴 찾으러 산을 돌아다니는 게 쓸데없는 짓이고, 만날 수 있는 가능성이 제일 높은 장소로 곧장 가는 게 낫다는 걸 알아. 그 장소가 바로 여기야."

"그럼 친구들은 대체 어디 있는데요?"

알렉은 대답하지 않았다. 풀밭의 무언가가 그의 관심을 끈 것 같았다.

"우리 둘 다 맞을 수도 있겠어."

알렉이 속삭였다. 그의 걸걸한 목소리가 불길하게 들렸다.

"뭔데요?"

"자세 낮추고 따라와."

알렉은 엎드린 자세로 나무 뒤에서 기어 나가 관목과 덤불에 몸을 감추고 이동했다. 마크도 똑같이 따라하면서 풀밭으로 이동했다. 금방이라도 버그가 날아 내려와 그들 머리 위로 화살 총을 쏘아댈 것만 같았다. 그들은 트리나 일행이 걸어갔을 것으로 어렴풋이 추정되는 길의 흔적을 따라 나아갔다. 처음에 마크는 그 풀밭을 버그들이 착륙하는 곳으로 여겼는데, 가서 보니 풀들이 빽빽하게 자라 있었고 눌린 흔적이라고는 볼 수 없었다.

알렉은 풀들이 길게 자란 곳을 10미터쯤 걸어가다가 멈춰 섰다. 마크는 알렉의 머리 너머를 흘끗 보았다. 한곳에 덤불들이 뭉개져 있었다. 싸움이 벌어졌던 흔적 같아 마크는 심장이 덜컥했다.

"아, 안 돼."

마크는 저도 모르게 내뱉었다.

알렉은 고개를 숙이더니 자세를 더 낮췄다.

"네 말이 맞아. 누가 그들을 여기로 끌고 왔어. 확실해. 저 앞에 덤불이 밟혀 죽은 거 보이지? 스무 명쯤 되는 사람들이 지나간 자리야."

마크는 간신히 마음을 진정시켰다.

"이제 어떻게 해요? 돌아가서 숨어 있어야 돼요, 아니면 친구들을 계속 찾아야 돼요?"

"목소리 낮춰, 꼬맹아. 놈들이 언제 덮칠지 몰라."

마크가 속삭였다.

"일단 돌아가요. 전열을 다시 가다듬고 어떻게 할지 결정하자고요."

마크도 당장 흔적을 쫓아가고 싶었지만 다시 한 번 철저히 생각하는 게 현명하다는 것을 알고 있었다.

"그럴 시간이 없……."

그때 요란한 소음이 알렉의 말을 끊어놓았다. 허공에 대포를 쏜 것만큼이나 커다란 금속성의 소음이었다. 협곡 벽이 그들 머리 위로 무너져 내리는 줄 알고 마크는 기겁했다.

"이 소리는 뭐예요?"

알렉이 무어라 대답하기도 전에 소음이 다시 들려왔다. 고막을 찢을 듯한 굉음이 땅을 흔들었다. 소음이 가라앉은 후에도 진동은 한동안 계속되어 주변의 덤불들이 덩달아 춤을 추었다. 마크와 알렉은 서로의 눈을 쳐다보았으나 둘 다 무슨 일인지 알지 못했다.

또다시 소음이 하늘을 찌르고, 발밑의 땅이 갑자기 공중으로 솟구치기 시작했다.

30장

마크는 펄쩍 뛰며 알렉의 팔을 잡았다. 주변의 땅이 흔들거리며 치솟았다. 마크는 넘어지지 않으려고 안간힘을 써야 했다. 지금 일어나고 있는 이 일이 도저히 가능하지 않다는 걸 알기에 마크는 혹시 자신이 실성한 게 아닌가 싶었다. 그러나 발밑의 땅은 확실히 기울어지면서 서서히 올라오고 있었다. 마크는 필사적으로 주변을 둘러보았다. 놀라서 말문이 막히고 무엇을 어떻게 해야 할지 몰라 혼란스러웠다. 알렉도 그와 마찬가지로 어리둥절한 표정이었다. 마크가 먼저 정신을 차렸다.

혼란을 떨치고 나자 즉시 몇 가지가 눈에 띄었다.

첫째, 지진이나 대규모 지각 변동으로 인해 골짜기 전체가 하늘로 치솟고 있는 것은 아니었다. 그들이 서 있는 이 풀밭의 일부만이 움직이고 있었다. 그들 주변의 나무들은 꿈쩍도 하지 않았고 나뭇가지들은 바람에 흔들리는 만큼도 흔들리지 않았다. 둘째, 땅이 천천히 그러나 꾸준히 기울어지며 올라오고는 있지만 그건 절반만 그렇고 나머지 절반은 반대로 꾸준히 땅 밑으로 들어가고 있었다. 그리고 이렇게 움직이고 있는 땅은 정확히 동그라미 모양이었다. 셋째, 금속끼리 맞닿아 박박 갈리는 듯한 나지막한 소음이 계속해서 들리고 있었다.

마크는 알렉과 함께 그 자리에서 도망치며 말했다.

"이건 인공적인 거예요! 축을 중심으로 움직이면서 열리고 있어요!"

알렉은 짧게 고개를 끄덕이고는 더욱 빠르게 달려갔다. 그들은 위로 올라오고 있는 부분의 가장자리를 향해 가고 있었다. 그 너머로 뛰어내리기 위해서였다. 땅이 움직이고는 있지만 속도가 느려서 마크는 이제 두려움보다는 호기심을 느꼈다. 이 움직이는 원반 모양의 땅은 협곡 바닥에 설치된 거대한 문이 분명했다. 어째서 이런 문이 이 자리에 있는 걸까.

마크와 알렉은 몇 걸음 더 달려, 축을 중심으로 회전하는 원반 모양 땅의 가장자리를 밟고 60센티미터 아래의 지면으로 안전하게 뛰어내렸다. 그리고 주변의 숲으로 쏜살같이 달려가 자세를 낮추고 조금 전까지 숨어 있었던 커다란 떡갈나무 뒤에 다시 숨었다. 마크는 고개를 빼꼼 내밀고, 계속해서 움직이는 땅을 바라보았다. 동그랗게 오려낸 듯한 땅의 위쪽 가장자리는 지상에서 10미터 위에 있었고, 그 반대쪽 가장자리는 땅 밑으로 들어가 보이지 않았다. 원반 모양의 땅은 엔진의 힘으로 삐거걱 소리를 내며 계속해서 돌아갔다. 소음은 점점 커졌다.

"동전 던지기 같네."

알렉이 중얼거렸다.

"아주 커다란 동전이겠네요. 아주 천천히 뒤집어지는 동전요."

1분쯤 후 동그란 땅은 정확히 수직으로 섰고, 절반을 밖으로 내놓은 채 여전히 회전하고 있었다. 풀과 덤불이 우거져 있던 원반 모양의 땅이 뒤집어져 땅 밑으로 들어가면서 마크는 그 반대쪽 면을 볼 수 있게 되었다. 그쪽 면은 편편한 회색의 콘크리트 바닥으로, 완벽한 직선을 이루는 작은 홈들이 쭉쭉 패여 있었다. 이 거대한 원이 협곡 바닥에 다시 편편하게 자리 잡기까지 시간이 얼마 남지 않았다. 콘크리트 바닥은 하늘을 바라보면서 제 얼굴에 착륙할 비행선을 기다릴 것이다. 회색 콘크리트 바닥 여기저기에는 비행선을 안전하게 고정하기 위한 고리와 사슬들이 달려 있었다.

'착륙장이구나.'

마크는 생각했다. 저것은 바로 버그 착륙장이었다. 한 대인지 여러 대인지 모르지만.

마크가 물었다.

"흙과 식물이 어째서 아래로 우수수 쏟아지지 않는 거죠? 꼭 마법 같아요."

"인조 모형이겠지. 그게 아니면 놈들이 매번 저길 사용한 후에 밖으로 기어 나와서 위장물을 다시 입혀야 하지 않겠냐?"

"진짜 같아요. 진짜인 줄 알았어요."

마크는 원반 모양 출입문을 넋을 잃고 바라보았다. 움직이는 땅의 크기는 지름 60미터 정도였다.

"놈들이 우릴 봤을까요? 감시 카메라 같은 걸 설치해뒀을 것 같지 않아요?"

알렉은 고개를 끄덕였다.

"그럴 수도 있겠지. 그들이 감시 카메라를 눈 빠지게 들여다보고 있지나 않길 바라야지."

던져진 동전 같은 동그란 문은 이제 45도 각도로 기울어졌고 몇 분 후면 땅에 생긴 구멍을 완전히 막아버리게 될 판이었다. 마크는 알렉도 자신과 같은 생각을 하고 있는지 궁금했다.

"우리 이거 해야 되는 거죠? 버그가 언제 착륙할지 모르니까. 지금이 기회니까."

알렉은 마크에게 속내를 읽히기라도 한 것처럼 처음에는 놀란 기색이더니 다 알겠다는 듯 싱긋 웃었다.

"저 안에 들어가려면 한 가지 길밖에 없겠지, 아마?"

"아마도요. 지금이 아니면 못 해요."

"감시 카메라와 경비요원들은? 상당히 위험할걸."

"우리 친구들이 잡혀 있잖아요."

알렉은 천천히 고개를 끄덕였다.

"진짜 군인처럼 말하는구나."

"어서 가요."

마크는 일어서서 허리를 굽혀 자세를 낮추고 나무에 몸을 붙인 채로 살그머니 걸음을 옮겼다. 마음이 바뀌기 전에 움직여야 했다. 알렉이 바로 뒤에서 따라오고 있었다. 움직이는 원판 가장자리와 그 주변 땅의 간격은 1.5미터 정도였다. 심호흡으로 마음을 가다듬은 마크는 왼쪽으로 질주했다. 시커먼 구멍 안에서 총성이 들리고 군인들이 튀어나와 그들을 맞이하지 않을까 걱정했지만 그런 일은 일어나지 않았다.

마크와 알렉은 원판형의 문 옆으로 다가갔다. 마크는 구멍에서 몇 걸음 떨어진 곳에서 무릎을 바닥에 댄 채로 엎드려 뚫린 곳을 슬쩍 들여다보았다. 알렉도 함께였다. 두 사람은 나란히 몸을 기울여 구멍 안으로 목을 뻗었다. 원판형의 문이 바로 머리 위에 있으니 마크는 심장이 벌렁거렸다. 어느 순간 예고도 없이 문이 뚝 떨어져 닫힌다면 두 사람 모두 몸이 반으로 잘리고 말 것이다.

구멍 아래는 어두컴컴했으나 은색 금속으로 만들어진 육교 같은 구조물이 마크의 눈에 언뜻 보였다. 그 구조물의 대부분은 그림자에 가려 있었지만 지하의 넓은 공간을 빙 둘러싸고 있는 형태임은 짐작할 수 있었다. 지하에는 조명도 사람도 없었다. 위를 흘끗 올려다본 마크는 원판 문의 가장자리가 바짝 내려와 있어 기겁했다. 이제 남은 시간은 기껏해야 2분 정도였다.

"발부터 내리고 저리로 뛰어내려야 돼요. 하실 수 있을 것 같은 데요?"

마크는 금속 선반처럼 생긴 지하의 육교를 가리키며 말하고는 싱긋 웃었다.

알렉은 이미 내려갈 준비를 하고 있었고, 한쪽 눈을 찡긋하며 대답했다.

"너보다야 훨씬 잘하지, 꼬맹아."

마크는 바닥에 배를 대고 엎드린 채로 다리부터 깊고 깊은 구멍 안쪽으로 집어넣었다. 그러고는 입구 바깥쪽을 손으로 단단히 잡고 발을 내린 후 다리를 조금씩 흔들었다. 알렉은 그보다 앞서서 먼저 손을 놓고 구멍 아래 육교로 몸을 날렸다. 육교로 떨어진 알렉은 끄응 소리를 내기는 했지만 무사한 듯했다. 마크는 육교 너머로 떨어져 캄캄한 심연으로 추락하지 않을까 하는 불안한 생각을 애써 떨쳤다. 속으로 셋까지 세면서 발을 앞뒤로 흔들어 시간을 맞추다가 다리가 앞으로 올 때쯤 손을 놓았다.

아래로 떨어지는 순간 그의 시야는 위를 향했고 초승달 모양의 좁은 틈새를 통해 바깥을 볼 수 있었다. 버그의 추진기가 뿜어내는 푸른 불꽃과 금속으로 된 버그 밑면이 하늘에서 내려오고 있었다. 곧 마크는 아래를 내려다보았고 알렉의 몸 위로 떨어졌다.

31장

둘이 엉킨 팔다리를 푸는 데만도 한참 걸렸다. 알렉은 욕을 하며 투덜거렸다. 마크가 육교 너머로 미끄러지려는 찰나 알렉이 그를 붙잡아 끌어올리며 다시 욕을 중얼거렸다. 마침내 그들은 일어서서 구겨진 옷을 폈다. 머리 위의 동그란 착륙장이 요란하게 쾅소리를 내며 닫히고 그 소리가 내부 공간에 울려 퍼졌다. 완벽한 어둠이었다.

알렉이 말했다.

"젠장, 아무것도 안 보이네."

"워크패드를 꺼내요. 배터리가 얼마 남지 않은 건 알지만 어쩔수 없어요."

알았다고 중얼거리는 알렉의 대답 뒤로 부스럭부스럭 소리가 이어지더니 이윽고 워크패드의 화면이 내부를 밝혔다. 일순간 마크는 지하전차 터널로 돌아간 기분이었다. 휴대전화 불빛에 의지해 트리나와 함께 도망치던 그때의 기억이 홍수처럼 밀려와 공포에 숨이 막혔지만 마크는 곧 그 기억을 밀어냈다. 하루 이틀 안에 그때보다 더 무서운 경험을 할 것 같은 예감이 들었다. 앞으로 밤에 푹 잘 수 있는 날이 과연 있을까 싶어 마크는 한숨이 나왔다.

일단은 지금 처한 상황에 온 정신을 집중해야겠다고 생각했다.

"떨어지기 전에 버그가 내려오는 걸 봤어요. 우리가 한 대를 부쉈으니까 버그가 두 대 이상 있었다는 거네요."

알렉은 여러 각도로 워크패드 화면을 비추며 주변을 살폈다.

"그래. 추진기 소리가 들리더구나. 착륙장이 지하로 내려와 버그가 차고 같은 곳으로 들어가고 나면 착륙장은 다시 위로 올라가서 빙 돌아 위아래를 도로 뒤집겠지. 버그에서 사람들이 내리기 전에 서두르자."

알렉이 손에 든 워크패드가 맞은편의 움푹 들어간 공간 두 곳을 비췄다. 그 공간 안쪽에는 각각 문이 있었다. 바닥에 긁힌 자국을 보니 버그들이 착륙장에서 내려와 어디로 이동하는지 알 것 같았다. 동굴처럼 움푹 들어간 두 공간은 어두컴컴했다.

심연을 에워싼 육교의 폭은 1미터 남짓 되었다. 두 사람은 삐걱대는 육교를 밟고 천천히 문을 향해 걸어갔다. 육교는 무너지지 않고 버텨줬지만 마크는 문 앞에 다다를 때까지 심장이 계속 벌렁거렸다. 마침내 문 앞에 선 마크는 안도의 한숨을 내쉬며 중앙에 바퀴 모양 손잡이가 붙어 있는 동그란 문으로 다가갔다. 잠수함에 설치되어 있을 법한 문이었다.

알렉이 마크에게 워크패드를 넘기며 말했다.

"오래전에 지어진 곳이야. 세계적인 재앙이 발생했을 경우에 군사 행정부 요인들을 보호하기 위해 만들어진 시설이겠지. 아무도 여기까지 제때 오지는 못했겠지만. 대부분이 다른 민간인들처럼 태양의 열기에 타버렸을 테니까."

마크는 워크패드 화면으로 문을 비추며 물었다.

"끝내주네요. 잠겨 있을까요?"

알렉은 이미 성큼성큼 다가가 바퀴 모양 손잡이를 두 손으로 잡았다. 뻑뻑해서 잘 움직이지 않을 것이라 예상했는지 그는 힘차게 돌렸다. 그런데 반 바퀴가 홱 돌아가면서 알렉의 몸이 그쪽으로 쏠려 마크와 부딪쳤다. 두 사람은 휘청하고 육교 바닥에 쓰러졌는데 이번에도 알렉이 마크 밑에 깔렸다.

"꼬맹아, 계속 들러붙어서 힘들어 죽겠다. 육교 아래로 떨어지지 않게 조심해서 일어나. 여기서 버텨내려면 네 녀석의 도움이 필요해."

마크는 괜히 알렉의 배를 밀면서 일어나 웃었다.

"슬하에 자식이 없었던 게 참 유감이에요. 정말 좋은 할아버지가 되셨을 텐데."

알렉이 바닥에서 일어서서 투덜거렸다.

"아, 그래. 그랬으면 내 자식이며 손자들이 태양 플레어 때 모두 불에 타 죽는 걸 봤겠지. 참 재미도 있었겠다."

그 말에 잠시 유쾌했던 분위기가 단박에 가라앉았다. 마크는 부모님과 매디슨이 떠올라 표정이 어두워졌다. 가족들에게 무슨 일이 일어났는지는 정확히 모르지만, 그의 마음은 최악의 사태를 상상하곤 했다.

"이런 젠장. 내가 실언을 했구나."

알렉은 손을 내밀어 마크의 어깨를 꾹 잡아주었다.

"꼬맹아, 지금 이 자리에서 이 노인네가 할 수 있는 최대한의 진심을 담아 말하마. 정말 미안하다. 그날 네가 겪은 아픔이 얼마나 큰지 나는 짐작도 못 해. 전혀. 나한테는 일이 가족이었어. 그 두 가지가 전혀 같지 않다는 거 나도 알아."

마크는 이 남자가 이렇게까지 사과하는 것은 처음 들었다.

"괜찮아요. 정말요. 그렇게 말해줘서 고맙습니다."

마크는 잠시 뜸을 들이다가 덧붙였다.

"할아버지."

알렉은 고개를 끄덕이고는 바퀴 모양 손잡이를 다시 잡고 돌렸다. 크게 딸깍 소리가 나더니 문이 활짝 열렸다. 문짝이 벽에 부딪치며 쿵 소리가 났다.

문 너머는 캄캄하기만 했고 멀리서 우르르 울리는 기계 소리만 점점 크게 들려왔다.

"무슨 소리죠? 저 안에 무슨 공장이라도 있는 것 같아요."

마크는 속삭이면서 워크패드 화면을 출입구 너머로 비췄다. 기다란 복도 끝이 어둠에 가려져 있었다.

"발전기일 거다."

"하긴 이 아래서 전기도 없이 살 수는 없겠죠. 전기가 없으면 저 착륙장이 어떻게 작동하겠어요?"

마크는 워크패드를 앞으로 비췄다.

"맞다. 우리가 야생이나 다름없는 정착촌에서 너무 오래 살았나 봐. 옛날 생각이 나네."

"버그, 발전기…… 이런 걸 작동시키려면 여기 엄청난 양의 연료를 저장해두고 있거나 다른 데서 가져오거나 해야 되는 거 아니에요?"

알렉은 잠시 생각을 했다.

"흠, 이제 1년이 다 돼가는데, 버그들을 계속 날아다니게 하려면 연료가 상당히 많이 필요하겠지. 아마 다른 데서 가져오고 있을 거다."

"계속 가요?"

뻔한 질문이었다.

"가야지."

먼저 어두운 복도로 발을 내디딘 마크는 알렉이 뒤따라오길 기다렸다.

"누가 우릴 보면 어떡해요? 무기 한두 개쯤은 갖고 있어야 될 것 같은데요?"

"무슨 말인지 알아. 하지만 보다시피 선택의 여지가 별로 없어. 사실 더 이상 잃을 것도 별로 없잖냐. 계속 가면서 상황을 봐서 대처하자."

복도를 따라 걸어가는데 땅땅, 끼이익, 드르륵 하는 기계음이 들려왔다. 굳이 가서 확인해보지 않아도 버그가 내려앉은 착륙장이 지하로 내려오고 있음을 마크는 짐작할 수 있었다.

알렉은 마크보다 훨씬 침착했다. 기계 소음 때문에 목소리가 잘 들리지 않자 그는 마크 쪽으로 몸을 기울이고 말했다.

"일단 저 버그가 어느 차고로 들어가는지 살펴보고 나서 그 반대편으로 가서 숨자. 복도에서 붙잡히면 안 되니까."

"알았어요."

마크는 심장이 쿵쿵 뛰고 신경이 바짝 곤두섰다. 우선 워크패드부터 껐다. 복도 바깥에서 빛이 들어오고 있어 굳이 계속 켜둘 필요가 없었다.

그들은 방금 들어온 출입구 너머로 돌아가 문을 닫았다. 그리고 육교 한쪽 구석의 그림자 진 곳에 웅크리고 앉았다. 거대한 버그가 아래로 내려오고 있었다. 다행히 조종석이 그들이 있는 곳 건너편이라 발각될 위험은 없었다. 착륙장이 다 내려오고 나서 더 크게 땅땅, 끼이익 소리가 나더니 버그가 궤도를 따라 오른쪽 차고로 이동하기 시작했다. 알렉과 마크는 왼쪽에 움푹 들어간 공간으로 달려가 어둠 속에 몸을 숨겼다.

그들이 마음을 졸이며 기다리는 동안 버그는 차고로 들어가 이동을 멈췄고, 거대한 착륙장이 천천히, 그러나 확실하게 다시 위로 올라가기 시작했다. 버그를 타고 온 자들은 이미 버그에서 내렸는지 희미하게 목소리가 들려왔다. 그러다 동그란 문이 열리는 소리가 났다.

알렉이 마크의 귀에 대고 속삭였다.

"가자. 저들을 따라가야겠어."

그들은 일어서서 육교를 따라 살그머니 걸어갔다. 버그에서 내린 자들이 출입문을 약간 열어두었기에, 알렉은 그 옆에 웅크리고 앉아 건너편에 귀를 기울이고는 문밖을 조심스럽게 내다보았다. 위험한 상황이 아님을 확인한 알렉은 마크에게 짧게 고개를 끄덕인 후 다시 문 너머 복도로 조용히 넘어갔다. 마크도 그를 따라갔다. 동시에 그들의 머리 위에서 착륙장이 다시 회전을 시작하면서 덤불과 땅, 작은 나무들이 하늘을 향해 치솟았다.

복도 앞쪽에서 말소리가 들렸지만 소리가 왜곡돼서 무슨 얘기를 하는지는 알아듣기 힘들었다. 알렉이 마크한테서 워크패드를 받아 들고 배낭에 집어넣었다. 그리고 마크의 팔을 잡아 앞으로 끌어당기고 벽에 바짝 붙어 걸으면서 눈을 가늘게 떴다. 곧 사방에 다시 어둠이 깔렸다.

그들은 천천히 조심스럽게 발을 내디뎠다. 앞서 가던 자들은 걸음을 멈추고 얘기 중이었다. 조금씩 앞으로 갈수록 그들의 목소리가 점점 분명하게 들려왔다. 두 명인 것 같았다. 마침내 알렉은 걸음을 멈췄다. 마크의 귀에 그들의 대화가 또렷이 들렸다.

여자가 말했다.

"여기서 북쪽이야. 화덕처럼 완전히 타버렸어. 어젯밤에 그들이 잡아 온 자들과 관계가 있는 게 확실해. 곧 알게 되겠지."

그러자 남자가 대꾸했다.

"그래야지. 그렇지 않아도 버그 한 대를 잃어서 상황이 안 좋은데. 알래스카에 있는 놈들이 더 이상 우리를 보살펴줄 생각도 하지 않잖아. 모든 게 이상하게 돌아가니 그쪽에선 이제 연락을 끊겠지."

"당연히 그렇겠지. 우릴 버릴 생각인 걸까?"

"그럴걸. 도대체 왜 우리가 버림받아야 되는지 모르겠어. 바이러스가 돌연변이를 일으킨 게 우리 탓이냐고."

착륙장 쪽에서 쿵 소리가 들렸다. 회전을 멈춘 모양이었다. 온통 어둠에 휩싸여 있었다. 두 남녀는 다시 걸어가기 시작했다. 발소리가 무거운 걸 보니 장화를 신은 듯했다. 그들 중 한 명이 손전등을 켜자 그 불빛이 위아래로 깐닥거렸다. 알렉은 마크의 팔을 잡고 안전하게 거리를 두면서 그들 뒤를 따라갔다.

두 남녀는 더 이상의 대화 없이 또 다른 문 앞에 이르렀다. 문이 열리면서 경첩에서 삐거걱 소리가 들렸다. 남자가 문 너머로 들어가면서 말했다.

"그들이 거기다 이름까지 붙여놨잖아, 플레어라고."

문이 쾅 닫혔다.

32장

두 남녀에게 들은 얘기는 많지 않았지만 마크는 느낌이 좋지 않았다.

"플레어. 아까 그 남자가 그들이 그걸 플레어라고 부른다고 했어요. 플레어 바이러스요."

"그래."

알렉은 워크패드를 다시 켰다. 화면에서 나오는 조명이 알렉의 얼굴을 비췄다. 평생 한 번도 웃어본 적 없는 것 같은 얼굴이었다. 축 처지고 주름진 침울한 얼굴.

"심상치가 않아. 별명을 붙여 부른다는 건 그만큼 규모가 크고 많은 사람들 사이에 회자되고 있다는 거니까. 전혀 좋지가 않지."

"무슨 일이 일어났는지 알아봐야 돼요. 모닥불을 피워놓고 춤추던 사람들은 우리보다 훨씬 전에 바이러스 공격을 받았어요. 엄밀히 말하면 그들이 살던 정착촌이 공격받은 거죠. 이들이 그 마을 사람들을 피실험자로 삼은 모양이에요."

"그렇다면 우리 목표는 두 가지야. 첫째, 라나와 트리나 그리고 귀엽고 당돌한 그 아이를 찾는 것. 둘째, 여기서 무슨 일을 벌이고 있는지 알아내는 것."

마크는 100퍼센트 찬성이었다.

"어서 가요."

알렉이 워크패드를 끄자 복도가 캄캄해졌다. 알렉이 속삭였다.

"벽에 손을 대고 걸어. 내 발 밟지 말고."

그들은 복도를 따라 걸어가기 시작했다. 마크는 소리를 내지 않기 위해 최대한 발을 가볍게 내딛고 숨도 얕게 쉬었다. 멀리서 들려오던 기계 소음이 점점 커져갔고, 마크가 손가락 끝을 대고 보이지 않는 선을 그으며 따라가고 있는 차가운 벽도 소음에 맞춰 진동하고 있었다. 그들은 버그에서 내린 두 남녀가 열고 들어간 문 앞에 이르렀다. 닫힌 문 가장자리를 따라 직사각형 모양으로 희미한 빛이 새어 나오고 있었다. 알렉은 망설이다가 발끝으로 살금살금 걸어서 문 앞으로 다가갔다. 마크가 보아온 중에서 제일 군인답지 않은 걸음걸이였다.

마크는 그보다는 좀 더 대담하게 행동하기로 했다. 문 앞으로 다가가 몸을 기울이고 문에 귀를 바짝 붙인 것이다.

"똑똑하지 못한 짓이야."

알렉이 다급히 속삭였으나 마크는 대답 대신 문 너머에서 들리는 소리에 집중했다. 말소리가 하도 작아서 무슨 얘기를 나누는지는 알아듣지 못했지만 열을 올리며 논쟁 중이라는 건 알 수 있었다.

"그냥 가자. 여기서 이러고 있다가 붙잡혀서 갇히고 싶진 않아."

어두워서 잘 보일 리 없건만 마크는 대답 대신 고개를 끄덕였다. 그리고 문에서 물러나 맞은편 벽으로 돌아와 서서 벽에 손을 가져다 댔다. 그들은 다시 걷기 시작했다. 문 가장자리에서 피처럼 새어 나오던 희미한 불빛마저 멀어지자 그들은 다시 암흑에 잠겼다.

길게 뻗어나간 복도에는 우르릉 울리는 기계음 외에 아무 소리도 나지 않았다. 언제부터인지 몰라도 마크는 주변이 보이기 시작했다. 흐릿한 붉은 불빛이 공기 중에 드리워져 있어서 앞서 가는 알렉이 살그머니 걸어가는 악마처럼 보였다. 마크는 손을 들어 올려 손가락을 꼼지락거려 보았다. 손가락이 피투성이가 된 것만 같았다. 알렉도 알아차렸으리라 여긴 마크는 별다른 말을 하지 않고 계속해서 걸었다.

왼쪽 벽에 커다란 문 하나가 살짝 열려 있어 눈에 띄었다. 문 위에는 철사 갓을 쓴 불그스름한 전구 하나가 걸려 있었다. 알렉은 이동을 멈추고 문을 주시했다. 문 너머에 무엇이 기다리고 있는지 누군가 알려주길 기다리는 것 같기도 했다.

웅웅 키리릭 소리를 내며 돌아가는 기계 소음이 한층 더 고조되어 마크가 고함을 치지 않으면 알렉에게 목소리가 들리지 않을 정도였다.

"발전기가 어디 있는지는 알겠네요."

마크는 눈이 욱신거리기 시작하자 자신이 얼마나 피로한 상태인지 깨달았다. 그들은 밤을 꼬박 새우고 나서 반나절간 계속 돌아다니고 있었다.

"저 문 너머에 발전기가 있나 봐요. 망할 문을 확 열어버려요."

알렉이 그를 돌아보았다.

"인내심을 가져. 신중해야지. 경솔한 군인에겐 죽음뿐이야."

"느려터진 군인에겐 트리나와 라나, 디디의 죽음이 기다리고 있겠죠."

알렉은 말없이 손을 뻗어 문을 복도 쪽으로 당겨 열었다. 기계 소음이 한층 더 크게 들렸고, 연료 태운 냄새와 후끈한 열기가 흘러나왔다.

"아, 젠장. 이 냄새가 얼마나 고약한지 잊고 있었구나."

알렉은 조심스럽게 문을 닫으며 덧붙였다.

"곧 좀 더 쓸모 있는 걸 찾을 수 있겠지."

그들은 20미터쯤 복도를 걸어가다가 문을 하나 더 발견했고, 그후 문 세 개를 차례로 더 만났다. 그리고 복도가 끝나는 지점에도 그들을 마주 보고 있는 문이 하나 있었다. 문들은 하나같이 10센티미터 정도 열려 있었고 내부에는 발전실처럼 철사 갓을 쓴 전구가 불을 밝히고 있었다. 빛깔이 붉은색이 아니라 노란색이라는 것과 전구가 가까스로 작동하고 있다는 점만 달랐다.

마크가 속삭였다.

"문이 전부 열려 있으니까 오싹한데요. 방마다 어둡고요."

"요지가 뭐야? 그만두고 집으로 돌아가자고?"

"아뇨. 먼저 들어가시라고요."

알렉이 큭큭 웃으며 한쪽 발로 첫 번째 문을 조심스럽게 밀었다. 삐거걱 소리와 함께 문이 열렸다. 흐릿한 노란 불빛이 바닥을 비추고 있었지만 안은 여전히 어두웠다. 문이 작게 툭 소리를 내며 멈추자 침묵이 깔렸다.

알렉은 그 방으로 들어가는 대신 헛기침을 하고는 다음 방으로 향했다. 이번에도 문을 발로 가볍게 차서 열었는데 아무도 없기는 마찬가지였다. 사람의 흔적은커녕 아무 소리도 없이 오직 어둠뿐이었다. 다음 방도 똑같았다. 그들은 복도 끝에 있는 마지막 방으로 향했다. 컴컴한 방 안에서는 아무 소리도 들리지 않았다.

"안에 들어가 보자."

알렉은 마크를 돌아보며 방 안을 향해 고갯짓했다. 안으로 따라 들어오라는 뜻이었다. 마크는 지시받은 대로 알렉의 뒤에 바짝 붙어 신속히 움직였다. 알렉은 안으로 들어가기에 앞서 문틀 가장자리를 손으로 더듬어 전등 스위치를 찾으려 했지만 아무것도 없었다. 그들은 차례로 문 안으로 들어가, 어둠에 눈이 적응하기를 기다리며 잠시 가만히 서 있었다.

마침내 알렉은 한숨을 내쉬며 다시 워크패드를 꺼냈다.

"전등도 안 켜고 살 거면 발전기는 왜 돌리는 거야? 워크패드 배터리도 얼마 남지 않았는데."

알렉은 구시렁대며 워크패드의 전원을 켰다.

워크패드 화면에서 나온 조명이 커다란 방 안에 을씨년스러운 푸른빛을 퍼뜨렸다. 마크가 예상한 것보다 훨씬 큰 방이었다. 양옆의 벽을 따라 2층 침대가 대략 열 개씩 놓여 있었는데, 끄트머리의 침대 하나를 빼고는 전부 비어 있었다. 그 침대에 앉은 사람은 그들에게 등을 보인 채 어깨를 축 늘어뜨리고 있었다. 나이가 꽤 들어 보이는 남자였다. 그 남자를 보자마자 마크는 온몸에 소름이 돋았다. 흐릿한 조명, 거의 텅 빈 방, 집요한 정적……. 그들에게 저주받은 운명임을 선언하기 위해 줄곧 기다리고 있는 유령의 뒷모습을 바라보는 기분이었다. 남자는 아무 소리도 없이 꼼짝 않고 있었다.

"이봐요!"

알렉이 남자를 불렀다. 그 목소리가 정적 속에 폭탄을 던진 것처럼 커다랗게 울려 퍼졌다.

마크는 깜짝 놀라 알렉을 돌아보았다.

"뭐 하시는 거예요?"

워크패드를 방 안쪽으로 향하고 있었기 때문에 알렉의 얼굴은 어둠에 가려 보이지 않았다. 알렉이 속삭였다.

"잘하고 있지. 저 친구한테 몇 가지 물어봐야겠어."

그러고는 목소리를 높여 물었다.

"어이, 거기! 우리 좀 도와주시겠습니까?"

남자는 다 죽어가는 쉰 목소리로 나지막하게 중얼중얼 대답했다. 목소리가 하도 작아 제대로 들리는 단어가 없었다.

알렉이 다시 물었다.

"뭐라고요?"

남자는 움직이지도 대답하지도 않았다. 침대에 걸터앉아 그들에게 등을 보이고 있을 뿐이었다. 고개를 푹 숙이고 어깨를 축 늘어뜨린 모습도 변함없었다.

문득 마크는 남자가 뭐라고 대답했는지 알고 싶었다. 꼭 알아야만 했다. 마크는 침대 사이로 성큼성큼 걸어갔다. 알렉이 말렸지만 듣지 않고 빠른 걸음으로 곧장 남자에게 다가갔다. 뒤에서 알렉이 서둘러 따라오는 소리가 들렸다. 알렉이 들고 있는 워크패드에서 나오는 불빛이 위아래로 흔들리며 벽에 기묘한 그림자 춤을 만들어냈다.

마크는 웅크리고 앉은 남자 앞에서 걸음을 멈췄다. 차가운 소름이 돋았다. 이 낯선 남자는 어깨가 넓고 가슴팍도 두툼했는데 앉은 자세만 보면 무척이나 약하고 애처로워 보였다. 마크는 몇 걸음 떨어진 곳에서 남자의 옆으로 다가갔다. 남자의 푹 숙인 얼굴은 그림자에 묻혀 있었다.

"방금 뭐라고 했어요?"

마크는 남자 앞에 서서 물었다. 알렉이 옆으로 다가와 워크패드로 낯선 남자의 음울한 모습을 비췄다. 남자는 두 팔꿈치를 무릎에 얹은 채 양손을 깍지 끼고 앉아 있었다. 얼굴이 금방이라도 녹아서 바닥으로 뚝 떨어질 것만 같았다.

남자는 녹슨 기계처럼 머리를 옆으로 돌리며 천천히 고개를 들어 그들을 쳐다보았다. 생각보다 훨씬 심각하고 침통한 얼굴이었다. 동굴처럼 움푹 들어간 두 눈은 빛조차 들어갈 수 없을 만큼 어두웠다.

남자는 쉰 목소리로 말했다.

"그 애를 보내고 싶지 않았어. 아, 맙소사. 정말이지 절대로 야만인들에게 보내고 싶지 않았어."

33장

　마크는 한꺼번에 질문을 쏟아냈다.

　"무슨 뜻이죠? 누굴 보내요? 이곳에 대해서 말 좀 해봐요. 바이러스는요? 밖에서 붙잡혀 온 두 여자와 어린 소녀에 대해 아는 거 있어요?"

　마크는 목이 메어 잠시 멈칫했다가 천천히 또박또박 말했다.

　"내 친구 이름은 트리나예요. 금발이고 나랑 같은 나이죠. 그리고 다른 여자분 한 명이랑 어린 소녀가 있어요. 그들에 대해 아는 거 있습니까?"

　남자는 다시 시선을 바닥으로 향하고는 한숨을 쉬었다.

　"질문이 너무 많아."

　마크는 깊은 좌절감에 잠시 마음을 진정시켜야만 했다. 심호흡을 하고 맞은편 침대로 가서 앉았다. 이 늙은 남자는 어쩌면 미쳤을 수도 있었다. 미친 사람한테 질문을 퍼부어대는 건 영리한 접근이 아니었다. 고개를 들어보니 알렉이 놀란 얼굴로 그를 쳐다보고 있었다. 알렉은 고개를 절레절레 흔들며 마크 옆으로 와 앉아서는 워크패드를 바닥에 놓아 화면의 불빛이 위를 향하게 했다. 턱 밑에 손전등을 비춘 것처럼 모두의 얼굴이 괴물처럼 보였다.

"아는 게 있으면 말해주시겠습니까?"

알렉은 달래는 듯한 목소리로 물었다. 그도 아마 마크와 같은 결론을 내린 듯했다. 이 남자는 과민한 상태이니 신중하게 다뤄야 한다는 것. 알렉이 계속해서 물었다.

"여기서 무슨 일이 있었습니까? 전등은 다 꺼져 있고 사람도 없군요. 다들 어디 있습니까?"

남자는 무어라 웅얼거리고는 두 손으로 얼굴을 가렸다.

알렉과 마크는 서로 시선을 주고받았다.

"제가 다시 물어볼게요."

마크는 침대 끄트머리에 엉덩이를 걸치고 몸을 앞으로 숙인 채 팔뚝을 무릎에 얹었다.

"저기요…… 이름이 뭐예요?"

남자는 두 손을 밑으로 내렸다. 흐릿한 조명이지만 마크는 남자의 두 눈이 눈물로 젖어 있다는 것을 알 수 있었다.

"내 이름? 내 이름이 알고 싶어?"

"예. 말해주세요. 우리 삶도 그쪽만큼이나 엉망진창이에요. 제 이름은 마크고 옆에 계신 분은 제 친구인 알렉 씨예요. 우린 믿어도 되는 사람들입니다."

남자는 콧방귀를 뀌고는 짧지만 극심하게 기침을 쏟아냈다.

"내 이름은 앤톤이다. 이름 따위가 다 무슨 상관이겠냐만."

마크는 더 이상 묻기가 두려웠다. 이 남자가 수많은 의문에 대한 답을 갖고 있을지 모르는데 실수해서 망치고 싶지 않았다.

"우린…… 여러 정착촌 중 한 곳에서 왔어요. 친구 세 명이 저 위쪽에 있는 협곡에서 납치당했죠. 그리고 우리 마을은 여기서 나온 사람들에게 공격을 당했고요. 우린…… 무슨 일이 일어나고 있는지 알고 싶어서 온 겁니다. 친구들도 되찾고요. 그뿐이에요."

마크는 알렉이 나서려고 하자 쏘아보며 입을 닫게 하고 하려던 말을 계속했다.

"우리한테 해줄 말 없어요? 우선…… 여긴 뭐 하는 곳이죠? 왜 버그를 타고 다니면서 사람들한테 화살을 쏘고 바이러스를 퍼뜨리고 있어요? 여기서 무슨 일을 벌이고 있는 겁니까? 아는 대로 말해주세요."

피로감이 묵직하게 짓눌렀지만 마크는 대답을 기대하며 맞은편에 앉은 남자를 바라보았다.

앤톤은 몇 번 낮고 깊게 심호흡을 했다. 그의 오른쪽 눈에서 눈물이 흘러내렸다.

"두 달 전에 우리는 어느 정착촌을 실험 대상으로 선택했어. 그 끔찍한 결과도 우리의 계획을 바꿔놓지는 못했지. 그런데 그 소녀가 나를 바꿔놨어. 수많은 사람이 죽었는데, 생존자인 그 소녀 때문에 난 우리가 얼마나 무서운 짓을 저질렀는지 깨달은 거야. 아까도 말했지만 나는 그들이 오늘 아이를 그 마을 사람들한테 돌려보내는 것에 반대했고, 아예 이 일을 그만두기로 했어. 정식으로."

'디디구나.'

마크는 남자가 말하는 소녀가 디디라는 걸 깨달았다. 트리나와 라나는 어떻게 되었을까?

"어떻게 된 상황인지 말해주세요. 처음부터."

마크가 재촉했다. 친구들을 찾아야 할 시간에 이러고 있으니 매 초마다 죄책감이 느껴졌다. 하지만 이 남자에게서 정보를 얻어야만 친구들을 찾을 수 있을 것이다.

앤톤은 생각에 잠긴 목소리로 말했다.

"알래스카에 소재한 플레어 후 연합정부는 순식간에 퍼져나가고 빠르게 살상이 가능한 수단을 원했어. 태양 플레어 현상으로 세상이 폐허가 되기 전, 그 살기 좋던 시절에 어떤 괴물 같은 놈들이 개발해놓은 바이러스가 바로 그거야. 그 바이러스는 이성을 마비시키는 기능을 해. 즉각 혼수상태에 빠뜨려 신체를 무력하게 하고 다량 출혈을 유발해서 근처에 있는 사람들에게 옮겨가는 거야. 피로 전염이 되지만 조건이 맞으면 공기로도 전염돼. 근거리에 있는 마을 여럿을 거뜬히 끝장낼 수 있는 효과적인 방법이지."

그의 입에서 설명이 막힘없이 술술 흘러나왔다. 마크는 피로감에 정신이 마비되는 것 같았고 앤톤의 말에 집중하기가 어려웠다. 지금 듣고 있는 얘기가 중요하다는 건 아는데 머리로 잘 받아들여지지가 않았다. 얼마나 오랫동안 깨어 있었을까? 24시간? 36시간? 48시간?

"그들이 모든 걸 망쳐버렸다는 걸 깨닫기 전에 그렇게 됐어."

마크는 다시 머리를 흔들었다. 앤톤이 하는 얘기를 일부 듣지 못했다.

알렉이 앤톤에게 물었다.

"그게 무슨 뜻입니까? 어떻게 망쳤다는 겁니까?"

앤톤은 기침을 하고 코를 훌쩍이더니 손으로 코를 쓱 문질렀다.

"바이러스. 그 바이러스가 완전히 잘못된 거였어. 지난 두 달 동안 피실험자들을 지켜본 결과 예상대로 진행이 되지 않았는데, 그래도 그들은 지구상에 남은 자원이 고갈되고 있다며 그 계획을 계속 밀어붙였어. 화살에 들어가는 바이러스 투여량을 오히려 늘려가면서. 그 개자식들은 인구수를 지금의 절반으로 줄이려 하고 있다고. 절반으로!"

마크도 같이 소리를 지를 뻔했다.

"그 어린 소녀는 어떻게 됐어요? 그 소녀가 다른 두 여자와 같이 있어요?"

앤톤은 마크나 알렉이 하는 말을 전혀 듣고 있지 않은 듯 자기 할 말만 했다.

"정부 놈들은 그 임무만 완수하면 우릴 돌봐주겠다고 했어. 우릴 전부 알래스카로 다시 데려가서 집도 주고 먹을 것도 주고 보호해주겠다고. 세상 인구의 절반을 죽이고 우리끼리 다시 시작하자는 거지. 그런데 정부 놈들이 다 망쳐놓은 거잖아, 안 그래? 그 애는 화살을 맞고도 살아났어. 아니, 그 이상이지. 그 바이러스는 정부 놈들이 생각했던 것과는 달라. 삽시간에 퍼져나간다고. 스스로 판단할 줄 아는 바이러스란 말이지. 당황스럽게도."

앤톤은 낄낄거리며 웃는 것 같더니 곧 마른기침을 토해냈다. 그러다 흐느끼기 시작하더니 아예 옆으로 누워 두 다리를 침대 위로 끌어 올리고 태아 자세로 웅크리고는 어깨를 떨며 울어댔다. 그리고 훌쩍거리며 말했다.

"나도 감염됐어. 확실해. 우리 모두 감염됐지. 당신들도 마찬가지야. 의심할 여지도 없어. 당신들도 그 바이러스에 감염이 됐단 말이야. 나는 동료들한테 이제 아무 일도 같이하고 싶지 않다고 했어. 더는 싫다고. 그리고 여기 와서 나 혼자 머물고 있는 거야. 있어보니까 나한테 딱 맞는 곳이더라고."

마크는 안개 속에서 이 모든 광경을 보고 있는 기분이었다. 집중이 되지 않았다. 정신을 차려보려고 이번에는 좀 더 차분하게 질문했다.

"우리 친구들이 어디 있는지 알아요? 그쪽 동료들은 어디 있어요?"

앤톤이 소곤거렸다.

"다들 아래층에 있어. 나는 그들과 함께하는 걸 더는 견딜 수가 없었어. 그래서 여기로 올라왔어. 죽든지 미쳐버리든지 하려고. 아마 둘 다겠지. 동료들이 나를 내버려둬서 다행이지 뭐야."

알렉이 물었다.

"아래층?"

울음이 잦아들면서 앤톤의 목소리도 점점 작아졌다.

"벙커 저 아래. 그들은 저 아래서 계획을 짜고 있어. 애슈빌에서 반란을 일으킬 계획이거든. 일이 이 꼴이 된 게 우리 마음에 들지 않는다는 걸 정부 놈들에게 알려줘야겠지. 그대로 알래스카까지 밀고 들어갈 작정이야."

마크는 알렉을 돌아보았다. 알렉은 흔들림 없이 앤톤을 바라보고 있었다. 이 처량한 남자는 점점 기이한 얘기를 늘어놓았다.

마크가 물었다.

"반란요? 왜 하필 애슈빌이죠? '그들'은 누구예요?"

앤톤은 바짝 마르고 거친 데다 기어들어 가는 목소리로 간신히 대답했다.

"애슈빌은 동쪽에 마지막으로 남아 있는 안전한 피난처야. 다 쓰러져가는 건물들이기는 하지만 벽만은 단단하게 강화시켜놓았을 거야. '그들'이라고 한 건 내 동료들이고. 전부 전지전능한 플레어 후 연합정부에 고용된 사람들이지. 존경해마지않는 내 동료들은 이래라 저래라만 해대는 애슈빌의 상관들이 평면 이동문을 통해 알래스카로 내빼기 전에 애슈빌을 칠 생각이야."

알렉이 말했다.

"앤톤 씨, 내 말 잘 들어요. 우리가 얘기를 나눠볼 만한 다른 사람이 또 있습니까? 우리가 친구들을 찾고 있는데 어떻게 해야 찾을 수 있습니까? 소녀 한 명과 여성 두 명입니다."

앤톤은 기침을 뱉어내며 목소리에 약간의 생기를 더했다.

"나와 같이 일하는 사람들이 미쳐가기 시작했어. 그게 무슨 뜻인지 알아? 그들이…… 옳은 일을 하는 게…… 아니라는 거야. 그들은 몇 시간째 저 아래층에서 계획을 세우고 작전을 짜고 있어. 애슈빌로 갈 작정인 거지. 필요하다면 군대도 모아서 가겠지. 아, 거기에 바이러스 치료제가 있다는 소문이 있는데 터무니없는 소리야. 결국 내 동료들은 자기네가 빼앗긴 걸 남들도 갖지 못하게 만들려는 것뿐이야. 삶. 그러고 나서 그들이 뭘 할 것 같아? 어?"

마크와 알렉이 동시에 물었다.

"뭘 합니까?"

앤톤은 팔꿈치를 침대에 대고 몸을 일으켰다. 워크패드 화면에서 나온 빛이 그의 얼굴을 절반만 비추었다. 얼굴의 반은 그림자

속에 묻히고 나머지 반만 푸르스름한 빛을 받았다. 빛을 받은 쪽 눈은 마치 동공 안에서 불꽃이라도 튄 것처럼 빛났다.

"그들은 애슈빌에 있는 평면 이동문을 통해서 알래스카로 갈 거야. 정부 인사들이 모여 있는 알래스카로 가서 세상을 끝장낼 작정이거든. 그게 원래 그들의 의도는 아니지만 결국 그렇게 되고 말거야. 치료제를 찾겠다며 알래스카로 가서 연합정부를 무너뜨리겠지. 최종적으로 그들은 온 세상에 바이러스를 퍼뜨리는 역할을 하고 말걸. 태양 플레어 현상이 촉발한 지구 대재앙을 마무리하는 거야. 바보들. 그들은 결국 지구상에서 인간의 씨를 말릴 거야."

앤톤은 침대에 다시 쓰러져 누웠고 몇 초 후 그의 코 고는 소리가 방 안을 가득 채웠다.

34장

마크와 알렉은 잠든 앤톤의 쌕쌕거리는 숨소리를 들으며 한참을 말없이 앉아 있었다.

잠시 후 알렉이 입을 열었다.

"저 남자 입에서 나온 말을 어디까지 믿어야 할지 모르겠다만, 듣고 나니 불안하기는 하네."

"그러게요."

마크는 심드렁하게 대답했다. 머리가 쿵쿵 울리고 속이 메슥거렸다. 이렇게까지 피곤했던 적이 또 언제 있었는지 기억조차 나지 않았다. 하지만 그들은 이제 일어나 이 방을 나가서 트리나와 라나, 디디를 찾아야 했다.

하지만 마음과는 달리 몸이 움직여지지 않았다.

알렉이 그를 돌아보며 말했다.

"이 녀석아, 꼭 좀비 같구나. 나도 피곤해 죽겠다."

"그러게요."

"내가 지금 하려는 말이 네겐 탐탁지 않게 들리겠지만 논의할 필요도 없을 것 같다."

마크는 눈썹을 치떴다. 그 작은 동작을 하는 데도 온몸의 힘을 쥐어짜야 했다.

"뭔데요?"

"우린 잠을 좀 자야 돼."

"하지만…… 트리나는…… 라나 씨는…….

문득 그 소녀의 이름이 기억나지 않았다. 마크는 두개골 속에 폭풍이라도 몰아친 것처럼 머리가 지끈거렸다.

"이렇게 피곤해서야 제 기능도 못 할 텐데 친구들을 어떻게 구하겠냐. 잠깐 눈 좀 붙여야지. 교대로 한 시간씩만 자두자. 앤톤 얘기로는 그의 동료들이 몇 시간째 회의를 하고 있다잖아."

알렉은 침대에서 일어나 문 쪽으로 서둘러 걸어갔다. 그는 문을 안에서 닫아걸었다.

"안전하게 닫아놓자."

옆으로 풀썩 쓰러져 누운 마크는 두 다리를 천천히 침대 위로 끌어 올리고 머리 밑에 두 손을 받쳤다. 머리로는 이러면 안 된다고 생각했으나 말이 나오지 않았다. 알렉이 다시 말했다.

"내가 먼저 불침번을 설 테니까…….

하지만 알렉의 다음 말을 마저 듣기도 전에 마크는 잠이 들었다.

다시 꿈을 꾸었다. 그날의 기억들. 전보다 훨씬 생생했다. 깊은 피로감이 완벽한 화폭이 되어 기억을 또렷하게 담아내는 듯했다.

35장

하얀 거품으로 된 말들이 우르르 몰려오듯, 물 벽이 지하전차역 계단을 타고 내려온다. 그 짧은 순간이 마크에겐 영원처럼 느껴진다. 천 가지 의문이 한꺼번에 떠오른다. 어떻게 그는 그 자리에 오게 된 걸까. 지상의 도시에서는 무슨 일이 일어났을까. 가족들은 죽은 건가. 앞으로 어떻게 될까. 익사하는 건 어떤 기분일까.

물이 맨 아래 계단에 다다른 단 1초 만에 온갖 생각이 그의 뇌리를 스친다. 누군가 그의 팔을 잡고 끌어당긴다. 마크는 다가오는 재앙에서 고개를 돌려 그 사람을 바라본다. 트리나가 공포로 가득한 눈을 하고서 그를 잡아당기고 있다. 그제야 마크는 정신이 든다.

마크는 트리나의 팔을 꼭 잡고 달리기 시작한다. 바로 앞에서 알렉과 라나가 그들에게 시비를 걸었던 자들 곁을 지나 빠른 속도로 뛰고 있다. 어리석고 터무니없는 짓거리를 했던 그자들에게 마크는 다시금 분노가 치밀어 오른다. 하지만 분노의 순간은 곧 지나고, 마크는 트리나를 데리고 터널을 달려간다. 뒤를 재빨리 돌아보니 백스터, 다넬, 토드, 미스티가 따라서 뛰고 있다. 그들의 눈에도 트리나와 마찬가지로 두려움이 가득하다. 마크도 그들과 똑같은 두려움을 느낀다.

거센 물살과 함께 된바람 소리가 들려온다. 마크가 가족들과 함께 나이아가라 폭포를 보러 갔을 때 들었던 것과 같은 소리다. 사람들은 비명을 지르고 물건들이 박살 나고 유리가 산산조각 난다. 알렉은 나이에 어울리지 않게 전력으로 질주하면서 사람들이 모여 있던 역을 지나 어두운 터널 안으로 향한다. 시간이 별로 없다. 마크는 바로 앞에서 달려가는 두 사람에게 자신의 목숨을 맡겼다는 생각에 돌연 경악한다. 그렇다. 앞으로 몇 분 내에 그는 살아남든지 죽든지 할 것이다.

뒤에서 비명 소리가 들린다. 마크는 어깨를 강타당해 휘청거리다가 트리나를 잡고 있던 손을 놓치고 만다. 그는 다시 똑바로 서지만 트리나는 멈추지 못하고 앞으로 계속 나아간다. 뒤를 돌아본 마크의 눈에 두 가지가 보인다. 바닥에 넘어진 미스티, 그리고 역에서 선로로 몰아쳐 내려오는 물살. 지상의 거리에서 내려온 홍수가 플랫폼 너머 널찍한 터널로 쏟아진다. 물과 마크의 거리가 10여 미터밖에 남지 않았다.

미스티의 몸을 휩쓸고 터널로 퍼져나간 물의 깊이는 이미 10센티미터나 된다. 미스티는 힘겹게 일어선다. 마크가 도와주러 가고 있는데 미스티가 물에 감전이라도 된 것처럼 갑자기 비명을 지르며 펄쩍 뛴다.

"앗, 뜨거워!"

미스티는 소리를 지르며 팔을 뻗어 마크의 손을 잡는다.

그들은 돌아서서 다시 뛰기 시작한다. 바닥에 깔린 물을 철벅철벅 밟고 달려간다. 물이 마크의 신발과 양말, 바짓단을 적신다. 처음엔 물이 따뜻한 정도였는데 점차 뜨거운 열기가 느껴진다. 마크는 뜨거운 물이 담긴 욕조에 들어간 사람처럼 움찔한다. 발이 얼얼하다. 화상을 입을 것만 같다.

마크 일행은 차츰 높아지는 물살을 헤치고 계속해서 터널을 달려간다. 물은 믿기지 않을 만큼 빠르게 불어나 어느새 깊이가 60센티미터에 육박하고 마크의 무릎 높이까지 올라온다. 물살이 점점 빨라지고 있다. 마크는 물에 휩쓸려 넘어지지 않으려고 더욱 힘을 주어 바닥에 발을 딛는다. 그는 곧 트리나를 따라잡는다. 몇 미터 앞에 나머지 일행이 걸어가고 있다. 이제 그들은 뛸 수가 없다. 물살을 헤치며 한 걸음 한 걸음 조심스럽게 나아가고 있다. 물이 마크의 허벅다리까지 차올랐다. 이대로라면 물이 이 싸움에서 그들을 이기고 말 것 같다.

물이 뜨거워서 살이 델 것 같다. 살갗이 따끔거려 몹시 괴롭다.

"이쪽으로 와라!"

알렉이 외친다. 격렬하게 몰아치는 흙탕물의 홍수 속에서 알렉은 물을 가르며 왼쪽으로 철벅철벅 걸어간다. 양옆에 쇠 난간이 설치된 짧은 계단이 그쪽에 있다. 그 계단 위에 층계참과 문이 보인다.

"저 위로 올라가야 돼!"

알렉의 목소리를 듣고 마크는 그쪽으로 발을 옮긴다. 넘어지지 않으려고 조심스럽게 한 발 한 발 내딛는다. 트리나도 그렇게 하고 있다. 라나는 벌써 계단에 도착했다. 백스터와 미스티, 다넬, 토드는 마크 뒤에서 고군분투하는 중이다. 물살이 거세서 더 이상은 지체할 수가 없다. 물소리에 귀가 먹먹한데, 알렉의 고함 소리와 터널 벽을 타고 울려 퍼지는 사람들의 비명 소리만 이따금씩 들려온다. 그러다 비명 소리가 어느 순간 확연히 줄어든다. 마크는 그 이유를 안다. 역 안에 있던 사람들 대부분이 죽은 것이다.

이 생각이 실체화된 것처럼 시신 하나가 마크의 무릎을 툭 치고 물살을 따라 흘러간다. 여자의 시신. 물에 둥둥 뜬 젖은 머리카락 사이로 푸르스름한 얼굴이 보인다. 여자는 천천히 한 바퀴 돌고 어두컴컴한 터널 깊숙한 곳으로 흘러간다. 이어서 점점 더 많은 이들이 떠내려온다. 산 사람들도 일부 있지만 대부분은 죽어서 움직이지 않는다. 산 사람들은 팔다리를 허우적대며 헤엄을 치거나 어디든 발 디딜 곳을 찾으려고 한다. 마크는 문득 저 사람들을 도와주고 손을 잡아줘야 할 것 같은 생각이 든다. 하지만 이미 늦었다. 제 목숨이라도 건지면 다행인 상황이다.

계단에 발을 올린 알렉은 쇠 난간을 붙잡고 계단을 두 개씩 올라간다. 허리까지 물이 차오른 상태라 마크는 힘겹고 굼뜨게 그쪽으로 나아간다. 뜨거운 물에 살이 데는 것 같다. 알렉이 허리를 굽혀 라나를 잡고 계단으로 끌어 올린다. 이어서 트리나가 알렉의 손을 잡고 올라간다. 다음 차례는 마크다. 마크는 마지막에 휘청하지만 번번이 목숨을 구해준 알렉이 이번에도 그의 팔뚝을 휘감아 잡는다. 알렉이 그를 당겨 올리자 마크는 앞으로 몸이 확 쏠리면서 계단에 고꾸라질 뻔한다. 트리나가 그를 붙잡고 포옹한다.

그다음은 토드와 다넬, 미스티가 차례로 계단에 올라온다. 알렉을 제외하고 다들 짧은 계단을 밟고 층계참으로 올라가 문 앞에 모여 선다. 제일 나이 어린 백스터가 아직 올라오지 못하고 물속에서 휘청대고 있다. 저 어린아이가 아직 물속에 있는데 자기는 계단에 올라와 있는 것이 마크는 문득 부끄럽게 느껴진다. 백스터와 알렉 사이의 거리는 2미터쯤이다. 백스터의 옆구리로 빠르게 차오른 물은 그의 겁먹은 얼굴을 위협한다.

마크는 계단을 도로 내려간다. 트리나가 그의 이름을 소리쳐 부른다. 마크는 알렉 옆에 서지만 막상 내려오니 무엇을 어떻게 해야 할지 가늠이 되지 않는다. 시신들이 백스터 옆으로 빠르게 쓸려 내려간다. 누군가의 발이 백스터의 어깨를 친다. 백스터 바로 옆에서 떠오른 머리 하나가 어푸어푸 물을 뱉다가 다시 물 밑으로 사라진다.

"한 걸음씩 걸어와!"

알렉이 백스터에게 소리친다.

백스터는 하라는 대로 한다. 한 걸음, 또 한 걸음. 겨우 알렉과 손이 닿을 만한 거리로 왔다 싶을 때쯤, 백스터의 등 뒤에서 물이 거세게 밀려든다. 단박에 휩쓸려 내려가지 않은 것이 이상할 정도다.

이번에는 마크가 백스터를 격려한다.

"두 걸음만 더 오면 돼!"

백스터는 앞으로 발을 옮기다가 물살에 발이 뜨면서 앞으로 쓰러진다. 알렉이 득달같이 몸을 날려 백스터의 팔을 잡은 순간, 거센 물살은 두 사람을 붙잡고 어둠 속으로 끌고 가려 한다. 순식간에 눈앞에서 벌어진 상황에 마크는 생각할 겨를도 없이 곧장 행동에 나선다. 왼손으로 쇠 난간을 붙잡고 오른손을 뻗어 알렉의 셔츠 소매를 잡는다. 소매가 찢어지려 하자 알렉이 손을 내밀어 마크의 팔을 잡는다.

마크도 급류에 휘말리지만 난간을 잡은 손을 놓지 않는다. 몸이 옆으로 쏠리면서 선로 옆 콘크리트 벽에 부딪힌다. 알렉과 백스터도 서로 몸이 뒤엉킨 채 벽으로 밀려온다. 마크는 이러다 어깨가 빠질 것 같다는 생각을 한다. 바짝 당겨진 팔 근육이 비명을 질러대지만 고통을 무시하고 오직 알렉의 팔을 놓치지 않으려고 집중한다. 입으로 물이 밀고 들어와 뱉어냈는데, 흙과 기름 맛이 나는 뜨거운 물에 혀를 데고 만다.

정신을 못 차리고 있는데 누군가의 손이 그의 팔을 붙잡더니 셔츠와 팔꿈치까지 잡고 올라오는 느낌이 든다. 고개를 돌려보니 알렉이 마치 밧줄처럼 그의 팔을 양손으로 붙잡고 올라오고 있다. 백스터는 물에 휩쓸려 간 듯하다. 마크는 더 이상 할 수 있는 일이 없다. 기운이 소진되었고 온몸 구석구석에 안 아픈 곳, 뜨거운 물에 데지 않은 곳이 없다. 그저 난간을 붙잡고 버틸 뿐이다. 물 밑으로 머리가 가라앉아 눈을 질끈 감는다. 숨을 들이쉬고 싶은 충동을 간신히 억누른다. 이대로 숨을 들이쉬었다가는 죽고 말 것이다.

운동 신경이 마비된 것 같다. 오로지 물과 열, 물살 치는 소리뿐이다. 그리고 온몸을 터뜨려버릴 듯한 통증.

마침내 마크의 겨드랑이로 들어온 손들이 가슴팍을 붙잡고 그를 물 위로 끌어올린다. 마크는 그대로 계단 위로 끌려 올라간다. 바로 앞에 알렉이 쇠 난간을 붙잡고 서 있다. 백스터는 마치 레슬

링 선수처럼 알렉의 다리를 꽉 붙잡은 채 매달려 있다. 마침내 백스터의 얼굴이 수면으로 올라오고, 백스터는 숨을 들이쉰 뒤 물을 뱉고 고함을 지른다.

그들은 해냈다. 모두 다 해냈다.

곧 그들은 일어나 층계참에 선다. 전원이 다 모였다. 선로 위의 플랫폼 높이까지 간당간당하게 차올랐던 물은 이제 층계참으로 흘러오고 있다.

알렉은 기진맥진한 얼굴이다. 온몸이 물에 흠뻑 젖은 채로 깊고 거칠게 숨을 쉬고 있다. 그래도 그는 문을 향해 휘청휘청 앞으로 걸어간다. 마크는 그 문이 잠겨 있으리라 생각했었다. 그랬으면 그들의 이야기는 그 시각, 그 자리에서 끝났을 것이다. 하지만 알렉이 그 문을 활짝 연다.

그리고 모두에게 손짓하며 말한다.

"위로 올라가자."

36장

잠을 자던 마크는 새까만 어둠 속에서 몸을 떨며 깨어났다.

몸이 뻣뻣했다. 근육에 통증이 가해지지 않는 자세로 편하게 눕기 위해 뒤척였더니 침대가 삐걱거렸다. 알렉과 앤톤 둘 다 요란하게 코를 골며 자고 있었다. 불침번을 서겠다던 알렉도 버티지 못한 것이다.

마크는 등을 침대에 대고 바로 누웠다. 잠은 이미 달아나버렸다. 알렉이 깰 때까지 기다리는 것 외에는 할 일이 없었다. 휴식이 필요한 상황이니 최대한 알렉이 쉴 수 있게 해줄 생각이었다.

방금 꾼 꿈이 현실처럼 또렷했다. 과거의 시간을 또다시 체험한 것처럼 아직도 심장이 벌렁거렸다. 더러운 흙탕물 맛, 피부를 벗겨낼 듯 뜨거웠던 물의 열기, 몹시 지친 상태로 끝도 없이 계단을 올라가던 일이 기억났다. 지그재그 모양으로 뻗은 계단을 오르느라 머리가 빙빙 돌았었다. 기진맥진하고 뜨거운 물에 데어 살도 얼얼한 상태라 어떻게 일행을 뒤따라갔는지 모를 정도로 정신이 없었다. 하지만 밑에서 솟아오르는 물 때문에 쉼 없이 계단을 올라가야 했었다. 난간 너머로 보이던 광경을 그는 영원히 잊지 못할 것이다. 서서히 넘실거리며 올라오는 흙탕물을 바라보며 그는 그 깊은 물속에 빠져 곧 목숨이 끊어지려니 생각했었다.

그날도 알렉은 그들의 목숨을 구했다. 그 후 링컨 빌딩에 머문 2주일 동안 그들은 당장 사랑하는 이들을 찾아 나서는 것이 불가능하다는 사실을 깨달았다. 고온과 자외선, 해수면 상승으로 꼼짝할 수 없었다. 그때부터 마크는 가족을 다시 찾으리라는 희망을 조금씩 버렸다.

링컨 빌딩. 그 안에서도 삶은 녹록지 않았다. 무자비한 태양열을 피하려면 가급적 건물 한가운데에 머물러야 했는데 그러자니 거의 중앙 통로에서 살아야 했다. 그렇게 했는데도 처음 몇 달 동안은 몸이 골골했다.

알렉의 침대 쪽에서 끄응 소리가 들리자 마크의 머릿속에서 상념이 훗날의 고문을 기약하며 저만치 물러갔다. 그러나 지하전차 터널에서 마지막 순간에 그가 느꼈던 공포는 꺼진 불에서 피어오르는 연기처럼 좀처럼 그의 마음에서 물러갈 줄을 몰랐다.

"아…… 제길."

알렉이 중얼거렸다.

마크가 팔꿈치를 침대에 대고 몸을 일으키고는 알렉 쪽을 향해 물었다.

"왜요?"

"잠들려고 한 게 아닌데 자버렸어. 아주 틀려먹은 군인이야. 게 다가 워크패드까지 켜놓고 자다니. 배터리가 다돼서 다시는 못 쓰겠어."

워크패드를 5분만 더 켤 수 있으면 뭐든 다 내줄 수 있을 것 같았지만, 마크는 아무렇지 않게 말했다.

"뭐, 배터리는 어차피 거의 다 닳았었잖아요."

구시렁대던 알렉이 일어서는지 침대가 삐걱거렸다.

"이 남자의 동료들을 찾으러 가보자. 벙커 저 아래에서 회의를 한다고 하니까. 내려가려면 우선 계단부터 찾아야겠지."

"저 사람은 어떻게 해요?"

마크는 앤톤을 손으로 가리켰다. 어두워서 손짓이 보일 리 없다는 사실을 깜박한 것이다.

"우울해하는데 잠이나 계속 자게 둬. 가자."

마크는 잠시 방향을 가늠해보고 일어섰다. 손으로 더듬어 침대 끝을 찾은 후 방 한가운데의 통로 쪽으로 나갔다.

"우리가 얼마나 오래 잤죠?"

"글쎄다. 두 시간쯤?"

그들은 천천히 방을 나와 복도로 나섰다. 문 위에 붙은 조명은 여전히 털털거리기만 할 뿐 빛을 거의 내지 못했다. 마침내 그들은 계단통을 발견했다. 침침한 불빛 아래 어둠 속으로 내려가는 계단의 윤곽과 가장자리의 그림자를 보니, 홍수를 피해 미친 듯이 고층 빌딩의 계단을 달려 올라가던 기억이 떠올랐다. 그날 그는 거의 죽을 뻔했다. 그 후 닥쳐올 일들을 미리 알았다면 과연 그날 살아남기 위해 그토록 죽기 살기로 애를 썼을까?

애썼을 거야, 하고 마크는 생각했다. 그래, 그는 애썼을 것이다.

그 후의 일을 알았다고 해도 그는 똑같이 트리나를 찾아 뜨거운 물 밖으로 데리고 나왔을 것이다. 어쩐지 우스워서 그는 웃음을 터뜨릴 뻔했다.

"서둘러."

알렉은 속삭이며 먼저 계단을 내려갔다.

마크도 따라 내려가면서, 과거는 그만 곱씹자고 결심했다. 미래에 초점을 맞추지 않으면 결코 미래에 다다르지 못할 것이다.

계단으로는 세 층밖에 내려갈 수 없었다. 그나마도 맨 아래층에만 출입구가 있었다. 그들은 문을 밀어 열고 복도로 들어섰다. 위층에서 우르릉대며 돌아가는 발전기가 이 구역에서는 제구실을 하는지 천장에 붙은 조명들이 복도를 밝히고 있었다. 위층 복도와는 달리 이 복도는 곡선형이었다.

마크는 알렉을 흘끗 쳐다보고는 함께 복도를 걸어가기 시작했다. 벽을 따라 문들이 여러 개 있었지만 알렉은 복도 끝까지 가보고 나서 문을 하나씩 열어보자고 했다. 그들은 가급적 소리를 내지 않고 조용히 이동했다. 얼마 안 가서 그들은 이 복도가 거대한 초승달 모양임을 알게 되었다.

복도를 절반쯤 지나갔을 때 마크의 귀에 사람들의 말소리가 들렸다. 전방 왼쪽의 쌍여닫이문 너머에서 들려오는 소리였다. 문은 한쪽이 열려 있었다. 그 너머의 방에서 웅성대는 소리가 들려왔다. 남녀가 모여 떠들고 있었는데 정확히 귀에 들어오는 단어는 없었다. 앤톤의 말대로, 그의 동료들이 모여서 회의를 하고 있는 듯했다.

알렉은 문 가까이에서 걸음을 늦추고 신중하게 다가가 닫힌 문짝에 등을 붙였다. 그는 마크를 돌아보면서 지금이 아니면 기회가 없다는 뜻으로 어깨를 으쓱하고는, 열린 문 너머로 고개를 살짝 들이밀고 안을 들여다보았다. 수중에 무기가 없다는 사실을 절감하면서 마크는 숨소리를 죽였다.

알렉은 고개를 다시 빼고 게걸음으로 마크 옆에 와서 섰다.

"강당이야. 아주 넓고 좌석이 200석쯤 돼. 다들 연단에 선 어떤 남자를 쳐다보면서 강당 아래쪽에 모여 있어."

마크가 속삭였다.

"몇 명이나 돼요?"

"40명은 넘을 것 같고…… 50명쯤? 우리 친구들의 모습은 안 보여. 저 안에 모인 자들은 토론을 하고 있는 것 같은데 무슨 얘기를 하는지는 모르겠어."

"이제 어떻게 해요? 계속 갈까요? 더 가봤자 이 복도로 난 길은 곧 끝나는데요."

"엎드려서 강당 안으로 기어 들어가자. 뒷좌석 오른쪽 구석진 자리에 박혀 있으면 저 사람들이 하는 얘기가 들릴 거야."

마크도 같은 생각이었다. 그들은 이 사람들이 누구인지, 무슨 짓을 꾸미고 있는지 알지 못했다. 알아내려면 강당 안에 들어가 보는 수밖에 없었다. 그게 그나마 제일 안전한 방법이었다.

"좋아요, 들어가죠."

알렉과 마크는 바닥에 엎드려 대기하고 있다가 차례로 강당 안으로 들어갔다. 알렉이 먼저 문 너머를 살핀 후 안으로 들어갔고 마크가 그 뒤를 따랐다. 너른 강당 안으로 들어가자 마크는 꼭 남들 앞에 발가벗고 선 느낌이었다. 하지만 뒷좌석 쪽에는 아무도 없었다. 저 아래 앞좌석 쪽에서 목소리가 조그맣게 들려왔다. 다들 아무렇게나 떠들고 있는 것을 보면 침입자를 경계하는 모양새는 아니었다.

알렉은 맨 끝자리를 따라, 검은 플라스틱으로 된 좌석에 옆구리를 붙이고 기어갔다. 그리고 시커멓게 그림자가 진 오른쪽 구석 자리로 들어가 책상다리를 하고 앉았다. 오른쪽 끝에 있는 의자와 벽 사이의 후미진 공간이었다. 마크도 따라가 그 옆에 앉았다. 마크는 눈에 띄지 않기 위해, 편안함을 포기하고 몸을 바짝 웅크렸다.

알렉이 앞에 놓인 의자 너머로 고개를 빼고 상황을 살피고는 신속하게 앉아 속삭였다.

"잘 보이지가 않아. 무언가가 시작되길 기다리고 있는 분위기 같기도 하고, 그냥 쉬고 있는 것 같기도 하고, 잘 모르겠다."

마크는 눈을 감고 벽에 머리를 기댔다. 그렇게 앉아 있는 시간이 영원처럼 느껴졌다. 10분 넘게 고통스러운 기다림의 시간을 보냈지만 별다른 변화는 없고 사람들은 여전히 웅성대고 있었다. 그러다 돌연 가까이에서 움직임이 느껴져 마크는 숨 막히게 놀랐다. 한 남자가 복도에서 강당으로 걸어 들어온 것이다. 다행히 남자는 곧장 강당의 가운데 통로를 지나 앞쪽으로 걸어갔다. 들키지는 않은 것 같아 마크는 안도의 한숨을 내쉬었다.

그 남자가 들어오자 사람들은 입을 닫았고 강당 안에 괴상한 정적이 흘렀다. 강당 앞에 다다른 남자가 계단을 밟고 연단으로 올라가는 발소리가 뒤에서도 똑똑히 들렸다.

"지금부터는 내가 하겠습니다, 스탠리."

말투는 온화했지만 목소리가 깊어서 천장까지 울려 퍼졌다. 강당의 음향 상태가 좋아서일까.

스탠리라 불린 남자가 훨씬 높은 목소리로 대답했다.

"고맙습니다, 브루스. 자, 다들 브루스 씨에게 주목해주십시오."

연단에서 계단을 밟고 내려오는 발소리, 이어서 덜거덕거리며 의자에 착석하는 소리가 들렸다. 다시 한 번 정적이 흐르고 브루스라는 사람이 입을 열었다.

"서둘러 시작합시다, 여러분. 우리 모두가 정신을 놓기까지 시간이 얼마 남지 않았습니다."

37장

    연설의 첫마디부터 기묘했는데, 그 발언을 들은 청중이 박수를 치며 환호하자 마크는 소름이 돋았다. 브루스는 조용해지기를 기다렸다가 다시 입을 열었다. 마크는 초조하게 귀를 기울였다.

    "프랭크와 말라가 애슈빌 근처를 저공비행하고 돌아왔습니다. 우리가 생각했던 대로, 애슈빌 쪽에서 벽을 아주 단단하게 강화시켜놓았다고 하는군요. 인류애와 자선은 어찌되었냐고요? 그런 시대는 이미 오래전에 끝났습니다. 플레어 후 연합정부는 괴물들로 구성된 군대를 만들었습니다. 곤궁한 이웃을 위해 기꺼이 셔츠를 벗어주던 사람들은 이제 더 이상 없습니다. 알래스카와 노스캐롤라이나, 즉 애슈빌의 쓰레기 같은 정부 인사들은 정착촌에 완전히 등을 돌렸습니다. 그들은 우리한테까지 등을 돌렸어요. 우리한테까지요!"

    이 말에 청중들은 발을 구르고 의자 팔걸이를 손으로 내리치며 성난 고함을 질렀다. 그 소음이 강당 곳곳에 울려 퍼졌다가 가라 앉자 브루스가 다시 입을 열었는데 목청이 전보다 확연히 높았다.

"그들이 우리를 이곳으로 보냈습니다! 2020년 전쟁 이래로 최악으로 꼽을 만한 시민 탄압에 우리를 투입한 것이죠. 대학살과 다름없는 일에 말입니다! 이 대학살이 인류의 생존을 위한 일이라는 그들의 생각은 확고합니다. 그들은 지구상에 얼마 남지 않은 자원을 아끼고 살아남을 가치가 있는 사람들에게 식량을 공급하기 위해 이 일을 벌였다고 했습니다. 누가 살아남을 가치가 있는 사람인지를 그들이 무슨 자격으로 판단한단 말입니까?"

브루스는 잠시 뜸을 들이다가 말을 이었다.

"신사 숙녀 여러분, 그들의 기준으로 볼 때 우리는 살아남을 가치가 있는 사람들이 아닙니다. 그들은 더러운 일을 처리하라며 우리를 이곳으로 보냈고, 이제 우리를 잘라내려 합니다. 도대체 그들이 누구냐고, 나는 여러분에게 묻고 싶습니다!"

그가 마지막 문장을 악을 쓰다시피 내뱉자, 다시 한 번 청중은 히스테리 발작에 가까울 정도로 흥분하면서 발을 굴러댔다. 그들의 함성에 마크는 관자놀이가 욱신대고 골이 지끈거렸다. 그때, 끝나지 않을 것 같던 함성이 돌연 끝났다. 브루스가 조용히 하라고 손짓한 모양이었다.

브루스는 한층 차분하게 말했다.

"현재 우리가 처한 상황은 이렇습니다. 피실험자들은 그들의 괴상한 종교에 점점 더 광적으로 빠져들고 있습니다. 우리는 그들과 거래했고, 그들은 소녀를 돌려받고 싶어 했습니다. 그들이 새로 찾아낸 영혼들에게 소녀를 제물로 바치려는 듯합니다. 그들은 이제 돌이킬 수 없는 지경에 이른 것 같습니다. 우리에게 도움을 받을 수 있는 상태도 아닙니다. 그들은 싸우고 파벌을 만들고 또 싸우는 짓을 매일같이 하고 있죠. 이 와중에도 우리는 아직 제정신에 가까운 몇몇 피실험자들과 거래를 했습니다. 밖을 나다닐 때마다 누가 나무에서 뛰어내려 기습할까 봐 걱정하는 것도 넌더리가 나니까요."

그는 한참 침묵하다가 다시 연설을 이어갔다.

"우리는 그들에게 소녀를 내주었고 그 소녀와 함께 있던 두 여자도 내줬습니다. 가혹한 처사였다는 건 알지만 덕분에 우리는 그들에 대해 걱정할 시간을 덜었습니다. 광신도 집단으로부터 우리를 방어하기 위해 남아 있는 귀중한 탄약을 낭비하고 싶지 않기도 합니다."

브루스가 말한 단어들이 마크의 귀에 날아와 박혔다. 소녀. 두 여자. 그리고 '그들에게 내줬다'는 말. 2층 침대들이 있던 방에서 앤톤도 그런 말을 했었다. 그 말이 뇌리에 박히자 마크는 몸이 덜덜 떨렸다. 모닥불을 피워놓고 있던 사람들은 완전히 정신 나간 자들이었다. 상황이 이보다 더 나빠질 수는 없었다. 그와 알렉은 이 벙커에서 시간만 낭비한 것이다. 친구들은 더 이상 이곳에 없었다.

브루스가 계속 떠들어댔지만 마크는 그의 말에 집중할 수가 없었다. 몸을 기울여 알렉의 귀에 대고 속삭였다.

"어떻게 우리 친구들을…… 그자들한테 내줄 수가 있죠? 당장 가야 돼요. 그 정신병자들이 무슨 짓을 할지 알잖아요!"

알렉이 손을 들어 그를 진정시켰다.

"알아. 당연히 친구들을 찾으러 가야지. 그렇지만 우리가 여기 왜 왔는지를 잊지 마. 저 남자가 무슨 말을 하는지 일단 듣고 나서 가자. 약속하마. 트리나가 너한테 의미 있는 사람이듯이 라나도 내게 마찬가지야."

마크는 고개를 끄덕이고는 다시 벽에 등을 기댔다. 그리고 연단에서 브루스가 하는 말에 귀를 기울였다.

"두 시간 전에 몰려온 폭풍우 덕분에 화재는 진압되었습니다. 하늘에 시커멓게 구름이 꼈지만 불은 모두 꺼졌습니다. 사방에서 흘러내리는 진흙더미만 처리하면 됩니다. 피실험자들은 반쯤 타버린 산비탈의 집으로 다들 도망친 것으로 보입니다. 거기서 지내다 못 견디면 애슈빌로 먹을 것을 구하러 몰려올 텐데, 최대한 산비탈에서 버텨주길 바라야죠. 덕분에 우리는 내일이든 모레든 애슈빌로 안전하게 진군할 수 있게 됐습니다. 무력으로 진입해 우리 권리를 찾아야겠죠. 도보로 이동해서 애슈빌을 기습합시다."

걱정스러운 목소리로 사람들이 웅성거리자 브루스가 말을 이었다.

"이 싸움이 우리끼리의 내분임을 부인할 수 없을 것입니다. 바로 이 은신처에서 우리는 그 징후를 목격했습니다. 별다른 치료 방법도 없이 이 바이러스를 세상에 푸는 일에 우리 상관들이 동의했을 리 없다고 생각합니다. 그러니 그들에게 가서 치료제를 내놓든지 다 죽든지 선택하라고 해야 합니다. 애슈빌에서 알래스카까지 진군하는 한이 있어도 꼭 그리 해야 합니다. 애슈빌 본부에 있는 평면 이동문을 통해 알래스카로 가서 우리가 마땅히 받아야 할 치료제를 쟁취합시다!"

청중은 더 크게 환호하고 발을 굴렀다. 그 소리가 천둥처럼 강당 안에 울려 퍼졌다.

마크는 고개를 흔들었다. 이 사람들은 확실히 정서적으로 불안정해 보였다. 먹이를 공격하기 직전의 독사들이 모여 있는 것처럼, 공기 중에 난폭한 에너지가 팽배했다. 이 바이러스를 세상에 퍼뜨리는 이유가 무엇이든 간에 바이러스가 사람들에게 어떤 영향을 주는지는 명백했다. 사람들을 미치게 만드는 이 바이러스는 전염이 계속되면서 증상 발현까지 점점 더 오랜 시간이 걸리는 듯했다. 태양 플레어 현상 이래로 살아남은 도시들 중, 수백 킬로미터 내에서 제일 규모가 큰 도시인 애슈빌이 바이러스를 막고자 벽까지 세웠다면 정말 심각한 상황인 것이다. 애슈빌 사람들이 제일 피하고 싶은 게 바이러스에 감염된 군인들이 거리를 활보하는 것이라는 의미일 테니까. 그리고 평면 이동문은……

마크는 머리가 지끈거려서 생각이 잘 정리되지 않았다. 지금은 트리나를 되찾는 일에 초점을 맞춰야 했다. 하지만 브루스라는 남자를 통해 얻을 수 있는 새로운 정보는 어쩔 것인가? 마크는 알렉을 팔꿈치로 슬쩍 찌르며 인내심이 바닥나고 있다는 표정을 지어 보였다.

알렉이 소곤거렸다.

"곧 나갈 거야. 정보를 얻을 수 있는 모처럼의 기회를 날리면 안 돼. 듣고 나서 친구들을 찾으러 가자. 맹세하마."

마크는 정보를 얻자고 트리나를 제물이 되도록 내버려둘 수가 없었다. 지금까지 겪어온 온갖 일들을 돌이켜 생각해봐도 그랬다. 더는 기다릴 수가 없었다.

강당 안이 다시 조용해졌다.

잠시 후 브루스는 울분을 담아 단어 하나하나에 힘을 줘가며 말했다.

"플레어…… 후…… 연합정부. 그들은 자기네를 뭐라고 여기는 걸까요? 신? 그들은 미합중국 동쪽의 절반을 말살시키기로 결정했습니다. 플레어 후 연합정부에 소속된 인사들이라고 해서 남들은 다 죽이고 자기네들만 살아남을 권리가 있는 겁니까?"

그리고 한참 정적이 흘렀다. 마크는 참을 수가 없어서 알렉의 몸을 빙 돌아 의자 너머로 머리를 살짝 내밀고 연단을 내려다보았다. 칙칙한 조명 아래 대머리를 반짝거리며 서 있는 몸집 큰 남자가 브루스였다. 창백한 얼굴에 며칠째 손질하지 않은 너저분한 턱수염이 자라 있었다. 그는 팔과 어깨에 근육이 상당했는데 몸에 딱 붙는 검은 셔츠를 입고 팔짱을 낀 채 바닥을 내려다보며 서 있었다. 방금까지 연설을 듣고 있지 않았다면 마크는 브루스가 기도를 하고 있는 줄 알았을 것이다.

브루스는 천천히 고개를 들어 그의 연설에 사로잡힌 청중들을 바라보며 다시 입을 열었다.

"죄책감 느낄 필요 없습니다, 여러분. 그들이 우리에게 명령할 때 우리는 거절할 수 없는 입장이었잖습니까. 우리는 선택의 여지가 없었습니다. 그들은 우리를 배척하면서 자원을 독점 사용하고 있습니다. 하지만 우리도 먹어야 살지 않겠습니까? 바이러스가 그들의 예상대로 작용하지 않은 것은 우리 잘못이 아닙니다. 우리는 태양 플레어 현상이 지구에 닥친 이래로 해온 일들을 쭉 계속하면 됩니다. 즉, 필사적으로 싸워서 살아남으면 되는 것입니다.

찰스 다윈은 자연 상태에서의 적자생존이라는 표현을 썼습니다만, 플레어 후 연합정부는 자연을 기만하려 하고 있습니다. 이제는 우리가 스스로를 지키기 위해 나서야 할 때입니다. 우리는…… 살아남을…… 것입니다!"

또다시 환호와 휘파람, 손뼉, 바닥에 발 구르는 소리가 1, 2분간 시끌벅적하게 지속되었다. 마크는 슬그머니 몸을 낮추고 알렉 옆에 앉았다. 당장 여기서 나가야 된다는 느낌이 강하게 들었다. 마크가 입을 떼려는데, 일순간 청중들이 침묵했고 뱀이 쉭쉭거리는 듯한 브루스의 목소리가 강당 안에 크게 울려 퍼졌다.

"우선 여러분이 나를 위해 해줬으면 하는 일이 있습니다. 지금 이 강당 뒤쪽에 첩자 둘이 숨어 있는데, 플레어 후 연합정부에서 보낸 놈들일 겁니다. 앞으로 30을 셀 때까지 그 첩자들을 잡아 결박하고 입에 재갈을 물려주십시오."

38장

브루스의 말이 끝나기도 전에 마크는 벌떡 일어섰다. 알렉도 바로 뒤따랐다.

전쟁에 나가는 전사들의 외침처럼 맹렬한 함성이 객석에서 터져 나왔다. 마크는 자리에 서서 그 소리를 듣고 있었다. 청중들은 이미 자리를 박차고 일어나 남보다 먼저 두 침입자를 잡기 위해 강당 가운데 통로로 나오려고 엎치락뒤치락하고 있었다.

마크는 정신을 차리고 강당 뒤쪽 쌍여닫이문을 향해 달려가면서도 아래서 펼쳐지고 있는 광경에서 시선을 떼지 못했다. 공포에 호기심이 뒤섞인 묘한 감정이었다. 브루스는 고래고래 명령을 내리며 마크와 알렉을 향해 손가락질을 했는데, 창백했던 얼굴이 분노로 시뻘겋게 달아올라 있었다. 그자의 움직임에는 어딘지 모르게 유치하고 만화 같은 구석이 있었다. 떠들썩하게 강당 중앙의 통로로 달려 나오는 추종자들의 모습도 마약에 취하기라도 한 것처럼 과장돼 보였다. 그들은 남녀를 가리지 않고 광포한 원숭이들처럼 악을 쓰고 으르렁댔다. 침입자들을 제일 먼저 잡는 일에 제 목숨이라도 달린 것처럼 혈안이 되어 있었다.

먼저 쌍여닫이문 앞에 다다른 알렉이 몸으로 문을 밀어 열고 복도로 나갔다. 마크는 앞뒤 가리지 않고 달려오는 청중들을 쳐다보느라 하마터면 출구를 지나칠 뻔했지만, 가까스로 미끄러지듯 멈췄다. 그 순간, 괴상하고 난데없는 호기심이 훅 꺼지고, 전처럼 성난 군중에게 다시 붙잡히기 직전이라는 현실을 깨달았다. 청중들의 아우성이 공기를 가르자 마크는 더럭 겁이 났다. 맨 앞에서 강당의 중앙 통로를 밟고 달려 올라오는 자들의 피에 굶주린 눈과 마주친 마크는 서둘러 좌우를 살피고 쌍여닫이문 밖으로 나갔다.

복도 바닥에 미끄러져 휘청대던 마크는 곧바로 균형을 잡았다. 먼저 나가 있던 알렉이 마크가 문밖으로 나오자마자 문을 닫았다. 몇 초라도 벌 요량이었다. 복도가 어둑했지만 마크는 알렉이 아까 왔던 길이 어느 쪽인지 갈피를 못 잡고 있다는 걸 알아챘다.

"이쪽이에요!"

마크가 소리치며 달려갔다. 곧이어 알렉의 발소리가 뒤따랐고, 이어서 쌍여닫이문이 요란하게 열리는 소리와 함께 문밖으로 몰려나온 이들이 질러대는 고함 소리가 들려왔다.

마크는 추격하는 자들에게 붙잡히면 무슨 짓을 당하게 될지 상상하지 않으려고 애쓰며 죽기 살기로 달렸다. 브루스는 그들을 붙잡아 재갈을 물리라고 명령했는데, 그 말을 들은 청중들의 살기등등한 표정을 봤을 때 재갈 물리기는 시작에 불과할 것 같았다. 마크는 알렉이 잘 따라오고 있는지 확인하려고 뒤를 흘끗 돌아보았다. 늙은 곰 알렉은 두 팔을 흔들며 힘차게 달려오고 있었다. 마크는 다시 전방을 주시하면서 완만한 곡선을 이루는 복도를 전력으로 질주했다. 위로 올라가는 길은 계단밖에 없을 것 같아 아까 내려왔던 그 계단으로 향했다.

몸 안에서 아드레날린이 솟구치는 가운데 허기가 배 속을 갉아먹고 있었다. 마지막으로 음식을 먹은 게 언제였는지 기억도 나지 않았다. 지상의 숲으로 무사히 도망칠 수 있는 만큼의 힘만 남아 있어도 다행일 것이다. 계단통이 시야에 들어오자 마크는 좀 더 속도를 냈다. 추격자들의 고함 소리가 좁은 복도를 날카롭게 갈랐다. 터널의 선로를 따라 달려가던 지하전차의 날카로우면서도 먹먹한 소음이 문득 떠올랐다.

계단에 다다른 마크가 두 번째 계단에 발을 올렸을 때 알렉도 계단 앞에 도착했다. 마크와 알렉이 헐떡이는 소리, 계단을 밟고 오르는 묵직한 발소리가 뒤섞여 울렸다. 마크는 속도를 내기 위해 난간을 양손으로 번갈아 잡으면서 몸을 위로 끌어올렸다. 세 층을 다 올라갔을 무렵, 추격자들이 계단통 앞에 도착했다는 것을 소리로 알 수 있었다. 미친 듯이 울부짖는 그들의 고함 소리가 계단통에 공허하게 울려 퍼지자 땀에 젖은 마크의 살갗에 소름이 돋았다.

마크는 어둠에 잠긴 위층 복도로 달려 들어갔다. 어두워서 몸을 숨기기에도 좋을 것 같았다. 그런데 돌연 망설여지며 두려움이 솟구쳤다.

"어디로 가야 돼요?"

마크가 알렉에게 소리쳐 물었다. 마음 한편으로는 어딘가에 숨어야 될 것 같았다. 발전기들이 있는 방이 좋겠다 싶기도 했다. 출구를 찾으러 다니다가는 열린 공간에 노출될 것이고, 그러다 출구를 찾지 못하면 붙잡히기 십상이었다. 하지만 당장 숨는다고 해도 발각되는 건 시간문제였다.

알렉은 대답 대신 오른편으로 달려갔다. 버그들이 드나드는 거대한 회전식 착륙장이 있는 쪽이었다. 마크는 알렉이 다시 앞장서자 안도하며 그 뒤를 따라갔다.

그들은 어둠 속에서 무모할 정도로 빠르게 달리고 있었다. 마크는 넘어지지 않으려고 한 손을 벽에 대고 뛰었지만 바닥에 놓인 무언가에 발이 걸리기라도 하면 속절없이 나뒹굴고 말 것이었다. 줄곧 깜깜한 어둠 속을 달리던 그들은 발전실 앞을 지날 때 희미하나마 불그스름하게 빛을 내는 전등불 덕에 잠시 앞을 볼 수 있었다. 발전실에서는 벌 떼의 윙윙거림 같은 소음이 계속해서 흘러나왔다. 그 앞을 지나자 불빛과 소음이 차츰 사그라졌다. 마크는 이상한 느낌이 들어 멈춰 섰다.

그들을 쫓던 자들의 고함 소리가 멈춘 것이다. 완전히. 아예 계단통을 따라 올라오지도 않은 것처럼.

"알렉."

마크가 속삭였다. 거친 숨소리와 다급한 발소리에 묻혀 목소리가 잘 들리지 않아서 마크는 다시 한 번 조금 더 큰 소리로 알렉을 불렀다.

알렉이 달리기를 멈추자 마크가 그에게 다가갔다. 알렉이 서 있는 곳을 조금 지나쳐 걸음을 멈춘 마크는 심호흡을 하며 알렉을 향해 돌아섰다. 미약한 불빛이라도 있으면 정말 좋겠다고 생각했다.

"왜 고함이 멈춘 걸까요?"

"글쎄. 어쨌든 우리는 계속 가야 돼."

알렉이 복도의 벽을 손으로 더듬으며 말했다.

"너는 오른쪽 벽에 붙어서 가. 나는 왼쪽 벽에 붙어 갈 테니까. 우리가 못 봤던 출구가 있을 수도 있어."

마크는 손으로 벽을 더듬으며 이동하기 시작했다. 손끝에 닿는 벽이 서늘했다. 직사각형 모양으로 희미한 빛을 내뿜던 문이 떠올랐는데 지금 여기서는 볼 수가 없었다. 어둠 속에서 더듬더듬 이동하려니 미칠 것 같았고, 그들을 쫓아오던 추격자들에게 무슨 일이 일어났는지 알 수가 없어 신경이 바짝 곤두섰다. 무언가 잘못됐다는 생각만 들었다.

마침내 그들은 복도 끝에 다다랐다. 버그 착륙장 밑의 착륙실 겸 격납고로 연결되는 동그란 문이 그곳에 있었다. 알렉이 그 문 너머로 갔다가 되돌아오는 소리가 났다.

"저 안에는 아무것도 안 보여."

"달리 갈 수 있는 곳도 없어요. 일단 넘어가서 문을 잠그고 대책을 생각해보도록 하죠. 어쩌면 우리가……."

알렉이 쉿 하고 그의 말을 끊으며 속삭였다.

"방금 들었어?"

그 물음에 마크는 몸이 떨렸다. 그대로 얼음처럼 굳어 숨까지 죽였다. 처음에는 아무 소리도 들리지 않다가 희미하게 바스락거리는 소리가 들려왔다. 복도 끝에서 들려오는 소리였다. 그 소리가 계속해서 들려왔는데, 기묘하게도 한순간에는 가까운 곳에서 들리다가 다음 순간에는 멀리서 들리는 것 같은 착각을 불러 일으켰다. 돌연 마크는 이 복도에 그들만 있는 게 아니라는 느낌을 받았다.

공포로 신경이 바짝 곤두선 마크는 알렉 쪽으로 다가가 그의 팔을 잡고 동그란 문 쪽으로 끌어당겼다. 지금으로서는 그 길뿐이었다. 일단 착륙실로 들어가 문을 닫고 바퀴 모양 손잡이를 돌려 잠가 건너편에서 열지 못하게 막는 수밖에 없었다. 마크가 문 쪽으로 한 걸음 나아갔는데, 딸깍 소리가 들리더니 눈부신 손전등 불빛이 마크와 알렉을 비췄다. 손전등을 든 자는 그들에게서 불과 몇 걸음 떨어진 곳에 있었다.

여자의 목소리가 말했다.

"아직 여길 떠나도 된다는 말을 한 적이 없는데."

39장

별안간 부산한 움직임이 느껴지고 손전등 여러 개가 딸깍딸깍 켜지더니 그 빛들이 허공에서 종횡으로 정신없이 움직였다. 브루스의 수하들은 다시 소리치고 악을 쓰면서 달려들었다. 마크는 알렉 쪽을 돌아보았다. 알렉은 이미 동그란 문으로 향하며 마크의 셔츠를 잡아당기고 있었다.

알렉이 문을 절반쯤 넘어갔을 때 그들에게 손전등 불빛이 폭풍처럼 쏟아졌다. 눈이 부셔서 앞이 잘 보이지 않을 정도였다. 누군가 마크의 발을 잡고 위로 휙 들어 올렸다가 바닥에 내동댕이쳤다. 마크는 뒤통수를 바닥에 호되게 찧었고, 곧장 다리를 잡힌 채 질질 끌려갔다. 그는 발버둥을 치면서 주변에 있는 사람들을 걷어찼다.

알렉이 마크를 소리쳐 불렀지만 성난 무리의 함성에 묻혀 잘 들리지 않았다. 그들은 마크를 에워쌌고 그중 한 명이 마크의 옆구리를 걷어챘다. 어떤 여자가 고음으로 악을 써대며 마크의 배에 주먹질을 했다. 마크는 신음을 흘리며 몸을 공처럼 웅크렸고, 그 와중에 잡혀 있던 발이 자유로워졌다. 마크는 그 틈을 이용해 얼른 엎드려 동그란 문 쪽으로 기어가기 시작했다. 다시 붙잡히지 않기 위해 팔다리를 미친 듯이 빨리 움직였다.

아수라장 속에서 우렁찬 고함이 터져 나왔다. 새끼를 보호하려는 암컷 곰의 포효와도 같았다. 알렉이었다. 곧 그들을 공격하던 자들이 사방으로 날아갔다. 앞으로 돌진한 알렉은 마크를 붙잡으려고 달려드는 사람들 중 절반을 두들겨 패서 쓰러뜨렸다. 광란의 싸움판 속에서 누군가 마크의 다리 위로 쓰러졌고, 마크의 등에 올라탄 이도 있었다. 마크는 옆으로 몸을 비틀어 피하려 했으나 곧 누군가가 그의 얼굴을 깔고 앉았다. 이 모든 게 어처구니없게 느껴졌다. 서커스의 광대극에 끼어들게 된 것 같아 마크는 웃음이 나오려 했다.

하지만 누군가에게 뺨을 철썩 맞고 나니 광대극 같다는 생각은 머리에서 싹 지워졌다. 마크는 주먹을 쥐고 뒤로 올려쳤지만 빗나갔다. 몇 번이나 주먹을 휘두르며 눈 먼 권투선수처럼 팔을 허우적거렸다. 네다섯 번만에야 겨우 누군가의 턱을 주먹으로 쳐서 비명을 터뜨릴 수 있었다. 주변을 돌아보니 알렉이 사람들을 밀치고 얼굴을 팔꿈치로 찍고 몸을 번쩍 들어 바닥에 던지면서 사자처럼 싸우고 있었다. 누군가의 손전등이 바닥에 나뒹굴어 벽까지 데굴데굴 굴러갔다. 그 빛이 바닥을 가로질러 착륙실로 나가는 동그란 문을 비췄다. 문까지의 거리는 3, 4미터였다. 마크는 어떻게든 이 사람들을 떨쳐내고 저 문으로 나가지 않으면 끝장이라는 생각이

들었다.

엎드려 있던 마크가 일어서려는데 누군가 그의 등에 올라타 찍어 눌렀다. 그자의 팔이 마크의 목을 휘감고 조르기 시작했다. 마크는 기도가 막혀 꺽꺽대기만 할 뿐 숨을 쉴 수가 없었다. 폐가 찢어질 것 같았다. 그는 두 손으로 제 몸 아래를 받치면서 상체를 일으키고는 옆으로 굴러 목을 조르던 자를 떨쳐냈다. 그리고 있는 힘껏 그자의 얼굴을 걷어찼는데 비명 소리를 듣고서야 여자인 걸 알았다. 마크에게 걷어차인 여자는 얼굴이 오른쪽으로 꺾이면서 코피가 터졌다.

그때 뒤에서 다른 두 명이 마크에게 달려들어 양팔을 붙잡고 일으켜 세웠다. 마크는 벗어나려 했지만 단단히 붙들려 어찌할 수가 없었다. 그리고 또 다른 남자가 악랄하게 웃으며 앞으로 다가왔다. 그 남자는 팔을 뒤로 힘껏 뻗었다가 마크의 배에 주먹을 꽂았다. 마크는 폭발하는 통증과 메스꺼움에 절로 허리가 구부러졌다. 구역질을 했지만 배 속이 텅 비어 아무것도 나오지 않았다.

알렉의 고함 소리가 들리는가 싶더니 마크를 붙잡고 있던 남자들 중 한 명이 떨어져나갔다. 목을 휘감고 있던 팔이 사라지자 마크는 몸을 뒤로 돌릴 수 있었다. 그는 다른 쪽 팔을 잡고 있는 또 다른 남자의 턱을 팔꿈치로 쳤다. 양팔이 자유로워진 마크는 곧장 달려가 방금 전에 그의 배에 주먹질을 했던 남자를 쓰러뜨렸다. 그 남자는 "으윽!" 소리를 내며 바닥에 나뒹굴었다.

마크는 그 자리에 머물지 않고 서둘러 일어났다. 벽 쪽에 굴러가 있던 손전등을 향해 몸을 날리면서 손을 뻗어 손전등을 단단히 쥐었다. 그리고 일어서서 자신을 향해 다가오는 자들에게 손전등

끄트머리의 금속 부분을 힘차게 휘둘렀다. 손전등에 귀 언저리를 맞은 남자가 비명을 지르며 쓰러졌다. 알렉도 누군가의 손전등을 주워 들고 일어섰다. 알렉과 몸싸움을 하던 두세 명이 그의 발밑에 쓰러져 꼼짝하지 않았다. 마크는 알렉 곁으로 달려갔고 둘이 등을 대고 천천히 한 바퀴 돌면서 사람들을 마주 보았다. 여전히 적들의 머릿수가 압도적으로 많았다. 그들은 두 무리로 나뉘어 복도 양옆을 막고 서 있었는데, 마크와 알렉을 가운데 몰아넣은 다음 달려들어 완전히 짓이기려는 듯했다.

마크는 손전등으로 사방을 비추어 상황을 파악했다. 착륙실 문 앞에 서 있는 자들의 수는 여덟 명으로 더 적었다. 그쪽을 공격하는 편이 그나마 탈출 가능성이 있었다. 마크와 알렉은 텔레파시로 합의라도 한 것처럼 소리를 지르며 착륙실 문 앞의 무리를 향해 동시에 몸을 날려 쓰러뜨렸다. 마크는 필사적으로 발길질을 하고 무릎으로 찍고 손전등을 휘둘렀다. 누구든 그의 팔다리나 옷을 붙잡으려고 할 때마다 재빨리 몸을 틀면서 자세를 낮춰 거칠게 밀어붙이는 방법으로 사람들 사이를 뚫고 나아갔다.

그렇게 해서 마크는 착륙실 문까지 길을 뚫었다. 알렉도 사람들을 밀치고 공격하다가 바닥에 쓰러졌지만 벌떡 일어나 문 앞으로 왔다. 그들은 힘껏 달려 그 문을 넘어갔다. 알렉이 재빨리 문을 붙잡고 밀어 닫으려는데 사람들이 그 틈새로 팔을 내밀었다.

"이리 와서 도와줘!"

알렉이 소리쳤다.

마크가 다가가서 손전등으로 사람들의 손을 마구 찍었다. 알렉은 문짝을 약간 당겼다가 다시 앞으로 밀어붙이면서, 안으로 파고 들어오려는 자들의 팔을 짓이겼다. 사람들은 악을 쓰고 비명을 지르면서 손을 뒤로 뺐다. 그러다 다시 그들이 문짝을 미는 바람에 알렉은 뒤로 넘어질 뻔했다.

마크가 손전등을 버리고 알렉을 도왔다. 그들은 힘을 합쳐 문 가장자리를 잡았고, 문짝을 홱 당겼다가 다시 앞으로 밀어 건너편에 있는 자들을 공격했다. 팔 몇 개가 뒤로 물러갔으나 새로운 팔들이 다시 튀어나왔다. 마크와 알렉은 문을 잡고 흔들면서 사람들의 팔을 마구 찍었다. 고통스러운 비명이 더 튀어나오고 내민 팔의 수도 줄었다. 마크와 알렉은 그런 식의 공격을 하고 또 했다. 매번 더 빠르고 더 힘 있게 그리고 더 가까이에서.

"세게 한번 쳐주자!"

알렉이 소리쳤다.

다리에 힘을 주고 선 마크는 문을 당겼다가 고함을 지르며 온몸에 힘을 실어 다시 밀어붙였다. 금속 문짝과 문틀 사이에 낀 뼈들이 우두둑 부러지고 손가락이 오도독 부서지는 소리가 나면서 문 너머로 뻗어 있던 팔들이 전부 물러갔다.

알렉이 문을 더 밀어붙여 쿵 소리가 나게 닫았다.

마크는 얼른 바퀴 모양 손잡이를 돌렸다.

40장

마크가 붙잡고 돌리는 바퀴 모양 손잡이의 끼이익 소리만 이따금씩 들릴 뿐, 착륙실 안은 귀를 먹먹하게 하는 정적이 가득했다. 문 너머에 있는 자들이 그쪽에서 바퀴 모양 손잡이를 잡고 문을 돌려 열려고 하자 알렉이 마크를 도왔다. 이쪽에서 손잡이를 바짝 조일수록, 문 너머에 있는 사람들은 풀기가 더 어려워질 것이다.

"잘 붙잡고 버텨."

더 이상 손잡이가 돌아가지 않자 알렉이 말했다.

알렉이 한 발 물러서자 마크는 양손으로 손잡이를 단단히 붙잡았다. 착륙장이 회전하면서 내려왔던 착륙실 안은 휑하게 비어 있었고 무척 넓었다. 벙커 복도에서 한바탕 몸싸움을 해서인지 마크는 온몸이 쑤시고 머리가 지끈거렸다.

알렉이 마크의 손전등 옆에 떨어뜨려두었던 자기 손전등을 집어 들고 푸르스름한 조명을 착륙실 오른쪽으로 비췄다. 그곳에 거대한 버그가 앉아 있었다. 앞뒤로 흔들리는 손전등 불빛을 따라 미세한 먼지들이 춤을 췄다. 여기저기 긁힌 금속 표면, 줄지어 박힌 볼트, 돌출된 가장자리와 울퉁불퉁한 부분들이 눈에 들어왔다. 어둑한 곳에서 보니 마치 바다 깊은 곳에서 떠오른 외계의 우주선 같기도 했다.

"안에서 보니까 더 커 보여요."

마크는 더 이상 팔에 힘이 남아 있지 않았지만 손잡이를 잡은 손에 긴장을 풀 수가 없었다. 문 너머에서 손잡이를 잡고 들썩거려서인지, 바퀴 모양 손잡이가 위로 살짝 올라갔다가 다시 내려오곤 했다.

"저 버그를 타고 여기서 빠져나갈 수 있을까요?"

알렉은 버그 건너편으로 천천히 돌아갔다. 아마도 해치문을 찾으려는 것 같았다.

"오늘 네가 말한 아이디어 중 최고구나."

"아저씨가 조종사 출신이라 다행이죠."

문 너머에서 낮고 둔탁하게 텅텅 치는 소리가 들렸다. 반쯤 정신이 나간 브루스의 수하들이 이쪽으로 오고 싶어서 문을 두들겨대는 모양이었다.

"그래……."

곧 이어 알렉의 목소리가 버그 건너편에서 벽에 메아리치며 들려왔다.

"해치문이 이쪽에 있어!"

추격자들이 별안간 문 두드리는 짓을 그만두어 사방이 조용해졌다.

"저들이 포기했나 봐요!"

마크는 신이 나서 소리쳤는데 어린애처럼 흥분한 자신의 목소리가 겸연쩍었다.

"다른 방법을 모색하려나 보지. 이 버그를 타고 여길 떠야 돼. 착륙장도 열어야겠지."

마크가 바퀴 모양 손잡이를 바라보면서 천천히 손을 놓았다. 그는 손잡이가 움직이면 곧바로 다시 잡을 생각으로 시선을 손잡이에 고정한 채 일어섰다.

그때 철컥 소리가 공기를 가르자 마크는 깜짝 놀랐다. 이어서 금속끼리 맞닿으며 삐걱대는 소리가 들렸다. 재빨리 돌아보았으나, 마크가 있는 곳과 그 소리가 나는 곳 사이에 버그가 자리하고 있어 볼 수가 없었다. 아마 알렉이 해치문을 연 것 같았다.

마크는 바퀴 모양 손잡이를 마지막으로 한 번 더 확인했다. 움직일 기미가 없자 그는 버그 뒤로 가서 알렉 옆에 섰다. 해치문이 서서히 열리며 널찍한 경사로가 지상으로 내려오는 동안 알렉은 뿌듯해하는 정비공처럼 양 허리께에 손을 얹고 그 모습을 바라보았다. 그리고 한쪽 입꼬리를 올리며 물었다.

"이제 승선할까, 공동조종사? 버그에 탑승하면 회전식 착륙장 문을 열 수 있을 거야."

마크는 알렉의 눈빛에서 속마음을 읽어냈다. 알렉은 버그의 계기반을 앞에 두고 조종하면서 하늘 높이 빠르고 자유롭게 날아다니고 싶은 듯했다.

"공동조종사라고 하셨는데, 아저씨가 조종하는 걸 옆에 앉아 보기만 해도 되는 역할이라면 수락할게요."

알렉은 아무 근심 걱정 없는 사람처럼 왁자하게 웃었다. 마크는 그 소리가 무척 듣기 좋았고, 잠시나마 지금이 얼마나 끔찍한 상황인지 잊을 수 있었다. 그러다 트리나가 떠올랐고, 동시에 공복으로 인한 통증이 배 속을 요동쳤다. 배고픔을 참기가 너무 어려웠다.

해치문이 다 내려와 바닥에 쿵 닿자마자 알렉은 경사진 해치문을 밟고 올라가 어두운 버그 안으로 들어갔다. 마크는 다시 원래 있던 자리로 뛰어가 손잡이가 그대로인지 살폈다. 손잡이가 꿈쩍 않고 있는 것을 확인한 후 다시 버그의 해치문 쪽으로 와서 알렉처럼 버그의 경사로를 밟고 안으로 들어갔다.

마크는 해치문과 경첩이 맞닿는 곳에 서서 손전등으로 잠시 내부를 비춰보았다. 어둡고 먼지 낀 버그 내부는 으스스한 분위기였다. 텅 비어 있다는 점만 빼면, 전에 그가 알렉과 함께 정착촌에서 올라탔던 버그와 거의 똑같았다. 알렉은 버그 안에서 왔다 갔다 돌아다니며 살펴보고 있었다.

마크는 금속 바닥을 퉁퉁 소리 나게 밟으며 내부로 들어갔다. 어두운 실내에 발소리가 울려 퍼지자 문득 오래된 영화가 떠올랐다. 우주비행사들이 버려진 외계인 우주선에 올라타는 내용이었다. 물론 그 영화 속 우주선에는 인간을 잡아먹는 외계인들이 잔뜩 들어앉아 있었다. 마크는 이 버그에서는 그런 일을 당하지 않고 무사하기를 바랐다.

"전에 탔던 버그에는 바이러스 화살이 든 상자들이 있었는데 여기는 없구나."

알렉이 텅 빈 선반들을 손전등 불빛으로 가리켰다.

마크는 끄트머리 쪽 선반 구석에 무언가가 놓여 있는 것을 발견했다.

"어, 저건 뭐죠?"

마크는 그리로 걸어가 손전등으로 비춰보았다. 고무 끈으로 선반에 고정돼 있는 워크패드 세 개가 있었다. 그는 그 워크패드들을 한 번에 집어 올리며 말했다.

"이것 좀 봐요! 워크패드예요!"

"음, 작동은 하려나?"

그리 반가움이 느껴지지 않는 심드렁한 대답이었다.

마크가 팔꿈치 안쪽에 손전등을 끼우고 워크패드 하나를 켜보았다. 화면이 켜지긴 했지만 접속하려면 비밀번호를 입력해야 했다.

"예, 작동은 하네요. 그런데 비밀번호를 알아내려면 할아버지의 초인적인 군인 두뇌를 좀 굴려야 되겠는데요."

"이리로 와서……."

버그 전체가 덜커덕거리며 잠시 흔들리는 바람에 알렉의 말이 끊어졌다. 마크는 넘어지지 않으려고 버티다가 워크패드를 손에서 놓칠 뻔했다. 그 바람에 팔꿈치 안쪽에서 미끄러져 떨어진 손전등이 바닥을 굴러가다가 딸깍하고 꺼졌다.

"뭐예요?"

마크는 무슨 일인지 짐작이 갔지만 물어보았다.

그의 말이 입 밖에 떨어지자마자 기계 장치를 돌리는 소리, 금속끼리 맞닿아 긁히는 소리가 해치문 너머에서 들려왔다. 브루스의 수하들 중 한 명이 어딘가에서 버튼을 눌렀는지, 착륙실 위쪽의 착륙장이 회전하며 열리고 있었다.

41장

"얼른 해치문을 닫아! 문 바로 옆에 제어 장치가 있어. 그동안 난 버그에 시동을 걸게. 지상으로 나가는 회전문을 부수고라도 나갈 거다!"

알렉은 대답을 기다리지도 않고 널찍한 화물칸 구역을 떠나 버그 깊숙한 곳으로 달려갔다. 알렉이 손전등을 들고 가는 바람에 마크는 오싹한 어둠 속에 홀로 남게 되었다. 하지만 착륙장이 회전을 시작하면서 천장에 열린 틈새로 빛이 들어오고 있어 아주 캄캄한 것은 아니었다. 마크는 조금 전에 떨어뜨린 손전등을 찾아내 집어 들었다.

그는 워크패드들이 놓여 있던 곳으로 달려가 그것들을 원래 있던 자리에 다시 고무 끈으로 고정시켰다. 여기서 살아남아 그 안에 어떤 정보가 들어 있는지 확인할 수 있기를 바랐다. 마크는 손전등을 켜고 환한 빛으로 실내를 빠르게 훑었다. 착륙장이 회전하면서 삐걱대는 소리 너머로 사람들의 함성 소리가 들리자 그는 자신이 처한 차가운 현실을 확실히 인식했다.

브루스의 수하들이 착륙실로 이미 들어왔고 해치문을 넘어오려는 듯했다. 그들이 버그 안까지 올라오기 전에 해치문을 닫아야 했다.

마크는 해치문 쪽으로 달려가 제어 장치를 찾아보았다. 해치문은 유압식 개폐기의 핵심 부품과 연결된 단순한 모양의 전선과 고리와 금속판에 둘러싸여 있었는데, 그 주변의 벽지는 좀 더 나은 미적 감각을 발휘하고 있었다. 해치문 왼쪽에 제어 장치가 있었다. 마크는 그 제어 장치를 찬찬히 살펴본 후 버튼을 찾아 눌렀다. 모터가 작동하면서 삐거걱, 끼익 소리와 함께 해치문이 천천히 위로 올라오기 시작했다.

더 많은 사람들의 목소리가 더 가까이에서 들렸다. 해치문이 완전히 닫히기 전까지 추격자들과 또 싸워야 할 것 같았다. 마크는 바깥에서 곧장 들여다보이는 위치를 떠나 벽에 기대어 주변을 둘러보았다. 마법의 무기라도 눈앞에 나타나길 바랐지만 그는 현실을 받아들여야 했다. 그가 가진 거라고는 손전등과 맨주먹뿐이었다.

경사로를 겸한 해치문이 어찌나 느리게 올라오는지 아직 절반밖에 닫히지 않았다. 각진 금속 문이 슬로모션으로 촬영한 파리지옥 풀의 잎사귀처럼 천천히 위로 올라오는 동안 경첩이 날카롭게 삐걱거렸다. 마크는 문이 완전히 닫히기 전에 침입자들이 덤벼들 수도 있겠다는 생각에 마음을 단단히 먹었다. 그는 손전등을 단도처럼 손에 꼭 쥐고 싸움에 대비했다. 버그 바깥이 한결 밝아진 것을 보니 회전식 착륙장이 거의 수직으로 선 모양이었다.

두 사람이 해치문을 향해 뛰어올라 그 끝을 잡고 매달렸다. 남자 하나와 여자 하나였다. 마크는 근육에 힘을 주고 남자를 향해 주먹을 휘둘렀지만 빗맞고 말았다. 남자는 마크의 셔츠를 잡고 확 잡아당겼다. 마크의 손에서 떨어져나간 손전등이 데굴데굴 굴러 경사로 바깥으로 떨어졌다. 떨그럭, 와장창 소리가 들리는 것을 보니 박살이 난 듯했다. 해치문의 금속 바닥에 쓰러진 마크는 남자의 얼굴을 똑바로 바라보았다. 남자의 얼굴은 무표정했다. 해치문 끝에 매달려 있느라 지치거나 힘들 법도 한데 얼굴만 봐서는 전혀 그런 기색이 없었다.

남자는 마크와 커피 테이블에 마주 앉기라도 한 것처럼 차분한 목소리로 말했다.

"망할 첩자 짓도 모자라 우리 버그까지 훔치려 들어? 못생기기까지 했으니, 삼진아웃이야."

"나도 방금 당신한테 똑같은 말을 해주려고 했거든?"

마크가 아무렇지 않게 받아쳤다. 이 모든 게 비현실적으로 느껴졌다.

남자는 아무 말도 못 들은 것처럼 굴면서 동료에게 말했다.

"놈을 잡았어. 안으로 들어와서 문이 닫히지 않게 막아."

그제야 마크는 그 두 사람이 누구인지 알아챘다. 이 버그를 타고 왔던 조종사들이었다. 처음 이 착륙실 안에 들어왔을 때 들었던 목소리였다.

"안됐지만 신분증 검사를 하지 않고는 당신네들을 여기 태워줄 수가 없어."

비현실적인 느낌이 마크의 가슴속을 뒤흔들어 온몸이 붕 뜨게 만들었다. 머리가 욱신거렸다.

마크의 말에 남자는 당황한 얼굴이었다. 남자의 동료인 여자 조종사는 해치문 끄트머리를 잡고 기어 올라오고 있었다. 마크의 안에서 무언가가 툭 끊어지는 느낌이었다. 무엇이 끊어졌는지는 알 수 없지만 확실히 예전과는 다른 기분이었다. 그렇다고 해서 두 사람을 버그에 태울 생각은 전혀 없었다.

마크가 남자의 셔츠를 움켜잡고 여자를 향해 맹렬하게 발길질을 했다. 마크의 발에 복부를 맞은 여자는 비명을 지르면서 뒤로 넘어갔고, 그 와중에 동료 조종사 남자를 잡으려고 팔을 허우적댔다. 하지만 이미 늦었다. 여자는 남자의 무릎에 머리를 부딪치면서 해치문 너머로 떨어졌다. 여자가 착륙실 바닥에 털썩 부딪히는 소리가 들렸다.

해치문은 완전히 닫히기까지 1.5미터를 남겨두고 있었는데, 그 시간이 피가 마르도록 느리게 흘러갔다. 남자는 해치문 가장자리 너머로 고개를 돌려 친구가 무사한지 살피고는 곧 다시 분노에 찬 눈으로 마크를 노려보았다. 마크도 분노를 느끼기는 마찬가지였지만 이런 감정은 처음이었다. 마치 몸 안에 폭풍우가 솟구치고 있는 것 같았다.

마크는 손을 뻗어 남자의 셔츠를 있는 힘껏 움켜쥐고, 한마디를 내뱉었다. 그러자 몸 안의 폭풍우가 다소 가라앉는 듯했다.

"이제 당신 차례야."

42장

"죽여버리겠어. 지금 당장 죽여버리겠어."

남자가 분노로 숨을 씨근덕거리며 내뱉었다.

"아니, 그렇게는 안 되겠는데."

마크는 남자의 뺨에 주먹을 내리꽂았다. 남자는 악을 쓰면서 마크의 머리카락이며 얼굴이며 옷을 움켜잡으려고 손을 뻗었다. 그는 결국 마크의 셔츠와 어깨를 붙잡았고 레슬링 선수처럼 마크를 바짝 끌어당겼다. 두 사람은 해치문 위에서 함께 뒹굴었다. 남자는 마크를 깔고 앉아 그의 목을 팔뚝으로 짓눌러 숨통을 막았다.

남자가 사나운 말투로 나지막하게 말했다.

"너 오늘 사람 잘못 건드렸어. 안 그래도 열 받아 있는데, 너까지 내 버그를 훔치려 들어? 화풀이 좀 해야겠다. 그것도 아주 천천히 말이야. 알겠어?"

남자가 잠시 팔을 뒤로 빼자 마크는 얼른 숨을 들이마셔 폐에 공기를 채웠다. 남자는 곧 다시 마크의 셔츠를 잡고 온몸으로 마크의 배를 눌렀다. 그리고 주먹을 힘껏 들어 올렸다가 마크의 턱을 내리쳤다. 얼굴뼈가 부서진 느낌이었다. 남자가 또다시 주먹을 내리꽂자 고통은 배가되었다. 마크는 눈을 감고서 핵반응처럼 폭발하려는 화를 누르기 위해 안간힘을 썼다. 남은 하루 동안 이런 상황을 얼마나 더 견뎌야 하는 걸까?

"해치문을 아주 닫아버리지는 말자고. 네 머리를 해치문 틈에 걸쳐놓고 포도처럼 뭉개지게 하면 참 재미있을 것 같거든. 천천히 괴롭혀주마."

남자는 싸움의 승리를 확신하는 말투였다.

마크의 배에 올라타고 있던 남자는 일어서서 해치문 제어 장치 쪽으로 걸어가 버튼을 눌렀다. 마크는 등을 통해 버그가 덜커덕 움직이는 느낌을 받았다. 이어서 끼이익 소리가 나더니 해치문이 다시 천천히 열리기 시작했다. 화물칸 안이 점점 밝아지고 있었다. 착륙장이 회전을 완료하고 지하로 내려오고 있는 듯했다. 앞으로 몇 분 후면 브루스의 수하들이 떼로 몰려와 그들을 끝장내고 말 것이다.

마크는 당장 저 남자를 해치우려는 충동을 누르고 속에서 분노가 충분히 끓어오르기를 기다렸다.

남자는 마크에게 돌아와 허리를 굽히고는 그의 발을 잡아 끄응 소리를 내며 들어 올렸다.

"가자, 이 자식아. 자리를 딱 잡아주마."

그러고는 마크의 몸을 휙 돌려 잡고 화물칸 안쪽으로 게걸음질 치며 덧붙였다.

"내가 아주 널 확실하게……."

그 순간 마크가 벌떡 일어나 소리를 지르면서 몸을 비틀어 잡힌 다리를 빼냈다. 마크의 발길질에 남자는 뒤로 휘청하다가 해치문 옆의 벽에 등을 부딪쳤다. 마크는 그대로 곧장 돌진해 어깨로 남자의 배를 찍었다. 남자는 허리를 굽히면서 마크의 등을 두 팔로 감싸고 바닥에 뒹굴었다. 두 사람은 팔을 허우적대며 서로에게 주먹을 날렸다. 마크가 남자의 사타구니를 무릎으로 찍으려 했지만, 남자는 막아내면서 동시에 몸을 돌려 마크의 턱을 걷어찼다.

마크는 머리가 뒤로 꺾여 휘청거렸다. 남자가 달려와 마크의 몸 위에 다시 올라타려 했다. 하지만 마크는 휘청대던 방향으로 계속 움직여 남자를 떨궈냈다. 그리고 일어나서 해치문 제어 장치를 향해 뛰었다. 해치문이 이미 1미터 가까이 내려간 걸 보고 마크는 기겁했다. 해치문이 완전히 열리면 브루스의 수하들이 들이닥치고 말 것이다.

마크가 취소 버튼을 누르자 해치문이 삐걱거리며 다시 닫히기 시작했다. 그대로 돌아서서 남자를 상대하려는데 그가 곧장 달려들어 두 사람은 함께 바닥에 쓰러졌다. 그대로 아래로 쭉 미끄러진 두 사람은 해치문 앞까지 밀려갔다. 마크가 몸을 비틀면서 남자의 셔츠를 잡고 해치문 너머로 밀어내려 했다. 하지만 남자는 그 자리에서 버티면서 오히려 마크의 몸 위에 올라탔다.

그들은 엎치락뒤치락하며 주먹을 날리고 발길질을 했다. 마크는 지치고 배도 고프고 몸도 약해진 상태였지만 오로지 아드레날린에 의지해 싸움을 계속했다.

모닥불을 피워놓은 사람들에게 붙잡혔을 트리나의 모습이 떠올

랐다. 하루가 더 지난 데다 산기슭이 산불로 폐허가 되었으니 그
사람들은 한층 더 심하게 미쳐버렸을 것이다. 살아야 했다. 살아
남아서 트리나를 찾아야 했다. 이 남자가 앞을 가로막게 둘 수는
없었다. 분노가 불덩어리처럼 치밀어 올랐다. 가슴속에서 열기와
불과 고통이 쌓이고 또 쌓여 원자로처럼 휘몰아치며 마침내 폭발
했다.

마크의 안에서 그도 모르던 힘이 솟구쳤다. 남자를 거칠게 밀어
낸 후, 그가 일어서기 전에 몸에 올라타 주먹을 꽂았다. 있는 힘껏
두들겨 팼다. 피가 튀고 뼈가 부서지는 끔찍한 소리가 났다. 마크
는 몸에서 정신이 분리되는 느낌이었고 앞이 똑바로 보이지 않았
다. 눈앞에서 자잘한 빛들이 춤을 추었다. 온몸이 부들부들 떨리
고 혈관 속에서 피가 끓었다.

해치문이 거의 닫히고 있다는 것, 벽 너머에서 브루스의 수하들
이 요란한 괴성을 지르면서 버그를 향해 달려들고 있다는 것을 마
크는 인식했다. 하지만 이성으로 통제할 수가 없었다.

마크는 어느새 남자를 해치문 쪽으로 끌고 가고 있었다. 남자의
머리와 가슴을 해치문에 걸쳐놓으려는 것이었다. 남자가 마크의
손아귀에서 벗어나려 했지만 마크는 놓아주지 않았다. 손을 뻗어
반항하는 남자에게 다시 주먹을 내리꽂았다. 마크의 의도를 눈치
챈 남자는 비명을 지르며 격하게 몸부림쳤다.

어쩌면 마크 본인보다도 더 잘 알고 있을 것이었다. 마크는 남
자를 단단히 붙잡고 몸통의 반은 해치문 안쪽에, 나머지 반은 바
깥에 오도록 두었다. 마크의 내면에서 무언가가 달라졌다. 오직
이 남자를 단단히 붙잡는 것, 그리고 대가를 치르게 만드는 것에

집중하고 있었다. 분노가 안개처럼 부옇게 그의 머릿속을 채웠다. 멈출 수가 없었다.

딸까닥 소리가 났다.

해치문이 닫히며 남자의 가슴을 눌렀다. 완전히 닫히기 위해 있는 힘껏 누르고 있었다. 남자의 입에서 터져 나오는 끔찍한 비명이 마크의 몽롱한 머릿속을 뚫고 들어왔다. 분노로 활활 타오르던 마크는 정신이 들었다. 자신이 무슨 짓을 하고 있는지 이제야 자각한 것이다. 그는 인간을 고문하고 있었다. 남자의 흉골과 늑골이 부서지는 소리, 해치문의 경첩이 문과 문틀 사이에 낀 장애물을 계속해서 압박하며 삐걱대는 소리. 마크는 자신이 하고 있는 짓에 경악했다.

마크가 남자의 몸뚱이를 해치문 바깥으로 밀어내려 했지만 좁은 문틈에 단단히 끼어 있어 빠지지 않았다. 남자의 비명이 금속을 따라 진동하면서 버그 전체를 뒤흔드는 듯했다. 마크는 서둘러 뒤돌아 바닥에 등을 대고 누웠다. 양 팔꿈치를 해치문 경사로의 돌출된 부위에 놓고 온 힘을 다해 두 발로 남자의 배를 밀었다. 그러나 남자는 기껏 몇 센티미터 정도 밀려갔을 뿐이었다. 마크는 기합을 넣으며 발로 차고, 차고, 또 찼다. 어서 남자의 몸뚱이를 밀어내 이 비참한 고문을 끝내고 싶었다.

마지막으로 남자를 세게 찬 끝에 마침내 해치문 너머로 밀어낼 수 있었다. 남자가 문틈 너머로 떨어지자 해치문은 단단히 닫혔다.

43장

칠흑 같은 어둠과 더불어 깊고 끔찍한 정적이 화물칸을 가득 채웠다. 엔진 돌아가는 소리, 버그가 선로를 따라 착륙실 중앙을 향해 덜컥거리며 나아가는 소리만 이따금씩 들려왔다.

눈이 어둠에 익숙해지자 마크는 다리를 펴고 벽 쪽으로 기어가 등을 기대고 앉았다. 마음에 들지 않는 무언가가 내면에 도사리고 있는 게 느껴졌다.

마크는 두 팔로 무릎을 감싸고 그 사이에 머리를 묻었다. 조금 전 자신에게 일어난 일이 이해되지 않았다. 눈앞에서 춤추는 자잘한 빛들, 불덩이처럼 솟아오른 분노, 옛 가스 기관의 피스톤처럼 뿜어 나오던 아드레날린. 마크는 온몸을 불살랐고, 스스로를 제어하지 못했으며, 온몸으로 그 조종사를 죽이고 싶어 했다. 남자가 닫히는 문 사이에 끼어 옴짝달싹 못할 땐 희열까지 느꼈다. 그러다 문득 정신을 차리고 그 남자를 해치문 밖으로 밀어냈다.

마치 제정신이 아닌 듯이……

진실을 깨달은 마크는 고개를 들었다. 그는 잠시 정신을 놓았던 것이다. 완전히. 이제 다시 정상으로 돌아온 것처럼 느끼고 있다고 해서 그 증상이 시작되지 않았다고 말할 수는 없었다. 마크는 천천히 벽을 짚고 일어나 두 팔로 몸을 감쌌다. 몸이 덜덜 떨려 손으로 팔을 쓸어내렸다.

바이러스. 병. 2층 침대들이 있던 방에서 앤톤이란 남자가 말했던, 인간의 뇌를 공격한다는 바이러스. 문득 역설적이게도 남자 조종사가 여자 조종사에게 했던 말이 떠올랐다. 바이러스의 이름……

마크도 걸렸다. 본능적으로 알 수 있었다. 머리가 이렇게 지끈거리는 것도 이상한 일이 아니었다.

그는 플레어 바이러스에 감염된 것이다.

44장

이상하게 마음이 차분해졌다.

예상 못 했던 바도 아니지 않은가? 이 병에 걸리지 않을 확률이 0퍼센트에 가깝다는 사실을 이미 받아들이지 않았던가? 아마 트리나도 걸렸을 것이다. 라나와 알렉도. 두 달 전 화살에 맞은 디디는 어째서 그 바이러스에 면역이 되어 있는 것인지, 마크는 알 수가 없었다. 브루스가 한 말은 어떤 의미였을까? 그의 말에 일리는 있었다. 이 바이러스를 세상에 풀어놓은 자들이라면 자기네 몸을 보호하기 위한 방책이 있을 것이다. 어딘가에 치료 방법이나 치료제가 있다는 얘기다. 그래야 말이 된다.

어쩌면, 어쩌면 작은 희망을 가져도 좋을지 몰랐다. 어쩌면.

지난 1년 동안 그는 얼마나 많은 죽음을 보았던가. 이제는 죽음에 익숙했다. 지금부터는 사다리의 다음 가로대를 밟고 올라가는 데 집중해야 했다. 바로 트리나를 찾는 일이었다. 트리나와 함께 죽기 위해서라고 해도 좋았다.

버그가 덜커덕거리며 멈추자 마크는 화들짝 놀랐다. 기어가 맞물려 돌아가고 도르래가 작동하는 소리가 더 많이 들려왔다. 회전식 착륙장이 하늘을 향해 올라가고 있었다. 버그가 살아났다. 머리 위의 조명이 깜박거리고 엔진의 회전 속도가 높아졌다.

별안간 몹시 흥분한 마크는 화물칸에서 복도로 이어지는 문으로 달려갔다. 정말로 알렉이 이 버그를 조종하고 있다면 두 눈으로 꼭 보고 싶었다.

조종석에 앉은 알렉은 어느 때보다 편안해 보였다. 버튼을 누르고 스위치를 젖히고 레버를 조작하는 등 정신없이 바쁜 모습이었다.

"왜 이렇게 오래 걸렸어?"

알렉이 마크를 돌아보지도 않고 물었다.

마크는 방금 전 있었던 일을 되새기고 싶지 않아 간단하게만 대답했다.

"문제가 좀 있었어요. 우리 정말 이걸 타고 비행하는 거예요?"

"그래. 연료 전지가 반쯤 채워져 있고 기능도 멀쩡해. 미친놈들이 떼로 몰려와 비집고 들어오기 전에 떠야지."

알렉은 조종석 앞쪽 창문을 향해 고갯짓했다. 창밖에 줄지어 선 나무들이 시야에 들어왔다.

마크는 창문 쪽으로 가서 밖을 내다보았다. 창문 아래를 보니 브루스의 수하들이 착륙장 가장자리에 잔뜩 모여 서 있었다. 성난 얼굴로 이쪽저쪽 손가락질을 해대고 있었지만 무엇을 어떻게 해야 할지 모르는 듯 우왕좌왕했다. 그중 두 명은 버그 가까이에서 무언가를 바삐 하고 있었는데 각도상 버그 안에서는 보이지 않았다. 마크는 더럭 걱정이 됐다.

"버그의 해치문 말인데요, 밖에서도 열 수 있는 거예요?"

"조종석에 앉자마자 제일 먼저 그 기능을 잠갔으니까 걱정 마."

알렉은 조종 장치를 조작하느라 부지런히 손을 움직이며 덧붙였다.

"1분 내에 버그를 출발시킬 거다. 어서 엉덩이 붙이고 앉아서 벨트나 매."

"알았어요."

마크는 밖을 한 번 더 내려다보고 싶었다. 그는 알렉 옆으로 돌아가서 건너편 창문 밖을 내다보았다. 이쪽 창문은 협곡 벽에 조금 더 가까워서 회색을 띤 암벽이 먼저 그의 시선을 사로잡았다. 거대한 화강암 벽을 따라 내려가던 마크의 시선이 시야 한구석에서 심상치 않은 무언가를 포착했다. 커다란 망치가 유리로 된 창문을 찍고 있었다. 쿵 소리와 함께 거미줄처럼 사방으로 금이 쫙 갔다. 누군가 버그 측면을 타고 기어 올라온 것이다.

마크는 펄쩍 뛰었고 알렉도 놀라 고함을 쳤다.

마크가 소리쳤다.

"빨리요! 비행해요!"

"하려고 하잖아!"

알렉은 계기반 중앙을 노려보면서 화면에 뜬 밝은 초록색 버튼 위에 손가락을 댈 준비를 하고 있었다.

마크가 다시 창문 쪽을 돌아보는데 망치가 또다시 유리창을 찍었다. 와장창 소리와 함께 유리 파편이 계기반으로 와르르 쏟아졌다. 깨진 유리와 함께 안으로 들어온 망치가 패널에 부딪쳤다가 바닥으로 떨어졌다. 곧바로 어떤 남자의 얼굴이 깨진 유리창으로 불쑥 올라왔고 이어서 남자의 손과 팔도 보였다. 남자가 버그 측면으로 기어 올라오고 있었다.

"못 들어오게 막아!"

알렉이 소리치면서 화면의 초록색 버튼을 손가락 끝으로 탁 쳤다. 추진기에서 성난 사자의 포효와도 같은 요란한 소음이 터져 나오며 버그가 바닥에서 떴다.

마크는 비틀대다가 가까스로 균형을 잡고 망치를 집었다. 손가락으로 망치 자루를 감싸 쥐는데 남자가 그의 머리카락을 한 움큼 휘감아 잡고 당겼다. 마크는 아파서 생경한 괴성을 내질렀다. 그는 망치를 떨어뜨리고 상대의 손과 팔을 주먹질했다. 하지만 남자는 마크를 놓지 않았고 다른 쪽 팔로 재빨리 그의 목을 감고 아래로 당겼다. 마크까지 같이 데리고 버그 아래 지상으로 떨어지려는 수작이었다.

유리창이 박살 난 창문틀에 머리를 부딪친 마크는 그대로 쭉 미끄러져 아침의 뜨거운 공기 속으로 끌려 내려갔다. 마크는 허리까지 창문 밖에 내놓은 채로 창틀을 손으로 잡고 떨어지지 않으려고 버텼다. 아래로는 나무들이, 위로는 푸른 하늘이 펼쳐져 있었다. 그의 머리카락과 목을 붙잡은 남자가 떨어지지 않고 계속 매달려 있자 마크는 두려움을 느꼈다. 이렇게 목이 졸려 숨을 못 쉬는 게 하루에만 벌써 두 번째였다.

버그는 계속해서 고도를 높였다. 마크는 알렉 쪽을 잠깐 쳐다볼 수 있었는데, 마침 마크가 처해 있는 상황을 알아차린 알렉이 놀라서 눈을 휘둥그렇게 떴다. 알렉은 버그를 지상에서 10미터 정도 위치에 정지 비행으로 띄워놓은 채 달려왔다. 마크는 뒤에서 알렉이 자신의 다리를 잡아당기는 것을 느꼈다. 뒤에서 당겨대니 목과 머리가 더 아팠다. 숨통이 막혀 컥컥대는 소리가 목구멍에서 흘러나왔다. 실제 느끼는 통증보다 그 소리가 더 무섭게 느껴졌다.

알렉은 위에서 마크의 다리를 잡아 끌어 올리려 하고 있었고, 망치로 창문을 깬 남자는 마크보다 아래쪽에서 그의 목을 휘감고 매달려 있었다. 마크는 마치 뼈와 힘줄을 강제로 잡아 늘이는 중세의 고문 기구에 묶여 있는 기분이었다. 병에서 코르크 마개를 뽑듯 목에서 머리통을 뽑을 수도 있을까? 문득 알렉이 다리를 잡아주고 있으니 창틀에서 손을 떼도 되겠다 싶었다. 마크는 자유로워진 두 손으로 남자의 두 팔을 때리고 손톱으로 잡아 뜯었다. 여전히 세상은 거꾸로 뒤집어져, 협곡 바닥이 머리 위에서 하늘처럼 펼쳐져 있었다.

마크는 창밖으로 몇 센티미터 더 미끄러져 내려갔다. 간신히 멈추기는 했지만 전기 충격이라도 받은 것처럼 새하얀 공포가 밀려왔다. 시커먼 형체가 그의 시야 앞으로 흐릿하게 지나갔다. 그 시커먼 덩어리에 이어서 옅은 갈색을 띤 손잡이가 보였다. 망치였다. 쿵, 빠각 하는 소리와 함께 남자가 비명을 질렀다. 알렉이 남자의 얼굴에 망치를 던진 것이다.

남자는 마크의 목을 잡고 있던 팔을 풀고 지상으로 곤두박질쳤다. 마크는 달콤한 공기를 허겁지겁 들이마셨다.

알렉이 창문 안쪽으로 마크를 천천히 당겨 올렸다. 마침내 버그 바닥에 닿은 마크는 숨을 헐떡이면서 뻐근해진 목을 손으로 문질 렀다.

알렉이 마크를 찬찬히 살폈다. 그대로 뒤도 무사하겠다고 판단 했는지 알렉은 일어나서 조종 장치 쪽으로 돌아가 버그의 고도를 한층 더 높였다.

45장

버그가 갑자기 움직이는 바람에 마크는 속이 좋지 않았다. 알렉은 그대로 고도를 높여 협곡 벽을 벗어났고, 버그는 새총으로 쏜 돌멩이처럼 빠르게 앞으로 나아갔다. 마크는 한바탕 욕지기가 일었다. 엉금엉금 기어서 화장실을 찾아 들어가 구토를 했는데, 나오는 건 담즙과 위산뿐이었다. 부식성 화학물질이라도 삼킨 듯 목구멍이 화끈거렸다.

마크는 잠시 화장실에 앉아 있다가 조종실로 돌아와 꺽꺽대며 물었다.

"음식. 여기 음식이 있다고 말해줘요."

"물도 있지. 말만 들어도 좋지 않나?"

마크는 알렉의 등 뒤에 대고 고개를 끄덕였다.

"우선 버그를 어디 착륙시켜야겠다. 정지 비행 상태로 둘 수도 있지만, 그러면 연료를 낭비하게 되니까. 나중에는 연료가 아쉬워지거든. 이 고철 덩어리 안에 먹을 건 좀 있을 거다. 뭐라도 먹고 나서 모닥불 친구들을 찾으러 가자."

"그래요."

마크는 힘없이 대답했다. 눈꺼풀이 저절로 감겼다. 피로 때문이 아니라 저혈당으로 기절하기 직전이었다. 음식을 먹은 게 일주일도 더 된 것만 같았다. 갈증도 심하게 나서 입안에 모래가 가득한 느낌이었다.

알렉이 조용히 말했다.

"고생 많았다. 잠시만 기다려."

마크는 바닥에 주저앉아 눈을 감았다.

의식을 완전히 놓지는 않았다.

하지만 세상과의 연결이 끊어진 느낌이었다. 세상이 마치 극장 맨 뒷줄에서 보는 연극 같기도 했다. 머리 위로 담요를 몇 겹이나 둘러쓴 것처럼 소리가 조그맣게 줄어들고, 허기로 속이 쓰렸다.

마침내 버그의 속도가 줄어들더니 잠시 후 거칠게 덜커덕거리다가 잠잠해졌다. 정적 속에서 마크는 잠이 소르르 온다고 생각했다. 잠과 함께 과거의 기억도 밀려왔다. 지금은 과거를 다시 겪어내며 감당할 자신이 없어 그는 애써 잠을 쫓았다. 멀리서 발소리가 들리더니 알렉이 말을 걸었다.

"이거 받아. 표준 군용 식량이지만 그래도 음식이니까 영양분은 듬뿍 담겨 있을 거다. 먹고 나면 기운이 날 거야. 벙커와 애슈빌 사이에 있는 텅 빈 마을에 버그를 착륙시켜놨어. 여기 살던 미친놈들은 화재를 피해 남쪽으로 다 내려간 모양이야."

마크는 눈을 떴다. 눈꺼풀이 너무 무거워서 손가락으로 들어 올려야 되겠다 싶을 정도였다. 흐릿하게 보이던 알렉의 모습이 점차 또렷해졌다. 알렉이 은색 포장지에 담긴 군용 식량을 내밀었다. 받아 들자 그 안의 덩어리가 만져졌다. 포장에 무언가 붙어 있었지만 상관없었다. 전혀 상관없었다. 마크는 덩어리 세 개를 집어 그 황홀할 정도로 맛있는 음식물을 입안에 넣었다. 짭짤한 쇠고기 맛이 느껴졌다. 그런데 씹고 나서 삼키려니 삼켜지지가 않았다.

"물⋯⋯."

말을 하려고 했는데 왈칵 기침이 나면서 알렉의 얼굴에 음식 파편을 튀기고 말았다.

알렉이 얼굴을 문질러 닦아내며 말했다.

"잘한다. 잘해."

"물 좀요."

마크가 꺽꺽대며 말했다.

"그래, 알았어. 여기."

알렉이 물통을 내밀었다. 그 안에서 액체가 찰랑댔다.

마크는 일어나 앉았는데 그 간단한 동작을 하는 것만으로도 온몸이 아파서 신음을 흘렸다.

"조심해. 너무 급하게 마시지 말고. 몸 상할라."

"알았어요."

마크는 물통을 받아 들고 떨리는 손을 진정시킨 후 물통 주둥이를 아랫입술에 가져다 댔다. 기분 좋고 시원한 물이 입안으로 들어와 목구멍으로 넘어갔다. 기침이 나려고 했지만 한 방울도 흘릴 수 없기에 꾹 참고 한 모금을 삼켰다. 이어서 몇 모금 더 마셨다.

"그만하면 됐어. 이제 내가 지저분한 보관장에서 가져온 그 별미나 몇 개 더 먹어."

마크는 시키는 대로 했다. 물로 목을 축이고 나니 음식 맛이 더 좋았다. 더 짭짤하고 더 강한 쇠고기 맛이 났다. 평생을 통틀어 목 안이 이렇게 아픈 건 처음이었지만, 그래도 입안과 목구멍이 젖으니 음식물이 수월하게 넘어갔다. 근육에 조금씩 힘이 생기는 느낌이었고 두통도 약간 가셨다. 메스꺼움이 사라진 게 제일 좋았다.

몸 상태가 나아지자 잠을 자고 싶었다.

"이제야 네 뇌가 다시 제대로 돌아가는 것 같아 뵈는구나."

알렉은 벽에 기대앉으며 군용 식량을 입에 넣었다.

"더럽게 맛없진 않지?"

마크는 희미하게 웃었다.

"입에 음식을 잔뜩 넣고 말하지 말라니까요. 식사 예법에 안 맞는다니까."

"나도 알아."

알렉이 입에 음식을 더 우겨넣고 일부러 더 요란하게 씹어댔다.

"그런 잔소리를 누가 듣고 싶어 한다고 계속하냐? 우리 엄마도 아니고."

마크는 웃음이 터졌다. 아무 생각 없이 진심으로 웃었다. 가슴과 목이 뻐근하도록. 웃고 나니 기침이 났다. 잠시 후 진정이 되자 마크는 "이제 우리 어디로 가요?"라고 묻고 다시 우물우물 음식을 먹었다.

"글쎄다. 버그 벙커가 애슈빌 서쪽에 있었고, 나는 동쪽으로 이동해 왔거든. 이쪽 산비탈에 괜찮은 마을이 몇 개 있어. 오면서 보니까 여기서 3킬로미터쯤 떨어진 남쪽 방향에 움직임이 보였어. 숲에 불을 내고 달아난 우리의 모닥불 친구들이 그쪽에 있는 것 같더라. 여기는 아무도 없고 조용해."

알렉은 음식을 한 입 더 먹고 말을 이었다.

"외진 곳이야. 예전 같으면 고급 동네지. 태양 플레어로 바짝 구워지기 전까지는. 애슈빌 시 교외의 부자들이 모여 사는 동네였으니까. 지금은 이 동네 집들이 거의 폐허가 돼버렸지만."

"어서 친구들을 찾아야……."

알렉이 손을 들어 그의 말을 막았다.

"알아. 기운 좀 차리고 몇 시간이라도 자고 나서 친구들을 찾으러 가자."

마크는 더 이상 시간을 허비하고 싶지 않았지만 알렉의 말이 옳았다. 일단 쉬어야 했다.

"여기로 날아오면서 남쪽 방향에 사람들이 모여 있는 걸 봤어. 디디네 마을 사람들이 거의 확실해 보이더라. 브루스란 놈의 말처럼 우리 친구들이 거기 같이 있는지는 확인해봐야겠지만."

마크는 잠시 눈을 감았다. 희망을 가져도 되는지 가늠이 되지 않았다.

그들은 그곳에 머물며 좀 더 먹고 마셨다. 마크는 바깥 풍경이 궁금하긴 했지만 너무 지쳐서 일어나 창문까지 걸어갈 기력이 없었다. 게다가 사람들이 한때 집이라고 불렀던, 지금은 불에 타 껍데기만 남은 건물들이라면 이미 물리도록 봤다.

"여기다 버그를 계속 세워둬도 괜찮을까요? 깜박하셨을까 봐 하는 말인데 아득바득 기어 올라와서 망치로 창문을 부순 사람도 있었거든요."

"아직 접근한 사람은 없었어. 주변을 잘 살피는 수밖에 없지. 친구들을 찾으러 가서는, 그쪽 미친놈들이 이 버그에 해치문 말고 다른 출입구가 있다는 걸 알아채지 못하길 바라야겠고 말이야."

망치를 든 남자를 생각하자 마크는 또 속이 메슥거렸다. 남자 조종사를 해치문 틈에 끼워 넣고 죽였던 일도 떠올랐다.

뭔가 이상한 낌새를 챈 알렉이 물었다.

"아까 널 화물칸에 혼자 두고 왔을 때 네가 거기서 한가롭게 다과를 즐겼던 게 아닌 건 나도 알아. 무슨 일이 있었는지 말해줄래?"

마크는 당황해서 초조한 눈빛으로 알렉을 흘끗 쳐다보았다.

"몇 분 동안 나 자신이 통제가 안 돼서 괴상한 짓을 했어요. 가학적인 짓요."

"그렇다고 미쳤다고 볼 수는 없어. 전장에서 수많은 사람들이 제정신이 아닌 행동을 하는 걸 봤지만 그 사람들이 바이러스에 감염된 건 아니었어. 그러니까 네가 그렇게 행동했다고 해도…… 감염됐다고 볼 수는 없는 거야. 사람은 살아남기 위해서라면 미친 짓도 하게 마련이니까. 작년에 그런 경우를 숱하게 봤잖아?"

하지만 마크의 기분은 별로 나아지지 않았다.

"이번엔…… 달라요. 짧은 순간이지만 그 남자가 짓이겨져서 죽는 걸 쳐다보면서 크리스마스 날 아침처럼 설레고 기분이 좋았어요."

"그랬구나."

알렉은 마크를 한참 동안 바라보았다. 마크는 알렉이 무슨 생각을 하는지 짐작할 수가 없었다. 알렉이 다시 입을 열었다.

"두 시간 후면 해가 완전히 저물 거다. 밤에 돌아다녀 봐야 좋을 게 없지. 그동안 한숨 자두자."

마크는 마음이 편치 않았지만 고개를 끄덕였다. 털어놓지 말걸 그랬나 싶기도 했다. 당분간 이 상황을 잘 이해하고 충분히 생각해 봐야겠다는 계획을 세우며 마크는 하품을 했다. 몸이 편안해졌다.

배가 부르자, 일주일치 피로가 한꺼번에 몰려오면서 그는 무의식의 세계로 빠져들었다.

자연히 또 꿈을 꾸었다.

46장

마크는 링컨 빌딩 회의실 안의 대형 탁자 밑에 웅크리고 누워
있다. 예전에는 이 자리에서 주요 인사들이 모여 중대한 일들을
논의했을 것이다. 건물 곳곳에 있는 자동판매기에서 꺼낸 군것질
거리와 소다수로 몇 주째 연명하려니 위장이 아프다. 자동판매기
를 부수는 데 약간 힘이 들기는 했지만, 전직 군인인 알렉과 라나
는 뭐든 박살내는 훈련을 받은 전문가가 아니던가? 그 대상이 사
람이든 물건이든.

링컨 빌딩은 실로 끔찍한 곳이다. 지옥보다 더 뜨겁다. 시체 냄
새가 진동해서 구역질이 치민다. 태양 플레어 현상이 일어났던 날
어마어마한 열기와 방사능으로 죽은 시체들이 사방에 널려 있다.
마크와 친구들은 15층에 머물며 그 층 전체를 치웠지만 지독한 시
체 냄새는 여전히 공기 중에 배어 있다. 결코 익숙해질 수 없는 냄
새다. 그리고 또 한 가지, 할 일이 너무 없다. 암 덩어리처럼 건물

안에 자리 잡은 권태가 언제든 그들의 정신을 갉아먹을 태세다. 실외의 자외선도 어마어마하다. 알렉은 그 열기가 이제 줄어들고 있다고 여기지만, 그래도 그들은 여전히 가급적 창문에서 멀리 떨어진 곳에서 생활하고 있다.

그러나 마크의 입장에서는 이런 모든 악조건을 상쇄하고도 남을 만한 장점이 하나 있다. 트리나와 예전보다 가까워졌다는 것. 훨씬 더 친밀한 사이가 되었다는 것. 그 생각만 하면 마크는 바보처럼 웃음이 난다. 누가 보지 않아 다행이다.

문이 열렸다 닫히는 소리가 난다. 이어서 발소리도 들린다. 깡통이 떼굴떼굴 바닥을 구르자 누군가 조그맣게 욕을 한다.

그 누군가가 속삭이듯 말을 건다.

"어이, 형! 깼어?"

백스터다.

마크는 몽롱한 목소리로 대답한다.

"어. 안 깼어도 깨게 생겼다. 네가 조용히 다니는 데는 소질이 없잖아."

"미안. 형을 찾아서 데려오라고 하셔서. 브로드웨이 가를 떠가는 배가 있는데 지금 우리 건물 쪽으로 오고 있대. 와서 보라는데?"

마크는 그런 얘기를 듣게 될 줄은 생각도 못 했다. 세계에서 제일 유명한 거리 중 한 곳인데 자동차가 아닌 배가 그 거리로 가고 있다니. 하지만 이제 맨해튼은 강과 개울이 격자로 교차하며 흐르는 곳으로 변했고, 강렬한 햇살을 받은 수면은 눈부시게 화려한 빛을 반사한다. 위도 아래도 전부 하늘인 것만 같다.

"진짜야?"

잠시 말문이 막혀 조용히 있던 마크가 묻는다. 그는 구조될지 모른다는 희망을 갖지 않으려 애를 쓴다.

백스터가 콧방귀를 뀐다.

"아휴, 내가 지어냈다! 어쨌든 내려가자."

"괴물들이 그 배를 운전하고 있는 게 아니라면, 자외선 수치가 많이 낮아졌나 보네."

마크는 손으로 얼굴과 눈을 문지르고 대형 탁자 밑에서 기어 나온다. 일어서서 팔다리를 쭉 펴고 일부러 늘어지게 하품을 해서 백스터의 애간장을 태운다. 하지만 마크도 궁금증을 이길 수 없어 서둘러 백스터를 따라 나선다.

복도로 나가자 열기와 악취가 훅 밀려든다. 이런 환경에서 수 주일을 살았지만 여전히 속이 메스꺼워서 구토를 애써 참아야 한다.

"어디들 계셔?"

마크가 묻는다. 그 배를 발견하고 지켜보고 있는 사람은 아마 알렉과 라나일 것이다.

"5층에. 여기보다 천 배는 악취가 심하지만 물이 그 층까지 차니까. 거긴 생선이며 시체 썩은 내가 가득해. 조금 전에 뭘 먹지 않았길 바랄게."

마크는 음식 생각은 하고 싶지 않아 어깨만 으쓱한다. 초코바와 감자칩은 지긋지긋하다. 이 두 가지를 지겨워할 날이 올 줄은 생각도 못 했다.

두 사람은 중앙 계단통 쪽으로 이동해 열 개 층을 내려간다. 부지런히 계단을 내려가는 그들의 발소리 외에는 사방이 고요하다.

아래로 내려갈수록 악취가 심해지지만 배에 대한 궁금증이 더 크다. 계단 여기저기에 핏자국이 보인다. 난간에 덩어리진 머리카락과 살점이 붙어 있다. 태양 플레어 현상이 일어났을 때 이곳에서 사람들이 얼마나 극심한 공황 상태에 빠졌을지, 그리고 얼마나 무시무시한 일을 겪었을지 감히 상상조차 할 수 없다. 마크 일행이 도착했을 때, 그들 입장에서는 다행이었지만, 이 건물에는 생존자가 단 한 명도 없었다.

5층 층계참까지 내려가자 계단통에서 실내로 이어지는 문 앞에서 트리나가 기다리고 있다.

"빨리 와!"

트리나가 어서 따라오라고 고갯짓을 한다. 트리나는 긴 복도를 지나 건물 외곽의 창가로 종종걸음을 놓으며 말한다.

"대형 요트야. 태양 플레어 전에는 꽤 멋지고 고급스러웠을 것 같아. 비록 지금은 100살은 먹었을 것 같은 몰골이지만. 떠 있는 것만도 놀라운데 물 위를 이동해 다니고 있어."

마크가 트리나에게 묻는다.

"그 요트에 탄 사람들 봤어?"

"아니. 배 안에 있는 것 같아. 조종석이나 선교에 있겠지."

설명하는 것만 봐서는 배에 대한 지식이 마크 못지않은 것 같다.

모퉁이를 돌아가자 깨진 유리창 앞에 서 있는 알렉과 라나가 보인다. 그들 발밑으로 30여 센티미터 아래에서는 강물이 건물 벽에 찰싹찰싹 부딪치고 있다. 토드와 미스터는 바닥에 앉아 바깥을 내다보고 있다. 마크는 요트를 보기에 앞서 소리부터 듣는다. 좋았던 옛 시절에나 들을 수 있었던, 기침하듯 털털대는 엔진 소리다. 잠시 후 작은 건물을 돌아 나오는 낡은 요트 한 척이 보인다. 뒷부분은 물에 잠겨 있다. 길이가 10미터 정도에 폭은 4, 5미터쯤 돼 보인다. 여기저기 뚫린 구멍과 쪼개진 이음매에 강력접착테이프와 합판 쪼가리가 붙어 있다. 거미줄처럼 금이 쫙쫙 간 선팅 유리창이 마치 불길한 눈처럼 그들을 노려본다.

"저 사람들이 우리가 여기 있는 걸 알고 오는 걸까요? 아저씨가 저 사람들을 부른 거예요?"

마크가 묻는다. 저들이 구조하러 오는 사람들이라고 믿고 싶다. 구조까지는 아니더라도 음식과 물을 가져다주려는 사람들이면 좋겠다.

"아니. 건물마다 돌아다니고 있더라. 먹을거리를 뒤지고 다니는 거겠지. 지금쯤은 우리가 여기 있는 걸 봤을 거다."

트리나가 이방인들 귀에 목소리가 들릴까 봐 걱정되는지 속삭인다.

"우호적인 사람들이면 좋겠어요."

그러자 알렉이 생기 없는 목소리로 대꾸한다.

"저들이 좋은 사람들이면 내 손에 장을 지진다. 다들 경계하고, 내 지시에 따라."

요트가 바로 앞까지 왔다. 연료 냄새와 함께 엔진 소음이 왕왕 울린다. 선팅한 유리창 너머로 두 사람의 희미한 그림자가 보인다. 남자들인 것 같다. 둘 다 머리가 아주 짧다.

엔진이 작동을 멈추자 선미가 빙 돌아 건물 벽에 가볍게 부딪친다. 알렉과 라나는 뒤로 물러선다. 마크가 돌아보니 토드와 미스티는 어느새 뒷벽까지 물러서 있다. 트리나와 백스터, 마크는 잔뜩 긴장한 표정으로 서로에게 가까이 다가선다.

선교에서 한 명이 나와서 출입구를 통해 갑판에 올라선다. 남자다. 남자는 양손에 커다란 총을 들었고, 링컨 빌딩 안에 서 있는 구경꾼들에게 총구를 겨누고 있다. 기름에 전 머리카락, 텁수룩한 턱수염을 가진 못생긴 남자다. 턱수염이 목까지 내려가 곰팡이가 핀 것처럼 지저분하게 붙어 있다. 남자는 검은색 선글라스를 썼다. 햇볕에 탄 피부는 지저분하고 옷도 남루하다.

또 한 사람이 갑판으로 올라온다. 남자인 줄 알았는데 머리를 박박 깎은 여자라서 마크는 놀란다. 남자가 알렉과 라나가 서 있는 깨진 창문 쪽으로 접근하는 동안, 그 여자는 요트를 건물 벽에 고정시키고 있다.

"전부 내 쪽으로 손을 보여."

남자는 총을 앞뒤로 움직여 한 사람 한 사람에게 잠깐씩 겨누면서 위협한다.

"두 손 다 위로 들어. 어서!"

알렉을 제외하고 그들은 모두 시키는 대로 한다. 마크는 알렉이 미친 짓을 해서 그들 모두를 총살의 위험에 빠뜨리지 않길 바란다.

남자는 거칠고 상스럽게 말한다.

"장난하는 줄 알아? 손들지 않으면 죽여버린다."

그제야 알렉은 천천히 손을 들어 올린다.

하지만 남자는 만족하지 않는 표정이다. 씨근덕거리면서 검은 선글라스를 낀 눈으로 알렉을 노려본다. 그러다 총구를 돌려 백스터에게 연달아 세 발을 쏜다. 총성이 공기를 뒤흔들고, 마크는 뒷걸음질 치다 칸막이벽에 부딪친다. 가슴을 파고 들어간 총알들이 사방에 붉은 안개 같은 피를 뿌림과 동시에 백스터가 쿵 쓰러진다. 숨이 끊어진 백스터는 비명조차 지르지 못한다. 상체가 피와 살점으로 뒤범벅이다.

남자는 깊게 숨을 들이쉬며 말한다.

"이제 다들 내 말을 잘 듣겠군."

47장

마크는 뒤척이다가 거의 잠에서 깨어나는 듯했다. 그는 백스터를 예뻐했다. 백스터의 똑똑하고 자신만만한 성정도 좋았고, 어쩌라는 거냐는 식의 태연한 태도도 좋았다. 그런 아이가 그렇게 죽임을 당했으니…….

도저히 극복할 수 없는 일이었다. 그의 꿈속에 펼쳐지는 과거의 기억들 중에서 제일 자주 등장하는 게 바로 백스터의 죽음이었다. 마크는 이만 잠에서 완전히 깨고 싶었다. 백스터의 죽음 이후 그가 목격하게 된 상황들, 그 후에 이어진 광기를 다시금 꿈에서 보고 싶지는 않았다.

하지만 그의 몸은 휴식을 필요로 했기에 그가 잠에서 깨어나는 것을 허락지 않았다. 잠은 그를 다시 끌어안았고, 그의 괴로운 마음 따윈 달래주지 않았다.

그런 일이 바로 코앞에서 펼쳐지면 뇌가 그 상황을 이해하는 데 시간이 다소 걸린다. 충격으로 인해 일시적으로 제 기능을 하지 못하게 되기 때문이다. 마크는 45도 각도로 몸을 젖힌 채 머리를 벽에 기대고 선다. 트리나는 두 손을 가로질러 가슴께에 얹고 비명을 지른다. 광분한 까마귀 백만 마리가 한꺼번에 터널에서 쏟아져 나오는 듯한 소리다. 토드와 미스티는 공포에 질린 얼굴로 바짝 붙어 서 있다. 라나와 알렉은 두 손을 들어 올린 채 그 자리에 흔들림 없이 서 있지만, 두 사람의 몸 근육은 바짝 긴장해 있다.

"닥쳐!"

총을 든 남자가 침을 튀기며 고함을 지르자 트리나의 비명은 칼로 자른 듯 멈춘다.

남자가 계속해서 말한다.

"한 번만 더 짜증나게 악써대면 총으로 쏴버릴 거다. 알겠나?"

트리나는 두 손으로 입을 막고 오들오들 떤다. 간신히 고개를 끄덕이지만 시선은 여전히 피투성이로 죽어 있는 백스터에게 고정돼 있다. 마크는 차마 백스터의 시신을 바라볼 수가 없어, 그 아이를 죽인 남자를 노려본다. 마크의 시야가 증오로 부옇게 흐려진다.

"고정시켰어요, 두목."

요트에서 여자가 말한다. 여자는 허리를 펴고 손가락을 더러운 바지에 문질러 닦는다. 둥글게 말린 밧줄 끄트머리가 마크의 시야에 들어온다. 여자는 남자가 저지른 살인을 인식하지 못했는지 아니면 사람이 원래 둔감한 것인지, 아무렇지 않게 요트를 건물 외벽에 밧줄로 고정시켜놓았다. 어쩌면 이런 상황에 익숙한 것인지도 모른다.

"이제 뭘 할까요?"

"가서 네 총을 가져와, 등신아. 내가 일일이 다 말해줘야겠어?"

남자는 멸시하는 시선으로 여자를 흘끗 보며 대답한다. 눈빛만 봐도 평소에 남자가 저 여자를 어떻게 대해왔는지 알 수 있다.

남자가 함부로 내뱉은 말보다, 여자가 멸시를 받으면서도 그저 고개를 끄덕이며 죄송하다고 말하는 게 마크는 더 마음이 아프다. 여자는 요트 안으로 들어갔다가 남자의 것과 비슷한 총을 두 손에 꼭 쥐고 다시 나온다. 그리고 남자 옆에 나란히 서서 마크 일행을 향해 차례로 총구를 겨눈다.

남자가 말한다.

"잘 들어라. 살고 싶으면 복종하면 돼. 아주 쉽지. 우린 연료와 음식을 가지러 여기 왔다. 너희가 피골이 상접한 몰골이 아닌 걸 보면 이 건물에 식량이 있다는 뜻일 테고, 이 정도로 큰 건물이면 발전기를 갖췄을 테니 연료도 있겠지. 우리는 필요한 만큼 챙겨서 여길 떠날 거다. 너희 것도 일부 남겨준다. 우리는 배려심이 있는 사람들이니까. 같이 나눠 쓰자는 거다."

"더럽게 관대하네."

알렉이 조그맣게 구시렁댄다.

남자가 총을 들어 알렉의 얼굴을 겨누자 마크는 깜짝 놀라 외친다.

"안 돼요! 그러지 말아요!"

그러자 그 총구가 마크에게로 향한다. 마크는 얼른 손을 들어 올리고 등 뒤의 칸막이벽 쪽으로 황급히 물러서며 말한다.

"제발요! 그러지 말아주세요! 원하는 건 뭐든 내드리겠습니다!"

"좋아, 그래야지. 전부 이동해. 한 명도 빠짐없이. 음식과 연료를 샅샅이 찾아와."

남자는 총을 휙휙 움직여 마크 일행을 이동하게 했다.

"죽은 친구를 밟지 않도록 조심들 해."

여자가 마크 일행에게 주의를 주자 남자가 윽박질렀다.

"어떻게 넌 날이 갈수록 멍청해지냐!"

"죄송해요, 두목."

여자는 고개를 푹 숙이고 온순한 작은 쥐가 되어버린다. 마크는 지금 심장이 1분에 1천 번씩 뛸 정도로 불안하지만 이 와중에도 여자에게 연민을 느낀다.

남자가 곧 다른 이들에게로 관심을 돌린다.

"어디 있는지 안내해. 여기서 종일 죽치고 있기 싫으니까."

마크는 알렉이 미친 짓을 할지 모른다는 생각을 했지만 알렉은 잠자코 계단통 쪽으로 걸어간다. 마크 곁을 지나가면서 알렉은 재빨리 한쪽 눈을 찡긋한다. 마크는 용기를 내야 하는지 걱정을 해야 하는지 판단이 서지 않는다.

피범벅이 된 백스터의 시신을 뒤로하고 그들은 복도를 걸어간다. 지난 몇 주일 동안 그들의 성이 돼주었던 건물 안에서 포로가 된 신세다. 계단에 다다른 그들은 위층으로 올라가기 시작한다. 두목이라는 남자는 총구를 겨냥하고 있음을 잊지 말라는 듯, 계단을 올라가는 마크 일행의 등을 번갈아가며 찔러댄다. 두목 앞에서 기가 팍 죽어 있던 여자의 애처로운 말이 마크의 머릿속을 자꾸만 맴돈다.

두목은 마크의 등을 총구로 쿡 찌르며 나지막하게 을러댄다.

"내가 네 친구를 어떻게 처리했는지 명심해."

마크는 한 걸음 한 걸음 계단을 계속해서 올라간다.

그 후 두 시간 동안 그들은 음식과 연료를 찾아 링컨 빌딩의 꼭대기층부터 맨 아래층까지 훑는다. 마크의 피부는 온통 땀으로 번들거리고, 13층의 비상 비품실에서 5층의 요트까지 발전기용 연료가 담긴 커다란 통들을 들어 나르느라 팔도 아프다. 그들은 이미 크고 작은 여러 휴게실들을 돌아다니며 자동판매기를 샅샅이 훑어서 안 그래도 양이 줄고 있는 그 안의 식량을 절반 이상 비워낸다.

요트의 선실 안은 오븐처럼 후끈후끈해서 악취가 더욱 진동한다. 가져온 물품들을 선실 안에 들여놓으며 마크는 의아해한다. 두목과 그 부하인 여자는 주변이 온통 따뜻한 물인데 목욕 한 번을 하지 않은 건가? 물이 더럽기는 했지만 말 그대로 목욕물 속에서 사는 것과 마찬가지인데 이 두 사람은 목욕을 전혀 하지 않는 것 같다. 선실을 오갈 때마다 마크는 그 두 사람에 대한 욕지기가 치밀어 오른다. 저항할 기미 한 번 보이지 않고 묵묵히 일만 하면서 시종일관 입을 꾹 다물고 있는 알렉에 대해서도 의문이 든다.

선실 구석구석이 거의 가득 채워졌을 무렵, 마크 일행은 12층에 머물며 이 건물의 중간 이하 층들을 마지막으로 한 번 더 샅샅이 훑고 있다. 두목이 남은 물건들은 가져도 좋다고 마크 일행에게 말한다.

두목은 12층 창가에 서서 그들에게 차례로 총을 겨누고 있다.

두목의 등 뒤로 저무는 태양이 유리창을 오렌지색으로 물들인다. 부하인 여자는 두목 바로 옆에서 멍하게 서 있다. 트리나는 몇 개 남지 않은 감자칩과 초코바를 자동판매기의 부서진 뚜껑 밖으로 마저 다 꺼내고 있는 참이다. 토드와 미스티, 라나, 알렉, 다넬은 그 옆에 서서 트리나가 일을 마치길 기다리고 있다. 이제 그 층에 남은 물품은 없다. 마크를 비롯한 그들 모두는 이 두 남녀가 그만 여기서 꺼져주기를 기다리고 있다. 더는 아무도 죽지 않기를 바라면서.

알렉이 회유하듯 두 손을 들고 두목에게 걸어간다.

그러자 두목이 경고한다.

"조심해. 너희가 할 일을 다 끝마쳤으니 이제 너희한테 사격 연습을 해도 될 것 같단 말이지. 근거리 사격도 괜찮고 말이야."

알렉이 거의 으르렁대며 말한다.

"이제 그만 됐어. 우린 바보가 아니야. 배에 물건들을 먼저 실어놓을 필요가 있었어, 이 일을 하기 전에."

"이 일?"

말썽이 날 것 같은 예감을 받았는지 두목의 양팔에 힘이 들어간다. 마크는 두목이 총의 방아쇠에 걸린 손가락에 힘을 주는 것을 본다.

"그래, 이 일."

알렉은 빠르게 행동에 돌입한다. 팔을 앞으로 뻗어 두목의 손에서 총을 쳐낸다. 총이 옆으로 휙 돌아가면서 아무렇게나 총알을 발사하고 바닥에 덜커덕 떨어진다. 여자는 돌아서서 창문을 따라 뛰더니 복도로 달려 나간다. 지금까지 보아온 중 제일 재빠른 모습이다. 총을 든 건 그 여자인데, 라나가 뒤를 쫓아 뛰어나간다. 어느새 알렉은 앞으로 돌진해 두목을 쓰러뜨리고, 그 둘은 건물 외벽의 대형 유리창에 함께 몸을 부딪친다.

모든 일이 순식간에 벌어진다. 유리창에 빠각 하고 금 가는 소리가 들려오고 그 커다란 유리창이 백만 개의 조각으로 폭발하듯 박살 난다. 알렉은 균형을 잡고 서서 두목을 밀어 떨어뜨리려 하지만 이내 두 사람은 함께 창밖의 강을 향해 몸이 서서히 기울어지고 만다. 마크는 곧장 몸을 날려 바닥에 미끄러지면서 창턱에 발을 걸고 몸을 앞으로 뻗어 알렉의 팔을 붙잡는다. 알렉의 팔을 잡은 손가락에 단단히 힘을 주지만 발이 휘청하면서 함께 허공에 뜨고 만다. 마크의 몸통마저 두 남자와 함께 건물 밖으로 향한다.

그 순간, 뒤에서 누군가 마크를 붙잡고는 가슴팍을 두 팔로 감싸 안아 끌어당긴다. 마크도 온 힘을 다해 알렉을 붙잡는데, 저 아래 뻗어나간 강줄기가 시야에 들어온다. 두목은 팔다리를 허우적대고 비명을 지르며 물로 추락한다. 마크는 두 팔이 어깨에서 빠질 것처럼 고통스럽다. 즉각 정신을 차린 알렉은 서둘러 몸을 돌리고 마크에게 잡혀 있지 않은 팔을 뻗어 창턱을 붙잡는다. 알렉이 창턱 위로 몸을 끌어 올리는 동안 뒤에서 마크를 붙잡고 있던 이도 마크를 창문 안쪽으로 끌어당긴다. 돌아보니 토드다.

그들이 모두 무사히 창문 안쪽에 발을 딛고 서는데, 복도로 나갔던 라나가 안으로 달려 들어오며 말한다.

"여자가 도망쳤어. 어디 벽장 안에라도 숨었나 봐."

"어서 여길 빠져나가자."

알렉이 말하며 발걸음을 옮긴다. 마크와 나머지 일행도 그 뒤를 따른다. 알렉이 덧붙인다.

"계획이 완벽하게 맞아떨어졌어. 요트에 필요한 물품을 다 채웠으니, 이제 내려가서 그 요트를 타면 돼. 이 도시를 빠져나가는 거다."

계단통으로 이동한 그들은 한 번에 두 칸씩 계단을 빠르게 내려간다. 땀이 나고 기진맥진한 상태지만 마크는 앞으로 어떻게 해야 할지 걱정이 앞선다. 태양 플레어 사태 이후 집 삼아 살아왔던 이 건물을 떠나 전혀 모르는 곳으로 이동해야 한다니. 설렘과 두려움 중 어느 쪽이 더 큰지 알 수가 없다.

5층에 도착한 그들은 복도를 달려간다. 그런 다음 깨진 창문을 넘어 요트에 올라탄다.

"밧줄 풀어!"

알렉이 마크에게 지시한다.

알렉과 라나는 선실로 들어가고 다넬과 토드, 미스티, 트리나는 갑판에 자리를 잡고 앉는다. 아이들은 뭐가 뭔지 모르겠고 어떻게 해야 할지도 모르겠다는 표정들이다. 마크는 아까 여자가 요트를 건물에 고정시켰던 밧줄을 풀기 시작한다. 마침내 그가 매듭을 풀고 밧줄을 당기자 시동이 켜지면서 요트는 링컨 빌딩에서 멀어져 간다. 마크는 요트 뒤쪽의 의자에 앉아 몸을 돌리고 높게 솟은 그 건물을 바라본다. 점점 열기를 잃어가는 황혼의 태양이 건물에 누렇게 빛을 반사하고 있다.

그런데 갑자기 두목이 미친 돌고래처럼 물 위로 솟아오른다. 그는 요트 뒤쪽을 탁탁 치면서 배에 오르려고 발악을 한다. 두 다리로 물을 힘차게 차면서 붙잡을 곳을 찾아 두 손을 마구 더듬는다.

그러다 고리를 붙잡자 팔 근육을 부풀려가며 힘을 준다. 거센 물살이 두목의 몸뚱이를 휩쓸고 있다. 두목의 얼굴은 반이 시퍼렇게 멍들었고, 나머지 반은 분노로 벌겋게 달아올라 있다. 두 눈이 이글거린다.

"다 죽여버린다! 네놈들을 다 죽여버리겠어!"

요트가 속도를 높인다. 마크의 속에서 울분이 솟구친다. 이 인간 같지도 않은 자가 탈출 기회를 망치도록 내버려둘 수는 없다. 마크는 고정식 의자를 손으로 잡고 두목의 어깨를 향해 발을 내지른다. 두목은 꿈쩍도 하지 않는다. 마크는 다시, 또다시 그를 걷어찬다. 헛발질은 없다. 두목의 손에 점점 힘이 풀린다.

"꺼…… 져!"

마크는 악을 쓰면서 두목의 어깨에 발을 꽂는다.

"죽여버리겠……."

두목은 말을 마칠 힘도 남아 있지 않은 듯하다.

아드레날린이 폭발한 마크는 고함과 함께 몸을 들어 올렸다가 힘껏 두 발을 뻗는다. 최후의 일격이다. 그의 두 발이 두목의 코와 목에 닿는 순간 두목은 격한 비명을 터뜨리며 고리를 놓는다. 휘도는 물살 속으로 휩쓸려 간 두목은 하얀 거품 속으로 자취를 감춘다.

마크는 거칠게 숨을 몰아쉰다. 몸을 돌리고 의자로 기어 올라가 앉은 후 요트 뒤쪽을 돌아본다. 요트가 지나간 자리와 그 너머의 검은 물에는 아무런 흔적도 없다. 그런데 두목이 떨어졌던 링컨빌딩의 12층 창문 너머로 움직임이 포착된다. 멀어져가는 그 건물 안에 총을 들고 서 있는 사람이 있다. 두목과 함께 왔던 여자다. 마크는 총알 세례가 쏟아질 것을 예상하며 얼른 자세를 낮춘다. 그런데 가만히 보니 여자가 총구를 자기 턱 밑에 대고 조준하고 있다.

마크는 그러지 말라고 소리치려 하지만 이미 늦었다.

여자는 방아쇠를 당긴다.

요트는 계속해서 나아간다.

48장

꿈속에서 튀어 오른 물보라에 맞기라도 한 것처럼 마크는 식은 땀에 젖은 채로 잠에서 깨어났다. 다시 심한 두통이 밀려왔다. 움직일 때마다 두개골 안에서 뭔가가 이리저리 굴러다니는 것 같았다. 다행히 알렉은 그를 편하게 내버려두었고, 내일을 위해 음식을 먹으며 기운을 보충하는 동안에도 별말을 하지 않았다. 내일은 친구들을 구하러 가야 했다.

두 사람은 조종실 바닥에 앉아 있었다. 늦은 아침의 햇살이 창문으로 흘러 들어오고 따뜻한 바람이 깨진 창문을 통해 휘파람을 불었다.

그들은 한참 동안 말이 없었다.

얼마 후 알렉이 입을 열었다.

"네가 세상모르게 잠들어 있는 동안 버그를 띄우고 주변 지역을 정찰하면서 혹시나 싶었던 부분을 확인했어. 여기서 3킬로미터쯤 떨어진 곳에…… 모닥불 미치광이들이…… 라나와 트리나, 디디를 데리고 있더라. 우리 친구들을 양 떼 몰듯이 몰아가고 있더구나."

마크는 위장이 죄어드는 듯했다.

"그게…… 무슨 뜻이에요?"

"한 집에서 다른 집으로 여럿이 옮겨가고 있는데, 자세히 보니까 검은 머리의 라나와 아이를 안은 트리나였어. 더 가까이 가서 확인도 했어."

알렉은 깊게 숨을 들이마시고 덧붙였다.

"친구들이 살아 있고 어디 있는지도 알았으니, 이제 우리가 할 일을 해야겠지."

마크는 친구들이 죽지 않고 살아 있다는 사실에 마음이 놓였다. 하지만 친구들을 구해내려면 그리로 들어가 싸워야 한다는 생각을 하자 벌써부터 기운이 소진되는 느낌이었다. 둘이서 그 많은 미치광이들을 어떻게 상대한단 말인가?

"어째서 입이 딱 붙었냐?"

마크는 넋을 빼놓을 만한 그림이라도 그려져 있는 것처럼 조종석 뒤편만 멍하니 쳐다보았다.

"그냥 겁이 나서요."

이 나이 든 전직 군인 앞에서 용감한 척 버티던 짓은 오래전에 그만두었다.

"겁이 난다……. 잘됐구나. 좋은 군인은 늘 두려움을 갖고 있지. 그게 정상이야. 두려움에 어떻게 대처하느냐에 따라 이길 수도 있고 질 수도 있어."

마크가 미소를 지었다.

"그 얘기는 벌써 몇 번이나 하셨어요. 알아요, 저도."

"그럼 물이나 마시고 출발하자."

"알겠습니다."

마크는 물통에 든 물을 길게 들이켜고 일어섰다. 꿈속에서 느꼈던 묵직한 중압감이 조금씩 가벼워지는 듯했다.

"어떻게 할 계획이에요?"

알렉은 손으로 입가를 문질러 닦고는 버그 중간쯤을 대충 턱으로 가리켰다.

"가서 친구들을 구해야지. 그러려면 우선 이 비행선에 실려 있는 무기들을 꺼내야 돼."

마크는 버그에 관해 아는 바가 없었지만 알렉은 달랐다. 버그 중앙 구역에 보관 창고가 하나 있는데, 비밀번호 입력과 망막 스캔까지 거쳐야 열 수 있었다. 그들은 비밀번호도 모르고 망막 스캔을 통과할 수도 없으니 구식으로 문을 여는 수밖에 없었다. 그건 바로 도끼로 찍는 것이었다.

다행히 낡은 데다가 잘나가던 시절은 한참 지난 비행선이라 그들은 30분에 걸쳐 세 번씩 교대를 해가며 땀을 흘린 끝에 경첩을 부수고 금속 문짝을 열 수 있었다. 도끼질을 하는 동안 금속 파편이 복도 여기저기에 흩어졌고, 마침내 커다란 문이 안으로 쑥 밀려들어 가며 그 너머 벽에 쾅 부딪쳤다. 그 울림이 족히 1분은 버그 안에 왕왕 퍼져나갔다.

문이 열리자 알렉은 도끼를 던져놓고 말했다.

"이 안에 쓸 만한 게 남아 있길 바라야지."

어두침침한 보관 창고 안에서 먼지 냄새가 풍겼다. 버그에 전력은 공급되고 있지만 창고 안의 전구는 대부분 박살 나 있었다. 구석진 곳에 박혀 있는, 자그마한 빨간색 비상용 전구 하나에만 불이 들어와서 창고 안이 온통 피에 물든 듯 보였다. 알렉은 창고 안을 살피기 시작했는데, 마크가 보기에는 선반들이 거의 다 비어 있었다. 쓰레기와 빈 통들뿐이었는데 그나마도 버그가 크게 기울어질 때 바닥에 떨어져 여기저기 흩어져 있었다. 알렉은 아무리 둘러봐도 건질 만한 게 없자 구시렁대며 욕을 내뱉었다. 마크도 걱정이었다. 달랑 맨주먹에 맨다리로 트리나를 찾으러 가서 과연 구해낼 수 있을까?

"여기 뭔가가 있어."

알렉은 긴장한 목소리였다. 그는 이미 자신이 발견한 물건의 뚜껑을 열어보려 하고 있었다.

마크가 다가가 어깨 너머로 보았다. 대부분 그림자에 가려 있었지만 금속 자물쇠 여러 개가 붙어 있는 커다란 상자인 것만은 알 수 있었다.

알렉은 자물쇠를 잡고 열려고 시도하다가 세 번이나 손이 미끄러져 실패하자 말했다.

"이래서는 안 되겠다. 가서 도끼 좀 가져와."

마크는 알렉이 쓰고 나서 복도에 던져놓은 도끼를 신속하게 가져왔다. 두 손으로 도끼 자루를 잡고 상자를 내리찍으려는데 알렉이 허리를 펴고 일어서며 물었다.

"그렇게 하게? 괜찮겠어?"

"예? 왜요?"

알렉이 상자를 가리켰다.

"이 안에 뭐가 들었는지 알고 하는 거야? 폭발물이나 고압 기기, 아니면 독성 물질이 들어 있을지도 모르잖아. 안 그래?"

"그래서요?"

"그러니까 무조건 도끼로 내리찍었다가는 우리 둘 다 죽을지도 모른다는 거지. 조심해야 돼. 자물쇠만 살살 정확하게 찍어야 된다 이 말이야."

마크는 웃음이 나오려고 했다.

"할아버지는 섬세한 면이 전혀 없는 것 같으니까 제가 해볼게요."

"좋아."

알렉은 한 발 뒤로 물러서서 손을 휘저어 절하는 시늉을 하며 덧붙였다.

"신중하게 해."

마크는 도끼 자루를 단단히 잡고 허리를 굽혔다. 도끼를 크게 휘두르는 대신, 작지만 단단한 자물쇠를 도끼날로 살살 찍었다. 얼굴에서 땀이 흘러내리고 두 번이나 도끼 자루를 손에서 놓쳤지만 마침내 첫 번째 자물쇠를 부수는 데 성공했다. 그다음 자물쇠로 넘어갔다. 10분쯤 지나자 어깨가 빠질 듯 아프고, 도끼 자루를 쥔 손가락에 감각이 없어졌다. 그래도 끝까지 남은 자물쇠를 전부 깨부쉈다.

허리를 펴고 일어선 마크는 등이 아파 움찔하며 말했다.

"보기보다 쉽지 않네요."

두 사람은 웃음을 터뜨렸다. 이 상황에서 어떻게 경솔하게 웃음이 나오는지 마크도 알 수가 없었다. 그들은 위험하고 겁나는 임무를 앞에 두고 있었지만, 무슨 이유에서인지 마크의 마음은 그 임무에 오롯이 집중하지 않으려 했다.

"그래도 땀 흘리며 일하니까 기분은 좋지? 이제 이 안에 뭐가 들었나 보자. 그쪽 끝을 잡아."

마크는 뚜껑의 튀어나온 부분 아래 손가락을 넣고 알렉의 신호를 기다렸다. 알렉이 셋까지 세고 그들은 동시에 뚜껑을 들어 올렸다. 꽤 묵직했지만 둘이서 거뜬히 들어 벽 쪽으로 넘겼다. 뚜껑이 벽에 부딪치며 요란한 소리를 냈다. 상자 안에는 금속으로 된 길쭉한 물건들이 빨간 조명을 반사하고 있었다. 윤기가 반질반질해서 마치 물에 젖어 있는 것처럼 보였다.

"이게 뭐죠?"

마크가 물으며 알렉을 흘끗 쳐다보았다. 알렉은 도저히 믿기지 않는다는 듯 눈이 휘둥그레져 있었다.

"표정을 보니까 뭔지 아시는 것 같네요."

알렉이 나지막하게 대답했다.

"아, 그래. 알지. 알 것 같아."

"그래요?"

마크는 호기심이 잔뜩 동했다.

그런데 알렉은 대답 대신 허리를 굽히고 상자 안에서 그 물건들 중 하나를 꺼내 들었다. 딱 소총만 한 크기였다. 알렉은 그 물건을 손으로 돌려가며 꼼꼼히 살폈다. 은색 금속과 플라스틱으로 만들어졌고 기다란 몸체에 여러 개의 튜브들이 나선형으로 붙어 있었다. 한쪽 끝에는 소총의 개머리 같은 부품과 방아쇠가 달려 있고, 다른 쪽 끝에는 길게 늘인 거품 같은 장치에 돌출된 주둥이가 붙어 있는 형태였다. 어깨에 메고 다닐 수 있도록 끈도 달려 있었다.

"이게 뭐예요?"

또다시 묻는 마크의 목소리에는 두려움과 얼떨떨함이 뒤섞여 있었다.

알렉은 손에 들고 봐도 믿을 수 없다는 듯 고개만 좌우로 흔들어댔다.

"이게 얼마짜린 줄 아냐? 너무 비싸서 무기 시장에는 나오지도 않던 물건이야. 내가 이걸 손에 들고 있다니 믿기질 않는구나."

마크는 얼른 대답을 듣고 싶었다.

"그래서 그게 뭔데요?"

알렉은 고개를 들고 마크의 눈을 마주 보았다.

"이건 트랜스바이스라는 거다."

"트랜스바이스요? 뭐 하는 물건인데요?"

알렉은 성스러운 유물을 다루듯 조심스럽게 그 괴상한 물건을 들어 보였다.

"사람들을 공기 중에 소멸시키는 무기지."

49장

"소멸요? 어떤 식으로요?"

마크의 표정은 회의적이었다.

"작동하지 않으면 어차피 다 소용없긴 하지."

알렉은 상자 안을 잠시 들여다보다가 은색 걸쇠들이 달린 크고 시커먼 장치를 꺼냈다. 그는 그 귀중한 물건들을 들고 마크 곁을 지나 보관 창고를 나섰고, 조종실 쪽으로 방향을 돌려 복도를 걸어가면서 소리쳤다.

"어서 와!"

마크는 상자에 담겨 있는, 위협적이면서 거의 마법의 물건처럼 보이기도 하는 빛나는 무기들을 마지막으로 한 번 더 들여다보고는 알렉의 뒤를 따라갔다. 알렉은 조종실 기장석에 앉아 무기를 손에 들고 감탄하고 있었다. 마치 새 장난감을 손에 넣은 아이 같았다. 상자에서 함께 꺼내 온 시커먼 장치는 바닥에 두었는데 무기를 얹어놓는 받침대처럼 보였다. 일종의 충전기 같기도 했다.

마크는 알렉의 뒤쪽으로 슬그머니 다가가며 말했다.

"어떤 무기인지 자세히 좀 알려줘요."

"잠깐만."

알렉은 시커멓고 길쭉한 받침대 위에 장난감처럼 생긴 무기를 얹어놓았다. 그리고 무기 측면에 붙은 자그마한 제어 장치의 버튼을 누르자, 픽 소리에 이어 위잉 하는 소음과 함께 무기가 회색빛을 뿜어내기 시작했다.

"충전시키고 나서 어떻게 작동하는지 보여주마."

알렉은 신이 난 목소리로 말하고는 마크를 올려다보았다.

"평면 이동문이라는 장치에 대해 들어봤지?"

마크는 어이가 없어 눈을 위로 굴렸다.

"당연히 들어봤죠. 나도 이 지구에 살고 있는 사람이거든요."

"그래, 잘났다. 그럼 오줌 지리지 말고 잘 들어. 그런 장치들이 얼마나 비싼 줄 알아? 어떻게 작동하는지는 알고?"

마크는 어깨를 으쓱하고는 바닥에 앉았다. 기절하듯 잠들었던 바로 그 자리였다. 그렇게 잠이 들었던 게 백만 년 전의 일처럼 느껴졌다.

"이용해본 적은 한 번도 없어요. 본 적도 없고요. 분자 이동 장치라는 것만 알아요."

알렉은 선웃음을 쳤다.

"물론 못 봤겠지. 네가 억만장자도 아니고, 정부에 소속돼서 일한 사람도 아니니까. 그런 장치를 사려면 네가 1년 내내 세도 다 헤아리지 못할 만큼의 돈이 들어가. 하지만 작동 방식에 대해서는 잘 맞췄어. 분자 구조를 와해시킨 후 수신 지점에서 재조립하는 장치니까. 이 총도 기능은 평면 이동문과 똑같은데, 앞부분 절반만큼의 기능만 갖고 있는 거야."

충전 중인 그 무기를 바라보던 마크는 소름이 돋았다.

"그러니까 이 총이 사람들의 몸을 와해시키는 기능을 한다는 거죠? 보이지도 않을 만큼 아주 작은 조각으로 부숴버린다는 거 아니에요?"

"맞아. 간단히 말하자면 그래. 화장한 시신의 재처럼 허공에 흩날리지. 자신을 원래대로 재조립해줄 누군가를 기다리며 영원토록 떠돌아다닐걸. 아니면 재가 된 순간 생명이 끝나버리든지. 나야 모르지. 따지고 보면 그렇게 고약한 죽음은 아닐 거야."

마크는 고개를 저었다. 놀라운 현대 과학기술이었다. 세상은 끝내주게 멋진 장치들을 만들어냈지만 태양이 인간의 문명 대부분을 지워버리자 그 장치들도 거의 쓸모없게 되어버렸다.

"그건 그렇고, 보관 창고에 달리 무기로 쓸 만한 물건은 없는 것 같던데요."

"그래. 그러니…… 이 귀염둥이가 작동을 하길 바라야지."

마크는 그 무기로 자기 발을 쏘는 일은 없길 바랐다.

"충전이 다 되려면 얼마나 걸려요?"

"오래 걸리진 않을 거야. 우리가 구출 임무에 필요한 물품들을 배낭에 챙겨 넣는 동안이면 충분하겠지. 그리고 네 것도 충전시켜놓고 그동안 시험을 해보자. 여분으로 한 대 더 충전하는 게 좋을 것 같다."

군인다운 말이라고 마크는 생각했다.

마크가 충전기를 멍하니 바라보고 있는데, 알렉은 이동 준비를 하러 가자며 그를 일으켜 세웠다.

30분 후, 그들은 음식과 물, 숙소 구역에 숨겨져 있던 깨끗한 옷 몇 벌을 찾아 배낭이 꽉 차도록 집어넣었다. 첫 번째 트랜스바이스의 충전이 완료되자 알렉은 총을 두 손으로 단단히 잡고 연결 끈을 어깨에 멨다. 그들은 화물칸에서 바깥으로 연결되는 해치문을 열었다. 주변을 미리 대충 수색했을 때 근처에 아무도 없었으니 여기서라면 이 비싼 무기를 시험해봐도 안전할 것이다.

해치문이 열리며 경첩에서 삐걱 소리가 나자 마크는 주춤하면서 알렉을 돌아보았다. 알렉은 의기양양해하는 표정이었다.

"그 무기를 꽉 좀 잡고 있을래요?"

광택이 좔좔 흐르던 트랜스바이스는 충전이 되자 연한 오렌지 빛을 발했다.

알렉은 잔소리 좀 그만하라는 표정으로 마크를 흘끗 보았다.

"이게 허술해 보여도 실은 아주 단단해. 링컨 빌딩 꼭대기에서 떨어뜨려도 안 깨질걸."

"그거야 그 아래가 물바다라 그렇겠죠."

알렉은 트랜스바이스를 돌려 잡고는 총구에 해당하는 부분, 즉 기다란 거품처럼 생긴 부품과 연결된 작고 괴상한 주둥이를 마크 쪽으로 향했다.

마크는 저도 모르게 움찔했다.

"하나도 재미없어요."

"내가 방아쇠를 당기면 그렇겠지."

해치문이 완전히 열려 그 아래 금이 쫙쫙 간 보도에 쿵 소리를 내며 떨어졌다. 그들이 버그를 착륙시켜놓은 이곳은 어느 외진 골목이었다. 이따금씩 멀리서 새 우는 소리만 들릴 뿐, 돌연 온 세상에 황량한 정적이 깔렸다. 따뜻하고 습한 공기가 그들을 에워싸 숨쉬기가 편치 않았다. 마크는 심호흡을 하려다가 기침을 뱉어냈다.

알렉은 경사로를 성큼성큼 밟고 내려갔다.

"가자. 다람쥐라도 한 마리 잡아야지."

알렉은 경사로를 걸어 내려가면서도 혹시 모를 적의 출현에 대비해 무기를 연신 앞뒤로 조준했다.

"아니면 이 근방에서 어슬렁대는 미치광이라도 잡든지. 충전해서 써야 하는 무기라 아쉬워. 그렇지만 않으면 단번에 이 바이러스 문제를 해결할 수도 있을 텐데 말이야. 바이러스에 감염된 이 낡은 동네들을 깨끗하게 쓸어버리는 식으로."

마크는 버그 아래로 내려가 알렉 옆에 섰다. 그는 폐허가 된 집 안에서 혹은 그 너머 불에 탄 숲에서 누군가 그들을 지켜보고 있을지도 모른다는 생각에 경계심을 늦추지 않았다.

"인간 생명을 어찌나 귀중하게 여기시는지 눈물이 다 나려고 하네요."

마크가 중얼거리자 알렉이 받아쳤다.

"멀리 봐야지. 가끔은 사태를 장기적인 안목으로 볼 필요가 있어. 어쨌든 말이 그렇다는 거다, 아들(Son, 나이 많은 남자가 젊은 남자를 친근하게 이르는 말—옮긴이). 말이 그렇다고."

도시 외곽의 교외 지역에 서 있자니 마크는 초조해졌다. 이 버려진 동네는 그의 기분을 묘할 정도로 불편하게 만들었다. 임무를 수행하러 출발하기에 앞서 그는 마음을 강하게 먹기로 했다.

"저걸로 시험해보도록 하죠."

마크의 말에 알렉은 반쯤 부서진 벽돌 우편함 쪽으로 걸어갔다. 이 마을을 서둘러 빠져나가면서 누군가 승용차나 트럭으로 들이받은 듯했다.

"그러지 뭐. 살아 있는 생물을 대상으로 시험해보고 싶었는데. 살아 있는 유기체인 경우에 작동이 더 잘될 테니까. 하지만 네 말도 맞아. 서둘러야지. 우선 이 벽돌 우편함을 없애보고—."

그때, 그들 근처에서 반쯤 무너진 집의 현관문이 벌컥 열리더니 한 남자가 괴성을 지르며 그들에게 곧장 달려왔다. 그 남자의 입에서 나오는 말들은 전혀 이해가 불가능했고, 눈빛은 광기로 가득했다. 기름에 절어 엉망인 머리카락, 손톱으로 제 얼굴을 후벼 팠는지 염증으로 뒤덮인 얼굴, 실오라기 하나 걸치지 않은 알몸.

마크는 남자의 모습에 혼비백산해 뒤로 두어 걸음 물러섰다. 어떻게 행동해야 할지, 무슨 말을 해야 할지 갈피를 잡을 수 없었다.

알렉은 트랜스바이스를 들고 그 남자를 곧장 겨냥하며 소리쳤다.

"거기 서! 서지 않으면……."

그러나 미친 듯이 달려오는 남자는 그의 말을 전혀 듣고 있지 않았다. 알렉은 더는 말을 하지 않았다. 남자는 의미 없는 단어들을 내뱉으면서 빠른 속도로 알렉에게 비틀비틀 달려왔다.

날카롭게 쩽 하는 소리가 사방에서 들리는가 싶더니, 제트 엔진 소음처럼 무언가 빠르게 회전하는 소리가 위잉 하고 터져 나왔다. 곧이어 트랜스바이스의 은은한 오렌지빛이 강렬한 햇빛 속에서도 눈에 띌 만큼 확 밝아지더니, 총구에서 눈부시게 하얀 빛이 뿜어져 나와 괴성을 지르는 남자의 가슴팍에 명중했다. 동시에 알렉은 그 반동으로 뒤로 주춤했다.

남자의 괴성은 급작스레 무덤 속에 봉인된 듯 단박에 끊겼다. 남자의 몸이 머리끝부터 발끝까지 회색으로 변하더니, 회색 천을 오려낸 것처럼 희미하게 빛나며 물결쳤다. 그러다 폭발적으로 증발해 안개처럼 사라져버렸다. 그 남자가 존재했던 흔적이라고는 전혀 남지 않았다.

마크는 알렉을 돌아보았다. 알렉은 트랜스바이스를 아래로 내리고 숨을 몰아쉬면서, 방금 전까지 남자가 서 있던 자리를 휘둥그레진 눈으로 바라보고 있었다.

그러다 마침내 마크의 아연실색한 눈을 마주 보며 말했다.

"제대로 작동하네."

50장

　마크는 할 말을 잊었다. 마음이 몹시 무거웠다. 트랜스바이스에
맞아 한 사람이 바람에 흩날리는 담배 연기처럼 사라져버린 놀라
운 광경 때문만은 아니었다. 완전히 실성한 남자가 집 밖으로 뛰
어나와 그들에게 곧장 달려왔다. 그 남자는 무슨 생각을 하고 있
었을까? 그들을 공격하려던 것일까, 아니면 도움을 청하려던 것
일까? 다른 사람들도 그 남자처럼 상태가 나빠지고 있는 건가? 그
남자처럼…… 미쳐가고 있는 걸까?

　그 병이 사람들에게 한 짓을, 지금도 하고 있는 짓을 목격하면
서 마크의 머릿속은 괴롭기 그지없었다. 그 병에 걸린 사람들의
상태는 점점 악화될 것이다. 아까 그 남자는 완전히 미쳐버린 상
태였다. 마크의 내면에서도 심상치 않은 무언가가, 아직은 희미하
지만 확실히 시작되고 있었다. 그의 내면에 도사린 짐승이 곧 밖
으로 뛰쳐나와 마크를 그 실성한 남자처럼, 알렉이 트랜스바이스

로 없애버린 그 남자처럼 만들어놓을 것이다.

"괜찮은 거냐?"

마크는 고개를 흔들어 정신을 차렸다.

"아뇨. 괜찮지 않아요. 그 남자 보셨죠?"

"그래, 봤지! 아니면 내가 왜 그 사람을 증발시켜버렸겠냐?"

알렉은 그 무기를 어깨 끈에 매달고 서서 주변을 둘러보았다. 미친 사람들이 더 달려들까 싶어서였지만 아직까지는 아무도 없었다.

진작 알았어야 했는데, 그제야 마크는 트리나가 얼마나 위험한 상황에 놓여 있는지 깨달았다. 그 깨달음은 망치처럼 그의 심장을 내리쳤다. 트리나는 방금 그가 목격한 남자처럼 상태가 좋지 않은 미치광이들에게 포로로 잡혀 있었다. 그런 트리나를 두고 어떻게 그와 알렉은 휴식이 필요하다며 잠을 자고, 음식을 먹고, 짐을 꾸릴 수 있었을까? 마크는 자신이 밉고 혐오스러웠다.

"어서 구출하러 가야 해요."

알렉이 그에게 다가오며 물었다.

"무슨 소리야?"

마크는 눈을 똑바로 뜨고 알렉을 바라보았다.

"가야 한다고요. 당장."

그 후 한 시간 동안 그들은 정신없이 서둘러 준비를 하고 애간장을 끓이며 대기했다. 우선 버그로 돌아와 해치문 경사로를 닫았다. 해치문이 완전히 닫히려면 2분이나 걸리는 까닭에 알렉은 누가 버그에 올라타려고 할 경우에 대비해 트랜스바이스를 들고 문 옆에 서 있었다. 그리고 나서 그들은 무기를 준비했고, 알렉은 트랜스바이스를 쏘는 방법을 마크에게 속성으로 가르쳤다. 그리 복잡하지는 않았다. 마침내 알렉은 버그를 다시 출발시켰다. 추진기에서 불꽃을 쏟아내며 버그는 하늘로 떠올랐다.

저공비행을 하는 버그의 창밖으로 마크는 지상을 샅샅이 살폈다. 알렉이 친구들을 보았다고 말했던 폐허와 다름없는 마을에 가까이 접근하자, 마크는 사람들의 움직임을 볼 수 있었다. 사람들은 삼삼오오 모여서 이 집에서 저 집으로 뛰어다녔다. 마당에 모닥불 몇 개가 피워져 있고, 반쯤 무너진 굴뚝에서 연기가 피어올랐다. 고기를 뜯어먹고 버려둔 동물 시체들도 여기저기 널려 있었다. 사람의 시신도 몇 구 있었는데 간혹 겹겹이 쌓아놓은 시신들도 눈에 띄었다.

"여기는 애슈빌 시 변두리야."

알렉이 말했다. 그들이 와 있는 이곳은 작은 언덕들 사이로 깊숙이 들어가 있는 넓은 골짜기의 초입이었다. 주변의 숲은 최근의 화재로 검게 그을린 채였다. 야트막한 언덕 양옆으로 값비싼 큰 집들이 점점이 서 있었는데, 그중 몇 채는 불에 바싹 타서 시커먼 숯이 되어 있었다.

수십 명의 사람들이 무리 지어 거리를 배회하고 있는 모습이 눈에 띄었다. 그중 몇 명은 하늘에 떠 있는 버그를 보고 손가락질을 하면서 숨을 곳을 찾아 뛰었으나, 대부분은 귀도 먹고 눈도 먼 것처럼 버그의 존재를 알아채지 못하는 듯했다.

"거리에 사람들이 꽤 많아요."

마크의 보고에 알렉이 고개를 끄덕였다.

"내가 트리나와 라나와 그 아이를 본 곳이 바로 여기야."

알렉은 버그를 비스듬히 날게 하다가 급강하시켜 지상으로 가까이 내려갔다. 그리고 30미터 상공에서 정지 비행을 하게 해놓고 마크 곁으로 다가왔다. 두 사람이 창밖으로 내려다본 지상은 악몽 그 자체였다.

마치 정신병원에서 환자들을 죄다 풀어놓은 듯했다. 지독한 광기에 휩싸인 그곳에 질서라고는 없었다. 바닥에 등을 대고 누워 누구에게랄 것도 없이 무작정 악을 쓰는 소녀. 서로 등을 맞댄 채 묶여 있는 두 남자를 무지막지하게 패는 세 여자. 대충 만든 불구덩이 위에 냄비를 얹어놓고 끓인 시커먼 액체를 마시며 춤을 추는 사람들. 아무렇게나 빙글빙글 달리고 있는 사람들과 술에 취한 듯 휘청대는 사람들.

그러다 마크의 눈에 끔찍하기 이를 데 없는 풍경이 들어왔다. 그곳에 모여 있는 사람들이 도저히 회복 불가능한 상태임을 확실하게 보여주는 풍경이었다.

몇몇 남녀가 사람 고기처럼 보이는 덩어리들을 놓고 싸우고 있었다. 그들의 손과 얼굴은 온통 피투성이였다.

마크는 혐오와 공포에 휩싸였다. 저들이 뜯어먹고 있는 고기가 그가 유일하게 사랑했던 소녀의 시신일지 모른다는 생각에서였다. 마크는 돌연 머리부터 발끝까지 온몸이 덜덜 떨렸다.

"내려가요. 당장 고도를 낮춰요! 밖으로 나가야겠어요!"

알렉이 창가에서 물러섰다. 마크는 그토록 창백한 알렉의 얼굴을 처음 보았다.

"아니…… 그럴 수 없어."

마크의 속에서 맹렬한 분노가 치솟았다.

"이제 와서 포기 못 해요!"

"무슨 소릴 하는 거야? 지금 여기서 내려갔다간 저들이 기어
올라올 수도 있으니 좀 더 안전한 곳을 찾아서 착륙해야지. 일단
안전한 장소로 물러나자. 멀리까지 갈 필요는 없어."

마크는 몹시 격하게 숨을 몰아쉬었다.

"아…… 알겠어요. 죄송해요. 그래도…… 서둘러야 돼요."

"지금 저 모습을 보고도 서두르자는 말이 나오냐? 거참 그럴듯
한 조언이네."

말은 이렇게 하면서도 알렉은 이미 조종석 앞에 앉아 있었다.

마크는 휘청하며 벽에 기대섰다. 분노는 숨 막히는 비통함으로
바뀌었다. 이런 광란의 현장 한가운데서 트리나가 아직까지 살아
있을 수 있을까? 플레어 바이러스는 도대체 무엇일까? 도대체 어
떤 인간이 무슨 생각으로 이 바이러스를 퍼뜨린 거지? 꼬리에 꼬
리를 무는 의문은 괴로움만 키울 뿐이었다. 역시 의문에 대한 답
은 찾을 수 없었다.

다시 고도를 높인 버그는 비스듬히 비행하여 그들이 왔던 곳으
로 돌아갔다. 마크는 저 아래 있는 사람들 중 몇 명이나 자기네 머
리 위에서 정지 비행 중인 이 거대한 비행선을 인지했을지 궁금했
다. 몇 분 동안 버그를 몰고 가던 알렉은 마침내 마땅한 곳을 찾아
내 착륙했다. 공터들 사이에 위치한 막다른 골목이었다. 대형 주
택을 지으려고 예정했던 공터들이지만 끝내 건축은 이루어지지
않았다. 아마 앞으로도 마찬가지일 것이다.

"거리에 사람들이 잔뜩 있던데요."

마크는 알렉과 함께 버그의 화물칸으로 향하며 말했다. 그들은 둘 다 완전히 충전된 트랜스바이스를 소지했고 어깨에 배낭도 하나씩 멨다.

"집집마다 사람들이 살고 있는 것 같았어요. 그 마을 전체를 차지했나 봐요."

"아마 그들은 라나와 아이들을 또 다른 집으로 옮겼을 거다. 그 동네 집들을 전부 살펴봐야겠어. 오늘 아침까지도 우리 친구들이 살아 있었다는 걸 명심해. 내가 틀림없이 봤어. 그러니 아직은 희망을 버리지 말자, 아들."

"겁이 나면 저를 꼭 아들이라고 부르시네요."

알렉이 따뜻한 미소를 지었다.

"잘 아네."

그들은 화물칸으로 들어섰다. 알렉은 제어 장치 쪽으로 가서 해치문의 버튼을 눌렀다. 경첩에서 나는 삐걱 소리로 사방에 그들의 존재를 알리며 문이 열리기 시작했다.

마크는 깨진 버그 창문이 계속 마음에 걸렸다.

"우리가 나가 있는 동안 이 버그가 무사할까요?"

"내가 리모컨을 챙겨 넣었어. 일단 밖에서 잠가둘 거다. 그게 우리가 할 수 있는 최선이야."

해치문 끄트머리가 땅바닥에 닿고 삐걱대는 소음이 멈췄다. 금속으로 된 판을 밟고 지상으로 내려가자 숨 막히게 뜨끈한 공기가 그들을 에워쌌다. 땅바닥에 내려서자마자 알렉은 해치문 제어 장치의 버튼을 눌러 다시 문을 닫았다. 그러자 사방이 고요해졌다.

마크가 알렉을 쳐다보자 그도 고개를 돌려 마주 보았다. 누구 눈이 더 이글이글 타오르는지 내기하는 것 같다고 마크는 생각했다.

"친구들을 찾으러 가요."

마크가 말했다. 두 사람은 트랜스바이스를 한 대씩 들고, 광기와 혼돈의 거리를 향해 나아갔다.

51장

바짝 마른 공기 중에 먼지가 자욱했다.

한 걸음씩 나아갈 때마다 먼지가 더 짙어져 숨이 막혔다. 마크는 온몸이 땀으로 뒤덮였다. 이따금씩 부는 미풍도 용광로에서 흘러나온 바람처럼 뜨끈해서 피부를 식혀주지 못했다. 그는 배어난 땀 때문에 손에 든 총이 미끄러지지 않기를 바라며 계속해서 전진했다. 하늘에 걸린 태양은 세상을 내려다보는 지옥 짐승의 눈처럼 세상을 시들게 만들고 있었다.

"한낮에 이렇게 돌아다니는 게 오랜만이네요."

한마디를 내뱉었을 뿐인데 벌써 목이 말랐다. 혀도 부은 느낌이었다. 마크가 계속해서 말했다.

"내일이면 햇볕에 잘 그을어 있겠어요."

마크는 자신이 하고 있는 일에 대해 잘 알고 있었다. 그래도 상황이 생각처럼 나쁘지만은 않을 거라고 스스로를 다독였다. 분노와 두통이 임무에 방해가 되지 않게 하겠다는 일념, 모든 게 잘 풀리리라는 희망을 가지려고 애썼다. 하지만 아무리 애를 써도 마음은 가벼워지지 않았다.

첫 번째 교차로에 다다르자 알렉은 오른쪽 길을 가리켰다.

"저쪽으로 두 번 정도 방향을 틀면 돼. 집에 바짝 붙어서 이동하자."

마크는 알렉이 이끄는 대로 말라비틀어진 잔디밭을 가로질러, 한때 대저택의 위용을 자랑했을 어느 집 그늘로 숨어들었다. 잔디밭에는 잡초와 돌멩이뿐이었다. 그 집은 석재와 짙은 색 목재로 지어진 터라 대부분이 온전하게 남아 있었다. 예전에 살던 집주인들이 떠났을 때 그 집의 영혼마저 함께 사라진 듯 낡고 처량한 몰골이긴 했지만.

알렉이 벽에 기대서자 마크도 그의 뒤에서 똑같이 따라했다. 따라오는 이가 없는지 확인하기 위해 그들은 왔던 길을 향해 시선과 함께 총구를 겨눴다. 아무도 없었다. 묘하게도 그 순간 약하게 불던 바람이 멈추자 온 세상이 이 동네처럼 죽어버린 듯 느껴졌다. 마크는 옷이 땀에 젖어 끈적거리는 걸 느끼며 불안함에 몸을 조금씩 움찔댔다.

"물을 충분히 마셔둬야 해."

알렉은 바닥에 트랜스바이스를 내려놓고 배낭을 뒤져 물통을 꺼냈다. 그는 뚜껑을 열고 길게 들이켠 후 마크에게 물통을 건넸다. 마크는 바싹 마른 입과 목구멍 안으로 흘러드는 물을 달게 마셨다.

물통을 알렉에게 돌려주며 마크가 말했다.

"아, 살면서 마셔본 물맛 중에 제일 좋네요. 최고예요."

"뭐 그렇게까지."

알렉은 물통을 받아 들고 배낭 위로 허리를 굽히며 덧붙였다.

"우리가 작년에 얼마나 심하게 목이 말랐었는데 그래."

"아까 아저씨가 증발시킨⋯⋯ 그 미친 사람 때문에 진이 확 빠졌었거든요. 그런데 물을 마시니까 괜찮아진 것 같아서요."

물통에 들어 있던 게 물이 아니라 아드레날린이었던 것처럼 마크는 정말로 기운이 났다.

알렉은 무기를 집어 들고 끈을 어깨에 멨다.

"따라와. 여기서부터는 거리로 나가지 않고 집 뒤쪽에 숨어서 이동한다."

"좋은 생각이에요."

알렉은 그림자를 벗어나 옆집 마당을 향해 곧장 달린 후 집의 뒤편으로 옮겨갔다. 마크도 그 뒤를 바짝 따라갔다.

그 후 10여 채의 집들을 그렇게 이동했다. 잔디가 모두 말라 죽은 앞마당을 빠르게 가로질러 집이 드리운 그림자로 몸을 숨기고 뒤쪽으로 살금살금 이동한 후, 알렉이 따라오는 사람이 없는지 모퉁이 너머를 살피는 식이었다. 이상이 없다고 판단되면 그들은 그다음 집으로 이동했다.

마침내 그들은 거리의 끝에 도착했고 왼쪽으로 갈지 오른쪽으로 갈지를 결정해야 했다.

알렉이 속삭였다.

"지금부터 이 길을 따라가다가 왼쪽 두 번째 골목으로 빠지는

거다. 그리로 가면 우리가 봤던, 그 파티가 벌어지고 있는 대로가
나와."

"파티요?"

"그래. 계엄령이 선포됐던 2020년도에 우리 부대가 급습했던
광인 집단이 생각나서 그래. 그놈들은 피에 굶주린 사이코에 또라
이였거든. 가자."

광인. 마크는 살면서 마약중독자들을 몇 명 봤지만 이 바이러스
감염자들은 증상이 훨씬 심각했다. 시대의 흐름에 맞춰 마약의 효
과도 강렬해지긴 했다. 그런데 이 바이러스는 한번 감염되면 그
광기를 되돌릴 수가 없었다. 절대로. 그래서인지 '광인'이라는 단
어가 마크의 뇌리에 단박에 박혔다.

"어이! 지금이 넋 놓고 있을 때냐!"

다음 집으로 반쯤 건너가던 알렉이 뒤를 돌아보며 마크에게 말
했다.

마크는 복잡한 상념을 떨치고 서둘러 알렉을 따라갔다. 그는 알
렉과 함께 어느 삼층집 측벽에 바짝 붙었다. 그림자 속에 오래 머
물 수는 없었지만, 그 안에 서자 마음이 약간은 편했다. 그들은 벽
을 따라 게걸음으로 걸어서 집 뒤쪽으로 옮겨갔다. 알렉이 모퉁이
너머를 살핀 후, 그들은 모퉁이를 돌아 반대편 측벽 쪽으로 이동
했다. 마크가 서너 걸음쯤 옮겼을 때 머리 위에서 켁켁켁 하는 질
척한 소리가 들렸다. 그 소리가 너무 괴상하고 낯설어서 마크는
이국적인 동물이겠거니 생각하고 고개를 들었다.

그런데 지붕에 어떤 여자가 걸터앉아 있었다. 마크가 최근에 본
감염자들과 마찬가지로 꼬질꼬질하고 추레한 모습이었다. 머리카

락은 사방으로 뻗쳐 있고 얼굴에는 진흙으로 그림을 그려놓았는데 종교 의식과 관련 있는 문양인 듯 보였다.

여자는 또다시 켁켁켁 소리를 냈다. 키득거리는 웃음과 컥컥대는 기침의 중간쯤 되는 소리였다. 그러고는 새하얀 이빨을 드러내며 미소를 짓는가 싶더니 이내 날카롭게 으르렁거렸다. 또 한 차례 켁켁켁 소리를 내던 여자는 뒤로 몸을 휙 굴려 지붕의 홈통 가장자리 너머로 사라졌다. 이 집은 지붕이 온전히 붙어 있는 몇 안 되는 집들 중 하나였다.

마크는 그 여자의 모습을 나중에라도 기억에서 지울 수 있기를 바라며 몸서리쳤다. 고개를 돌린 마크는 알렉이 몇 걸음 떨어진 곳에서 지붕을 향해 총구를 겨누고 있는 것을 보았다.

알렉이 넋 나간 듯 물었다.

"그 여자가 어디로 갔지?"

"찾지 말고 어서 여길 떠요. 혼자 다니는 여자일 수도 있어요."

"그럴 리 없어."

그들은 천천히 발걸음을 옮겨 그 집 뒤쪽의 모퉁이로 향했다. 알렉은 모퉁이 너머를 재빨리 살폈다.

"이상 무. 목표 지점에 가까워지고 있으니까 기운 내고 정신 바짝 차려."

마크는 고개를 끄덕였다.

알렉이 다음 집으로 출발하고 마크도 바로 따라나서려는데 머리 위에서 카아악 하는 기분 나쁜 소리가 들렸다. 마크는 얼른 고개를 들었다. 여자가 두 팔을 마치 날개처럼 펼치고 삼층집 지붕에서 뛰어내리고 있었다. 마크를 향해 광기로 물든 얼굴로 괴성을 지르면서. 마크는 자신이 보고 있는 광경을 믿을 수가 없었다.

돌아서서 도망치려 했지만 이미 늦었다. 여자의 몸이 마크의 어깨에 부딪치고 둘은 함께 바닥에 나뒹굴었다.

52장

여자는 그 높은 곳에서 떨어졌는데도 아무렇지 않은 듯 곧장 마크의 눈으로 손을 뻗었고, 고문당하는 짐승처럼 괴상한 울부짖음을 연신 토해냈다. 바닥에 무릎을 호되게 찧으면서 땅바닥에 쓰러진 마크는 숨이 턱 막혔다. 그는 숨을 쉬기 위해 옆으로 몸을 굴리면서 여자의 손을 얼굴에서 밀어냈다. 그러나 여자는 홱 뿌리치고는 그의 귀와 코, 뺨을 손톱으로 마구 할퀴고 손바닥으로 내리쳤다. 마크는 여자를 계속 밀어내며 알렉에게 소리쳤다.

"도와줘요!"

"내가 총으로 쏠 수 있게 여자를 세게 밀어내!"

마크는 옆으로 몸을 틀면서 알렉을 힐끗 쳐다보았다. 알렉이 여자를 향해 트랜스바이스의 총구를 이리저리 움직이며 조준하고 있었다.

"그러지 말고 와서―."

마크는 소리를 치다가 말이 막혔다. 여자가 그의 입안에 손가락을 쑥 집어넣은 것이다. 여자는 그의 볼 안쪽에 손가락을 걸고 볼살을 잡아 뜯을 것처럼 거세게 당겼다. 그러다 손가락이 미끄러지며 입 밖으로 빠지자 여자는 마크의 얼굴을 향해 주먹을 내리꽂았다. 통증과 분노가 마크의 온몸에 폭죽처럼 연달아 터졌다.

여자의 손가락이 입 밖으로 빠지면서 숨을 쉴 수 있게 된 마크는 두 손으로 여자의 몸뚱이를 밀치다가 팔꿈치로 가슴팍을 세게 찍었다. 여자는 바닥에 나자빠져 잠시 조용하더니 다시 아득바득 몸을 뒤집어 일어서려 했다. 하지만 마크의 움직임이 더 빨랐다. 마크는 벌떡 일어나 앞으로 달려가면서 왼발을 바닥에 찍고 오른발로 여자의 옆통수를 힘껏 걷어찼다. 여자는 비명을 지르며 쓰러져 몸을 잔뜩 웅크리고 두 팔로 얼굴을 가렸다. 그러고는 앞뒤로 몸을 흔들어가며 울어댔다.

마크가 얼른 뒤로 물러서며 외쳤다.

"어서 쏴요, 어서!"

하지만 알렉은 쏘지 않았다. 대신 총구를 그 여자에게 겨눈 채로 차분하게 마크 곁으로 다가서서 말했다.

"낭비야. 더 큰 싸움에 써야지."

"이 여자가 우릴 따라오면요? 가서 동료들을 데려오면 어쩔 건데요? 적들을 기습할 기회를 망쳐버리면요?"

알렉은 여자를 한참 쳐다보다가 눈을 들어 마크를 바라보았다.

"쏘는 게 낫겠다 싶으면 네가 직접 쏘든가."

그러고는 주변에 다른 적들이 있는지 훑어보며 다음 집으로 건너갔다.

마크는 미친 여자와 싸우는 와중에 트랜스바이스와 배낭을 떨어뜨렸던 곳으로 다시 걸어갔다. 배낭을 등에 메고 끈을 조인 후 트랜스바이스를 손에 쥐면서도 시선은 여자에게서 떼지 않았다. 그는 여자에게 총구를 겨누며 1미터 앞까지 다가갔다. 여자는 여전히 옆으로 쪼그리고 누워 앞뒤로 몸을 흔들어가며 훌쩍훌쩍 울고 신음을 흘리고 있었다. 마크는 연민도 슬픔도 느끼지 못했다. 이 여자는 이미 인간이 아니었고, 제정신이라고는 손톱만큼도 남아 있지 않았다. 그것은 그의 잘못이 아니었다. 어쩌면 이 여자의 동료들이 근처에 있을 수도 있었다. 이 여자는 마크와 알렉이 자기를 내버려두고 꺼져주길 바라며 일부러 약한 척하고 있는 것인지도 몰랐다.

이제 더 이상의 연민은 없었다.

마크는 한 발 뒤로 물러서서 뭉툭한 개머리를 가슴팍에 대고 보다 정확하게 조준한 후 방아쇠를 당겼다. 트랜스바이스는 우웅— 위잉— 소리를 내다가 덜컥 뒤로 움직이며 새하얀 빛을 여자의 몸뚱이에 쏘았다. 여자는 비명을 지를 새도 없이 회색빛 물결로 바뀌었고 고운 안개로 폭발해 순식간에 사라졌다.

마크는 무기의 반동으로 인해 두 걸음 뒤로 휘청했지만 다행히 주저앉지는 않았다. 그는 여자가 누워 있던 텅 빈 땅을 내려다보다가 고개를 들었다. 알렉이 가만히 서서 알 수 없는 표정으로 그를 바라보고 있었다. 충격과 자랑스러움이 섞인 표정인 것 같기도 했다.

"친구들. 우린 친구들 생각만 해야 하잖아요."

마크는 평생 그토록 비통한 목소리로 말해본 적이 없었다.

그는 한 손으로 무기를 들어 어깨에 얹고 나머지 한 손은 허리춤에 얹었다. 그리고 차분하고 조용하게 알렉이 있는 곳으로 걸어갔다.

알렉은 그를 기다리며 한마디도 하지 않았다. 이윽고 그들은 함께 다음 집으로 이동했다.

53장

집 두 채를 더 지나자 왁자지껄한 소리가 들려오기 시작했다. 비명, 웃음소리, 금속끼리 두들겨대는 소리. 비명 소리가 말도 못하게 섬뜩해서 마크는 그 소리가 나는 곳을 볼 엄두가 나지 않았다. 앞으로 저 사람들처럼 자신도 미쳐버리고 말 것이라는 사실, 이미 저 사람들과 같은 과정을 밟고 있을지도 모른다는 사실을 애써 외면했다.

재빨리 방향을 바꿔가며 집을 몇 채 더 지나자, 하늘에서 보았던 그 거리가 눈앞에 보였다.

그 블록의 마지막 집 뒤쪽에서 알렉이 손을 들어 마크의 걸음을 멈추게 했다. 그 집은 거리에 면해 있었지만 모퉁이 뒤에 서면 들키지 않고 숨어 있을 수 있었다. 지금 그들은 반쯤 무너진 차양의 그림자 안에 서 있었다.

알렉이 배낭을 벗어서 바닥에 내려놓으며 말했다.

"좋아. 여기서 배를 채우고 수분을 보충하자. 그러고 나서 맹공격을 하는 거다."

마크는 이상하게도 두려움이 느껴지지 않았다. 짧게나마 휴식을 취하고 있다 보니 이 상황이 실감나지 않았다. 오히려 너무 오래 기다렸더니 당장 박차고 나가서 적들을 상대하고 싶은 심정이었다. 머리가 다시 욱신거리기 시작했다. 두통은 앞으로 점점 더 심해질 것이다. 낭비할 시간이 없었다.

바닥에 주저앉은 두 사람은 버그 안에서 찾아낸 건조식품을 꺼내 먹기 시작했다. 마크는 물통에 든 물을 한 모금 한 모금 기쁜 마음으로 마셨다. 이것이 이 생에서 마시는 마지막 물일 수도 있다는 생각이 언뜻 들었다. 고개를 절레절레 흔들었다. 비관적인 생각을 머리에서 떨쳐내기가 점점 힘겨웠다. 그는 남은 음식을 입 안에 우겨 넣고 일어섰다.

"더는 못 기다리겠어요. 이제 나가서 친구들을 찾아요."

마크는 배낭을 들어 어깨에 걸쳐 멨다.

알렉은 말없이 날카로운 눈빛으로 그를 쳐다보았다.

"이만하면 충분히 기다렸고…… 견딜 수가 없어서 그래요. 그러니까 어서 해치우자고요."

마크는 머리가 지끈거렸지만 애써 무시했다.

알렉이 일어나서 짐을 챙기고 배낭을 멨다. 준비를 마친 두 사람은 각자 무기를 손에 들고 전투 태세를 갖췄다.

"명심해. 이 트랜스바이스를 들고 싸우면 무적이지만, 뺏기고 나면 그때부턴 대책 없는 거야. 다시 말하지만, 누구든 이걸 뺏을 정도로 가까이 오게 하지 마. 끈을 항상 어깨에 메고 있으라고.

그게 제일 중요한 원칙이야. 이 무기를 절대 뺏기지 말아야 한다는 거."

마크는 당장 누가 그의 무기를 빼앗으러 올 것처럼 트랜스바이스를 두 손으로 단단히 잡았다.

"걱정 마세요. 가까이 오지 못하게 할 겁니다."

"이 작전이 성공하리라 믿지만 그래도 만약의 경우라는 게 있으니……."

알렉이 손을 내밀며 말하자 마크가 그의 손을 꼭 잡고 흔들었다.

"그동안 수도 없이 제 목숨을 구해주셔서 고마웠어요."

"너와 함께해서 나도 영광이었다. 어쩌면 오늘도 네가 내 목숨을 두어 번 더 구해줄지도 모르겠구나."

"최선을 다할게요."

그들은 무기를 들고 집 모퉁이를 돌아갔다. 알렉은 마크를 바라보며 고개를 끄덕인 후 전력 질주를 시작했다. 마크도 그를 따라 거리로 달려 나갔다.

감염자들 중 제일 머릿수가 많은 무리는 거리의 반대편 끝에 모여 있었고, 근처에는 두 명이서 충분히 상대할 수 있는 만큼의 감염자들이 있었다. 도로 한가운데 앉아 일정한 리듬에 따라 손뼉을 치는 여자. 몇 미터 떨어진 곳에서 죽은 쥐같이 보이는 고깃덩어리를 놓고 싸우는 두 남자. 그리고 구석진 곳에 서서 목청이 터지도록 노래를 부르는 한 남자.

마크와 알렉은 길을 가로질러 첫 번째 집으로 향했다. 부자 동네였던 과거를 뒤로하고 폐허가 된 나머지 집들과 마찬가지로 이집도 규모는 크지만 반쯤 불에 타버린 상태였고 그나마 남아 있는 부분은 썩어 있었다. 마크는 알렉의 뒤를 바짝 따라가다가 측벽 앞에서 걸음을 멈췄다. 그들은 숨을 죽이고 벽을 따라 조금씩 이동했다. 그들을 주목해서 보는 사람은 아직 아무도 없었다. 하긴, 마크와 알렉이 탄 버그의 추진기가 바로 머리 위에서 요란하게 불을 뿜어댔을 때도 저들 대부분은 고개조차 들지 않았었다.

"좋아. 내가 본 바로는 라나와 트리나가 끌려간 곳은 저쪽 집이었어."

알렉은 오른쪽으로 뻗은 거리를 턱 끝으로 가리키며 말을 이었다.

"그래도 확실히 해야 하니까 집집마다 수색하기로 하자. 놈들이 그들을 다른 집으로 옮겨다 놨을 수도 있으니까. 그리고 저쪽에 잔뜩 모여 있는 미치광이들 눈에 띄지 않게 움직이는 게 좋을 거다."

"지금 바로 시작하죠. 이 집부터요."

알렉이 고개를 끄덕였다.

"그래."

그들은 눈에 띄지 않게 보호해주던 벽에서 등을 떼고 재빨리 그 집 현관문으로 달려갔다. 그런데 현관문 바로 앞에 어떤 남자가 버티고 서 있었다. 남루한 옷차림에 얼굴은 지저분하고, 뺨 한쪽에 벌건 자상이 있는 남자였다.

알렉이 남자에게 윽박질렀다.

"저리 비켜. 문 앞에서 물러나서 마당으로 가. 안 그러면 5초 안에 죽는다."

그들을 멍하게 쳐다보던 남자는 양 눈썹을 한 번 올렸다 내렸다. 그러고는 조용히 물러나 잡초와 돌멩이가 널려 있는 앞마당으로 천천히 걸어 내려갔다. 한 번도 뒤돌아보지 않고 그대로 쭉 걸어가 보도로 나간 남자는 오른쪽으로 방향을 돌려 싸움판이 벌어진 곳으로 나아갔다.

알렉은 고개를 절레절레 흔들었다.

"누가 또 달려들 수 있으니까 대비해."

마크는 바닥에 발을 굳건히 딛고 서서 무기를 들고 현관문을 조준했다.

알렉은 트랜스바이스를 한 손으로 잡고 다른 손으로 현관문을 잡아당겼다. 문이 열리자 알렉은 한 발 뒤로 물러섰다. 필요할 때 마크가 적을 바로 사살할 수 있도록 하기 위해서였다. 집 안은 비어 있었다.

"내가 뒤를 봐줄 테니까 먼저 들어가."

알렉은 마크에게 들어가라고 손짓했다.

"그 전에 내가 잡아먹히는 꼴을 보게 되실 수도 있어요."

"날 믿어. 이럴 땐 내가 뒤에서 따라가는 게 나아. 어서 움직여."

마크는 설렘을 느꼈다. 더 이상 두려움으로 주춤거리지도 않았다. 뭐든 하고 싶어 손이 근질근질했다. 그는 알렉에게 짧게 고개를 끄덕인 후 현관문 안쪽으로 발을 들여놓았다. 그리고 트랜스바이스의 총구를 좌우로 움직여가며 현관을 수색했다. 집 안은 후끈하고 먼지투성이였다. 벽에 뚫린 구멍으로 햇빛이 새어 들어올 뿐 전체적으로 어두웠는데 위층은 좀 더 밝은 듯했다.

발을 옮겨 디딜 때마다 바닥이 삐걱거렸다.

"멈춰 서서 잠시 소리를 들어."

알렉이 뒤에서 지시했다.

마크는 그대로 걸음을 멈추고 귀를 쫑긋 세웠다. 저 아래 거리에서 아수라장을 이루며 춤추는 소리가 아득하게 들려올 뿐 집 안에서 나는 소리는 없었다. 집 전체가 쥐 죽은 듯 고요했다.

"맨 위층부터 수색하고 아래층으로 내려오자."

알렉이 제안했다.

그런데 막상 계단이 다 삭아서 올라갈 수가 없었다. 마크는 세 번째 칸을 밟다가 발이 그 밑으로 쑥 빠지자 더는 올라가지 않기로 했다.

알렉이 지하실로 연결되는 듯한 문을 손으로 가리키며 말했다.

"위층 수색은 그만두자. 위에서 아무 소리도 들리지 않으니까. 대신 지하를 살펴보고 나가자."

마크는 조심스럽게 계단에서 발을 뺀 후 지하실 문 쪽으로 다가갔다. 알렉을 한번 돌아보며 위치를 확인한 후 문손잡이를 잡고 벌컥 당겨 열었다. 알렉이 공격에 대비해 열린 문 안으로 총구를 들이댔으나 아무 일도 일어나지 않았다. 축축하고 독한 공기가 훅 올라와 마크는 숨이 막혔다. 기침을 하고 두어 번 침을 삼키며 치미는 구토를 참았다.

이번에는 알렉이 먼저 들어가기로 했다. 문 안으로 들어가 계단 맨 위 칸에 선 알렉은 뒤로 손을 뻗어 배낭에 걸어놓은 손전등을 빼 들고 아래를 비췄다. 손전등 불빛을 따라 먼지들이 춤을 췄다. 알렉이 계단을 내려가려는데 지하실에서 목소리가 들렸다.

"가, 가까이 오면…… 서, 성냥불을 붙일 거다."

유약하고 떨리는 남자의 목소리였다. 알렉은 의아해하며 마크를 흘끗 돌아보았다.

마크가 시야 한구석에서 움직임을 포착해냈다. 계단 맨 아래였다. 그는 그곳을 향해 총구를 겨눴다. 알렉이 방금 목소리를 낸 남자를 손전등으로 비췄다. 남자는 온몸이 축축하게 젖은 채로 몸을 덜덜 떨고 있었다. 검은 머리는 흠뻑 젖어 머리통에 들러붙었고 옷에서도 물방울이 뚝뚝 떨어졌다. 지하실 바닥 여기저기에 작은 물웅덩이가 고여 있었다. 남자는 수주일째 지하실에 박혀 있었는지 낯빛이 몹시 창백했고, 손전등 불빛 때문에 눈을 가늘게 뜬 채였다.

처음에 마크는 그 남자가 땀을 심하게 흘리고 있는 건가 싶었다. 아니면 지하실의 파이프가 터졌거나 지하수가 흘러들었을 수도 있었다. 그런데 휘발유인지 등유인지 모를 연료 냄새가 났다. 자세히 보니 남자는 두 손을 허리춤에 내린 채 무언가를 단단히 쥐고 있었다. 한 손에는 네모난 상자, 다른 손에는 성냥개비였다.

남자가 말했다.

"한 칸만 더 내려오면 불을 붙일 거야."

54장

마크는 돌아서서 도망치고 싶었다. 그러나 알렉은 그 자리에 꼼짝 않고 서서 성냥을 든 남자를 무기로 조준하며 조심스럽게 말했다.

"우린 당신을 해치려고 온 게 아니라 친구들을 찾으러 왔습니다. 그 아래 또 누가 있습니까?"

남자는 알렉의 말을 전혀 알아듣지 못한 것 같았다. 계속 그 자리에 서서 연료를 바닥에 뚝뚝 떨어뜨리고 몸을 떨며 중얼거렸다.

"그들은 불을 무서워해. 정신이 얼마나 나갔든 상관없이 모두가 불을 무서워하지. 그래서 그들은 이 밑에 있는 나를 건드리지 않아. 내가 성냥과 휘발유를 갖고 있으니까."

마크가 소리쳤다.

"트리나! 라나! 그 아래 있어?"

아무도 대답하지 않았다. 성냥을 든 남자는 마크가 갑자기 큰 소리를 냈는데도 전혀 당황하지 않고 하던 말을 계속했다.

"너희가 알아서 선택해, 새 친구들. 한 칸이라도 내려오면 불을 붙여버릴 거야. 나는 단번에 불에 활활 탈 거야. 그게 싫으면 가던 길이나 즐겁게 가셔. 나는 또 하루를 살 테니까."

알렉이 천천히 고개를 저었다. 그리고 뒤로 물러서서 마크와 함께 나왔다. 알렉은 말없이 손을 뻗어 천천히 지하실 문을 닫았다. 문이 닫히며 부드럽게 딸깍 소리가 났다. 그가 마크에게 돌아서며 물었다.

"세상이 도대체 어떻게 돼버린 거냐?"

"아주 맛이 간 거죠."

휘발유를 뒤집어쓰고 성냥을 손에 든 남자를 보고 나니 세상이 얼마나 엉망진창이 되었는지 새삼 실감이 났다.

"우리도 그리 행복하게 끝을 맞이하진 못할 것 같아요. 그래도 일단은 친구들을 찾아서 여길 뜨고, 제명대로 살다 죽을 수 있기를 바라야죠."

"네 말이 옳다, 아들. 옳은 말이야."

마크와 알렉은 조용히 첫 번째 집을 빠져나와 다음 집으로 향했다.

아수라장의 소음이 한층 더 커졌다. 알렉과 마크는 자세를 한껏 낮추고 길 건너 집을 향해 지그재그로 달려갔다. 무리에 섞이지 못한 낙오자들이 두 사람을 쳐다보고 손가락질하기는 했지만 이내 다른 곳으로 관심을 돌렸다. 마크는 이 행운이 계속되기를, 아무도 그들을 크게 주목하지 않아주기를 바랐다. 하지만 그들이 손에 든 반짝이는 무기가 아무래도 조만간 시선을 끌 것 같았다.

그들이 다음 집 현관 앞에 다다랐을 때 어린아이 두 명이 현관문을 박차고 달려 나왔다. 마크는 방아쇠에 건 손가락을 움찔했지만 아이들인 걸 보고는 안심했다. 아이들은 지저분한 몰골이었고 눈빛은 기묘할 정도로 멍했다. 아이들이 키득거리며 어딘가로 달려가자마자 몸집이 커다란 여자가 쿵쿵거리며 현관문 밖으로 나왔다. 여자는 아이들에게 버르장머리 없는 놈들이라고, 가죽을 벗겨 무두질을 하겠노라고 악다구니를 써댔다.

여자는 낯선 두 남자가 집 앞에 있는데도 알아채지 못하고 한참을 고래고래 소리 지르다가 잠시 후에야 그들을 못마땅하게 쳐다보며 말했다.

"이 집엔 미친 사람 없어."

여자는 얼굴이 벌겋게 달아올라 벌컥 화를 내며 말을 이었다.

"아직까지는 없다고. 그러니까 내 애들을 데려갈 생각 마. 아이들이 있어야 괴물들이 가까이 오지 않아."

여자의 공허한 눈빛에 마크는 뼛속까지 소름이 끼쳤다.

알렉은 짜증이 솟는 표정으로 여자에게 말했다.

"이보세요, 아줌마. 우린 당신 애들한테 관심 없고, 그 애들을 데려가려고 여기 온 것도 아닙니다. 집에 잠깐 들어가서 우리 친구들이 있는지만 확인하면 됩니다."

"친구들? 괴물들이 당신네 친구들이라고요? 내 아이들을 잡아먹고 싶어 하는 그 괴물들이?"

공허하던 여자의 눈빛이 돌연 암울하게 바뀌며 극심한 공포로 떨렸다.

"제발…… 해치지 마세요. 우리 애들 중 한 명을 드릴게요. 한 명만이에요. 제발."

알렉은 한숨을 쉬었다.

"우린 괴물들하고 아는 사이가 아닙니다. 그러니까 옆으로 좀 물러나요. 집 안에 들어가서 살펴보게. 우리도 시간 없습니다."

알렉이 앞으로 한 걸음 다가갔다. 그가 필요에 따라 무력을 쓸 생각으로 온몸의 근육에 힘을 주자, 여자는 뒷걸음질을 치다가 앞마당의 죽은 잡초에 발이 걸려 넘어질 뻔했다. 여자가 말한 괴물들이 저 거리를 돌아다니는 감염자들을 의미하는 것이라 여긴 마크는 여자를 안쓰럽게 쳐다보았다. 그런데 문득 그게 아니라는 걸 알아챘다. 여자는 지하실에 있던 남자와 마찬가지로 제정신이 아니었다. 괴물들이 침대 밑에 살고 있다고 생각한대도 이상할 게 없을 정도였다.

마크는 여자를 앞마당에 두고 알렉을 따라 집 안으로 들어갔다. 집 안 꼴이 기가 막힐 정도로 엉망이었다. 교외 지역의 고급 주택이라기보다는 뉴욕 시에서 제일 질이 안 좋은 동네의 뒷골목을 보는 듯했다. 벽마다 검은 크레용과 분필로 그림이 그려져 있었다. 죄다 음울하고 무시무시했다. 괴물들, 발톱과 날카로운 이빨과 포악한 눈을 가진 존재들을 그린 그림들이었다. 서둘러 대충 그린 듯 엉망이었으나 몇몇은 세부적인 부분까지 제법 생생하게 그려 놓아 마크는 솜털이 쭈뼛 섰다.

마크는 굳어진 표정으로 알렉을 쳐다보고는 그를 따라 지하실로 향하는 계단을 내려갔다. 언제든 쏠 수 있도록 무기를 손에 단단히 쥐었다.

지하실에는 아이들이 더 있었는데 적어도 열다섯 명은 넘을 듯했다. 다들 행색이 지저분했다. 대부분이 지하실 여기저기에 모여 앉아 있었는데, 방금 들어온 사람들에게 호된 처벌이라도 받을 줄 아는지 몸을 잔뜩 웅크린 모습들이었다. 꾀죄죄한 몰골에 옷도 지저분했고, 얼굴을 보니 제대로 먹지도 못하는 듯했다. 그 순간 마크는 이 지하실에 그들이 찾는 이들이 없다는 사실조차 인식하지 못했다.

"이 아이들을 여기 두고는 못 가겠어요."

마크는 이렇게 말하며 무기를 손에서 놓았다. 트랜스바이스는 어깨에 걸어놓은 끈에 매달려 옆으로 늘어졌다. 마크는 기가 막혀 말이 잘 나오지 않았다.

"여기다 이 아이들을 버려두고 갈 순 없어요."

알렉은 웬만해서는 마크를 포기시킬 수 없다는 걸 알아챘다. 그는 마크 앞으로 다가와 엄숙하게 말했다.

"네 말뜻 알아, 아들. 어떤 마음인지도 알고. 하지만 내 말 잘 들어. 지금 우리가 이 아이들을 위해 뭘 할 수 있겠어? 이 우울한 마을에 사는 사람들은 전부 감염됐고, 우린 이 아이들을 마을 밖으로 내보낼 만한 인력도 없어. 여기서라면 아이들은 적어도……. 뭐라고 말해야 좋을지 모르겠구나."

마크가 나지막하게 말했다.

"적어도 여기서라면 살아남기는 하겠죠. 지금까지는 생존이 제일 중요하다고 생각했는데 그게 아닌 것 같아요. 이 아이들을 여기 두고 나갈 수는 없어요."

알렉이 한숨을 쉬었다.

"날 봐."

마크가 말을 듣지 않자 알렉은 손가락으로 딱 소리를 내며 소리쳤다.

"날 보라고!"

그제야 마크는 그를 바라보았다.

"친구들을 먼저 찾고 나서 여기로 다시 돌아오면 돼. 지금 우리가 이 아이들을 데리고 나갔다가는 친구들을 구할 기회를 잃고 말아. 알아듣겠어? 그들을 구할 수 없게 된다고."

마크는 고개를 끄덕였다. 알렉의 말이 옳다는 것을 그도 머리로는 알고 있었다. 하지만 마음이 몹시 아파 실제로 심장에까지 그 아픔이 전해질 정도였다. 이대로라면 이 통증이 사라질 것 같지 않았다.

결국 마크는 생각을 정리하고 돌아섰다. 지금은 트리나에게 집중해야 했다. 트리나를 구하고, 디디를 구해야 했다.

"알았어요. 나갈게요."

마크와 알렉은 집집마다 다니며 맨 위층부터 지하층까지 샅샅이 훑었다.

수색을 계속할수록 마크는 정신이 혼미해지고 이 새로운 세상의 기묘함에 망연자실해졌다. 이것은 사람이 고의로 퍼뜨린 병이었다. 집집마다, 블록마다 돌아다니며 그는 상상했던 최악의 상황 그 이상을 보았다. 지붕에서 현관 앞 계단으로 뛰어내려 다리가 부러진 여자도 보았고, 흙바닥에 동그라미들을 그려놓고 안으로 들어갔다 밖으로 나왔다 해가며 아이들처럼 노는 세 남자도 보았다. 그 세 남자는 무엇이 삐끗했는지 화를 내다가 결국 발광을 하며 저희끼리 싸움을 벌였다. 어느 집에 들어가니 방 안에 2, 30명은 되는 사람들이 서로 겹쳐 누워 있었다. 살아 있는 게 분명한데 아무 소리도 내지 않았고 꼼짝도 하지 않았다.

고양이를 잡아먹는 여자. 거실에서 바닥의 깔개를 입으로 잘근잘근 씹는 남자. 머리부터 발끝까지 피투성이에 멍투성이가 된 채로 깔깔거리고 웃으며 서로를 향해 힘껏 돌멩이를 던지는 두 아이. 마당에 가만히 서서 하늘을 올려다보는 사람들. 흙바닥에 엎드린 채 혼자 무어라 중얼거리는 사람들. 황소처럼 나무를 계속해서 들이받는 남자. 그 남자는 언젠가 이 싸움에서 이겨 기어코 나무를 쓰러뜨리리라 결심한 것 같았다.

마크와 알렉은 각 집을 빠르게 수색하면서 앞으로 나아갔고, 알렉이 파티가 벌어지고 있다고 했던 지점에 점점 가까이 가고 있었다. 이상하게도 지금까지 아무도 그들에게 달려들지 않았다. 오히려 대부분의 광인들은 마크와 알렉을 몹시 겁내고 있는 것 같았다.

두 사람이 그다음 집으로 향하고 있는데 귀청을 찢을 듯한 비명 소리가 들려왔다. 다른 데서 들리는 소음들을 전부 합한 것보다 큰 비명이었다. 그 날카롭고 원초적인 비명은 마치 살아 있는 생물처럼 거리를 달려왔다.

알렉이 우뚝 멈춰 서자 마크도 걸음을 멈췄다. 두 사람은 비명이 들려온 곳을 향해 돌아섰다.

다섯 집쯤 떨어진 곳에서 두 남자가 검은 머리 여자의 발을 잡아 현관문 밖으로 끌어내고 있었다. 남자들이 여자를 마당으로 끌고 내려가자 여자의 머리가 콘크리트 계단에 연신 부딪쳤다.

알렉이 나지막하게 내뱉었다.

"맙소사……. 라나잖아!"

55장

　알렉은 마크의 말을 기다리지 않고 곧바로 행동에 돌입했다.

　돌멩이로 뒤덮인 앞마당을 가로지른 그는 라나를 끌고 가는 낯선 남자들을 향해 발소리가 쿵쿵 울리도록 전력으로 달려갔다. 알렉의 반응이 너무 빨라 마크는 잠시 뒤처졌지만 곧바로 따라잡았다. 등에 멘 배낭이 들썩이고 땀에 젖은 손에서 무기가 금방이라도 미끄러져 떨어질 것 같았다.

　알렉은 남자들에게 뭐 하는 짓이냐고 고함을 쳤다. 알렉이 트랜스바이스를 겨눴지만 그 남자들은 그의 위협을 이해하지도 신경쓰지도 않았다. 계속해서 라나를 질질 끌고 가서는 마당 넘어 보도로 내려갔고 그곳에서 라나의 다리를 거세게 패대기쳤다. 라나가 비명을 멈췄다. 마크는 라나가 의식이 남아 있는지, 살아 있기는 한 건지 의문이었다.

　알렉은 라나가 꼼짝 않고 누워 있는 곳을 3, 4미터쯤 앞두고 멈쳐 서서는 남자들에게 총구를 겨누고 꼼짝 말라고 소리쳤다. 마크도 얼른 그의 옆으로 다가갔다. 가쁜 숨을 고르느라 마크는 잠시 후에야 트랜스바이스를 남자들에게 조준했다.

상대는 총 세 명이었다. 그들은 라나를 둥글게 에워싼 채 내려다보고 서 있었다. 자신들에게 무기가 겨눠져 있다는 사실을 전혀 자각하지 못하는 듯했다.

"그 여자한테서 떨어져!"

알렉이 다시 소리쳤다.

가까이에 서자 마크는 라나의 상태를 잘 볼 수 있었다. 그 처참한 모습에 마크는 속이 뒤집혔다. 심하게 구타를 당해 온몸이 피투성이였고 잔뜩 멍이 들어 있었다. 머리카락도 대부분 뜯겨 나가 두피가 시뻘겋게 드러난 상태였다. 게다가 누군가 잡아 뜯으려 한 것 같은 흔적이 한쪽 귀에 남아 있었다. 그 끔찍한 폭행의 흔적에 마크는 가슴을 쇳덩이로 얻어맞은 듯 충격을 받았고, 익숙한 분노가 속에서 끓어올랐다. 이 사람들은 괴물이었다. 이들이 만약 트리나에게도 이런 짓을 했다면……

마크가 남자들에게 한 발 더 다가가려 하자 알렉이 손을 들어 막았다.

"기다려."

그러고는 라나를 에워싼 자들에게 말했다.

"다시 말하지 않겠다. 그 여자한테서 떨어지지 않으면 쏜다."

그러나 남자들은 대답 대신 바닥에 무릎을 꿇고 앉았다. 그들의 무릎이 라나의 몸에 닿았다. 그러자 라나는 몹시 불안해하며 그들을 번갈아 쳐다보았다.

마크가 알렉에게 말했다.

"쏴버려요. 뭘 기다리는 거예요?"

"저들만 따로 조준할 수가 없어! 라나까지 증발시키고 싶지 않아!"

알렉의 말에 마크는 더 화가 치밀었다. 이대로 그 자리에 서서 아무것도 하지 않고 시간을 흘려보낼 수는 없었다.

"더는 못 참아요."

마크는 중얼거리며 말리는 알렉의 손을 뿌리치고 앞으로 걸어갔다.

남자들은 마크가 가까이 다가가는데도 눈길조차 주지 않았다. 그들은 주머니에 손을 넣어 무언가를 찾고 있었다. 남자들의 몸에 가려져 라나는 잘 보이지 않았다.

마크가 무기를 들어 올리며 소리쳤다.

"이봐! 여자한테서 떨어지지 않으면 쏜다. 너희는 뭐에 맞았는지도 모르고 끝장 날 거다!"

남자들은 그의 말을 듣지 못했는지, 아니면 못 들은 척하는 것인지 몰라도 전혀 반응이 없었다. 그다음에 일어난 일이 너무 빠르고 충격적이라 마크는 뒤로 휘청하다가 주저앉을 뻔했다. 한 남자가 잭나이프를 꺼내 들고 라나를 찌른 것이다. 라나가 내지르는 무시무시한 비명이 마크의 뼛속까지 사무쳤다. 마크는 무기를 등쪽으로 돌려 메고 앞으로 돌진해 제일 가까이에 있는 남자를 거세게 떠밀어 라나에게서 떨어뜨렸다.

알렉이 그의 이름을 불렀지만 마크는 듣지 않았다. 최대한 빨리 이 남자의 손에서 칼을 빼앗고 다른 두 놈도 막아야 한다는 생각뿐이었다. 이들을 라나한테서 떨어뜨려 놔야 알렉이 트랜스바이스로 처리할 수 있을 것이다. 마크가 달려들어 떠민 남자는 힘이 좋았지만 마크가 기습적으로 공격한 덕분에 무릎 꿇린 상태에서 쓰러뜨리고 칼을 빼앗을 수 있었다. 마크는 생각할 것도 없이 빼앗은 칼을 남자의 가슴팍에 꽂아 넣었다.

하지만 다음 순간 뒤로 주저앉으며 휘청휘청 물러섰다. 방금 자신이 한 짓이 경악스러워서였다. 곧 주변이 시야에 들어왔고 그는 벌떡 일어섰다. 알렉이 달려와 트랜스바이스를 양손에 쥐고 개머리로 남자들 중 한 명의 머리를 내리쳤다. 남자는 힘없이 바닥에 고꾸라졌다.

길 건너편에서 사람들이 몰려오기 시작했다. 어디 있던 사람들인지 알 수 없었지만 대략 예닐곱 명은 되는 것 같았고 전부 남자였다. 다들 칼이나 망치, 스크루드라이버 등을 손에 들었고 분노로 이글이글 타오르는 눈빛들이었다.

"조심해요!"

마크가 알렉에게 소리쳤다.

그런데 그 남자들은 마크와 알렉에게는 관심이 없었다. 전부 라나 쪽으로 몰려가고 있었다. 라나는 그녀를 보도로 끌고 나온 세 남자 중 한 명에게 여전히 칼로 난자당하고 있었다. 알렉이 비틀거리며 뒤로 물러서자 마크는 곧장 그 옆으로 달려가 섰다. 마크는 트랜스바이스를 쓰지 않는 이상 그 광기를 멈출 방법이 없음을 깨달았지만, 정말 쏘아도 될지 아직 확신이 서지 않았다.

알렉이 돌연 결심을 한 듯했다. 움직임에서 단호한 결의가 느껴졌고 얼굴은 돌처럼 굳었다. 허리를 펴고 일어선 알렉은 마크에게 한마디도 하지 않고 무기를 들어 라나를 공격하고 있는 사람들을 조준했다.

그리고 방아쇠를 당겼다. 새하얀 빛줄기가 곧장 뻗어나가 제일 가까이에 있는 남자를 맞췄다. 남자는 라나를 다시 내리치려고 손을 들어 올린 상태였다. 그 손에는 피로 물든 망치가 쥐어져 있었다. 그 남자는 순식간에 반짝이는 회색 덩어리로 변했고, 곧 폭발해 안개가 되어 보이지 않는 바람에 쓸려 사라졌다. 알렉은 그 옆에 있는 남자를 향해 또 한 발을 쏘았다. 지하전차 터널에서 처음 만난 날부터 마크에게 라나는 늘 용감하고 진실하고 강한 사람이었지만, 이 싸움에서 끝내 이길 수 없음을 마크는 절감했다.

마크는 트랜스바이스를 들어 쏘기 시작했다. 그와 알렉은 라나를 공격하는 자들을 한 명씩 조준하고 방아쇠를 당겼다. 한 사람을 맞추고 바로 다음 사람으로 넘어갔다.

곧 그 괴물들은 전부 사라지고 라나만이 끔찍하고 비참한 몰골로 바닥에 남았다. 알렉은 지체 없이 라나에게 트랜스바이스를 겨냥하고 쏘았다.

회색 안개로 사라지며 라나의 고통은 끝이 났다.

56장

마크는 선혈이 낭자한 땅바닥에서 시선을 들어 알렉을 바라보았다. 알렉의 얼굴에는 천 가지 감정이 담겨 있었지만, 그 모든 감정을 관통하는 것은 깊은 슬픔이었다. 알렉과 라나가 어떤 관계였는지 마크는 완전히 알지 못했지만, 서로 깊이 이해하고 많은 일을 함께 겪어온 사이인 것만큼은 알고 있었다.

그런 라나가 죽고 만 것이다.

몇 초 후 알렉의 표정은 다시 풀렸지만, 그 시간이 마크에게는 평생처럼 느껴졌다. 그는 알렉이 이토록 슬퍼하는 모습을 본 적이 없었다.

그러다 알렉은 느닷없이 임무 수행을 재개했다. 그가 바로 앞에 있는 집을 가리키며 말했다.

"저기서 그들이 라나를 끌고 나왔어. 들어가 보자. 트리나와 여자아이가 지금 저 안에 있을 거야."

마크는 고개를 돌려 그 집을 보았다. 비록 지금은 대부분 박살 났지만 큰 창문을 내고 박공지붕을 올린, 값비싼 벽돌로 지어진 삼 층집이었다. 지붕이 불에 그슬렸고, 벽도 더럽고, 잡초가 누렇게 말라붙은 잔디밭 때문에 집 전체가 무척 낡아 보였다. 집 안에서 무엇을 보게 될지 마크는 벌써부터 두려웠다.

그들 주변에 사람들이 모여들기 시작했다.

마크와 알렉이 라나와 라나를 공격하던 남자들을 증발시킨 지 1분도 채 지나지 않았는데, 사람들이 그 집 마당과 거리로 꾸역꾸역 몰려들어 그 숫자가 두 배로 불어나 있었다. 모인 사람들은 남녀노소를 막론하고 전부 멍과 찢긴 상처가 나 있었고 그중 몇 명은 심각한 상처를 갖고 있었다. 그중에는 어깨 쪽이 아예 뜯겨 나간 남자도 있었는데 그자는 느긋하게 그들 쪽으로 걸어오고 있었다. 마치 누군가 분노하여 도끼로 그 남자를 내리찍었던 것 같았다. 어떤 여자는 팔 하나가 없었고 잘린 부분은 피범벅이었다. 마크는 심각하게 다친 두 아이를 보고 경악했는데, 정작 본인들은 다친 줄도 모르는 듯했다.

그 사람들은 마크와 알렉을 에워싸면서 점점 가까이 다가왔다. 낡고 더러운 옷, 지저분하게 뒤엉킨 머리카락, 공허한 시선을 가진 그 사람들의 관심은 이 동네에 새로 나타난 두 사람에게 집중되어 있었다.

알렉은 저택 현관문을 향해 천천히 걸음을 옮겼다. 자칫 급하게 움직였다가는 두 사람의 걸음걸음을 주시하고 있는 저들의 광증을 촉발할 수 있기에, 마크도 알렉의 신중한 움직임을 그대로 따라했다. 그들은 무기를 손에 단단히 쥐고 조금씩 나아갔다. 마크는 위험을 감수할 생각이 전혀 없었다. 누구든 달려들면 바로 쏴 버릴 작정이었다.

그들을 에워싼 군중은 퍼레이드를 구경하는 구경꾼들처럼 계속 해서 가까이 다가왔다. 수십 명, 어쩌면 백 명이 넘을 수도 있었 다. 그때 몇 명이 무리에서 떨어져 나와 저택의 현관문 앞으로 향 했다. 곧 다른 사람들도 그 뒤를 쫓았고 곧 그들은 마크와 알렉을 올가미처럼 완전히 에워쌌다.

알렉이 고함쳤다.

"알아들을지 모르겠지만, 딱 한 번만 말하겠어! 비키지 않으면 쏜다!"

마크가 옆에서 덧붙였다.

"이 집 안에 우리의 친구들이 있습니다. 친구들 없이는 못 떠 나요."

그리고 마크는 보란 듯이 트랜스바이스를 들어 올렸다.

그들을 둘러싼 사람들의 표정이 바뀌었다. 무심하고 멍하던 표 정을 지우고, 눈을 가늘게 뜨면서 이마에 주름을 잡고 입술을 말 아 올려 이를 드러냈다. 두 여자가 마크와 알렉에게 야유를 퍼붓 고 한 아이가 들짐승처럼 이를 갈았다.

알렉이 소리쳤다.

"저리들 비켜!"

사람들은 조금씩 더 가까이 다가와 두 사람을 옥죄었다. 마크는 내면에서 또다시 무언가가 부서지는 익숙한 느낌이 들었다. 자아 를 통제할 수 없을 것 같았다. 증오와 비슷한 감정이 속에서 타올 랐다.

"더는 못 참아."

마크는 이렇게 중얼거리며 현관문 앞을 가로막고 선 자들 중에 제일 가까이에 있는 남자에게 트랜스바이스를 겨누고 방아쇠를 당겼다. 눈부시게 하얀 빛이 뿜어져 나가 남자의 가슴에 명중했고, 남자는 순식간에 회색 벽처럼 바뀌었다가 미립자로 폭발해 사라졌다. 마크는 주저하지 않고 다음 사람에게 조준하고 방아쇠를 당겼다. 그 옆에 선 사람은 여자였다. 3초 후 그 여자도 공기 중으로 사라졌다.

마크는 알렉이 말릴 줄 알았는데, 그도 더 이상 시간을 낭비하지 않기로 결정한 모양이었다. 여자가 분해되어 사라지자마자 알렉도 트랜스바이스를 쏘아대기 시작했다. 그들은 현관문까지 길을 뚫는 데 주력하며 천천히 청소하듯 한 명씩 조준 사격했다. 눈부신 빛이 공기를 가득 메우고 트랜스바이스가 달아오르며 사람들을 파도처럼 휩쓸었다. 피 한 방울 남기지 않았다.

그들 앞을 가로막고 선 자들의 절반에 해당하는 10여 명을 제거하고 나자, 나머지 절반이 드디어 어떤 상황인지를 인지하기 시작했다. 격한 괴성이 공기를 갈랐다. 날카롭고 무시무시한 소리를 내면서 감염자들은 치명적인 무기를 가진 두 남자를 향해 돌진했다.

마크는 왼쪽에서 오른쪽으로 총구를 이동시키면서 조준도 하지 않고 방아쇠를 짧게 몰아서 당겼다. 하얀 빛줄기가 몇몇 여자들에게 명중했다. 아무렇게나 발사된 새하얀 빛은 어린 소년을 증발시켰다. 군중들은 여전히 전력을 다해 마크에게 달려들었다. 마크는 등 뒤에 있는 사람들을 향해 돌아서서 트랜스바이스를 쏘았고, 가까이 바짝 다가온 남자는 트랜스바이스 밑동으로 얼굴을 강타했다. 남자는 고통스러운 비명을 내지르면서 땅바닥에 나자빠졌다.

마크는 뒤로 휘청했지만 넘어지지는 않았다. 그를 둘러싼 사람들은 야유를 퍼붓고, 이를 드러내며 으르렁대고, 발을 동동 구르며 춤을 추었다. 매섭게 눈을 뜨고 발작적으로 웃어대기도 했다. 마크는 트랜스바이스를 가슴께에 바짝 붙이고 다시 닥치는 대로 쏘았다. 천천히 한 바퀴 돌면서 가까이 다가오는 자들을 전부 증기로 날려버렸다. 그는 알렉이 서 있는 곳을 쏘지 않도록 조심하면서, 다시 반대 방향으로 천천히 돌면서 빛을 쏘았다.

그 후 몇 분간 그곳은 광기의 도가니였다. 마크는 공포를 느꼈다. 그는 계속해서 좌우로 움직이며 트랜스바이스를 쏘았다. 덤벼드는 사람들을 팔꿈치로 쳐내고 손으로 떠밀면서 돌파구를 찾아 계속해서 총을 쏘았고, 현관문을 향해 조금씩 나아갔다. 족히 열 명은 더 죽였을 때 마크는 별안간 현관 앞 계단에 발이 걸리고 말았다.

마크는 넘어지면서 트랜스바이스를 옆으로 돌리고는 그를 향해 뛰어오르는 남자의 가슴팍을 맞췄다. 회색 안개가 마크의 얼굴을 뒤덮었다가 곧 사라졌다. 몇 미터 떨어진 곳에서 알렉이 무기의 개머리로 어떤 여자의 얼굴을 내리찍고 있었다. 그러고는 지체 없이 달려 현관 앞 계단을 올라 현관문으로 향했다.

마크도 한 발 더 쏘고 나서 뒷걸음질로 기다시피 계단을 올라갔다. 계단을 다 올라간 후에야 일어서서 현관문 쪽으로 달려갔는데 알렉은 이미 문을 열고 안으로 들어가고 있었다. 마크가 집 안으로 따라 들어오자마자 알렉은 현관문을 거세게 닫고 안에서 문을 잠갔다. 그러자 밖에서 사람들이 문짝을 부서져라 두들겨댔다. 마크가 보기에는 현관문이 그리 오래 버텨줄 것 같지 않았다.

그들은 그대로 현관 안쪽으로 달려가 오른쪽으로 방향을 틀어 복도를 살폈다. 문을 지키고 서 있던 두 사람이 마크와 알렉을 보고 달려들었다. 알렉은 트랜스바이스를 쏘아 단번에 그 둘을 끝장 냈다. 마크가 알렉의 옆을 지나 문을 열자 지하로 내려가는 계단이 나왔다. 지하실에 서 있던 한 남자가 그들을 보고 쿵쾅거리며 계단을 달려 올라왔다. 남자의 지저분한 얼굴에는 긁힌 상처가 잔뜩 있었고 눈은 광기로 활활 타올랐다. 마크는 그 남자를 쏘아 없애버렸다.

계단을 한 번에 두 칸씩 달려 내려가는데 남자 하나와 여자 하나가 칼을 휘두르며 마크에게 덤벼들었다. 마크는 미처 조준을 못한 상태라 그들을 트랜스바이스 밑동으로 쳐낸 후 곧장 지하실 바닥으로 몸을 날렸다. 뒤따라 내려오던 알렉이 트랜스바이스를 두 발 쏴서 칼을 든 남녀를 제거했다. 현관문 밖에서 아우성치는 소리 외에 집 안에서 나는 소리는 없었다. 광인들이 곧 현관문을 부수고 들어올 것만 같았다.

지하실 안에는 별도의 조명이 없었다. 마크가 서 있는 곳의 오른편 벽 위쪽에 난 좁은 창문으로 흘러드는 햇빛뿐이었다. 그 빛 속에서 먼지들이 나풀나풀 춤을 추었다. 그리고 지하실 한구석에서 두 사람이 몹시 놀란 얼굴로 서로를 부둥켜안고 있었다.

트리나와 디디였다. 그들은 멍투성이가 된 서로의 몸을 꼭 끌어안고 있었다. 마크는 그들에게 달려가 무릎을 꿇고 바닥에 무기를 내려놓았다.

디디는 엉엉 울면서 바들바들 떨리는 목소리로 말했다.

"언니가 아파요."

그러고는 트리나를 더 바짝 끌어안고 울었다.

마크는 트리나의 손을 꼭 잡으며 말했다.

"이제 괜찮아. 우리가 너희를 찾았으니까. 여기서 데리고 나갈 거야."

줄곧 바닥만 쳐다보던 트리나가 천천히 고개를 들어 마크를 바라보았다. 두 눈이 공허하고 암울했다. 그녀가 마크에게 물었다.

"누구세요?"

57장

마크의 심장이 미친 듯이 빠르게 뛰었다. 그는 트리나가 그런 말을 한 이유를 백만 가지쯤 떠올리며 괜찮다고 스스로를 납득시키려 했다. 어쩌면 이 방이 어두워서, 트리나가 감염자들에게 머리를 맞아서, 앞이 잘 보이지 않아서일지도 모른다고. 하지만 트리나의 눈을 보면 알 수 있었다. 그녀는 그가 누구인지 알지 못했다. 전혀.

마크는 말을 더듬었다.

"트리나……. 트리나, 나야. 마크."

위층에서 쾅 하고 무언가 부서지는 소리가 났다. 이어서 집 안으로 들어온 폭도들이 위층 여기저기를 헤집고 다니는 소리가 들렸다.

알렉이 말했다.

"여기서 나가야 돼. 당장!"

트리나는 마크에게 시선을 고정한 채 혼란스러워하며 미간을 찡그렸다. 자기 앞에 있는 이 남자가 누구인지에 대해 계속 생각하는 것처럼 머리를 옆으로 살짝 기울였다. 마크를 바라보는 트리나의 눈빛에는 두려움과 당황스러움, 불안감이 뒤섞여 있었다.

마크는 저도 모르게 중얼거렸다.

"치료제가 있을 거야. 아마……."

트리나는 그가 이 세상에서 함께하고 싶은 유일한 사람이었다. 무탈하기만을 바랐는데…….

알렉이 소리쳤다.

"마크! 둘 다 일으켜 세워! 어서!"

마크는 고개를 돌려 알렉을 쳐다보았다. 알렉은 계단 맨 아래에 서서 위쪽을 향해 트랜스바이스를 겨누고 있었다. 누구든 계단을 밟고 내려오는 자를 쏘려는 것이었다. 위층에서 들려오는 소음이 한층 더 커졌다. 사람들이 이리저리 뛰어다니며 악을 쓰고 물건을 부수고 있었다. 그때 마크는 지하실 창문 밖에서 어렴풋한 움직임을 포착했다. 다리 두 개가 왔다 갔다 하더니 이내 사라졌다.

마크는 다시 두 소녀에게 시선을 돌리고 말했다.

"우리가 병을 고칠 방법을 찾아낼 거야. 그러니까 일단 여기서 나가자."

위층에서 들려오는 소음이 점점 커지고 있어서 마크는 불안감이 극에 달했지만 트리나를 함부로 재촉할 수도 없었다. 억지로 데리고 나가려고 하면 트리나가 어떻게 나올지 알 수 없는 상황이었다.

마크는 트랜스바이스를 다시 집어 들고 어깨에 끈을 걸며 최대한 부드러운 목소리로 말했다.

"디디. 이리와, 디디. 내 손 잡고 일어나자."

공기를 가르는 요란한 굉음이 계단 위쪽에서 들려왔다. 누군가 문을 거세게 열어 벽에 쾅 부딪치게 한 것이다. 이어서 발작적인 고함 소리가 들렸다. 알렉의 트랜스바이스에 전력이 급증하면서 위잉 소리가 났다. 동료 한 명이 회색 안개가 되어 사라지는 것을 본 다른 감염자들의 입에서 놀란 숨소리가 터져 나왔다. 마크는 보지 않아도 뒤에서 벌어지고 있는 상황을 충분히 상상할 수 있었다. 마크는 애써 침착한 표정을 지으며 디디에게 계속 손을 내밀었다.

디디는 몇 초 동안 마크를 바라보기만 하면서 애간장을 태웠다. 표정을 보아하니, 그 작은 머릿속으로 천 가지 생각을 하는 듯했다. 마크는 다급하게 움직이지 않고 계속 미소를 지으면서 손을 내밀었다. 마침내 디디가 그의 손을 잡자 마크는 아이를 일으켜 세웠다. 디디의 손을 잡은 채로 마크는 허리를 굽혀 다른 쪽 팔로 트리나의 등을 감싸 안았다. 그리고 있는 힘껏 일으켜 세웠다.

트리나가 저항하지는 않았지만 마크는 이대로 팔을 풀면 그녀가 넘어질까 봐 걱정됐다. 트리나가 그에게 물었다.

"누구세요? 우리를 구하러 오셨나요?"

그 말이 가슴을 찔렀지만 마크는 흔들리지 않으려고 안간힘을 썼다.

"난 너랑 제일 친한 친구야. 그런데 이 사람들이 나한테서 너를 훔쳐 갔어. 그래서 너를 안전한 곳으로 데려가려고 온 거야. 즐거운 우리 집으로 돌아가자."

"제발. 제발 저 사람들이 나를 또 아프게 하지 않게 해줘요."

마크의 가슴속에 뚫린 깊은 구멍이 그의 심장을 집어삼킬 것 같았다.

"그래서 내가 널 찾아온 거야. 여길 나가려면 혼자 걸을 수 있어야 돼, 알았지? 내 곁에 바짝 붙어서 따라와."

위층에서 더 큰 소음이 났다. 비명, 유리창 박살 나는 소리, 이어서 계단을 내려오는 발소리. 알렉이 또 한 발을 쏘았다.

비척거리던 트리나는 온 힘을 다해 두 발로 서며 말했다.

"알았어요. 난 괜찮아요. 여기서 나갈 수만 있으면 뭐든 할 거예요."

"그래야지."

마크는 트리나를 안았던 팔을 마지못해 풀고 디디를 내려다보았다. 그는 허리를 굽히고 디디의 눈을 똑바로 쳐다보며 말했다.

"이제부터 많이 무서울 거야. 하지만 곧 끝날 거니까, 내 곁에 가까이 붙어서……."

"전 괜찮아요. 어서 가요."

디디가 그의 말을 잘랐다. 디디의 눈에 갑자기 활기가 돌면서 10년은 더 나이 들어 보였다.

마크는 옅은 미소를 지으며 말했다.

"좋아. 가자."

마크는 디디의 손을 트리나에게 쥐어주며 서로 놓지 말라는 뜻으로 두 사람의 손을 꼭 잡아주었다. 그리고는 트랜스바이스를 두 손에 쥐고 총신을 가슴팍에 바짝 붙여 곧바로 쏠 수 있도록 준비했다.

"내 뒤에 붙어서 따라와. 바로 뒤에서 따라와야 돼."

마크는 두 소녀를 번갈아 쳐다보면서 확실히 이해했는지 확인했다. 트리나는 눈빛이 약간 밝아진 것이 아까보다는 의식이 맑아 보였다.

마크는 트랜스바이스를 잡고 방아쇠에 손가락을 건 후 계단 쪽으로 방향을 돌렸다. 그곳에 알렉이 서 있었다.

마크가 디디와 트리나를 등 뒤에 달고 알렉 쪽으로 두 걸음 걸어가자마자, 왼쪽 창문이 박살나면서 유리 파편과 함께 벽돌 하나가 지하실 바닥으로 떨어졌다. 디디는 비명을 질렀고 트리나는 앞으로 몸이 기울면서 마크의 등에 부딪쳤다. 마크는 앞으로 몸이 쏠렸지만 넘어지지 않고 버텼다. 마크가 트랜스바이스의 총구를 부서진 창문 쪽으로 돌렸다. 한 남자의 팔이 좁은 창문 안쪽으로 뱀처럼 들어와 창틀 주변의 벽을 더듬고 있었다.

마크는 바로 트랜스바이스를 쏘았다. 하얗고 뜨거운 빛은 남자의 팔이 아닌 그 옆의 벽에 구멍을 뚫고 새하얀 먼지를 날렸다. 마크가 다시 한 번 쏘았고 이번에는 명중했다. 남자의 팔이 회색 덩어리로 분해되었다가 다음 순간 사라졌다. 그 남자가 있던 자리에 두 명이 더 나타났지만, 창문이 너무 좁아서 그리로 기어 들어올 수 있을 것 같지는 않았다. 마크는 돌아서서 다시 계단 쪽으로 걸어갔다. 그 자리에 굳건히 선 알렉은 계단을 내려오는 감염자 한 명을 쏘아 맞추고 있었다.

알렉은 지하실 문에서 시선을 떼지 않고 날카롭게 말했다.

"이 계단을 뚫고 올라가는 수밖에 없어. 사이코들이 점점 더 많이 몰려들고 있긴 하지만."

플레어 바이러스에 감염된 무리들을 헤치고 넷이서 여길 빠져나갈 방법이 있을지 알 수 없었지만 마크는 용감하게 대답했다.

"우린 준비됐어요. 트리나와 디디를 우리 둘 사이에 끼우고 이동하도록 하죠."

"그래. 이번에는 내가 앞장설 테니까 네가 뒤를 맡아. 저 미친 것들을 뚫고 가려면 고생깨나 하겠어."

마크는 고개를 끄덕이고 한 발 뒤로 물러섰다. 트리나는 아직 마크를 기억해냈다는 표현을 하지 않고 있었지만 조금씩 정신이 맑아지는 것 같았다. 트리나는 디디의 손을 잡고 알렉의 바로 뒤로 데리고 가 섰다. 알렉이 디디에게 한쪽 눈을 찡긋하고는 계단을 오르기 시작했다. 트리나가 그 뒤를 따랐고 트리나의 손을 잡은 디디는 바로 뒤이어 올라갔다. 마크는 감염자들이 다른 경로를 통해 지하실로 들어올 경우에 대비해 맨 뒤에서 뒷걸음질로 계단을 올랐다.

그들은 위층에서 벌어지고 있는 혼란을 향해 한 걸음 한 걸음 나아갔다.

알렉이 감염자들에게 소리쳤다.

"비켜! 3초 안에 비키지 않으면 쏜다!"

감염자들이 포효하며 들썩였다. 고함과 휘파람, 야유, 웃음이 뒤섞인 불협화음이 사방에서 터져 나왔다. 마크는 후방 경계를 하겠다는 생각을 버리고 계단 위쪽으로 돌아섰다. 대여섯 명쯤 되는 사람들이 지하실 문 앞에 바짝 붙어 서서 그들을 기다리고 있었다. 폭력에 굶주린 그들은 이글이글 타오르는 눈으로 마크 일행을 내려다보았다. 마크는 돌연 공포를 느껴 숨이 잘 쉬어지지 않았다. 그래도 일단 이 계단을 빠져나가면 싸워볼 만할 것 같았다.

"3초 지났다!"

알렉이 크게 외치며 트랜스바이스로 세 발을 연달아 쏘았다. 여자 둘과 남자 하나가 순식간에 재가 되어 눈앞에서 사라졌다.

갑자기 사람들이 고래고래 악을 쓰면서 먼저 계단을 내려오려고 서로를 밀쳐대기 시작했다. 알렉이 두 발을 더 쏘았지만 역부족이었다. 열 명이 한꺼번에 위에서 뛰어 내려와 손톱을 세우고 알렉에게 달려들었다.

알렉이 계단을 뒷걸음질로 내려오다가 트리나와 디디에게 부딪쳤고, 마크는 그 무게를 감당하지 못했다. 그들은 팔다리가 뒤엉킨 채로 계단 아래로 굴러 떨어졌다. 감염자들이 곧바로 그들을 향해 달려 내려왔다.

58장

마크는 계단과 벽, 지하실 바닥에 차례로 머리를 부딪쳤다. 계단을 굴러 내려오는 일행의 발과 손, 팔꿈치가 마크에게 마구잡이로 날아들었다. 세상이 빙빙 돌고 통증으로 미칠 것만 같았다. 바닥에 쓰러진 마크의 가슴 위로 트리나와 알렉이 떨어졌고, 디디는 그의 다리 위로 떨어졌다가 꿈틀대며 일어섰다. 알렉은 그 와중에도 적들을 쏘려고 트랜스바이스를 들었지만, 밑에서 네 번째 칸까지 내려온 남자가 몸을 날려 달려드는 바람에 얼른 마크 쪽으로 몸을 피했다.

트리나는 손을 뻗어 디디를 품에 끌어안고 싸움판에서 한 발 뒤로 물러섰다. 계단으로 점점 더 많은 사람들이 쏟아져 내려오고 있었다. 10여 명이 한꺼번에 마크에게 몰려들어 주먹질과 발길질을 해대며 그를 갈가리 찢어놓으려 했다. 처음의 계획이 완전히 틀어지자 마크는 어찌해야 좋을지 알 수 없었다. 살아남기 위해 다급히 움직이는 것 외에는 할 수 있는 일도 없었다. 몸을 옆으로 틀어 아수라장에서 벗어난 마크는 두 손으로 트랜스바이스를 잡고 좌우로 휘둘러 달려드는 사람들을 막아냈다.

그때 트리나가 날카로운 목소리로 외쳤다.

"그만! 다들 그만하고 내 말 들어요!"

공기를 베어내는 듯한 트리나의 목소리에 계단 꼭대기에서 맨 아래까지 뒤엉켜 서서 공격해오던 사람들의 고함과 울부짖음, 으르렁거림이 일시에 멈췄다. 움직이는 사람도 없었다. 마크는 갑작스러운 변화에 어안이 벙벙했다. 그는 위에서 찍어 누르고 있던 두 명을 밀어내고 서둘러 일어섰다. 그 두 명은 그 자리에 얼어붙은 것처럼 꼼짝하지 않은 채로 트리나만 바라보았다. 마크는 뒤로 물러나 계단 맞은편 벽에 등을 기대고 섰다. 트리나는 마크의 왼쪽에서 디디를 품에 끌어안은 채 서 있었고, 오른쪽에서는 알렉이 덤벼들던 사람들에게서 벗어나고 있었다.

감염자들의 시선이 전부 트리나에게 쏠렸다. 마치 그녀가 그들에게 마법의 힘으로 최면이라도 건 것 같았다. 지하실의 정적을 깨는 것은 그 안에 모인 사람들의 숨소리뿐이었다.

트리나는 사나운 눈빛으로 조용히 입을 열었다.

"모두 내 말 들으세요. 나는 이제 여러분과 같아요. 그리고 이 사람들은 우릴 도와주러 왔어요. 그러니까 이들이 우릴 도울 수 있게 해줬으면 해요."

이 말에 사람들은 한동안 웅성거리더니, 일어서서 서로에게 귓속말을 하며 트리나의 말에 복종할 뜻을 내비쳤다. 마크는 그 모습을 홀린 듯 바라보았다. 온몸에 피가 묻고 행색도 지저분한 그 사람들이 조직적으로 움직이는 모습을 보이기 시작했다. 그러더니 계단 양옆에 붙어 서서 마크 일행이 올라갈 수 있도록 길을 열어주었다. 계단 맨 위에 선 감염자들이 집 안에 들어와 있는 다른 감염자들에게 말을 전하면서, 집 안 곳곳에 말이 퍼져나갔다. 트리나에 대한 숭배도 섞여 있는 듯했다.

트리나가 마크에게 고개를 돌리고 말했다.

"앞장서요."

트리나의 눈빛이 그를 알아본 것 같지 않아서, 마크는 또다시 심장이 아렸다. 일이 어떻게 되어가고 있는 것인지, 어쩌다 이 미치광이들이 트리나의 명령을 듣게 된 것인지 짐작조차 할 수 없었다. 그래도 기회를 버릴 수는 없기에 벌떡 일어나 트랜스바이스를 손에 들었다. 하지만 위협적으로 보이지 않게 조심했다. 마크는 알렉을 돌아보았다. 미심쩍은 기색이 역력한 알렉은 그 어느 때보다도 불안해하는 모습이었다. 알렉은 마크에게 고개를 끄덕여 보이며 먼저 계단을 올라가라고 신호했다.

마크는 계단 쪽으로 걸어가다가 트리나와 디디를 돌아보며 말했다.

"올라가자. 어서. 괜찮을 거야."

자기 입에서 나온 말이지만 마크는 믿지 않았다.

트리나와 디디가 걸음을 옮겨 뒤따라왔다. 트리나는 디디를 앞에 세우고 어깨를 꼭 잡아주고 있었다. 알렉이 그들 뒤로 다가와서 지시했다.

"올라가."

알렉은 계단 좌우에 붙어 선 사람들을 연신 살폈다. 그는 이게 함정이 아닐까 의심하면서, 트랜스바이스를 쥔 손에 마크보다 더 힘을 주었다.

깊게 숨을 들이쉰 마크는 주변에 늘어선 사람들한테서 풍겨오는 악취를 인식하지 않을 수 없었다. 그는 고개를 돌려 계단으로 시선을 향한 채 첫 번째 칸을 올라갔다. 감염자들의 시선이 전부 그의 얼굴에 날아와 꽂혔다. 지저분한 머리카락에 멍든 뺨을 가진 여자가 알고도 보내준다는 듯한 눈빛으로 오른편에서 그를 빤히 쳐다보았다. 왼쪽에는 머리부터 발끝까지 상처투성이에 지저분한 몰골인 남루한 옷차림의 소년이 서 있었는데, 그 소년 또한 금방이라도 웃음이 터질 것 같은 표정을 하고 있었다. 올라갈수록 사람들은 전부 비슷한 표정으로 그를 쳐다보았고, 다들 조용히 벽에 붙어 서 있었다.

뒤에서 알렉이 속삭였다.

"빨리 좀 올라가."

마크는 계단을 한 칸 더 올라갔다. 서두르면 안 될 것 같았다. 트리나가 이 감염자들에게 최면을 걸었을 수도 있는데, 괜히 서둘렀다가 최면이 풀려버릴지도 모른다는 생각에서였다. 마크는 발을 들어 한 칸 더, 또 한 칸 더 올라갔다. 뒤를 흘끗 돌아보니 트리나와 디디가 바로 뒤에서 잘 따라오고 있었다. 맨 아래서 올라오고 있는 알렉은 왜 이렇게 천천히 올라가느냐는 눈빛으로 그를 쏘아보았다.

마크는 한 칸씩 올라갈 때마다 낯선 자들의 차가운 시선에 등골이 오싹해졌다. 이 사람들의 얼굴에 핀 미소가 점점 커지면서 분위기가 서늘해지고 있었다.

400

계단을 3분의 2쯤 올라갔을 때 바로 뒤에서 어떤 여자가 입을 열었다.

"예뻐. 아주 예뻐."

마크는 뒤를 돌아보았다. 그 말을 한 여자가 동물원에서 동물을 귀여워하듯 디디의 머리를 쓰다듬고 있었다. 어린 소녀의 얼굴이 공포로 하얗게 질렸다.

여자가 계속해서 말했다.

"아주 예쁜 아이구나. 잡아먹을까 보다. 칠면조 정찬처럼 요리하면 아주 맛있겠어."

마크는 혐오감이 치밀어 다시 앞을 바라보았다. 꾹꾹 눌러왔던 어떤 감정이 그의 가슴속에서 불룩하게 차오르는 것 같았다. 한 칸 더 올라서는데 옆에 선 남자가 팔을 뻗어 손가락으로 그의 어깨를 쿡 찌르며 말했다.

"좋네. 튼튼한 소년이군. 엄마가 자랑스러워하시겠어?"

마크는 그 말을 무시하고 한 칸 더 올라갔다. 양옆에 선 사람들이 그의 팔을 만지기 시작했다. 위협적으로 붙잡는 게 아니라 단순히 쓰다듬는 수준이었다. 그는 한 칸 더 올라갔다. 한 여자가 벽에서 등을 떼고 두 팔로 그의 목을 감싸더니 빠르고 격하게 포옹했다. 그러고는 팔을 풀고 물러나 원래 자리로 돌아가더니 얼굴을 일그러뜨리고 기분 나쁜 미소를 지었다.

역겨웠다. 마크는 이 집에 단 1분도 더 있고 싶지 않았다. 운에 맡기기로 결심한 그는 과감하게 뒤로 손을 뻗어 디디의 손을 붙잡고 빠르게 계단을 오르기 시작했다. 맨 뒤에서 따라 올라오는 알렉의 힘찬 발소리가 들렸다.

처음에 감염자들은 마크 일행이 갑작스레 속도를 높이는 걸 보고도 아무런 눈치를 채지 못한 듯 멍하게 바라볼 뿐이었다. 어느새 마크는 계단 맨 위 칸에 이르렀고, 양옆에서 그를 바라보는 넋 나간 얼굴들을 지나 현관으로 나갔다. 집 안은 감염자들로 가득했다. 그들 중 일부는 막대기와 방망이, 칼을 손에 들었지만 마크 일행이 현관문까지 갈 수 있도록 길을 열어놓았다. 마크는 디디의 손을 꼭 잡고 주저 없이 현관문을 향해 뛰기 시작했다.

절반쯤 뛰어갔을 때 감염자들 사이의 질서가 무너졌다. 집 안에 가득 들어찬 감염자들이 일시에 괴성을 지르며 마크 일행을 향해 달려들었다. 그 와중에 마크는 디디의 손을 놓치고 말았다. 성난 군중 속에 파묻힌 디디는 악마들에게 에워싸인 천사처럼 고운 목소리로 비명을 질렀다.

59장

마크는 디디에게 달려가다가 감염자들에게 떠밀려 바닥에 쓰러지고 말았다. 순식간에 감염자들이 그의 몸에 올라타고 옷을 잡아뜯었다. 마크는 몸을 비틀고 팔꿈치로 그들을 쳐냈다. 가격당한 자들이 악을 써댔다. 무기를 뺏으려고 달려드는 손들이 너무 많아다 쳐낼 수가 없었다. 마크는 발길질을 하면서 몸을 일으켜 세우려 했다. 그러나 단단한 무언가에 뒤통수를 얻어맞고는 딱딱한 타일 바닥에 얼굴을 박고 뻗어버렸다. 누군가가 끈으로 목을 잡아당기는 느낌이 들어 정신을 차렸다. 트랜스바이스의 끈이라는 걸 깨닫자 마크는 경악했다. 손을 뻗어 무기를 움켜잡으려 했지만 끈이 그의 턱을 지나 머리 위로 올라가고 있었다. 사람들은 폭소를 터뜨리고 크게 환호성을 질렀다.

그는 트랜스바이스를 빼앗기고 말았다.

감염자들의 시선이 전부 그 무기로 향하면서 마크는 그 틈을 타

일어설 수 있었다. 마크한테서 무기를 빼앗은 남자는 그 무기를 두 손으로 치켜들고 천천히 맴을 돌며 춤을 추었다. 그 남자 주변에 선 감염자들은 그 빛나는 무기를 만져보려고 위아래로 펄쩍펄쩍 뛰면서 손을 뻗었다. 그들은 서서히 마크한테서 멀어졌고 점점 더 많은 감염자들이 새로 얻은 물건을 구경하러 모여들었다. 그들은 현관 맞은편으로 다 같이 이동했는데, 아마 주방 쪽인 것 같았다.

마크는 트랜스바이스를 되찾을 수 없겠다는 판단이 섰다. 그는 서둘러 현관 홀을 둘러보며 친구들을 찾았다. 서너 명의 사람들이 디디를 붙잡고 위층으로 데려가려 하고 있었다. 디디는 발버둥 치며 비명을 질렀다. 트리나는 그들 뒤를 따라가며 디디를 되찾으려고 안간힘을 썼다. 알렉은 트랜스바이스를 빼앗으려고 달려드는 여섯 명을 상대로 싸우고 있었다. 마크가 쳐다본 그 잠깐 동안 알렉은 트랜스바이스의 밑동으로 한 명의 얼굴을 후려치고, 새하얀 빛으로 다른 한 명을 쏴서 증발시켰다. 하지만 나머지가 미친 듯이 달려드는 바람에 알렉은 바닥에 쓰러지고 말았다. 감염자들이 곧바로 알렉의 몸에 올라탔다.

마크는 선택의 여지가 없었다. 우선 트리나와 디디를 구하러 달려갔다.

그는 자신들이 무얼 하고 있는지도 모르고 발광하는 사람들을 밀쳐내고, 위층으로 올라가는 계단 바깥으로 튀어나온 부분을 밟고 올라섰다. 그 부분을 밟고 가는 것 외에는 계단 위로 올라갈 방법이 없었다. 마크는 난간을 붙잡고 위로 조금씩 올라갔다.

한 남자가 주먹을 휘둘렀지만 마크에게 닿지는 않았다. 계단 위쪽에 있던 한 여자는 다칠 것은 생각도 않고 무작정 마크에게 몸을 날렸다. 마크가 얼른 허리를 굽혀 피하자 여자는 난간 너머 바닥에 처박혔다. 나머지 감염자들이 마크를 밀어내려고 손을 뻗었다. 밑에서는 감염자들이 그를 주먹으로 치고 다리를 잡아당겨 아수라장으로 끌어 내리려 했다. 마크는 한 손으로 나무 난간을 붙잡은 채 그들에게 맞섰다. 재빨리 움직여 주먹을 피하면서 동시에 그를 막으려는 자들을 손으로 쳐내고 발로 걷어찼다.

마침내 마크는 디디를 잡아끌고 올라가는 자들을 앞질러 위쪽까지 올라갔고 난간을 두 손으로 단단히 잡은 후 몸을 날려 계단 맨 위 칸에 발을 디뎠다. 하지만 사람들은 멈추지 않고 마크가 서 있는 곳으로 디디를 끌고 올라왔다. 마크는 무엇을 어찌해야 할지 판단이 서지 않아 일단 그 사람들을 몸으로 들이받고 디디에게 두 팔을 뻗었다. 밀어붙이던 힘을 이용해 마침내 그는 디디를 감염자들에게서 빼앗을 수 있었다.

마크는 디디를 품에 안은 채 감염자들을 좌우로 쳐내가며 계단을 구르듯 내려와 1층 현관에 다다랐다. 고개를 들어보니 트리나가 안간힘을 다해 감염자들을 밀치며 다가오고 있었다. 트리나의 눈은 불붙은 듯 이글이글 타올랐고 오로지 디디에게 시선이 고정되어 있었다.

마크는 온몸이 아파 신음을 흘리며 가까스로 일어섰다. 그에게 다가온 트리나는 그의 품에서 디디를 받아 들고 두 팔로 꼭 끌어안았다. 디디는 흐느껴 울고 있었다. 하지만 잠깐 숨을 돌렸을 뿐이었다. 곧 사방에서 감염자들이 다시 몰려들었다.

빠르게 주변을 둘러본 마크는 여기서 도망칠 가능성이 희박하다는 것을 깨달았다. 집 안이 온통 혼란의 도가니였다. 알렉은 식당에서 트랜스바이스를 쏴가며 10여 명의 감염자들과 싸우고 있었다. 그 감염자들 중 일부는 마크를 보자마자 알렉을 포기하고 마크에게 달려들었다. 주방과 연결된 복도 쪽에서도 감염자들이 마크를 향해 달려왔다. 그런데 마크를 공격하려는 게 아니라 무언가로부터 도망치려는 것처럼 죽기 살기로 뛰어오는 모습들이었다. 마크와 현관문 사이로 점점 더 많은 감염자들이 몰려들어 탈출로를 차단했다. 이제 너를 죽이거나 내가 죽거나 둘 중 하나라는 듯한 표정들이었다.

마크는 트리나와 디디를 감싸 안고 뒤로 물러서서 계단 옆 벽에 붙어 섰다. 제일 처음 마크에게 달려든 사람은 머리털이 다 뽑혀 두피가 엉망이 된, 몹시 심한 상처를 입은 노인이었다. 노인이 훌쩍 뛰어 마크에게 달려오는데 주방 쪽에서 펑 소리가 들렸다. 그 순간 노인은 회색으로 변했고 뿌연 안개가 되어 마크의 머리 위로 흩날렸다.

마크는 온몸이 차갑게 굳었다. 알렉이 있는 식당 쪽이 아닌 주방 쪽에서 들려온 소리였기 때문이다. 감염자들 중 누군가가 트랜스바이스 사용법을 알아낸 것이다.

그 생각이 머릿속에 구체화되기도 전에 하얀 빛줄기가 그의 곁을 지나 현관문 옆에 서 있는 어떤 여자의 가슴팍에 꽂혔다.

마크가 소리쳤다.

"알렉! 누군가가 제 트랜스바이스를 쓰고 있어요!"

마크는 두려움으로 온몸에 소름이 돋았다. 지하전차를 타고 가다가 사방이 암흑천지가 되었던 그날 느꼈던 것보다 더한 공포였다. 미치광이가 사람을 즉시 증발시켜버릴 수 있는 무기를 쏘아대고 있었다. 이대로라면 마크도 그가 죽음을 깨닫기도 전에 증발해 버릴 수 있었다.

여기서 빠져나가야 했다.

이성이 마비된 감염자들이지만 뭔가 괴상한 일이 일어나고 있다는 것을 알아차렸는지 모두들 허둥대면서 현관문을 향해 뛰기 시작했다. 비명과 살려달라는 외침이 집 안 전체를 울렸다. 팔과 다리, 공포에 질린 얼굴들이 강을 이루어 다 같이 현관문을 향해 떠밀려 갔다. 아무렇게나 쏴대는 트랜스바이스의 하얀 빛에 감염자들 몇 명이 더 사라졌다.

마크는 정신이 붕괴되는 느낌이었다. 그는 돌아서서 디디를 품에 안고 다른 손으로는 트리나의 어깨를 감쌌다. 그들을 데리고 감염자들이 몰려가는 곳을 피해 알렉이 싸우고 있는 식당으로 들어갔다. 알렉은 감염자들에게 에워싸여 있었는데 그 수가 너무 많아서 트랜스바이스만으로는 감당이 되지 않았다.

마크는 트리나를 커다란 창문들이 있는 쪽으로 데려갔다. 이 집에서 깨지지 않고 남아 있는 몇 안 되는 창문들이었다. 그는 램프를 집어 들어 창유리를 박살냈다. 그러고는 디디를 오른팔로 꼭 안고, 왼손으로는 트리나의 팔꿈치를 단단히 잡은 채 깨진 창문을 향해 뛰었다. 그는 속도를 늦추지 않고 전속력으로 뛰다가 트리나의 팔꿈치를 놓고 창문 너머로 몸을 날렸다. 마지막 순간에 몸을 돌려 바닥에 그의 등이 먼저 떨어지게 했다. 예전에는 화단이었을 딱딱한 흙바닥에 등부터 떨어지면서 그는 품에 안은 디디를 보호할 수 있었다. 하지만 그 충격으로 폐에서 공기가 모조리 빠져나가 숨이 턱 막혔다.

마크는 가까스로 다시 숨을 쉬면서 화창한 하늘을 올려다보았다. 알렉이 깨진 창문 밖으로 머리를 내밀고 말했다.

"네가 아주 돌았구나."

알렉은 트리나가 창문을 넘어갈 수 있게 도와주고 있었다.

트리나가 무사히 집 밖으로 내려서자 알렉도 창문을 넘어왔다. 트리나와 알렉은 마크를 부축해 일으켜 세웠고, 트리나는 다시 디디를 품에 안았다. 도망치는 그들을 본 감염자 몇 명이 창문 너머로 쫓아왔고, 나머지는 여전히 현관문을 통해 집 밖으로 빠져나가고 있었다. 비명과 고함이 계속해서 터져 나왔다. 집 밖에서는 감염자들끼리 싸움이 벌어졌다.

알렉이 투덜거렸다.

"저놈들이라면 이제 지긋지긋하다."

마크는 숨을 고르고 나서 일행과 함께 먼지 자욱한 마당을 가로질렀다. 그리고 버그를 세워둔 곳을 향해 달려가기 시작했다. 알렉이 디디를 대신 안고 가겠다고 했지만 트리나는 거부했다. 아이를 안고 뛰느라 힘든 기색이 역력한데도 포기하지 않았다. 어느새 디디는 울음을 그치고 입을 다물었다. 디디의 얼굴에는 눈물도 남아 있지 않았다.

마크는 뒤를 돌아보았다. 한 남자가 그 집 현관문 앞에 선 채 무작위로 트랜스바이스를 쏴서 주변의 감염자들을 연기로 만들어버리고 있었다. 거리를 따라 도망치는 마크 일행을 발견하자 그 남자는 그들 방향으로 두 발을 쐈다. 다행히 크게 빗나간 하얀 빛줄기가 보도에 박히며 부연 먼지를 일으켰다. 남자는 이내 그들에게서 시선을 떼고 가까이에 있는 목표물을 향해 쏴대기 시작했다.

마크와 친구들은 계속 뛰었다. 어린아이들이 잔뜩 갇혀 있던 집 앞을 지날 때 마크는 트리나와 디디, 미래를 생각하며 마음을 접었다. 그는 멈추지 않고 그대로 달려갔다.

60장

마침내 버그가 보였다. 마크는 저 멀리에 비쭉 솟아오른 낡은 비행선이 그토록 아름답게 보일 줄은 생각도 못 했다. 그들은 모두 숨이 턱까지 차올랐지만 속도를 늦추지 않았다. 얼마 후 흠집 투성이인 거대한 금속 비행선 앞에 섰다.

마크는 트리나가 어떻게 여기까지 내내 디디를 안고 올 수 있었는지 의아했다. 트리나는 다른 사람이 도와주겠다고 해도 극구 거부했다.

마크는 깊은 숨을 몰아쉬며 트리나에게 물었다.

"너…… 괜찮아?"

트리나는 디디를 최대한 조심스레 옆에 내려놓고 바닥에 쓰러져 숨을 골랐다. 그리고 여전히 그가 누구인지 모르는 눈빛으로 그를 올려다보며 말했다.

"괘…… 괜찮아요. 우릴 구해줘서 고마워요."

마크는 트리나 옆에 무릎을 꿇고 앉았다. 광란의 도가니에서 탈출했음에도 불구하고 마크는 트리나의 말에 심장이 저렸다.

"트리나, 내가 누군지 정말 기억나지 않아?"

"익숙한 사람 같기는 한데……. 머릿속이 너무 복잡해요. 내가 알기로 저 아이는 면역이 되어 있어요. 그러니까 우리는 저 아이를 주요 인사들에게 데리고 가야 해요. 우리도 완전히 미쳐서 아무것도 못 하게 되기 전에요."

마크는 그만 속이 뒤틀려서 그가 제일 아끼고 사랑하는 친구에게서 시선을 돌렸다. 트리나의 마지막 말에 소름이 끼쳤다.

트리나의 상태가 심각하게 좋지 않다는 것은 그도 알고 있었다. 자신의 상태도 별반 다르지 않은 걸까? 무엇이 중요한지 인식조차 못 하게 되기까지 시간이 얼마나 남았을까? 하루? 이틀?

버그의 커다란 해치문이 쿵 하고 열리더니 삐걱삐걱 소리를 내며 서서히 내려오기 시작했다. 마크는 그 소음 속에서 바닥으로 내려오는 해치문만 말없이 바라보았다.

금속 장치끼리 맞닿아 삐걱대는 소리와 유압 장치가 뿜어내는 소음 때문에 알렉은 목청을 높였다.

"우선 다들 승선해서 식사부터 하자. 그런 후에 뭘 어떻게 할지 생각해봐야지. 우리도 조만간 아까 그 미치광이들처럼 변할 것 같으니까."

"저 아이는 아니겠죠."

마크는 나지막하게 대꾸했다. 조용히 말해서 알렉이 듣지 못했을 줄 알았는데 아닌 모양이었다.

"무슨 뜻이냐?"

"디디의 팔에 난 상처요. 몇 달 전에 화살에 맞아 생긴 거잖아요. 생각해보세요. 트리나 말이 맞아요. 디디는 그 바이러스에 면역이 되어 있어요. 그건 꽤 중요한 의미가 있을 거예요."

그 말에 트리나는 기운이 나는지 힘차게 고개를 끄덕였다. 지나칠 정도로 힘차게. 트리나가 그럴수록 마크는 가슴이 더 철렁했다. 더 이상 그가 아는 트리나가 아닌 것 같았다.

알렉은 평소처럼 툴툴거렸다.

"뭐, 네가 디디와 몸을 바꿀 게 아니라면, 디디가 면역되어 있다고 해서 너한테 도움될 건 별로 없을 것 같은데?"

"다른 사람들은 도울 수 있을 거라고 봐요. 정부 쪽 사람들이 이미 치료제를 갖고 있는 게 아니라면요."

알렉은 미심쩍은 표정이었다.

"미친놈들이 우릴 따라잡아 여기까지 쫓아오기 전에 우선 버그에 타도록 하자."

'그들이 제 트랜스바이스로 우릴 다 날려버리기 전에 버그에 타야겠죠'라고 마크는 암울하게 생각했다. 트랜스바이스를 빼앗겼는데도 알렉이 질책하지 않아서 고마웠다.

알렉은 거의 다 내려온 해치문을 향해 성큼성큼 걸어갔다. 버그 밖에는 마크와 두 소녀만 남았다. 마크가 트리나의 손을 잡으며 말했다.

"올라가자. 버그 안은 쾌적하고 안전해. 음식을 먹고 쉴 수도 있어. 걱정 마. 날…… 믿어."

이런 말을 해야 되는 현실이 마크는 가슴 아팠다.

디디는 돌처럼 굳어진 표정으로 일어나 트리나보다 먼저 마크의 손을 잡았다. 그를 빤히 쳐다보는 디디의 얼굴엔 표정 변화가 없었지만 눈빛에 담긴 무언가가 속으로 미소 짓고 있음을 보여주고 있었다. 트리나도 일어섰다.

"저 안에 도깨비 괴물이 살고 있지 않았으면 좋겠어요."

트리나는 막연히 겁먹은 목소리로 말하고는 해치문 경사로를 올라가기 시작했다.

마크는 한숨을 내쉬고는 디디를 데리고 그 뒤를 따라갔다.

그 후 몇 시간은 조용히 흘러갔다. 해가 지평선을 향해 내달리고 어느새 버그 바깥에는 어둠이 깔렸다. 알렉은 버그를 이륙시켜 전에 착륙한 적이 있는 인근의 공터로 날아갔는데, 그곳은 여전히 인적이 없었다. 알렉이 버그를 착륙시킨 후 그들은 식사를 했고, 잠시 후 마크와 알렉은 트리나와 디디가 잠시라도 눈을 붙일 수 있게 잠자리를 봐주었다. 트리나는 자는 동안 한참을 무어라 중얼거리며 턱 아래로 길게 침까지 흘렸다. 그 침을 닦아주면서 마크의 심장에는 다시 슬픔이 차올랐다.

마크는 도저히 잠을 잘 수 있을 것 같지 않았다.

차라리 알렉과 얘기라도 나누면서 앞으로의 계획을 논의하는 게 낫겠다 싶어 가보니 알렉은 기장석에 앉은 채로 고개를 한옆으로 꺾고 코까지 골며 자고 있었다. 마크는 문득 그의 입에 음식을 던져 넣고 싶은 충동이 일었고, 그 생각을 하며 낄낄 웃었다.

낄낄 웃다니.

내가 정말 미쳐가고 있구나, 하는 생각이 그의 뇌리를 스쳤다. 기분이 암울해졌다. 생각을 다른 곳으로 돌리려면 뭐든 해야겠다 싶었다.

전에 화물칸에서 봤던 워크패드들이 떠올랐다. 고무 끈으로 선반에 고정시켜놓았던 워크패드 세 대. 그 워크패드를 열어보면 앞으로 무엇을 해야 할지 방향을 잡을 수 있을지도 모른다는 생각에 약간이나마 고무되었다. 어쩌면 바이러스를 제거하는 방법이 들어 있을지도 몰랐다. 그렇다면 그들에겐 아직 기회가 있는 것이다.

마크는 어둑한 버그의 통로를 지나 화물칸 쪽으로 달려가다가 무릎을 두 번, 머리를 한 번 찧었다. 절반쯤 가다 보니 손전등이 필요하겠다는 생각이 들어 손전등을 가지러 배낭이 있는 곳으로 돌아갔다. 그리고 다시 화물칸으로 달려가 마침내 선반 앞에 섰다. 그는 워크패드들을 서둘러 꺼내놓고 바닥에 앉아 살펴보기 시작했다.

총 세 대였다. 첫 번째 워크패드는 전원이 켜지지 않았다. 두 번째 워크패드는 켜지긴 했지만 비밀번호가 걸려 있어 내용물을 볼 수 없었고 그나마도 껌벅거리는 것이 곧 배터리가 나갈 것 같았다. 마크는 흥분이 가라앉았다. 다행히 세 번째 워크패드는 환하게 켜졌다. 그 빛이 아주 밝아서 마크는 손전등을 껐다. 이 워크패드의 주인은 랜들 스필커라는 남자인 모양인데, 비밀번호를 걸어놓지 않아서 곧장 홈 화면이 떴다.

마크는 그 후 30분 동안 별로 쓸모없는 정보들을 일람했다. 스필커는 게임과 채팅방을 애용한 듯했다. 이 남자는 워크패드를 장난감으로만 사용했구나, 하는 생각에 탐색을 포기하려다가 겨우 스필커가 숨겨놓은 작업 파일들을 찾아냈다.

폴더마다 들여다봤지만 아무 내용도 없었다. 그러다 대부분의 사람들이 끈기를 갖고 찾아 들어가기에는 너무 대수롭지 않아 보이는 폴더에서 중요한 정보를 건졌다. 별다를 것 없어 보이는 데다 100개쯤 되는 빈 폴더들 사이에 끼어 있어 눈에 잘 띄지 않았던 폴더였다.

그 폴더의 제목은 '살상 명령(킬 오더)'이었다.

61장

폴더 안에 문서 파일이 너무 많아서 마크는 어디서부터 살펴봐야 할지 난감했다. 각 파일에는 번호가 부여되어 있었지만 일정한 순서 없이 무작위로 저장된 듯했다. 마크는 파일들을 일일이 다 읽어볼 시간이 없어서 앞부분만 읽고 내용을 대충 파악하기로 했다.

통신문, 메모, 공고문이 저장된 파일들이 즐비했다. 제일 많은 것은 스필커가 래디나 리치라이터라는 친구와 개인적으로 주고받은 메일이었는데 전부 몇 개의 파일로 나뉘어 저장되어 있었다. 그 두 사람은 플레어 후 연합정부에 소속된 직원들이었다. 정착촌에 사는 사람이라면 누구나 들어봤지만 어떤 곳인지는 잘 알지 못하는 단체. 마크가 주워들은 바에 따르면, 플레어 후 연합정부는 세계 각국의 국가 기관들을 최대한 모아서 통합한 단체였다. 그 단체에 소속된 사람들은 알래스카에 모여 있으며, 세상을 정상으로 돌려놓기 위해 노력하고 있다고 했다. 알래스카는 태양 플레어 현상에 큰 영향을 받지 않는 지역이라는 소문도 있었다.

마크는 그곳을 무척이나 고상한 목적을 가진 단체라고 생각했고, 그 단체에 소속된 사람들이 인류를 위해 꽤 애를 쓰고 있으려니 여겼다. 스필커와 그의 절친한 친구인 듯한 래디나 리치라이터가 주고받은 개인 메일을 보기 전까지는 그랬다. 그 메일을 읽는 순간 마크는 팔에 차가운 소름이 돋았다. 그때까지 봤던 이런저런 문서들은 대충 훑었는데 이 메일은 두 번이나 정독했다.

수신: 랜들 스필커

발신: 래디나 리치라이터

제목:

오늘 회의 때문에 아직도 속이 거북해. 도저히 믿기지가 않아. '인조위'가 우리 눈을 똑바로 보면서 그런 제안을 했다는 것도 받아들이기 힘들어. 정말이지 기가 막히더라.

회의에 참석한 사람들 중에 절반 이상이 그 제안서에 동의한 것도 경악스러워! 그 제안서를 지지한다는 거잖아! 도대체 이게 무슨 일이야? 랜들, 이게 어떻게 된 거야? 어떻게 그런 짓을 저지를 생각을 할 수 있어? 어떻게?

오후 내내 그 일을 이해해보려고 애썼는데, 안 되겠어. 난 도저히 이해 못 해.

어쩌다 우리가 이런 지경까지 오게 된 거야?

이따가 밤에 좀 만나.

—래디나

이게 뭐지? 마크는 의아했다. 바이러스 공격의 이면에 관여한
사람들이 있다고 브루스라는 남자가 전에 얘기하기는 했었다. 플
레어 후 연합정부의 짓이라고 하는 것 같았다. '인조위'는 플레어
후 연합정부의 산하기관일지도 몰랐다. 그 단체도 알래스카 어딘
가에 본부를 두고 있겠지. 마크는 더 파보기로 했다.
　몇 분 후 그는 어느 파일에 들어 있는 통신문들을 찾아 읽었다.
가슴이 철렁하고 소름이 돋다 못해 식은땀이 흘렀다.

플레어 후 연합정부 메모
일: 217.11.28 / 시: 21:46
수신: 모든 구성원들
발신: 존 마이클 총장
제목: 인구 문제 관련

오늘 보고서가 도착하여 연합정부의 모든 구성원들께 사
본을 전달했습니다. 이 보고서에 따르면, 이미 심각한 손
상을 입은 이 세상은 의심할 여지 없이 매우 중대한 문제
에 직면해 있습니다. 여러분도 이 보고서를 읽고 저처럼
먹먹한 심정으로 말없이 숙소로 돌아가 계시겠지요. 이 보

고서에 기재된 가혹한 현실을 명확히 인지하시고, 우리가 함께 해결책을 모색할 수 있기를 바라는 바입니다.

문제는 단순합니다. 이 세상에 인구는 너무 많고 자원은 부족하다는 것.

다음 회의는 내일부터 일주일간으로 예정되어 있습니다. 모든 구성원들께서는 위 문제에 대한 나름의 해결책을 준비하여 참석해주시기 바랍니다. 아무리 괴상한 해결책이어도 좋습니다. 업무에 관해서는 '고정관념에서 벗어나라'는 오랜 격언도 있으니까요. 우리가 생각을 달리해야 할 때라고 봅니다.

여러분이 제시할 해결책을 기대하고 있겠습니다.

수신: 존 마이클

발신: 케이티 맥보이

제목: 잠재적 해결책

존,

어제 저녁 식사를 함께하면서 논의했던 문제에 관해 조사해보았습니다. AMRIID(미육군 전염병의학연구소)는 태양 플레어 사태 때 거의 파괴됐지만, 고위험군의 바이러스, 박테리아, 생물학 무기를 취급하는 지하 격납 시스템은 온전히 남아 있다고 합니다.

그 부분에 관해 논쟁을 하기는 했습니다만 필요한 정보를 얻을 수 있었고, 자료 조사 후 권고안을 작성했습니다. 다른 잠재적 해결책들이 지나치게 예측이 어려워 사용할 수 없는 데 반해 이 해결책은 쓸 만합니다.

바로 바이러스입니다. 뇌를 공격해 고통 없이 기능을 마비시키는 바이러스로, 숙주에게 빠르고 명확하게 작용합니다. 한 숙주에게서 다른 숙주에게로 옮겨갈 때 감염률이 서서히 약화되게끔 설계됐습니다. 이동이 매우 제한적이 된 현 상황을 고려할 때, 우리가 필요로 하는 완벽한 해결책일 것입니다. 끔찍해 보이지만 우리가 원하는 목표를 효율적으로 달성해줄 것으로 생각합니다.

자세한 내용을 추가로 보내겠습니다. 어찌 생각하시는지 알려주십시오.

—케이티

수신: 케이티 맥보이
발신: 존 마이클
제목: RE: 잠재적 해결책

케이티,

바이러스 방출 계획에 관한 제안서를 작성하고자 하는데, 와서 도와주었으면 합니다. 이 계획에 따라 살상을 세심하게 통제할 경우 인류의 생존을 보장할 수 있다는 것에 초점을 맞춰야 합니다. 비록 일부 선택된 사람들만이 살아남겠지만, 이처럼 극단적인 조치를 취하지 않을 경우 인류의 멸종을 막을 수 없을 테니까요.

물론 이 해결책이 가설에 불과하다는 것을 당신도 나도 잘 알고 있습니다만, 이미 1천 번이나 시뮬레이션을 돌려봤고 달리 대안도 없습니다. 우리가 이 계획을 실행하지 않으면 세계의 자원은 곧 완전히 고갈될 것입니다. 인류의 멸종을 막기 위해 일부를 희생시키자는 제안인 만큼, 나는 이것이 우리가 내릴 수 있는 가장 윤리적인 결정이라고 믿습니다. 나는 이미 결심이 섰습니다. 이제부터는 나머지 구성원들을 설득해야 합니다.

내 숙소에서 17시에 만납시다. 제안서에 들어갈 단어들을 하나하나 검토해서 완벽하게 작성해야 하니 밤샘을 각오해야 할 것입니다.

그때 봅시다.

—존

플레어 후 연합정부 메모

일: 219.2.12 / 시: 19:32

수신: 모든 구성원들

발신: 존 마이클 총장

제목: 행정 명령 초안

이하 초안에 관해 어떻게 생각하시는지 알려주시기 바랍

니다. 최종 명령서는 내일 발표될 것입니다.

인구조절위원회의 권고에 따른 플레어 후 연합정부 행정 명령 제13호. 일급비밀 문건이며 최우선사항임. 위반 시 사형에 처함.

우리 플레어 후 연합정부는 이하 첨부된 문서에 기재된 바와 같은 인구조절계획 제1호를 전적으로 실행할 수 있는 권한을 인구조절위원회에 부여한다. 우리 플레어 후 연합정부는 이 조치에 관해 전적으로 책임을 지며 진행 상황을 지속적으로 관찰하고 최대한 지원한다. 인구조절위원회가 권고하고 플레어 후 연합정부가 동의한 지역들에 바이러스를 방출한다. 그 과정이 규율에 따라 진행되도록 군대를 주둔시키기로 한다.

행정명령 제13호, 인구조절계획 제1호를 이와 같이 승인함. 즉시 시작할 것.

마크는 워크패드를 무릎에 내려놓고 한동안 멍하게 앉아 있었다. 충격으로 귓속이 왕왕 울리고 얼굴이 뜨겁게 달아올랐다. 머리도 욱신거렸다.
지난주에 그가 목격한 악몽 같은 일들이 실은 플레어 현상 이후 세상을 다스려온 현 정부의 승인하에 이루어진 일이었다니. 테러리스트나 미치광이들이 한 짓이 아니었다. 인구 조절을 위해서라는 명목으로 정부가 승인하고 시행한 일이었다. 그들은 살아남은 소수가 자원을 차지할 수 있도록, 대다수의 인구를 죽여 없애려 하는 것이다.

마크는 온몸이 분노로 부들부들 떨렸다. 머릿속에서 점차 커져가는 광기가 그의 분노를 한층 더 부채질했다. 캄캄한 화물칸에 앉아 시커먼 허공만 응시하고 있는데 눈앞에서 점들이 둥둥 떠다녔다. 그 점들은 이런저런 형태를 이루었다. 태양 플레어를 연상케 하는 불줄기들. 살려달라고 외치는 얼굴들. 공기를 가르며 날아와 사람들의 목과 팔과 어깨에 박히는 바이러스 화살들. 눈앞에서 춤추는 그 형태들을 바라보며 마크는 걱정이 됐다. 이런 환영을 보다가 본격적인 광증을 앓게 되는 건가 싶어서였다.

그는 고개를 절레절레 흔들었다. 온몸에 식은땀이 흘렀다. 울고 싶었다. 결국 그는 고래고래 악을 썼다. 이제껏 미처 알지 못했던 거대한 분노가 그를 산사태처럼 덮쳐 왔다. 그때, 무릎에서 쾅 소리가 났다.

아래를 내려다보았으나 어두워서 아무것도 보이지 않았다. 워크패드의 전원을 켜보려 했지만 소용없었다. 그는 주변을 손으로 더듬어 손전등을 찾아 쥐고 스위치를 켰다. 워크패드의 화면이 박살 나고 평평하던 몸체가 괴상한 각도로 휘어져 있었다. 성질에 못 이겨 엉뚱한 물건을 부수고 만 것이다. 그는 자기 힘이 그렇게 셀 줄 몰랐다.

어쨌든 이제는 그의 두개골 안에서 요동치는 광기의 실체에 관해 어느 정도 일관성 있는 증거를 확보했다. 앞으로 무엇을 해야 할지도 감이 왔고, 그것이 마지막이자 유일한 기회라는 것도 알았다. 벙커에 있던 사람들은 그들에게 바이러스 살포를 명령한 정부 고위 인사들을 대면하러 애슈빌로 가겠다고 했는데, 마크와 친구들이 가야 할 곳도 바로 그곳이었다. 높은 벽으로 둘러싸인 애슈빌로 들어가야만 살상 명령을 내린 작자들을 찾을 수 있을 테니까. 그 작자들이라면 이 병의 진행을 멈출 방법을 알고 있을 것이다. 마크는 이 병을 낫게 하고 싶었다.

애슈빌. 그들은 그곳으로 가야 했다. 브루스가 강당에서 연설할 때 언급했던 곳. 다만 마크는 브루스 패거리보다 먼저 그곳에 가야겠다고 생각했다.

그는 분연히 일어섰으나 눈앞에 환영들이 빙빙 돌고 있어 현기증을 느꼈다. 피 대신 분노가 그의 심장에서 고동치며 흘러나와 혈관을 타고 돌아다녔다. 그는 차츰 마음이 차분해졌다. 손전등 불빛으로 박살 난 워크패드를 다시 비춰보고는 그대로 들어 화물칸 구석으로 던져버렸다. 워크패드가 바닥에 떨어지면서 요란한 소리를 냈다. 그는 인구조절위원회 사람들에게 그들이 내린 살상 명령에 대해 자신이 어떻게 생각하는지를 꼭 알게 해주리라 결심했다.

그 순간 머리를 창으로 찌르는 듯한 통증이 밀려오면서 피로가 온몸을 뒤덮었다. 2톤쯤 되는 담요가 어깨를 감싼 것처럼 온몸이 무겁고 나른해졌다. 그는 무릎을 꿇고 옆으로 쓰러져 차가운 바닥에 머리를 대고 누웠다. 할 일이 너무나도 많았다. 잠을 잘 시간 따위는 없었다. 그렇지만 너무나도 피곤했다.

이번에는 기분 좋은 꿈을 꾸었다.

62장

　하늘을 쪼개는 듯한 천둥소리에 놀라 트리나는 마크의 품 안에서 펄쩍 뛴다.

　동굴 밖에 비가 내리고 있다. 태양 플레어 사태 이후 석 달 만에 내리는 비다. 마크는 몸이 떨린다. 그동안 견뎌온 지옥 같은 더위 대신 시원한 냉기가 피부에 닿자 신선하고 반갑다. 산비탈에서 이 동굴을 찾아내 들어온 것이 얼마나 다행인지 모른다. 남은 평생을 이 어둡고 시원한 곳에서 보내도 좋을 것 같다. 알렉과 나머지 일행은 동굴 안쪽에서 자고 있다.

　마크는 트리나의 어깨를 꼭 잡고 그녀와 서로 머리를 기댄다. 트리나의 숨결이 짭짤하고 달콤하다. 뉴저지의 해안에 요트를 버리고 뭍으로 올라온 후 처음으로 마음이 편안하다. 만족스러울 정도다.

　"빗소리가 참 좋다."

트리나가 속삭인다. 북을 두드리듯 톡톡 떨어지는 빗소리를 방해할까 봐 한껏 낮춘 목소리다.

"잠이 솔솔 와. 네 겨드랑이에 머리를 묻고 사흘쯤 코를 골면서 푹 잤으면 좋겠어."

"내 겨드랑이? 오늘 아침 폭풍우에 우리 모두 샤워를 한 게 다행이네. 지금 내 겨드랑이에선 장미 향기가 나거든. 어서 기대봐. 편안할 거야."

트리나는 그의 품 안에서 장난스레 꼼지락꼼지락 움직이다가 다시 그에게 머리를 기대며 말한다.

"우리가 아직까지 살아 있다는 게 믿어지지 않아, 마크. 안 믿어져. 하지만 누가 알겠어? 앞으로 여섯 달 후면 우리 모두 죽어 있을지. 어쩌면 내일일 수도 있고."

그는 무표정하게 대꾸한다.

"퍽이나 기운 나는 말이네. 됐어, 그런 얘긴 그만하자. 지금까지 우리가 겪은 일보다 더 지독한 일이 또 일어나겠어? 여기서 당분간 지내다가 산 남쪽에 있다는 정착촌을 찾아가보자."

"소문일 뿐이야."

"뭐?"

"정착촌이 있다는 거, 소문일 뿐이라고."

마크는 한숨을 짓는다.

"있을 거야. 가보면 알겠지."

마크는 벽에 머리를 기대고 트리나가 했던 말을 곱씹는다. 그들이 아직까지 살아 있다는 게 믿어지지 않는다는 말. 이제 와서 입 밖에 낸 말이지만 그보다 더한 진실은 없었다.

그들은 작열하는 태양의 열기 속에서 링컨 빌딩에 숨어 수 주일을 살아남았다. 무자비한 더위와 가뭄도 이겨냈다. 수 킬로미터씩 뻗어나간 황무지와 범죄로 점철된 거리들을 도보로 이동했다. 그 와중에 가족들이 살아 있으리라는 기대는 접었다. 낮에는 숨고 밤이면 이동하면서 닥치는 대로 먹을 것을 찾아 먹고 그나마도 없을 땐 며칠씩 굶기도 했다. 군인 출신인 알렉과 라나가 없었다면 그들은 여기까지 올 수도 없었을 것이다. 절대로.

결국 그들은 살아서 여기까지 왔다. 아직 목숨이 붙어 있고 활기도 남아 있었다. 우주의 어떤 힘이 아무리 지독한 장애물을 그들 앞에 던져놓는다고 해도 이겨내리라 마음먹으며 마크는 미소를 짓는다. 앞으로 수년만 견디면 세상은 다시 전처럼 좋아지리라 믿고 싶다.

멀리서 번개가 번쩍이다가 몇 초 후에 천둥이 우르르 울린다. 천둥소리가 점점 커지며 그들 쪽으로 다가오는 것 같다. 동굴 바깥의 땅을 두드리는 빗줄기도 점점 거세지고 있다. 이 숨겨진 은신처를 찾아 들어오게 된 것이 얼마나 다행인가 하는 생각을 마크는 백만 번도 넘게 하고 있다.

트리나가 그를 올려다보며 말한다.

"알렉 씨가 그러는데, 폭풍우가 시작되면 기상 상태가 심하게 악화될 수도 있대. 지구 전체의 날씨가 엉망진창이 될 거라던데."

"그래. 뭐 어때. 뜨거운 열기 속에서 사느니 비 오고 바람 불고 번개 치는 곳에서 사는 걸 택하겠어. 이 동굴 안에서 버티면 되잖아. 안 그래?"

"여기서 영원히 살 수는 없어."

"좋아. 그럼 일주일? 한 달? 그런 생각은 그만하자. 쉿."

트리나는 얼굴을 들고 그의 뺨에 키스한다.

"네가 없었다면 난 어떻게 됐을까? 자연재해로 죽기 전에 스트레스와 우울증으로 죽어버렸을 거야."

"아마 그랬을걸."

마크는 미소를 지으며 트리나가 당분간이라도 이렇게 평화로운 시간을 즐겼으면 좋겠다고 생각한다.

다시 편안하게 마크에게 기댄 트리나는 두 팔로 그를 꼭 껴안으며 말한다.

"진심이야. 네가 내 곁에 있어서 정말 좋아. 넌 내 전부야."

"나도 그래."

그는 더 이상 아무 말도 하지 않는다. 경솔하게 말을 뱉었다가 이 순간을 망치고 싶지 않다. 그는 조용히 눈을 감는다.

번개가 번쩍이다가 이내 천둥이 울린다. 확실히 폭풍우가 한층 더 가까이 다가왔다.

마크는 잠에서 깨어났다. 한 고비를 넘기고 동굴에 머물던 그날 트리나를 바라보았을 때의 느낌, 트리나의 눈에 담겨 있던 작은 희망이 아직 그의 머릿속에 남아 있었다. 정말 그날 희망을 가졌었는지 트리나가 인정할지는 모르겠지만. 몇 달 만에 처음으로 마크는 다시 꿈속으로 돌아가고 싶었다. 그 마음이 너무 간절해서 심장이 아릴 정도였다. 하지만 이내 화물칸의 어둠과 더불어 현실이 그의 의식으로 밀려들었다. 그때의 폭풍우는 지독했다. 정말 지독했다. 하지만 그들은 그 폭풍우에서도 살아남았고, 결국 정착촌을 찾아 들어갔다.

인구조절위원회 놈들만 아니었으면 그는 트리나와 함께 여전히 평화롭게 살고 있었을 것이다.

그는 *끄응* 하고 신음을 내뱉으며 눈을 비비고는 길게 하품을 하고 일어섰다. 그러자 까무러치듯 잠들기 전에 마음에 새겼던 결심이 떠올랐다.

애슈빌.

그는 허리를 굽히고 손전등을 들어 스위치를 켰다. 문 쪽을 비추다가 그는 문간에 서 있는 알렉을 보고 깜짝 놀랐다. 알렉은 마치 키가 더 커지기라도 한 것처럼 문틀을 꽉 채우다시피 서 있었다. 버그의 희미한 조명이 알렉의 등 뒤에서 비추고 있어 표정이 보이지는 않았지만, 마크는 불길한 느낌이 들었다. 얼마나 오랫동안 기척도 내지 않고 그곳에 서 있었을까를 생각하니 불안했다. 알렉은 여전히 아무 말 없이 서 있기만 했다.

마크가 물었다.

"알렉, 괜찮아요?"

알렉은 앞으로 한 발을 내딛다가 휘청하면서 쓰러질 뻔했는데, 다시 균형을 잡고 바로 섰다. 마크는 알렉의 얼굴에 손전등을 비추고 싶지 않았지만 선택의 여지가 없었다. 그는 손전등을 들어 곧장 알렉에게 비췄다. 알렉은 얼굴이 벌겋게 달아오른 채로 땀을 흘리고 있었다. 그림자 속에서 괴물이 튀어나올 것 같은지, 눈을 휘둥그렇게 뜨고 앞뒤를 연신 살피는 모습이었다.

"왜 그래요?"

알렉은 힘겹게 한 발 앞으로 다가오며 말했다.

"내가 병이 들었어, 마크. 심하게 아파. 죽어야겠어. 그렇지만 헛되이 죽고 싶지는 않아."

63장

마크는 몹시 당황해서 무슨 말을 해야 좋을지 몰랐다.

알렉은 한쪽 무릎을 바닥에 대고 웅크렸다.

"진짜야. 기분이 이상하고 머릿속이 제멋대로야. 이상한 게 보이고, 이상한 게 느껴져. 기분이 좋아진 것 같기도 한데, 그 사람들처럼 되고 싶지는 않아. 난 죽어야 돼. 내일 아침까지 기다릴 수가 없어."

"무슨 소리예요? 왜……. 저더러 어떡하라는 거예요?"

마크는 어쩔 줄을 몰라 말을 더듬었다. 어차피 일어날 수밖에 없는 일이기는 했지만 막상 눈앞에 펼쳐지자 마크는 큰 충격을 받았다.

알렉이 그를 쏘아보았다.

"내 생각에는……."

말을 하다 말고 발작을 일으킨 알렉이 격렬하게 몸을 비틀었다.

고개를 뒤로 꺾고 고통스러워하며 얼굴을 일그러뜨리는가 하면 목이 졸리는 듯한 비명을 뱉어내기도 했다.

"알렉!"

마크가 소리치며 그에게 달려갔다. 곁으로 다가가려는데 알렉이 별안간 주먹을 휘둘러서 마크는 얼른 고개를 숙여 피했다. 헛손질을 한 알렉은 그대로 바닥에 쓰러졌다.

"어떻게 된 거예요?"

알렉은 경련이 풀렸는지 엎드린 채 숨을 거세게 몰아쉬었다.

"나, 나도…… 잘 모르겠어. 머릿속이 계속 이상해."

마크는 너무 괴로워서 주변을 둘러보며 두 손으로 머리카락을 쓸어 넘겼다. 화물칸의 어두운 구석에서 그들이 처한 모든 문제에 대한 해답이 단박에 나타나기라도 할 것처럼. 다시 돌아봤을 때 알렉은 마치 항복하듯 두 손을 들고 서 있었다.

"내 얘기 잘 들어. 생각해둔 게 있어. 상황이 아주 안 좋기는 하지만……."

알렉은 트리나와 디디가 잠들어 있는 방 쪽을 가리키며 말을 이었다.

"우리가 데리고 있는 저 어린 여자애만은 살게 해줘야 하잖아. 그러니까 저 아이를 애슈빌로 데려가서 거기 두고 오자. 그런 다음에……."

알렉이 어깨를 으쓱했는데, 그 애처로운 몸짓에 그가 하고자 하는 말이 모두 담겨 있었다. 디디를 제외하고 그들 모두는 이미 끝장난 것이었다.

마크는 도전적인 말투로 제안했다.

"하지만 치료제가 있을지도 모르잖아요. 브루스라는 남자도 치료제를 언급했어요. 그러니까 애슈빌로 가서 치료제를……."

"아, 헛소리 마!"

알렉이 고함으로 말허리를 끊었다.

"내가 아직 똑바로 말할 수 있을 때 내 얘기 잘 들어. 우리 중에 이 버그를 조종할 수 있는 사람은 나뿐이야. 그러니까 나하고 같이 조종실로 가서, 네 머리가 감당할 수 있는 최대한으로 버그 조종법을 배워놔. 만일을 위해서. 네 말이 맞아. 내가 조종을 못 하게 될 경우에 너라도 버그를 조종해서 디디를 애슈빌로 데려가야 돼."

마크는 숨이 막힐 정도로 참담했다. 조만간 그 역시 미쳐버리거나 죽거나 둘 중 하나일 것이다. 하지만 그 역시 알렉과 마찬가지로 애슈빌로 갈 작정을 하고 있었다. 결심이 섰으니 행동에 나서면 되는 것이다.

마크는 눈물을 꾹 참고 말했다.

"알았어요. 조종실로 가요. 1초도 낭비하지 말아야죠."

그 순간 알렉은 움찔하면서 두 팔을 쫙 뻗었다. 이내 주먹을 꽉 쥐고는 다시 팔을 아래로 내렸는데, 오직 의지력만으로 광증의 습격을 버텨내는 듯 바짝 힘이 들어간 얼굴이었다. 잠시 후 눈빛이 다시 맑아진 알렉이 한참 동안 마크를 바라보았다. 그 짧은 순간에 그들은 함께 겪은 작년의 시간, 그 기억과 공포, 웃음을 떠올렸다. 앞으로 언제 다시 현실에 발을 디디고 살 수 있는 날이 올지 알 수 없었다. 그들의 머릿속에서 광기는 이미 날개를 펼 준비를 하고 있었다.

알렉이 짧게 고개를 끄덕였다. 두 사람은 함께 문으로 향했다.

조종실로 가는 동안 트리나나 디디는 보이지 않았다. 마크는 두 소녀가 잠에서 깨어 버그 안을 돌아다니고 있기를 바랐었다. 기적적으로 트리나의 상태가 좋아져 환하게 웃고 그를 기억해주기를. 하지만 어리석은 생각일 뿐이었다.

알렉은 기장석 쪽으로 가고 마크는 창밖을 내다보았다. 동쪽 하늘에 새벽이 밝아오면서 어둠이 물러가고 저 멀리 집과 나무 들이 옅은 보랏빛으로 물들고 있었다. 별들은 대부분 깜박이며 사그라졌다. 앞으로 한 시간 안에 태양이 위풍당당하게 떠오를 것이다. 오늘 이후로 모든 것이 영원히 바뀌겠구나 하는 생각에 마크는 마음이 무거웠다.

알렉은 뒤로 약간 물러나 앉아 계기반의 기기들과 화면들을 둘러보면서 말했다.

"잠시 동안은 내 상태가 괜찮을 것 같으니까, 가서 트리나와 디디가 어쩌고 있는지 확인하고 와. 곧 이륙할 거다. 저공비행으로 날면서 지상을 살펴보도록 하자."

마크는 고개를 끄덕이고는 알렉의 등을 토닥였다. 지금 이 상황과 별로 어울리지 않는 행동이었지만 달리 격려할 방법이 없었다. 알렉의 상태가 걱정스러웠다. 잠시 후 마크는 손전등을 켜고 조종실을 나가 좁은 통로로 들어섰다. 그 길로 쭉 가면 트리나가 디디와 함께 침대에서 평화롭게 잠들어 있는 숙소였다.

숙소 문 앞에 가까이 다다랐는데 천장에서 뭔가를 긁는 것 같은 괴상한 소리가 났다. 천장의 패널 위를 후다닥 뛰어가는 쥐 소리 같기도 했다. 그러다가 머리 위로 30센티 정도 떨어진 지점에서 키득거리는 남자의 웃음소리가 들리자 마크는 공포에 휩싸였다. 그대로 통로를 몇 미터 더 달려가 벽에 등을 붙이고 좌우를 돌아보았다. 천장의 패널을 향해 손전등을 비춰봤지만 눈에 띄는 것은 없었다.

마크는 숨을 죽이고 귀를 쫑긋 세웠다.

천장 위에서 무언가가 거의 규칙적으로 왔다 갔다 움직이고 있었다.

"어이! 거기 누구⋯⋯."

소리를 치던 마크는 문득 숙소 안에 트리나가 있는지 아직 확인하지 않았다는 생각이 들었다. 누군가 혹은 무언가가 버그 안에 몰래 숨어들었다면⋯⋯.

그는 숙소로 달려가 문을 열어젖히고는 트리나가 자고 있던 침대를 손전등으로 비췄다. 순식간에 그의 심장이 철렁했다. 빈 침대에 남은 건 구겨진 시트와 담요뿐이었다. 그러다 옆을 흘끗 보니 트리나와 디디가 서로 두 손을 꼭 붙잡고 바닥에 앉아 있었다. 둘 다 공포에 질린 얼굴이었다.

마크가 물었다.

"뭐야? 무슨 일이야?"

디디가 떨리는 손가락으로 천장을 가리켰다.

"저 위에 도깨비가 있어요. 도깨비가 친구들을 데려왔어요."

바들바들 떠는 디디의 모습에 마크는 가슴이 찢어졌다.

64장

버그가 다시 살아나 지상에서 떠올랐다. 트리나는 아무 말도 하지 않았다. 바닥이 기울어지는 바람에 마크는 휘청하며 침대 위로 쓰러졌다가 다시 일어서서 말했다.

"여기 있어. 금방 올게."

이번만은 망설이지 않을 작정이었다.

통로로 나간 마크는 손전등 불빛으로 어둠을 뚫으며 조종실을 향해 곧장 달려갔다. 아까 소리가 났던 바로 그 지점의 천장에서 또 키득대는 소리가 들렸다. 그의 머릿속에 무서운 상상이 펼쳐졌다. 바이러스에 감염되어 제정신이 아닌 데다 피에 굶주려 있는 사람들이 마크가 숙소를 나가자마자 바로 숙소 창문을 깨고 들어와 두 소녀를 공격하는 상상이었다. 하지만 지금은 최대한 서둘러 움직이는 것 외에 달리 방법이 없었다. 게다가 천장에 있는 사람들이 지금까지 천장 위를 돌아다니면서 아무 짓도 하지 않았으니,

아직은 괜찮은 상황인 것 같기도 했다.

곧장 조종실로 달려 들어가니 알렉이 조종 장치를 움직이고 있었다. 얼굴이 벌겋게 달아오른 채 땀을 흘리며 조종에 집중하는 모습이었다.

"트랜스바이스 어디 있어요?"

마크가 소리쳐 물었다.

뒤를 흘끗 돌아보는 알렉의 얼굴에 두려움이 스쳤다. 하지만 마크는 설명할 시간이 없었다. 알렉의 트랜스바이스는 기장석 옆의 벽에 세워져 있었다. 마크는 달려가 그걸 낚아채고 어깨에 끈을 걸었다. 그리고 전력이 남아 있는지 확인한 후 다시 숙소 쪽으로, 트리나와 디디가 있는 곳으로 뛰었다.

조종실을 나서면서 바닥에 손전등을 던져두고 마크는 알렉에게 소리쳤다.

"통로에 조명 좀 켜주세요!"

통로가 칠흑처럼 어두웠다. 지금 이 상황에서 전력과 연료를 아끼는 건 의미가 없었다. 몇 미터 지나기 전에 통로에 조명이 켜졌다. 벽 쪽은 여전히 어둑했지만 희미한 조명이나마 길을 비춰주었다.

통로를 달려가는데 땀이 눈으로 흘러들었다. 버그 안의 온도가 수직 상승한 느낌이었다. 찜통 같은 더위에 신경까지 곤두서자 면도날처럼 예리한 광기가 당장이라도 정신을 끊어놓을 것만 같았다. 마크는 조금만 더 버티자, 몇 초만 더 버티자, 하는 마음으로 온 힘을 다해 정신을 다잡았다.

키득대는 웃음소리를 들었던 지점을 지나가는데 이번에는 킬킬

대는 웃음소리가 들려왔다. 쉰 목소리로 나지막하게 웃어대는 그 소리가 몹시도 불길했다. 하지만 천장의 패널은 부서진 곳 없이 멀쩡했다. 숙소로 달려 들어간 마크는 트리나와 디디가 변함없이 바닥에 앉아 서로를 부둥켜안고 있는 모습에 안도했다.

두 소녀에게 가까이 가려는데 별안간 숙소 천장의 세 부분이 무너지면서 석고와 금속이 바닥으로 떨어졌다. 그리고 두 소녀의 몸 위로 여러 명이 떨어져 나뒹굴었다. 디디가 비명을 질렀다.

마크는 무기를 들고 앞으로 돌진했다. 조준이 되지 않아 트랜스바이스를 쏠 수는 없었지만 몸싸움은 가능했다.

바닥에서 허둥지둥 일어난 세 사람이 디디와 트리나를 짐짝 치우듯 옆으로 밀어냈다. 남자 한 명, 여자 두 명이었다. 그들은 야생 유인원들처럼 방 안을 펄쩍펄쩍 뛰어다니고 두 팔을 흔들면서 발작적으로 웃어댔다. 마크는 남자에게 다가가 트랜스바이스 개머리로 옆통수를 갈겼다. 남자는 비명을 지르며 바닥에 쓰러졌다. 그대로 밀고 나간 마크는 옆으로 방향을 틀어 친구들에게 달려드는 두 여자 중 한 명을 발로 걷어찼다. 여자는 소리를 지르며 가까이에 있는 침대로 엎어졌고 마크는 그 여자에게 트랜스바이스를 쏘았다. 하얀 빛줄기가 여자를 회색 재로 만들어 날려버렸다.

그 여자가 사라지자마자 다른 여자가 옆에서 마크에게 달려들었다. 마크는 여자와 함께 바닥으로 쓰러졌다. 충격으로 폐에서 공기가 훅 빠져나갔는데 지난 일주일 동안 수도 없이 당해서 이제는 익숙했다. 여자는 그의 손에서 트랜스바이스를 빼앗으려고 발광했고, 그는 옆으로 몸을 돌려 등을 바닥에 대고 한 손을 위로 뻗어 여자를 밀어냈다.

옆을 흘끗 보니 트리나와 디디는 벽에 붙어 서서 어쩔 줄 모르는 얼굴로 그를 쳐다보고 있었다. 예전의 트리나 같으면 당장 싸움판에 뛰어들어 그를 도왔을 것이다. 이 여자를 공격해 인사불성이 되도록 때렸을 것이다. 그러나 지금의 트리나는, 바이러스에 감염된 트리나는 겁먹은 어린 소녀처럼 디디를 두 팔로 꼭 붙잡은 채 떨고 있기만 했다.

마크는 끄응 소리를 내며 여자와 싸움을 계속했다. 신음 소리가 들려 돌아보니 그에게 옆통수를 맞아 쓰러졌던 남자가 비척비척 일어나고 있었다. 증오와 광기로 가득한 남자의 눈은 마크에게 고정되어 있었다. 남자는 이를 드러내고 으르렁댔다.

그러고는 마치 미친 짐승처럼 네 발로 뛰어왔다. 남자는 땅을 박차고 훌쩍 뛰어올라 마크와 여자 사이로 끼어들었다. 먹이를 향해 달려드는 사자를 보는 듯했다. 남자는 여자와 함께 옆으로 뒹굴며 마크의 몸에서 떨어져나갔다. 둘이서 바닥을 굴러가는 모습이 마치 무슨 놀이라도 하고 있는 것처럼 보였다. 마크는 여전히 숨이 찼지만 옆으로 돌아누웠다가 엎드리면서 무릎을 세웠다. 이어서 팔꿈치를 바닥에 대고 몸을 일으켜 옆에 있는 침대에 의지해 일어섰다.

그는 차분하게 광인 남녀에게 트랜스바이스를 겨누고 깔끔하게 두 방을 쐈다. 총성이 천둥처럼 울리고 두 사람은 순식간에 눈앞에서 사라졌다.

마크의 귀에는 자신의 거칠고 긴장한 숨소리밖에 들리지 않았다. 지친 눈으로 돌아보니 트리나와 디디는 여전히 벽에 붙어 서 있었다. 누가 더 겁을 먹었다고 말할 수 없을 정도로 두 소녀 모두 몹시 떨고 있었다.

"이런 걸 보게 해서 미안해."

마크는 달리 할 말이 없어 중얼거렸다.

"그만 여길 나가서 조종실로 가자. 우리는……."

그는 '디디를 애슈빌로 데려가야 돼'라는 말을 하려다가 얼른 입을 닫았다. 그 말에 트리나가 어떻게 반응할지 알 수 없었다. 결국 그는 "안전한 곳으로 이동할 거야"라고 말을 맺었다.

그때 갑자기 천장 어딘가에서 깊게 깔리는 남자의 웃음소리가 터져 나왔다. 방금 전 광인들의 웃음처럼 소름끼치는 소리였다. 큭 큭대던 웃음은 이내 기침으로 바뀌었다가 다시 낄낄대는 소리로 바뀌었다. 정신병원에서나 들을 법한 소리라 마크는 후끈한 기온에도 불구하고 피부에 싸늘한 소름이 돋았다. 그런 상황에서도 트리나가 여전히 멍한 눈빛으로 바닥만 내려다보고 있자 마크는 또다시 상실감을 느꼈다. 그는 트리나와 디디에게 다가가 손을 내밀었다. 괴상하게 웃어대는 남자는 천장 위 서까래에 숨어 있었다.

"우린 할 수 있어. 너희는 내 손을 잡고 따라오기만 하면 돼. 이제 곧 우리 모두…… 안전해질 수 있어."

마크는 '안전'이라는 단어를 말할 때 자기도 모르게 목소리가 흔들렸다.

디디가 화살에 맞은 자국이 있는 쪽 손을 뻗어 마크의 가운뎃손가락을 꼭 붙잡았다. 그 행동에 어떤 자극을 받았는지 트리나는 비로소 벽에서 등을 떼고 똑바로 섰다. 눈은 여전히 바닥을 내려다보았지만 양손으로 디디의 어깨를 꼭 붙잡고 있었다. 이대로 디디를 데리고 걸어가면 트리나가 순순히 따라올 듯했다.

마크가 속삭였다.

"좋아. 저 위에 있는 불쌍한 놈은 무시하고 차분하게 천천히 조종실로 가는 거야. 출발하자."

그는 트리나의 태도가 바뀌기 전에 얼른 돌아서서 걸었다. 디디의 손을 당기며 서둘러 문 쪽으로 걸어가다가 흘긋 돌아보니, 마치 풀로 붙인 듯 트리나가 디디의 어깨에 두 손을 딱 붙인 채로 따라 나오고 있었다. 머리 위에서 우두두두 발소리가 들려 마크는 잠시 주춤했지만 마음을 강하게 먹고 계속 걸어갔다.

숙소 문을 나선 그들은 통로로 나왔다. 갈 곳은 하나뿐이었다. 벽 위쪽 가장자리를 따라 비상등이 희미한 빛을 뿜어내고 있기는 했지만, 통로는 숙소 안보다 한층 더 어두웠다.

마크는 재빨리 좌우를 살핀 후 조종실 쪽으로 향했다. 그가 한 걸음을 떼자마자 요란한 소리와 함께 무언가가 그의 앞을 가로막았다.

머리 바로 위에서 툭 소리와 웃음이 터져 나왔다. 어떤 남자가 거꾸로 매달린 채 얼굴과 팔을 그의 앞에 들이대며 웃고 있었다. 마크는 깜짝 놀라 저도 모르게 소리를 지르고 그 자리에서 굳어버렸다.

마크가 넋을 놓고 있는 동안 그 남자는 마크의 손에서 트랜스바이스를 빼앗아 들고 어깨에 연결된 끈마저 뜯어냈다. 마크가 뒤늦게 손을 뻗었지만 그 남자는 먹이를 낚아챈 뱀처럼 재빨랐다.

남자는 연신 웃으며 서까래 위로 올라가 모습을 감췄다. 버그의 다른 부분으로 달려가는 남자의 발소리가 키득대는 웃음소리와 함께 점점 멀어져갔다.

65장

천장으로 올라가 남자를 쫓아가는 것은 좋은 생각이 아니었다. 그 남자가 어딘가에 숨어 있다가 자기를 따라오는 마크를 즉시 트랜스바이스로 쏘아 죽일 수도 있었다.

"젠장."

어떻게 그런 식으로 무기를 빼앗기고 말았을까. 하루에 두 번이나 트랜스바이스를 빼앗긴 것이다. 이제 정신 나간 남자가 인간이 발명한 가장 위험한 휴대용 무기를 들고 버그 안을 휘젓고 다니게 생겼다.

"그만 가자."

마크는 굳은 표정으로 말하고는 디디와 트리나를 이끌고 통로를 달려갔다. 그는 광인이 천장에서 불쑥 나타나 트랜스바이스를 쏘지 않을까 마음 졸이며 매초마다 주변을 살폈다. 자신들이 내는 발소리 외에 다른 소리가 들리지 않는지 귀를 바짝 세우고 걸어갔다.

조종실 안으로 들어가니 알렉이 두 팔 사이에 머리를 묻은 채 계기반 앞에 엎드려 있었다.

"알렉!"

마크가 디디의 손을 놓고 알렉에게 달려갔다. 그런데 알렉은 마크가 가까이 오기도 전에 벌떡 일어나 앉았고, 깜짝 놀란 마크는 바닥에 발을 쭉 끌며 멈춰 섰다.

"어우 진짜. 괜찮아요?"

알렉의 얼굴은 전혀 괜찮아 보이지 않았다. 퉁퉁 부은 두 눈엔 벌겋게 핏발이 섰고, 창백한 피부는 땀에 젖어 있었다.

"가…… 간신히…… 버티고…… 있어."

"버그를 조종할 수 있는 사람은 할아버지뿐이에요."

어떻게 생각하면 너무 이기적인 말이라 마크는 마음이 좋지 않았다. 창밖을 보니 애슈빌 위쪽의 언덕들이 버그 아래로 천천히 지나가고 있었다.

"그러니까 제 말은……."

"가만히 있어. 위험한 상황인 거 알아. 애슈빌 시 안에서 플레어 후 연합정부의 본부가 있는 곳을 찾던 중이야. 잠깐 쉬고 있었어."

마크는 안 좋은 소식을 전했다.

"버그에 광인 하나가 돌아다니고 있어요. 그자에게 트랜스바이스를 빼앗겼어요."

알렉은 아무 말도 하지 않았다. 그저 벌겋게 달아오른 얼굴만 잔뜩 찌푸렸다. 그야말로 당장 폭발할 것 같은 얼굴이었다.

마크가 천천히 그를 진정시켰다.

"화 푸세요. 제가 다시 찾아올 거예요. 본부를 찾는 일에 집중하세요."

알렉은 이를 악물고 말을 내뱉었다.

"그래. 조만간 너한테…… 조종법을 조금이라도 가르쳐야겠구나."

트리나의 손을 잡고 서 있던 디디가 말했다.

"무서워요."

마크가 돌아보니 디디는 창문만 뚫어져라 쳐다보고 있었다. 이 불쌍한 아이는 지금까지 한 번도 버그에 타본 적이 없는 모양이었다. 그는 트리나가 디디를 달래주리라 기대했지만 트리나는 가만히 서서 멍하니 바닥만 내려다보고 있었다.

"곧 괜찮아질 거야."

마크가 디디와 눈높이를 맞추려고 쪼그려 앉는 순간, 버그가 난기류를 지나면서 흔들렸다. 디디가 다시 비명을 지르더니 트리나의 품에서 벗어나 누가 붙잡을 새도 없이 조종실 밖으로 달려 나갔다.

"디디!"

마크는 소리치며 벌떡 일어섰다. 문밖으로 나간 디디가 보이지 않아 그는 심장이 얼어붙는 듯했다. 그는 곧바로 디디를 따라갔다. 이내 곡선형 통로를 따라 달려가는 디디의 모습이 보였다. 디디는 화물칸 쪽으로 가고 있었다.

"돌아와!"

디디가 모퉁이를 돌아가자 더 이상 모습이 보이지 않았다. 마크가 바로 따라가 보니, 저 앞에 가만히 서 있는 디디가 눈에 들어왔다. 마크는 계속 달려가 디디의 옆에 서서 그 애가 무엇을 보고 있는지 확인했다.

트랜스바이스를 빼앗아 간 남자가 화물칸 문 밖에 서 있었다. 그 남자는 두 손으로 트랜스바이스를 잡고 디디에게 겨누고 있었다.

마크는 심장이 몹시 두근거렸지만 애써 차분하게 남자를 말렸다.

"제발. 제발 그러지 말아요."

그는 한 손을 남자 쪽으로 뻗고, 다른 한 손은 디디의 어깨에 얹은 채 말을 이었다.

"부탁입니다. 이 아이는 그저⋯⋯."

"걔가 누군지는 나도 알아!"

고함치는 남자의 턱으로 침이 한 줄기 흘러내렸다. 남자는 팔과 무릎을 와들와들 떨고 있었다. 더러운 머리통에 떡이 진 검은 머리카락이 달라붙었고, 상처투성이인 허연 얼굴은 땀으로 번들거렸다. 남자는 똑바로 서기 위해 화물칸 문틀에 몸을 기댔다.

"착하고 어린 소녀? 넌 걔를 그렇게 생각하나 보지?"

"무슨 소릴 하는 겁니까?"

이성이 한참은 마비된 이 남자와 어떤 식으로 대화를 해야 할지 마크는 감이 오지 않았다.

남자의 정신은 확실히 어떤 희망도 가질 수 없는 상태였다. 두 눈만 봐도 알 수 있었다. 남자는 나름대로 핵심을 강조하기 위해 트랜스바이스의 총구로 허공을 찔러가며 말했다.

"쟤가 마귀들을 불러들였어. 난 쟤랑 같은 마을에 살고 있었다고. 그런데 태양 플레어 때처럼 그것들이 우리 마을에 쳐들어왔어. 번개가 번쩍거리고 독극물 비가 내렸지. 덕분에 우린 죽거나 그보다 더 심한 상태가 됐다고. 그런데 쟤를 봐! 쟤도 분명히 화살에 맞았는데 말짱하고 귀엽기만 해. 그런 짓을 해놓고 우릴 비웃고 있다니까!"

마크의 손에 닿은 디디의 몸이 덜덜 떨리고 있었다.

"이 아이는 그 일과 아무 상관도 없어요. 전혀요. 어떻게 그게 가능합니까? 이 아이는 다섯 살도 안 됐단 말입니다!"

마크의 속에서 분노가 부글부글 끓어 도저히 감춰지지 않았다.

"아무런 상관도 없다? 그래서 화살에 맞고도 아무 증상이 없었단 말이지? 쟤는 마귀들의 구세주이니, 마귀들에게 돌려보내야겠어!"

남자가 휘청하며 앞으로 두 걸음 내디뎠다. 균형을 잃고 쓰러질 줄 알았는데 그럭저럭 똑바로 섰다. 남자는 손을 마구 떨면서도 트랜스바이스의 총구를 디디에게 계속 겨누고 있었다.

마크의 속에서 분노는 사라지고, 두려움이 커다란 덩어리가 되어 목구멍까지 차올랐다. 눈물이 났지만 방법이 없었다.

"제발…… 제가 뭐라고 말해야 좋을지 모르겠지만, 맹세하는데 이 아이는 죄가 없습니다. 우린 버그들이 모여 있는 벙커로 찾아갔고, 이 병의 배후에 누가 있는지 알아냈어요. 마귀가 아니라 사람이 한 짓입니다. 이 아이는 그 병에 면역이 되어 있어요. 그래서 병에 걸리지 않은 겁니다."

"입 닥쳐."

남자는 천천히 두 걸음 더 앞으로 걸어왔다. 그리고 이번에는 마크의 얼굴에 트랜스바이스를 겨눴다.

"네 꼴을 봐, 처량하고 멍청한 놈. 무릎에 힘이 하나도 없지? 마귀들은 너 같은 놈은 취급도 안 해. 아무짝에도 쓸모가 없거든."

남자는 입술을 있는 대로 말아 올리면서 웃음 지었다. 치아가 반이나 없었다.

마크의 내면 깊은 곳에서 변화가 일어났다. 인정하고 싶지 않지만 그는 그게 무엇인지 알고 있었다. 터질 준비가 된 광증의 거품이었다. 분노와 아드레날린이 그의 몸 안에서 흘러넘쳤다.

가슴에 쌓인 분노가 목구멍을 뚫고 어마어마한 고함으로 터져나왔다. 그는 자기 안에 그렇게 크게 고함을 지를 힘이 남아 있는줄 미처 몰랐었다. 마크는 남자에게 대처할 시간을 주지 않고 곧장 돌진해 달려들었다. 마크는 남자의 손가락이 움찔하면서 방아쇠 쪽으로 움직이는 것을 봤지만, 마크의 속에서 솟구쳐 오른 광증은 순간적으로 그의 오감을 최대화시켜 남자보다 빠르게 반응하게 했다. 마크는 곧바로 남자의 손을 쳐올렸다. 트랜스바이스의 총구가 옆으로 틀어지면서 아무렇게나 하얀 빛을 쏘았다. 그 빛은 그들 뒤쪽의 벽에 닿으며 펑 소리를 냈다.

마크는 어깨로 남자를 들이받아 바닥에 쓰러뜨렸다. 그는 남자의 몸뚱이 위에 같이 쓰러졌지만 곧장 일어나 남자의 셔츠를 움켜잡고 위로 끌어올렸다. 그리고 남자의 손아귀에서 트랜스바이스를 빼앗아 멀찍이 던져놓았다. 이 사이코를 지금 바로 죽여서는 분이 풀릴 것 같지 않았다.

마크는 어떤 면에서 자신의 정신 상태가 다시는 돌아올 수 없는 영역으로 넘어갔음을 인식하면서 남자를 질질 끌고 통로를 걸어갔다.

66장

남자는 악을 쓰고 마크의 얼굴을 손톱으로 할퀴었다. 무작정 발길질을 해대면서 일어나 도망치려 했다. 하지만 마크는 꿈쩍도 하지 않았다. 활활 타오르는 이 맹렬한 분노를 얼마나 오랫동안 속에 간직하고 버틸 수 있을지 알 수 없었다. 그의 정신은 그야말로 실 하나에 간당간당하게 의지하고 있는 상태였다.

마크는 곡선형 통로를 지나 조종실 안으로 남자를 끌고 들어갔다. 남자를 부서진 창문 너머로 던질 작정이었다. 알렉은 뒤에서 벌어지는 소동을 알아채지 못했는지, 깍지 낀 두 손을 무릎에 얹고 멍하니 계기반만 내려다보고 있었다.

마크는 아무 말도 하지 않았다. 입을 열면 무언가가 터져 나올 것 같았다. 그는 부서진 창문 옆에 서서 남자를 일으켜 세운 뒤 들어 올렸다. 그러고는 허리를 비틀어 창문을 향해 남자를 던졌다. 남자는 창문 아래 벽에 머리를 부딪치고 바닥에 떨어졌다. 마크는 다시 남자를 안아 올려 내던졌다. 이번에도 남자는 벽에 머리를 쿵 부딪쳤다.

마크는 또 한 번 남자를 붙잡고 부서진 창문을 향해 던졌다. 이번에는 남자의 머리와 어깨까지 창문 밖으로 나갔지만 허리에서 걸렸다. 마크는 그대로 놓아두지 않고 온 힘을 다해 남자를 밀어붙여 지상으로 추락시키려 했다.

남자의 엉덩이를 밀어내느라 근육에 힘을 바짝 주고 있는데 버그가 흔들렸다. 세상이 기울어지면서 마크는 몸속의 피가 한쪽으로 쏠리고 눈앞이 빙빙 돌았다. 중력마저 사라진 듯했다. 마크는 미치광이 남자와 함께 창문 밖으로 쓸려 나가고 있었다. 푸른 하늘과 성긴 구름들이 시야에 꽉 들어차는가 싶더니, 지상이 눈앞으로 다가왔다. 땅으로 곤두박질치기 직전이었다.

마크는 추락 직전에 발을 휘저어 창틀에 다리를 걸었다. 나머지 몸뚱이는 버그 바깥으로 나가 있었다. 남자는 마크를 놓아주지 않았다. 마크의 팔죽지를 움켜잡고 셔츠까지 팔을 뻗으면서 추락하지 않으려고 버텼다. 마크는 남자를 떨쳐내려 했지만 남자는 필사적으로, 막무가내로 매달렸다. 남자는 마크의 몸을 밧줄처럼 붙잡고 올라와 두 다리로 마크의 머리를 휘감았다. 거센 바람이 두 사람을 마구 흔들었다.

어떻게 이런 일이 또 일어나지? 마크는 스스로에게 물었다. 두 번이나 버그의 창문 밖으로 몸이 쓸려 나간 것이다!

기울어진 채로 날던 버그가 갑자기 덜커덕 흔들리면서 다시 균형을 잡았다. 마크와 남자는 버그의 몸체 쪽으로 휙 날아 그들이 매달려 있는 창문 바로 아래의 측면에 부딪쳤다. 두 명의 무게를 버티고 있자니 다리가 몹시 당겨서 마크는 붙잡을 곳을 찾아 팔을 허우적댔다. 버그 바깥쪽에는 정비 작업자들이 잡고 오르내릴 수 있도록 각진 돌출부와 손잡이들이 여러 개 붙어 있었다. 마크는 손을 이리저리 뻗었지만 몸이 계속 흔들려서 잡을 수가 없었다.

마침내 손가락이 기다란 손잡이에 닿자 그는 그 손잡이를 단단히 붙잡았다. 마침 다리 힘이 풀리면서 창틀에서 발이 미끄러졌다. 두 사람은 몸이 휙 뒤집어지면서 버그의 측면에 다시 부딪쳤다. 온몸이 거칠게 흔들리는 와중에도 마크는 손잡이를 꼭 잡고 버텼다. 손잡이와 버그의 몸체 사이에 팔목을 끼워 넣어 팔꿈치로 체중을 감당했다. 배와 얼굴이 버그의 뜨끈한 금속 몸체에 닿았고 미친 남자는 그의 등에 죽어라 붙어서 귀에다 악을 써댔다.

마크의 정신은 맑은 상태와 부옇게 흐려지며 분노하는 상태를 계속 오갔다. 알렉은 뭘 하고 있는 거지? 안에서 무슨 일이 일어났나? 버그는 속도가 줄기는 했지만 다시 똑바로 날고 있었다. 그런데도 창밖으로 손을 내밀어 그를 도와주는 사람이 아무도 없었다. 마크는 아래를 내려다봤다가 곧 후회했다. 까마득하게 먼 지상을 보자 두려움이 밀려들었다.

이 미친 남자를 몸에서 떨어뜨리지 않으면 버그 안으로 다시 들어갈 수가 없었다.

거센 바람에 남자의 머리카락이 마크의 얼굴을 후려치고 그들의 옷이 마구 퍼덕였다. 바람 소리, 남자의 비명 소리, 추진기의 요란한 소음에 귀가 먹먹할 지경이었다. 제일 가까이에서 용처럼 푸른 불꽃을 뿜어내고 있는 추진기는 그들의 발에서 3미터쯤 아래에 위치해 있었다.

마크가 어깨를 흔들고 버그의 측면을 발로 차면서 일부러 버그에 몸을 세게 부딪쳤지만 남자는 등에서 떨어지지 않았다. 오히려 마크의 목과 팔과 뺨을 손톱으로 할퀴어 고통스러운 상처를 남겼다. 마크는 온몸이 아팠다. 버그의 외벽을 빠르게 훑어보니 발을 끼워 넣을 만한 곳이 몇 군데 보였다. 그러나 이 남자를 등에 매달고는 도저히 창문으로 기어 올라갈 수가 없었다. 그는 아래로 내려가기로 결심했다. 머릿속에 끔찍하지만 괜찮은 아이디어가 떠올랐다.

온몸에 힘이 빠지고 있어서 다른 방법이 없었다.

그는 아래로 손을 뻗어 짧은 손잡이를 붙잡고 나머지 팔다리를 떼어 몸이 아래로 확 쏠리게 한 후 네모난 금속 발판을 밟았다. 남자는 비명을 지르며 마크의 팔을 거의 놓는가 싶더니, 곧 다시 그를 붙잡고 두 팔로 목을 휘감아 숨통을 조였다.

마크는 숨이 막혀 기침을 하면서 손잡이와 발판을 몇 군데 더 찾아내 아래로 1미터, 또 1미터를 획획 내려갔다. 요동치던 남자는 비명도 지르지 않고 그에게 바짝 붙어 있었다. 마크는 타인에게 이토록 지독한 증오를 품어본 적이 없었다. 그의 자아는 어렴풋하게나마 이런 증오가 이성적이지 못하다는 것을 알고 있었다. 하지만 그는 이 남자를 혐오했고 죽이고 싶었다. 그의 머릿속에는 온통 그 생각뿐이었다.

마크는 다시 아래로 내려갔다. 거친 바람이 그들을 잡아 흔들었다. 추진기가 바로 왼쪽 발밑에 있었다. 생전 처음 듣는 엄청난 소음이 울려퍼지고 있었다. 다시 아래로 내려가던 마크는 별안간 발이 공중에 붕 떴다. 발 디딜 곳이 없었다. 다행히 버그 아래쪽 가장자리를 따라 길게 손잡이가 있었다. 팔을 끼워 넣을 수 있을 정도의 길이였다.

마크는 오른팔을 그 손잡이 안으로 넣고 팔을 굽혀 자신의 체중과 미친 남자의 체중까지 팔꿈치 관절에 전부 실었다. 팔이 끔찍하게 당기고 당장 반토막이 날 것처럼 아팠다. 하지만 몇 분만 버티면 됐다. 몇 분만.

몸을 옆으로 비틀고 목을 길게 빼서 등에 매달린 남자의 동태를 살폈다. 남자는 한 팔로는 마크의 어깨를, 다른 팔로는 마크의 가슴을 바짝 감고 있었다. 마크는 손잡이에 걸지 않은 쪽 손을 들어 남자의 기도를 주먹으로 강타한 후 조르기 시작했다.

남자는 컥컥대면서 회색과 보라색이 섞인 혀를 바짝 말라 갈라진 입술 사이로 쭉 빼물었다. 마크는 오른팔이 몹시 아프고 덜덜 떨렸다. 힘줄과 뼈, 조직이 찢어질 것 같았지만 죽을힘을 다해 참고 손가락으로 남자의 목을 바짝 조였다. 남자는 컥컥거리며 기침을 해댔고 두 눈이 눈구멍에서 불룩하게 튀어나왔다. 마크의 몸통을 붙잡은 남자의 팔에 힘이 빠지기 시작했다. 바로 그 순간 마크는 행동에 돌입했다.

그는 성난 고함을 내지르며 남자의 몸뚱이를 바깥쪽으로 민 다음, 발아래 추진기의 푸른 불꽃을 향해 던졌다. 남자의 머리와 어깨가 추진기의 불꽃에 순식간에 연소되고 비명을 지를 새도 없이 몸뚱이가 분리됐다. 남은 몸뚱이는 곧장 저 아래 도시를 향해 곤두박질쳤고, 버그가 앞으로 나아가면서 그나마도 이내 시야에서 사라졌다.

근육이 미친 듯이 저렸다. 눈앞에 불꽃이 왔다 갔다 춤을 추고,

속에서 분노가 아우성쳤다. 이대로 끝장이라고 생각했지만 마지막으로 해야 할 일이 있었다.

그는 그 일을 해내야 한다는 일념으로 거대한 버그의 외벽을 타고 기어 올라갔다.

67장

창문으로 넘어 들어오는 그를 도와주는 사람은 아무도 없었다. 온몸 구석구석이 욱신거리고 근육은 고무처럼 힘이 없었지만 마크는 간신히 창문을 넘어 조종실 바닥으로 떨어졌다. 알렉은 조종 장치를 앞에 두고 구부정하게 앉아 있었는데, 얼굴에 힘이 하나도 없었고 눈빛도 공허했다. 트리나는 디디를 품에 안고 조종실 구석에 앉아 있었다. 트리나와 디디는 무슨 생각을 하는지 알 수 없는 표정으로 마크를 바라보았다.

"평면 이동문. 브루스가 플레어 후 연합정부는 애슈빌 시에 평면 이동문을 보유하고 있다고 했잖아요. 우린 그 평면 이동문을 찾아가야 돼요."

마크가 불쑥 말했다. 번쩍이는 불꽃들이 시야를 계속 방해했고, 속에서는 불안정한 감정들이 용솟음쳤다.

알렉은 고개를 치켜들고 마크를 쏘아보았지만 이내 부드러운 눈빛으로 말했다.

"그 평면 이동문이 어디 있는지는 내가 알지."

생기라고는 하나도 없는 목소리였다.

마크는 버그가 지상으로 내려가고 있다는 느낌을 받았다. 그는 벽에 머리를 기대고 눈을 감았다. 그대로 잠들어 다시는 깨어나지 않기를 바랐다. 아니면 그 자리에서 무릎을 꿇고 바닥에 머리를 찧어 산목숨을 끊어버리든지. 하지만 아직 그의 머릿속에는 일부지만 맑은 이성이 남아 있었다. 그는 깎아지른 듯한 절벽에서 나무뿌리 하나만을 잡고 매달린 사람처럼 한 가닥 이성의 끈을 단단히 붙잡았다.

마크는 다시 눈을 뜨고 끄응 소리를 내며 일어나 창문에 기대섰다. 자그마한 애슈빌 시가 눈앞에 펼쳐져 있었다. 나무, 고철, 자동차를 비롯해 크고 단단한 물건들은 죄다 동원해 도시 주변에 쌓아 올린 벽이 보였다. 도심 대부분은 거의 다 타버렸다. 약간 부서져 있는 한쪽 벽 앞에 모여 있는 사람들이 보였다. 그들은 그 벽을 넘어 도시 안으로 들어갈 작정이었다.

한 남자가 막대기에 매단 붉은 깃발을 마크가 탄 버그를 향해 흔들었다. 벙커의 강당에서 연설을 했던 브루스였다. 그자는 동료들에게 약속했던 대로 평면 이동문을 차지하러 온 것이었다. 그리고 바이러스에 감염된 수백 명이 브루스를 따라 부서진 벽을 넘어가고 있었다.

버그는 그들의 머리 위를 지나서 텅 빈 거리로 날아들었다. 쌍여닫이문을 활짝 열어놓은 작은 건물이 눈에 띄었다. 손으로 적은 '플후연 관계자 외 출입금지'라는 표지판이 붙어 있는 건물이었다. 몇몇 사람이 그 건물 앞에 줄지어 서 있었다. 다들 차분하고 정돈돼 보이는 인상들이었다. 마크는 그런 인상 때문에 그 사람들에게 더 증오를 느꼈고, 잠깐이지만 그들을 트랜스바이스로 쓸어버리고 싶은 충동을 느꼈다.

"바로…… 저기다."

알렉이 중얼거렸다.

그게 어떤 의미인지 마크는 잘 알고 있었다. 평면 이동문이라는 장치가 이 도시에 있다면 분명 저 건물 안에 있을 것이다. 건물 밖에 서 있는 저 사람들은 이 동부 지역을 광기와 죽음의 손에 떠넘기고 도망치려는 플레어 후 연합정부 소속 사람들인 게 틀림없었다. 버그가 상공에 나타나자 그 사람들은 다 같이 두려움 가득한 눈으로 올려다보다가 서둘러 건물 안으로 들어갔다.

마크는 조종실 안의 보관장을 뒤져 예전에 학교에서 썼을 법한 종이와 연필을 찾아냈다. 전력 공급이 안 되는 비상사태에 대비해 넣어둔 것 같았다. 그는 생각해둔 문구를 그 종이에 지저분한 손으로 적은 후 알렉을 돌아보며 말했다.

"착륙하세요. 빨리요."

마크는 폐 안에 공기가 아니라 불덩어리가 가득 찬 것 같았다. 그는 그 종이쪽지를 접어 바지 뒷주머니에 쑤셔 넣었다.

알렉은 피부 아래 핏줄이 불거질 정도로 근육에 힘을 잔뜩 주고 긴장한 채로 버그를 조종하고 있었다. 벌겋게 달아오른 그의 얼굴에 땀이 맺혔다. 온몸이 떨리고 있었다. 하지만 몇 분 후 버그는 놀라울 정도로 부드럽게 착륙했다. 플레어 후 연합정부 건물의 입구 바로 앞이었다.

마크는 일어나서 알렉에게 말했다.

"해치문을 열어주세요."

눈앞이 부옇게 흐려졌다. 그는 의도한 것보다 훨씬 거칠게 트리나의 품에서 디디를 떼어냈다. 디디가 소리를 지르며 저항했지만 아랑곳하지 않고 두 팔로 안아 성큼성큼 걸어갔다. 트리나는 곧장 그의 뒤를 따랐다. 그녀는 아무 말도 하지 않았고 마크를 붙잡거나 저지하지도 않았다.

마크가 조종실 문 앞에서 멈춰 서서 알렉에게 말했다. 한 마디 한 마디 내뱉기가 버거웠다.

"제가 들어가고 나면…… 무엇을 해야 하는지…… 아실 거예요. 평면 이동문이 저 안에 있든 없든, 아저씨는 그 일을 해주세요."

그러고는 대답을 기다리지도 않고 통로로 나갔다.

마크가 화물칸과 출구가 있는 곳을 향해 걸어갔고, 디디는 진정하면서 두 팔로 마크의 목을 껴안고 그의 어깨에 얼굴을 묻었다. 이제 끝이 다가왔다는 것을 이 아이도 아는 것 같았다. 마크의 눈앞에 번쩍이는 빛들이 계속 어른거렸다. 심장이 몹시 빠르게 뛰었다. 혈관으로 피가 아닌 산(酸)을 펌프질해 내보내는 것 같았다. 트리나는 조용히 그를 따라왔다.

그들은 화물칸을 지나 지상에 드리워진 해치문을 밟고 환한 대낮의 햇살 속으로 걸어 내려갔다. 그들이 지상에 발을 딛자마자 해치문이 삐걱 소리를 내며 닫히기 시작했다. 알렉은 곧바로 버그를 이륙시켰다. 추진기가 푸른 불꽃을 뿜으며 포효했다. 간신히 마음을 다잡고 있던 마크는 돌연 참을 수 없는 슬픔을 느꼈다. 이제 다시는 늙은 곰 알렉을 만나지 못할 것이다.

한낮의 태양이 뜨거운 열기를 쏟아붓고 있었다. 고함 소리, 휘파람 소리, 행진하는 발소리가 점점 크게 들려왔다. 감염자 무리들이 사방에서 모여들고 있었다. 눈앞을 어지럽히는 빛들 사이로 마크는 저 멀리 붉은 깃발을 앞세운 채 동료들을 이끌고 이리로 오고 있는 브루스의 모습을 볼 수 있었다. 누군가 평면 이동문의 전력을 끄거나 파괴해버리기 전에 저 사람들이 그 앞에 당도한다면……

마음이 급해진 마크가 트리나를 재촉했다.

"어서 들어가자."

이륙하는 버그에서 불어 나오는 강렬한 바람이 마크와 트리나, 디디의 머리 위로 쏟아졌다. 마크는 아직 열려 있는 건물 입구를 향해 달려갔다. 디디는 그에게 바짝 매달렸고 트리나는 바로 옆에서 따라왔다. 그들은 입구를 지나 가구가 하나도 없는 넓은 방으로 들어갔다. 방 한가운데에 괴상하게 생긴 막대 두 개가 있었다. 똑바로 세워놓은 길쭉한 금속 막대 두 개 사이에는 희미한 빛을 내는 회색 벽이 펼쳐져 있었다. 그 회색 벽은 일렁일렁 움직이면서 반짝이는 빛을 뿜어냈는데, 동시에 정적이고 고요했다. 그 벽을 쳐다보고 있으니 마크는 눈이 아팠다.

벽 옆에 서 있던 두 남녀가 마크와 친구들을 두려움에 찬 눈으로 돌아보았다. 그 두 사람은 이미 회색 벽을 향해 걸어가고 있었다.

"잠깐만요!"

마크가 소리쳤지만 그들은 대답하지도 멈춰 서지도 않았다. 두 남녀는 회색의 심연으로 훌쩍 뛰어들어 사라졌다. 마크는 본능적으로 회색 벽 뒤쪽으로 뛰어가 봤지만 그곳에는 아무도 없었다.

그 장치가 바로 평면 이동문이었다. 그 장치를 통해 이동하는 사람을 마크는 태어나서 처음 보았다. 건물 밖에서 몰려드는 군중들의 소음이 점점 커지고 있었다. 이제 시간이 없었다.

마크는 평면 이동문 앞으로 걸어가 무릎을 꿇고 디디를 조심스럽게 바닥에 내려놓았다. 소용돌이치는 감정과 분노와 광기를 짓누르고 침착하게 행동하기 위해 그는 온 힘을 다했다. 트리나도 말없이 옆으로 다가와 무릎을 굽히고 앉았다.

"내 말 잘 들어."

마크가 디디에게 말했다. 그는 잠시 눈을 감고 그를 집어 삼키려 드는 어둠을 몰아냈다. 조금만 더 버티자고 스스로를 다잡으면서.

"이제부터…… 나를 위해 네가 용감해질 차례야. 알지? 이 마법의 벽 너머에…… 너를 도와줄 사람들이 있어. 그리고 넌 그 사람들을 돕게 될 거야. 너는 그 사람들을 도와서…… 아주 중요한 일을 할 거야. 왜냐하면…… 너는 특별한 아이니까."

마크는 디디가 어떤 반응을 보일지 예상할 수 없었다. 저항하거나 울거나 도망칠 수도 있었다. 그런데 디디는 가만히 그의 눈을 바라보며 고개를 끄덕였다. 마크는 머리가 맑지 않아 디디가 어떻게 이토록 용감할 수 있는지 알 수 없었지만, 디디는 정말 특별한 아이였다.

그는 조금 전 연필로 적은 쪽지를 잊을 뻔했다. 그 쪽지가 생각나자 그는 얼른 뒷주머니에서 꺼내 들고 다시 한 번 읽었다. 손이 벌벌 떨렸다.

이 소녀는 플레어 병에 면역되어 있습니다.

이 아이를 활용하세요.

미친 사람들이 당신들을 찾아가기 전에 해야 합니다.

마크는 디디의 손을 가만히 잡고 손바닥 위에 그 쪽지를 얹었다. 그리고 손가락을 오므려주고 꼭 쥐었다. 밖에서 들려오는 고함과 외침이 한층 더 커져 있었다. 고개를 돌려보니 브루스가 사람들을 잔뜩 이끌고 건물 안으로 달려 들어오고 있었다. 마크는 온몸으로 슬픔을 감당하며 평면 이동문을 향해 고개를 끄덕였다. 디디도 그에게 고개를 끄덕여 보였다.

디디와 트리나는 서로를 꼭 끌어안고 눈물을 흘렸다. 마크는 무릎을 펴고 일어섰다. 버그가 건물 위로 되돌아오는 소리가 들리고 건물 밖에서 거센 바람이 휘몰아쳤다. 이제 시간이 다 되었다.

"어서 가."

마크는 감정을 억누르고 담담하게 말했다.

트리나에게서 떨어진 디디는 돌아서서 회색 벽으로 뛰어들었다. 평면 이동문이 디디를 완전히 집어삼켰고 디디는 온데간데없이 사라졌다. 버그의 추진기에서 나오는 소음이 공기를 가득 채웠다. 건물이 진동하고 있었다. 문 앞에 당도한 브루스는 알아들을 수 없는 말을 고함으로 내질렀다.

그때 트리나가 마크에게 달려와 그의 목을 두 팔로 끌어안고 입을 맞췄다. 마크의 머릿속에 온갖 추억이 스치고 지나갔다. 그 모든 추억에 트리나가 함께였다. 아무것도 모르던 어린 시절에 트리나의 집 앞마당에서 둘이 씨름하고 놀았던 날. 학교 복도에서 만나 "안녕" 하고 인사했던 날. 지하전차를 함께 타고 가던 날. 태양 플레어 사태가 터지고 어둠 속에서 트리나의 손을 잡았던 날. 터널 속에서 느꼈던 공포. 밀려드는 물. 링컨 빌딩. 그 건물 안에서 뜨거운 열기가 잦아들기를 기다렸던 시절. 요트를 훔쳐 탄 일. 바짝 달아오른 폐허를 가로질러 오랫동안 도보로 이동했던 나날들. 그는 그 모든 일을 트리나와 함께 겪었다. 알렉과 라나, 다넬과 친구들도 함께였다.

그리고 여기, 싸움이 끝나가는 지금, 트리나는 그의 품 안에 있었다.

버그가 건물로 추락하기 직전, 거대한 소음과 진동이 세상을 뒤덮은 와중에도 마크는 트리나가 그의 귀에 대고 속삭인 말을 분명히 들었다.

"마크."

에필로그
2년 후

아파트의 칙칙한 천장에 매달린 전구는 10초에 한 번씩 위잉 소리를 냈다. 마치 지금 세상의 모습을 보는 듯했다. 외로이 시끄럽게 죽어가고 있지만 간신히 버텨내고 있는 세상.

여자는 울지 않으려고 안간힘을 쓰면서 의자에 앉아 있었다.

곧 현관문을 두드리는 소리가 날 것임을 그녀는 알고 있었다. 아들을 위해 강해져야 했다. 아들로 하여금 그를 기다리고 있는 새로운 삶은 좋은 삶이라고, 희망에 찬 삶이라고 믿게 해야 하니까. 강해져야 했다. 하나뿐인 아들이 집을 떠나고 난 후에야 마음껏 감정을 드러낼 것이다. 광증으로 모든 기억을 잃을 때까지 눈물이 강을 이루도록 울 것이다.

아들은 말없이 어머니 곁에 앉아 있었다. 그 자리에서 꼼짝도 하지 않았다. 아직 어린아이지만 앞으로 그의 삶이 완전히 달라질 것임을 아는 듯했다. 아들은 작은 짐 가방을 갖고 있었다. 목적지에 도착하기도 전에 그 안에 든 내용물이 버려질 것임을 알면서도 어머니는 아들을 위해 그 가방을 쌌다. 그리고 조용히 기다렸다.

문을 세 번 두드리는 소리가 났다. 노여움이나 강압의 의미가 담겨 있지 않은, 새가 나무를 부드럽게 쪼듯 탁, 탁, 탁 두드리는 소리.

"들어오세요."

어머니는 목소리가 너무 크게 나와 화들짝 놀랐다. 신경이 곤두서고 긴장됐다.

현관문이 열렸다. 검은 정장 차림에 입과 코를 보호 마스크로 가린 두 남자와 한 여자가 비좁은 아파트 안으로 들어섰다.

책임자로 보이는 여자가 어머니와 아들 앞으로 다가와 서며 마스크에 가려진 작은 목소리로 말했다.

"준비가 되신 것 같군요. 기꺼이 이런 큰 희생을 해주셔서 감사드립니다. 미래 세대를 위해 얼마나 큰 의미가 있는 일인지 굳이 말씀드리지 않아도 아시리라 믿습니다. 저희는 매우 중대한 작업을 앞두고 있습니다. 그리고 치료제를 꼭 찾아낼 겁니다, 부인. 약속드리지요."

어머니는 고개만 끄덕였다. 입을 열면 고통과 두려움과 분노와 눈물이 한꺼번에 쏟아져 나올 것 같아서였다. 그리 되면 아들을 위해 강해지려 했던 노력이 모두 물거품이 되고 말 것이기에 어머니는 격렬한 강에 댐을 쌓고 감정을 꾹꾹 눌렀다.

여자가 곧바로 소년에게 손을 내밀었다.

"자."

소년은 어머니를 올려다보았다. 눈물을 참을 이유가 없는 소년은 그 자리에서 울었다. 뺨을 타고 눈물이 줄줄 흘러내렸다. 소년은 벌떡 일어나 어머니를 끌어안았다. 어머니의 심장이 천 갈래만 갈래 찢어졌다. 어머니도 아들을 꼭 끌어안고 감정을 최대한 자제하며 속삭였다.

"넌 이 세상을 위해 위대한 일을 하게 될 거야. 엄마는 너를 무척 자랑스럽게 생각할 거란다. 사랑해, 아들. 엄마가 너를 많이 사랑한다는 거 잊으면 안 돼."

아들은 그저 어머니의 어깨에 기대어 울기만 했지만 그것으로 대답이 되었다.

마침내 끝이 다가왔다.

검은 정장을 입고 마스크를 한 여자가 말했다.

"미안하지만, 일정이 빠듯해서요. 정말 죄송합니다."

그러자 어머니가 아들에게 말했다.

"이제 가렴. 어서 가. 용감해져야 해."

뒤로 물러난 아들의 얼굴은 눈물범벅이고 두 눈은 빨갛게 충혈되었다. 그러나 현관문을 향해 걸어가는 아들의 발걸음에는 망설임이 없었다. 뒤를 돌아보거나 투덜대지도 않았다.

"다시 한 번 감사드립니다."

검은 정장을 입은 여자가 어머니에게 인사하고 소년을 따라 집 밖으로 나갔다.

남자는 천장에 매달린 채 위잉 소리를 내고 있는 전구를 올려다보다가 함께 온 동료를 돌아보며 말했다.

"전구를 누가 발명했는지 알지? 그런 의미에서 이 아이를 토머스라고 불러야겠어."

그러고는 둘 다 현관문을 나섰다.

문이 닫히자 어머니는 웅크리고 앉아 눈물을 쏟아냈다.

감 사 의 말

이 시리즈를 만드는 데 도움을 주신 분들에 관해서는 이미 제가 각 권에서 언급을 해서 많이들 알고 계실 것입니다.

특히 제 담당 편집자인 크리스타 씨와 에이전트인 마이클 씨의 도움이 컸죠.

이번 권에서는 이 지면을 빌려 독자들께 감사 인사를 드리고자 합니다. 토머스와 공터인들에 관한 글을 쓰고 나서 제 인생은 완전히 바뀌었습니다. 모두 여러분 덕분입니다. 무엇보다 제 이야기를 즐겁게 읽어주셔서 고맙습니다. 힘들게 번 돈으로 제 책을 구입해주시고, 친구와 가족들에게 제 책에 대해 알려주시고, 트위터와 페이스북과 제 블로그 등을 통해 열화와 같은 성원을 보내주시고, 제가 사랑하는 일을 하면서 먹고살 수 있게 해주셔서 감사합니다.

앞으로 들려드리고 싶은 이야기가 무척 많습니다. 모쪼록 저와 오랫동안 친구가 되어주세요. 제 심장과 마음과 몸과 영혼을 다 해…… 감사를 전합니다!

일급비밀

TOP
SECRET

복구된 데이터
가 그룹
실험 대상자 : 테리사

사악 본부의 춥고 어두운 방, 테리사는 탁자 앞에 앉아 있었다. 문득 생각해보니 이곳은 늘 이렇게 춥고 어두웠다. 어째서일까.

탁자 위에 조명이 있기는 했다. 그러나 테리사의 집이기도 한 이곳에 마치 살아 있는 생물처럼 늘 도사리고 있는 어둠을 물리치지는 못했다. 극한의 냉기를 품은 알래스카는 지구의 다른 곳들처럼 뜨겁게 달궈지지 않았기에, 사악에 소속된 이들이 건물 내부 온도를 아무리 올리려고 해도 소용없었다. 테리사는 몸이 떨리고 도저히 긴장을 풀 수가 없었다. 그러나 긴장한 이유가 추위 때문만은 아니었다.

이런 생각까지 하게 될 줄 몰랐지만, 태양 플레어 현상으로 황폐화됐던 세상의 그 참을 수 없는 열기가 그리울 정도였다. 그 눈부신 빛, 그 강렬한 빛 안에서는 그나마 주변을 제대로 볼 수 있었다. 사악의 단조로운 어둠을 물리칠 수 있다면 어떤 빛이라도 견딜 수 있을 것 같았다.

여기서 생활한 지 2년째였다. 인생의 4분의 1이 넘는 시간이었다. 과거의 기억이 희미해지고 이 새로운 세상의 일상에 익숙해질 만큼 오랜 시간이었다. 2년째인데 아직 친구는 없었다. 전부 침통하고 심각한 얼굴을 한 어른들뿐이었다. 그중 랜들이라는 이름을 가진 남자는 테리사에게 친절하게 대해줬지만 그를 만날 일은 거의 없었다. 랜들은 테리사에게 조만간 친구가 생길 거라고 약속했다. 곧 그리 될 거라 했다. 기다리다 보면 점점 더 친구들이 늘어날 거라고 했다.

테리사가 지금 이 방에 앉아 있는 것도 그 이유 때문이었다. 친구를 기다리고 있는 것이다. 아마 그들이 테리사와 비슷한 아이들을 찾아낸 듯했다.

문 너머에서 노크 소리가 들리고 문이 열렸다. 사악에서는 다들 이렇게 예의를 지켰기 때문에 테리사는 자신이 그들에게 중요한 존재라는 느낌을 받았다. 하지만 그 느낌은 이내 사라지고 명백한 진실과 마주했다. 테리사는 이들의 실험대상자일 뿐이었다.

여자가 방 안으로 들어왔다. 머리카락을 뒤로 모아 쪽을 진 젊고 예쁜 여자였다. 머리카락을 어찌나 힘껏 당겨 묶었는지 얼굴 피부가 바짝 당겨져서 인상이 딱딱하고 긴장돼 보였다. 여자는 테리사에게 짧게 고개를 끄덕이고 살짝 미소 지은 후 바로 본론으로 들어갔다.

"기다려줘서 고맙다. 네가 만나봤으면 하는 소년이 있어. 널 그 소년에게 데려갈 준비는 이미 다 되어 있었는데, 마이클 총장님의 최종 승인을 기다리느라 늦어졌어."

IV

"기다리는 건 아무래도 좋아요. 그런데 아줌마는 나한테 아직 이름도 얘기해주지 않았어요."

여자는 깜짝 놀란 얼굴이었다. 사악의 어른들은 테리사가 말을 하면 종종 이렇게 놀라는 표정을 짓곤 했다. 테리사가 그 나이 또래의 아이들처럼 행동할 거라고 예상하고 있다가 허를 찔린 때문이었다.

테리사가 덧붙였다.

"그리고 왜 아직도 마이클 총장님이라는 분을 제가 만나지 못하고 있는지 이해가 안 돼요. 여기 온 지 거의 2년이 돼가는데, 이만하면 그분을 만나서 악수라도 해야 하는 거 아닌가요?"

여자는 당황해서 말을 더듬었지만 곧 평소 말투로 돌아왔다.

"우선 내 이름은 래디나야. 그건 별로 중요한 게 아니고. 총장님은…… 너를 만날 필요가 없으셔. 그분은 나름대로 할 일이 있으시거든. 네가 네 할 일이 있는 것처럼. 필요한 음식을 공급받으면서 이렇게 안전한 곳에서 살고 있는 것만으로도 만족할 줄 알아야지. 이만하면 충분하잖니."

테리사는 기분 나쁘다는 뜻으로 조용히 쏘아보았다. 단 몇 초였지만 래디나는 잘못을 깨달았다.

"미…… 미안. 난…… 이런 것에 익숙하지가 않아. 어떻게 하는 게 제일 좋은지도……."

테리사는 목소리를 높여 자신만만하게 말허리를 잘랐다.

"괜찮아요. 별다른 대답을 기대하진 않았어요. 총장님이 아이들의 인생을 빼앗긴 하셨지만 그 아이들을 일일이 만나고 싶어 하지는 않으신다는 거죠. 사실 뭐 대단한 일도 아니에요. 이름을 말해준 건 고마워요."

다시 한 번 여자는 충격을 받은 듯했지만 잠시뿐이었다. 이내 테리사를 쳐다보는 여자의 두 눈에서 성난 불꽃이 튀었다.

"그동안 나는 우리가 내린 결정에 대해 의문을 품었는데 이젠 아니야. 바깥세상이 어떻게 돌아가고 있는지 직접 목격하고 나니까 생각이 달라졌어. 너도 여기서 안전하고 몸 성하게 살고 있는 걸 감사히 여겨야 해. 아주 많이 고마워해야 한다고."

테리사는 래디나를 똑바로 쳐다보았다.

"고맙지 않다고 말한 적 없어요. 고마워요. 어차피 저나 당신이 사악에 대해 어떻게 생각하든 중요하지 않잖아요. 선택의 여지도 없고요. 아닌가요? 행동에 나서지 않으면 죽을 수밖에 없을 때도 있는 거니까요."

여자는 혼란스러운 표정으로 천천히 고개를 끄덕였다.

"넌 나이에 비해 굉장히 똑똑한 아이야. 그 점을 어떻게 생각해야 할지 솔직히 모르겠어."

"생각하고 말 것도 없어요. 저는 그냥 평범한 사람처럼 당신하고 얘기를 나누고 있을 뿐이에요."

"평범한 사람은 아닌 것 같은데."

테리사는 가슴을 펴고 당당하게 말했다.

"그럴 수도 있겠죠."

래디나는 실험실 표본을 보듯 테리사를 면밀히 살펴보는 눈빛이었다.

"너한테는 특별한 무언가가 있어……."

중얼거리던 래디나는 꿈에서 깨어나려는 사람처럼 머리를 흔들고 말을 이었다.

"내가 지금 뭘 하고 있는 거지? 그들이 그 소년을 데리고 있는 곳으로 널 데려가야 하는데. 이제 너희 둘이 만나야 할 시간이야. 그들 얘기로는 지금까지 찾은 아이들 중에 제일 조건이 적합한 아이래."

테리사는 이 여자와 나누는 대화에 넌더리가 났다. 그래서 나갈 준비가 됐다는 뜻으로 의자에서 일어나 문 쪽으로 걸어갔다.

"몇 명이나 찾았대요?"

"20여 명. 지금까지 아이들을 전부 고립된 상태에 뒀는데, 너와 그 소년이 만나게끔 하자는 안에 총장님이 동의하셨어. 너희 둘은…… 어떤 일을 맡게 될 거야."

테리사는 어깨를 으쓱했다. 별로 관심 없는 척했지만 속으로는 무척 흥미가 동했다. 테리사는 여자를 따라 복도로 나갔다. 복도도 방금 전까지 있던 방만큼이나 춥고 어두웠다.

"걔는 이름이 뭐예요?"

래디나는 복도를 걸어가면서 지친 목소리로 대답했다.

"그들이 토머스라고 부르더라."

사악 본부에는 창문이 몇 개 없었다.

테리사는 그 이유를 추측해봤다. 이 사람들은 실험대상자들이 바깥세상을 실컷 내다보는 것을 원치 않았다. 아주 드물게 드나드는 사람이 있을 뿐, 바깥출입은 대체로 금지되어 있었다. 광인들이 언제 공격해 올지 모르는 상황에서 건물에 창문을 더 많이 내봤자 광인들이 부수고 들어와 병을 퍼뜨릴 가능성을 높여줄 뿐이었다. 어쩌면 그보다 더 끔찍한 결과가 초래될 수도 있었다.

래디나는 테리사를 데리고 소년이 있는 곳으로 걸어가면서 좁은 창문 앞을 지나갔다. 테리사는 그 순간을 놓치지 않았다. 물어보지도 않고 재빨리 창문 앞으로 달려간 것이다.

"얘, 어서 와! 그럴 시간 없어!"

명령이지만 강제하지는 않는 투였다. 래디나는 평소 사악으로부터 부여받은 임무를 수행하면서도 늘 내키지 않아 했었다.

테리사는 차가운 유리에 코를 바짝 대고 경이로운 바깥세상을 내다보았다. 유리창에 하얗게 입김이 서렸다. 왼쪽으로는 사악 본부로 쓰이고 있는 이 회색 콘크리트 건물 벽이 쭉 뻗어나가 곡선을 그리며 시야에서 사라졌다. 그 너머와 오른쪽으로는 덤불과 누렇게 시든 드넓은 잔디밭, 열십자형으로 뻗은 인도, 그 옆에 도열한 가로등들이 보였다. 그 뒤로는 숲이 있었다. 생기 넘치는 푸른 숲은 최근에 내린 비로 촉촉이 젖어 있었다. 울창하게 우거진 저 장엄한 숲 속에는 살아 있는 무언가가 숨어 있을 것만 같았다.

사악으로 오기 전에 테리사가 살던 곳에는 바짝 마르고 시커멓게 불탄 숲뿐이었다. 하지만 아무리 살풍경한 곳이었어도 고향이기에 테리사는 백만 번도 넘게 그곳을 그리워했다. 끔찍하기 이를 데 없는 일이 벌어졌던 곳이지만 그곳에서 함께 살았던 엄마와 아빠, 형제들이 보고 싶었다. 광증으로 이성이 사라지기 전까지 테리사를 사랑해주던 사람들이…….

래디나가 테리사의 어깨에 손을 얹었다. 테리사는 깜짝 놀라 뒤를 돌아보았다. 생각에 잠겨 시간 가는 줄 모르고 창문 앞에 서 있었던 것이다. 마치 몇 시간은 지난 것만 같았다.

"이제 가자. 그들이 기다리고 있어. 너무 늦게 가면 우리 둘 다 곤란해져."

여자의 목소리에 연민이 가득했다.

테리사는 불쑥 화가 났다. 그 분노가 앞에 서 있는 여자에게로 향했지만 그녀에게 화를 낼 이유는 없었다. 곧 분노가 가라앉았고, 테리사는 평소처럼 아무려면 어떠냐는 식의 태도를 취했다.

"알았어요. 죄송해요. 그 남자애나 만나러 가요."

래디나는 미소를 지으며 앞장서서 걸어갔다.

닫힌 문 앞에서 정장 차림의 남자 둘이 두 손을 모은 자세로 그들을 기다리고 있었다. 그들의 시선은 테리사와 래디나 뒤의 벽에 고정되어 있었다. 눈을 깜박이고 있지 않았다면 테리사는 그들이 조각상인 줄 알았을 것이다.

"우린 그 소년을 만날 준비가 됐어요."

래디나가 소심하게 입을 열자 그들은 비로소 그녀를 쳐다보았다.

왼쪽에 선 남자가 대답했다.

"'우리'라고 할 필요 없습니다. 그만 가보세요. 여기서부터는 우리가 맡습니다."

대꾸한 남자와 그 옆에 선 남자는 둘 다 흑발이었고 가르마 방향만 달랐다.

테리사는 그 무뚝뚝한 대답에 래디나가 발끈할 줄 알았는데, 오히려 크게 안도한 듯한 표정이었다.

래디나가 돌아서서 말했다.

"넌 그들이 말한 것보다 훨씬 똑똑한 아이야. 난 알 수 있어. 너한테는 뭔가가 있어. 행운을 빌게. 진심이야."

그러고는 테리사의 손을 꼭 잡아준 뒤 서둘러 그 자리를 떠났다. 마치 두 남자가 생각을 바꿔 여기 남아 있으라고 할까 봐 겁내는 것 같았다.

테리사는 대답하고 싶었다. 그동안 서로 어색하게 지내긴 했지만, 여기서 그나마 제일 자신을 인간적으로 대해준 사람이 당신이었다는 말을 하고 싶었다. 래디나는 적어도 테리사를 진심으로 대해주었다.

하지만 아무 말도 나오지 않았다. 두 남자는 다음 행보를 스스로 결정하라는 듯 테리사를 쳐다보고만 있었다.

테리사가 물었다.

"뭐죠? 뭘 기다리고 있는 거예요? 안으로 안 들어가요?"

그러자 한 남자가 싱긋 웃었다. 방금 전 래디나에게 그만 가보라고 말했던 게 그 남자였는지 아닌지 테리사는 이미 잊어버렸다. 남자가 말했다.

"작은 불덩이처럼 굴 때가 있다더니 정말 그러네. 좋아, 들어가. 맥보이 씨가 안에서 기다리고 있어."

옆에 선 남자가 벽의 패드에 손을 가져다 대자, 딸깍 소리와 함께 문이 열렸다. 두 남자는 제자리에 가만히 서 있었다. 테리사는 시간 낭비를 하고 싶지 않아서 말없이 그들 곁을 지나 방 안으로 들어갔다.

꼭 필요한 가구 몇 개만 비치해놓은 사무실이었다. 책상 하나, 선반 몇 개, 한쪽 구석의 작은 탁자 주변에 놓인 의자 몇 개가 전부였다. 벽에는 아무것도 붙어 있지 않았다. 짧은 흑발의 여자가 탁자 앞에 앉아 있었고, 그 옆에는 테리사보다 한두 살 정도 어려 보이는 소년이 두 손을 무릎에 얹은 채 맞은편 벽만 멍하게 쳐다보며 앉아 있었다. 겁을 집어먹었는지 몸까지 오들오들 떠는 모습이었다. 소년은 눈을 깜박이며 잠시 테리사를 쳐다보았으나 이내 다시 벽으로 시선을 돌렸다. 소년의 머리카락은 갈색이었고 햇볕에 잘 그을린 얼굴이었다.

지금껏 대담하게 굴었던 테리사는 별안간 겁이 났다. 절망감이 엄습했다. 이유는 모르겠지만 당장 돌아서서 그 방을 나가고 싶었다.

탁자 앞에 앉은 여자가 소년의 맞은편에 놓인 의자를 가리키며 지시했다. 매섭지도 상냥하지도 않은 말투였다.

"앉아. 할 얘기가 많아."

여자가 말을 끝내기도 전에 문밖에 있던 남자들이 테리사의 등 뒤에서 문을 닫았다. 화들짝 놀란 테리사는 속내를 들킨 것이 부끄러웠다. 자존심을 회복하기 위해 테리사는 곧장 걸어가 탁자 앞에 앉았다. 여자가 지시한 자리가 아니라 소년의 바로 옆에 놓인 의자였다. 작은 반항이었지만 그래도 하지 않은 것보다는 나았다.

"내 이름은 케이티 맥보이다. 그리고……."

여자는 말을 하다 말고 소년을 쳐다보더니 손을 뻗어 그의 어깨를 톡 쳤다.

그러자 소년이 고개를 들어 테리사를 보며 말했다.

"내 이름은…… 토머스야. 여기 와서 사악을 위해 일할 수 있게 돼서 기뻐. 바이러스 치료제를 찾을 수 있도록, 이 사람들이 하라는 일은 뭐든지 할 거야."

테리사는 이처럼 남의 강요에 따라 억지로 쥐어짜서 하는 말은 처음 들어봤다. 하지만 놀랄 일은 아니었다. 얼마 안 가 배짱이 생기면 이 소년도 사악 직원들 앞에서 하고 싶은 말을 할 수 있게 될 것이다.

테리사는 최대한 따뜻하게 대답했다.

"내 이름은 테리사야. 걱정하지 마. 여기 그렇게 나쁜 곳은 아니야. 음식도 잘 나와. 게다가 우린…… 안전하잖아."

"광인들로부터 안전하다고? 미친 사람들?"

테리사가 고개를 끄덕였다. 소년의 목소리에 묵직한 슬픔이 배어 있었다.

"우리 아빠는……."

소년의 목소리가 흔들렸다. 하지만 곧 힘을 주면서 허리를 곧게 펴고 말을 이었다.

"우리 아빠는 광인이었어. 엄마도 곧 그렇게 될 거야. 우리 부모님과 비슷한 처지가 될지도 모를 사람들에게 도움을 줄 수 있게 돼서 다행이라고 생각해. 방법을 찾아내면 더 이상 이런 일이 일어나지 않게 막을 수도 있을 거야."

"내 생각도 같아."

테리사는 더 이상 말을 할 수가 없었다.

맥보이가 한숨을 쉬며 양 팔뚝을 탁자에 얹고 몸을 앞으로 기울였다.

"너희 둘이 잘 지낼 수 있을 것 같구나. 앞으로 서로를 물리도록 보게 될 텐데, 잘됐어. 너희는 앞으로 우리가 수년에 걸쳐 진행할 계획의 필수적인 부분을 맡게 될 거야. 아주 중요한 역할인 만큼, 이렇게 선발된 것에 자부심을 느껴도 좋아."

테리사는 겁먹지 않았다는 걸 보여주려고 무어라 잔뜩 대꾸를 하려다가 참았다. 호기심이 더 앞섰기에 자세한 얘기를 듣고 싶었다. 토머스도 조용히 입을 다물고 있었다.

맥보이가 계속해서 설명했다.

"너희 둘은 이미 특별한 아이들이지만 우리는 너희를 지금보다 더 특별하게 만들어주려고 해. 바로, 다른 면역 아동들의 리더가 되는 거야. 실험과 시련 과정의 설계를 돕고, 실험대상자들의 훈련 및 준비를 보조하는 일이야. 지금까지 존재한 적 없는 완전히 색다른 방식으로 너희가 서로 의사소통할 수 있도록, 우리는 너희 머릿속에 통신 장치를 이식할 거야. 이 장치를 너희에게 이식하는 목적과 이유에 대해서는 나중에 너희도 이해하게 될 거란다."

테리사는 묻고 싶은 게 열 가지도 넘었지만 어떤 질문부터 해야 할지 갈피를 잡지 못했다.

맥보이가 자식들을 자랑스러워하는 어머니 같은 표정으로 말했다.

"우리는 이 엄청난 임무를 위해서 가장 규모가 크고 가장 중요한 작업을 곧 시작할 예정이야. 너희 둘은 이 프로젝트에서 아주 큰 역할을 담당하는 거야."

"무슨 작업인데요?"

토머스가 물었다. 테리사의 귀에는 너무나 어리게 들리는 목소리였다.

맥보이가 미소 지었다.

"미로야, 토머스. 너와 테리사는 우리가 미로를 건설하는 일을 도울 거야."

몇 시간 후, 테리사는 토머스와 단둘이 소파에 앉았다.

사악 사람들은 테리사의 숙소를 옮겨주었다. 전에 쓰던 방보다 좋고 큰 방인데 한쪽 벽 상단에 아주 작은 창문이 하나 있어서 그리로 햇빛이 살짝 들어왔다. 천국에서 흘러나오는 빛 같았다.

토머스의 방도 비슷했다. 두 아이의 방 사이에는 가구 몇 점이 놓여 있는 거실 비슷한 공간이 있고, 작은 주방도 있었다. 영사기에서 나오는 영상을 볼 수 있는 스크린도 있었지만, 훈련 자료를 시청하게 하는 데에나 쓰이리라고 테리사는 짐작했다.

선택의 여지 없이 친구가 된 그들은 소파에 나란히 앉아 얘기를 나누었다. 누구도 상상할 수 없는 미래가 그들 앞에 기다리고 있었다.

토머스가 입을 열었다.

"아까 우리 머리에 통신 장치를 집어넣을 거라고 했는데, 무슨 뜻일까? 도대체 누가 어린아이들 머리에 그런 장치를 집어넣어?"

테리사가 자기도 모르게 웃었다. 그 웃음에 본인도 놀랐고, 표정을 보니 토머스도 놀란 것 같았다.

"왜 웃어?"

"아, 별거 아니야. 네가 말한 게 좀 웃겨서. 누가 어린아이들 머리에 그런 장치를 집어넣느냐고? 누구긴 누구야, 사악이지."

"사악이라는 이름은 무슨 뜻이야? 왜 사악이라고 부르는 건데?"

"전에 들었는데, 여기서 하는 모든 일에는 다 이유가 있어서 언젠가는 우리도 이해하게 될 거래. 사악은 글자 그대로의 뜻이 아니고 약자야. '세계의 참사: 위험지역 한정실험 관리과'에서 앞 글자들의 자음과 모음을 번갈아 합하면 '사악'이 돼. 위험지역이 뭔지는 알지?"

토머스는 오른쪽 관자놀이를 손으로 톡톡 치며 대답했다.

"응. 플레어 바이러스에 감염되면 사람을 미치게 만드는 바로 이곳."

"맞아."

토머스의 얼굴이 어두워졌다. 테리사는 조금 전 토머스가 부모님에 대해 했던 말이 기억났다.

"부모님 두 분 다 그 병에 걸리셨다고?"

토머스는 고개를 끄덕였다. 곧 눈물을 떨굴 것 같았는데 애써 마음을 가라앉히는 모습이었다.

"아빠가 감염됐을 때 난 아빠가 너무 무서웠어. 사람들이 와서 아빠를 잡아가기 전까지, 아빠가 언제든 밤에 내 방에 들어와서 나를 죽일지 모른다고 생각했거든. 엄마가 광인으로 변하는 것까지는 보지 않게 돼서 다행이야."

"어린애치고는 꽤 강하구나."

진심이었다. 테리사는 그에게 깊은 인상을 받았다.

"어린애? 누구더러 어린애래? 너도 나랑 비슷한 나이인 것 같은데."

테리사는 미소를 지었다.

"역시 넌 강해. 지금 네 모습을 봐. 우리 나이의 다른 아이들 같으면 눈이 퉁퉁 붓도록 울기만 할걸."

토머스는 조그맣게 콧방귀를 뀌었다.

"우는 게 뭐 어때서. 아빠가 미치기 시작하고부터 난 매일 울었어. 그리고 여기서 지내게 된 것도 두렵지 않아. 그 멍청한 병이 사람들한테 무슨 짓을 했는지 내 눈으로 똑똑히 봤어. 여기서 치료제를 찾는 일을 돕는 게 기분 나쁜 고아원에 맡겨지는 것보다 훨씬 나아."

테리사는 이 소년이 점점 더 마음에 들었다. 친구로 삼을 만한 아이를 드디어 만난 것 같았다.

테리사가 물었다.

"네가 면역인이라는 건 언제 알았어?"

"아빠가 그 바이러스에 감염됐을 때 사람들이 와서 나까지 검사했어. 엄마랑 나도 당연히 감염됐을 줄 알았어. 그때는 그 병에 면역이 될 수도 있다는 걸 몰랐으니까. 그 사람들이 검사 결과를 말해줬을 때도 농담인 줄 알았어. 그들은 그런 농담을 하고도 남을 얼간이들 같아 보였거든."

"면역인이라는 걸 알게 됐을 때 기분이 어땠어?"

토머스는 죄책감으로 표정이 어두워지며 바닥만 내려다보았다.

"어땠냐니까?"

그제야 토머스는 고개를 들어 테리사와 눈을 마주쳤다. 그 순간 테리사는 마치 서로를 태어났을 때부터 알아온 것 같은 느낌을 받았다. 마치 남매처럼.

"어땠어?"

테리사는 초조함이 묻어 나오지 않게 조심하면서 다시 대답을 재촉했다.

"들떴어. 진짜로, 흥분이 됐어. 아빠가 이미 겪었고 엄마는 조만간 겪을 예정인 그 끔찍한 일을 나는 겪지 않아도 되는구나, 그런 생각뿐이었어. 그래서…… 기분이 좋았어."

"그래서? 그게 뭐?"

토머스는 어깨를 으쓱했다.

"난 내 생각만 했던 거야. 사악 사람들하고 집을 떠나면서 엄마한테 작별 인사를 할 때도 줄곧 나는 참 운이 좋다고 생각했어. 난 감염되지 않을 거니까 다행이라고."

테리사가 나지막하게 그를 달랬다.

"그게 정상이야. 누구나 다 그렇게 생각할걸. 그러니까 자책 그만해."

"난 이기적인 놈이야. 엄마 곁에 있어줘야 했는데 오히려 떠나고 싶어서 안달했어."

"아, 그러지 마. 그렇다고 엄마가 그립지 않은 게 아니잖아? 엄마를 사랑하지 않는 게 아니잖아?"

토머스는 천천히 고개를 저었다.

"그래, 그건 아니야. 엄마가 너무 보고 싶어서 가슴이 아파. 하지만…… 엄마가 미쳐가는 모습을 볼 자신이 없었어."

테리사가 그의 팔을 쓰다듬었다.

"바로 그거야. 그게 정상이고 솔직한 거야. 그들이 우리더러 같이하라고 한 일이 뭐든, 너랑 함께할 수 있어서…… 기뻐."

"응."

토머스는 한 마디밖에 하지 않았지만 테리사는 그 안에 많은 의미가 담겨 있음을 알 수 있었다. 그가 테리사와 같은 생각이라는 것, 테리사와 함께 있게 돼서 좋다는 것, 친구로 지내면서 이 상황을 함께 타개하고자 한다는 것. 무엇보다 사악을 도와 플레어 병 치료제를 찾는 일을 완수하고 싶어 한다는 것.

토머스는 소파 등받이에 기대어 팔짱을 꼈다.

"너만 계속 질문을 하네. 너는 어때? 어디서 왔어? 어떤 일을 겪었어?"

"그 얘긴…… 하고 싶지 않아."

"나도 그래. 그런데도 난 얘기했잖아."

테리사는 입을 뾰족하게 내밀면서 고개를 끄덕였다.

"맞아, 그랬지. 다른 사람한테 듣는 건, 뭐, 괜찮아. 그런데 내 얘긴 완전 터무니없을 정도라서……."

그러고는 입을 닫았다. 물론 그대로 침묵하도록 토머스가 가만히 내버려두지 않을 것임을 알고 있었다. 테리사의 생각대로였다.

"그래서? 기다리고 있으니까 어서 얘기해. 터무니없을 정도로 굉장한 얘기를 누가 싫어하냐?"

토머스가 이렇게 물으며 미소를 짓자 테리사도 같이 웃었다.

"여기 오기 전에 내 이름은 디디었어."

그리고 테리사는 나머지 얘기를 들려주었다.

옮긴이 **공보경**

고려대 영어영문학과를 졸업하고 현재 소설, 에세이, 인문 번역가로 활동하고 있다. 옮긴 책으로 파울로 코엘료의 《아크라 문서》, 애거서 크리스티의 《커튼》, 칼렙 카의 《셜록 홈즈 이 탈리아인 비서관》, 나오미 노빅의 〈테메레르〉 시리즈, F. 스콧 피츠제럴드의 《벤자민 버튼의 시간은 거꾸로 간다》 찰리 어셔의 《찰리와 리즈의 서울 지하철 여행기》, 레이 얼의 《마이 매드 팻 다이어리》, 크리스토퍼 무어의 《우울한 코브 마을의 모두 괜찮은 결말》, 아이라 레빈의 《로즈메리의 아기》, 켄 그림우드의 《다시 한 번 리플레이》, 앤 캐서린 에머리히의 《패션 오브 크라이스트》, 데이브 배리와 리들리 피어슨의 〈피터팬〉 시리즈, J. G. 밸러드의 《하이- 라이즈》, 《물에 잠긴 세계》 등이 있다.

킬 오더

초판　1쇄 발행 2015년　7월 13일
초판 30쇄 발행 2024년　4월 19일

지은이 | 제임스 대시너
옮긴이 | 공보경
발행인 | 강봉자, 김은경

펴낸곳 | (주)문학수첩
주소 | 경기도 파주시 회동길 503-1(문발동 633-4) 출판문화단지
전화 | 031-955-9088(마케팅부), 9530(편집부)
팩스 | 031-955-9066
등록 | 1991년 11월 27일 제16-482호

홈페이지 | www.moonhak.co.kr
블로그 | blog.naver.com/moonhak91
이메일 | moonhak@moonhak.co.kr

ISBN 978-89-8392-584-8　03840

* 파본은 구매처에서 바꾸어 드립니다.